TANRI DAİMA TEBDİL-İ KIYAFET GEZER

Pegasus Yayınları: 483
Bestseller Roman: 192

TANRI DAİMA TEBDİL-İ KIYAFET GEZER

LAURENT GOUNELLE

Özgün Adı: DIEU VOYAGE TOUJOURS INCOGNITO

Yayın Koordinatörü: Yusuf Tan
Editör: Zeynep Tür
Son Okuma: Cengiz Alkan
Bilgisayar Uygulama: Meral Gök
Kapak Uygulama: Yunus Bora Ülke
Kapak Baskı: Gündüz Ofset
Film-Grafik: Mat Grafik

Baskı-Cilt: Alioğlu Matbaacılık
Orta Mah. Fatin Rüştü Sok. No: 1/3-A
Bayrampaşa/İstanbul
Tel: 0212 612 95 59

8. Baskı: Eylül 2012
ISBN: 978-605-5289-31-7

Yayıncı Sertifika No: 12177

Pegasus Yayıncılık Tic. San. Ltd. Şti
Gümüşsuyu Mah. Osmanlı Sk. Alara Han
No: 27/9 Taksim / İSTANBUL
Tel: 0212 244 23 50 (pbx) Faks: 0212 244 23 46
www.pegasusyayinlari.com / info@pegasusyayinlari.com

LAURENT GOUNELLE

TANRI DAİMA TEBDİL-İ KIYAFET GEZER

Fransızcadan Çeviren:
IŞIK ERGÜDEN

PEGASUS YAYINLARI

Jean-Claude Gounelle'e (1932-2006).

Seni özlüyorum, baba.

Yaşam bir risktir.

Eğer risk almamışsan yaşamadın demektir.

Şampanya tadı veren... budur.

Rahibe Emmanuelle

1

Yumuşak, ılık geceyle sarmalanmıştım. Beni kollarına almış, taşıyordu. Bedenimin gecenin içinde dağıldığını hissediyordum. Sanki gökte süzülüyor gibiydim.

Bir adım daha...

Korkmuyordum. Hiç korkmuyordum. Korku bana yabancıydı. Bu son günlerde korkunun belirmesinden öyle çekinmiştim ki aklımdan atamadığımdan hatırlıyordum korkuyu. Ortaya çıkmasını ve beni engellemesini, her şeyi mahvetmesini istemiyordum...

Küçük bir adım...

Şehrin uğultusunu işiteceğimi sanmıştım, ama sakinlik beni şaşırtıyordu. Sessizlik değil, hayır, sakinlik. Bana kadar ulaşan bütün sesler yumuşaktı, uzaktı. Ben seslerin beşiğinde sallanırken, gözlerim gecenin ölgün ışıkları içinde kayboluyordu.

Bir adım daha...

Çok özel aydınlatmanın koyu altın rengine dönüştürdüğü çelik kiriş üzerinde yavaşça ilerliyordum. Çok yavaşça. Bu gece, Eyfel Kulesi ile ben, birdik. Tuhaf, çekici, esritici, ılık ve nemli havayı ağır ağır soluyarak altın kirişin üzerinde yürüyordum. Ayaklarımın altında, yüz yirmi üç metre aşağıda, Paris uzanmış, kendini bana bırakmıştı. Sayısız göz kırpışlarla ışıldayan şehir ışıkları birer çağrı gibiydi. Cazibesinin farkındaydı. Kanımla döllenmeyi sabırla bekliyordu.

Bir adım daha...

Enikonu düşünmüş, karar vermiş, hatta bu eylemi hazırlamıştım. Bunu yapmayı seçmiş, kabul etmiş, içime sindirmiştim. Hedefsiz ve anlamsız bir yaşama son vermeye sakince karar vermiştim. Zahmete değer hiçbir şey vadetmeyen bir yaşam. Bu kanaat, adım adım ve korkunç bir şekilde içime kazınmıştı.

Bir adım...

Varlığım, doğumumdan bile önce başlamış bir yenilgiler dizisiydi. Babam -o kaba damızlığa böyle demek mümkün müydü, bilemiyorum- beni kendisini tanımaya layık görmemişti: Annem hamile kaldığını söylediği an onu terk etmişti.

Annem, umutsuzluğunu bir Paris barında unutmaya, beni ortadan kaldırma niyetiyle mi gitmişti? Orada rastladığı Amerikalı işadamıyla birlikte içtiği sayısız kadeh yine de ona bilincini yitirtmemişti. Adam otuz dokuz yaşındaydı, annem yirmi altı. Kaygı içindeki annem, adamın sergilediği kaygısızlıkla yatışmıştı. Rahat biri gibi görünüyordu; annemse geçim derdindeydi. Hesap ve umutla kendini hemen o gece, bilerek ona sundu. Sabah olduğunda, annem şefkatli ve âşık biri gibi davrandı. Adamın ona, evet, olur da hamile kalırsa, çocuğu aldırmamasını arzuladığını ve annemi yanına alacağını içten mi yoksa yalnızca zaaftan mı söylediğini asla bilemedim.

Annem onun peşinden Amerika Birleşik Devletleri'ne gitti ve bu obezler ülkesinde, benim dünyaya yedi buçuk aylık ve yaklaşık üç kilo çekerek gelmem kimseyi şaşırtmadı... Bana yerel bir ad uydurdular ve Amerikan vatandaşı Alan Greenmor oldum. Annem İngilizce öğrendi ve kendini kabul eden topluluğa iyi kötü dâhil olmayı başardı. Hikâyenin devamı bu kadar şanlı şöhretli olmadı. Beş yıl sonra, yeni babam işini kaybetti ve Reagan öncesinin ekonomik krizinin ortasında yeni bir iş bulmanın güçlüğü karşısında yavaş yavaş alkolizme gömüldü. Olaylar zinciri hızla dönmeye başladı. Babam somurtkan, suskun, depresif biri oldu. Annem onun hırssızlığından tiksiniyor, kendini koyvermesini sürekli eleştiriyordu. Ona derinden öfke duyuyor, sürekli onu kışkırtmaya çalışıyordu. En ufak ayrıntı annemin sitemlerine bahane oluyordu. Eşinin tepkisizliğiyse giderek onu daha kişisel, hakarete yakın saldırılara yöneltmişti. Babam nihayet öfkelendiğindeyse annemin hoşnutluğu belli oluyordu; sanki onun öfkesini iktidarsızlığına tercih ediyor gibiydi. Annemin oyunu beni ürkütmüştü. Anne babamı seviyordum. Onların yıkımını görmeye katlanamıyordum. Babam ender öfkeleniyordu, ama öfkelendiğinde de kırıp geçiriyordu. Annemin bu öfke patlamalarını kesinlikle arzulaması beni iyice çekinik yapıyordu. Böylesi anlarda nihayet babamdan bir tepki alabilmiş oluyordu. Gözlerde bir bakış, bir eylem. Yaşayan bir rakibi, bir muhatabı vardı. Birikmiş kinine akacak bir yol bulmuş oluyor ve sözler zincirlerinden boşanıyordu. Bir akşam babam annemi dövdü. Babamın şiddetinden çok annemin yüzünde okuduğum sapkın hazdan örselenmiştim. Kavgalarının korkunç olduğu bir gece, annem onun yüzüne oğlunun kendisinden olmadığını çarptı. Ben de onunla aynı zamanda öğrendim... Ertesi gün babam evi terk etti ve bir daha da onu görmedik. İkinci babam da beni terk etmişti.

Annem, yaşayabilmemiz için mücadele etti. Bir çamaşırcıda yedi günün altısı, bitmek bilmez saatler boyunca çalışıyordu. Her akşam eve kimyasal kokular getiriyordu. Bu kendine özgü kokular her yerde onu izliyordu. Yatarken beni öpmeye geldiğinde annemin sevgili kokusunu, vaktiyle beni yatıştıran ve sevgiyle beni kucaklayarak uykuya davet eden o kokuyu tanıyamıyordum.

Bir adım, bir adım daha...

Sonra, ufak tefek işlerin birinden diğerine geçti. Her seferinde, yükselebileceğini, nihayet ödüllendirileceğini, yaşamını daha iyi kazanabileceğini sanıyordu. Birini elinde tutabilme, yeniden bir aile ocağı kurabilme umuduyla bir âşıktan diğerine koştu. Sanırım bir gün, yaşamıyla ilgili bütün bu umutların nafile olduğunu anladı ki o an bana odaklandı. Onun başarısız kaldığı yerde ben başaracaktım. Öyle çok para kazanacaktım ki o da yararlanacaktı. O andan itibaren benim eğitimim onun mutlak önceliği oldu. İyi notlar getirmemi buyurmuştu. Sofradaki konuşmalarımız, lise, öğretmenlerim, sınav sonuçlarım etrafında dönüp duruyordu. Annem benim antrenörüm olmuştu; ben onun yetiştirdiği çıraktım. Onunla Fransızca, geri kalan herkesle İngilizce konuştuğumdan, doğuştan çift dilliydim. Elimde çok önemli bir koz olduğunu dönüp dolaşıp tekrarlıyordu. Kesindi. Ya uluslararası bir işadamı olacaktım ya da büyük bir tercüman. Beyaz Saray'da neden çalışmayaydım ki? Yalnızca acınacak durumdaki insanların hırsı olmazdı. Bir gün beni dışişleri bakanı olarak bile gördü. Onu hayal kırıklığına uğratmaktan çok korkuyor, sınıfta elimden geldiğince çalışıyordum. Aldığım umut verici notlar onun beklentilerini iyice artırarak stratejisini güçlendiriyordu.

Amerika Birleşik Devletleri'nde üniversitelerin paralı -ve çok masraflı- olduğunu öğrendiği gün gerçek bir darbe yedi. Annemin bu kadar yıkıldığını ilk kez görüyordum. Bir an için babamla aynı yolu tutacağını ve ot gibi yaşamaya başlayacağını düşündüm. Bütün planları göçmüştü. Gerçekten lanetliydi. Ama doğasının baskın çıkmasına kısa bir süre yetti. Lise müdüründen bir randevu alarak, parlak sonuçları, üniversitenin vadettiği yüksek mevkilere erişmesine izin verilirse ülkesine hizmet etme kapasitesinin garantisiyken, genç bir Amerikan yurttaşını yarı yolda bırakamayacağına onu ikna etmek istedi. Bir çözüm olmalıydı, burslar falan yok muydu? Eve iyice şişinmiş geldi. Ona göre sorun çok basitti. Çözüm dört harfte yatıyordu: SPOR. Sporda çok iyi olursam, bir üniversitenin, kendi takımına katıldığımı görmek ve böylece turnuvalarda başarı şanslarını artırmak için bana kayıt hakkı sunma olasılığı vardı.

Bunun üzerine, yoğun bir idmana tabi tutuldum. Spordan son derece nefret ettiğimi anneme itiraf etmeye asla cesaret edemedim. Sonuçlarımı gayet yakından izleyerek beni sonuna kadar itiyor, teşvik ediyor, cesaretlendiriyordu. Spordan geçmişte aldığım, genellikle ortalama notlarım onun cesaretini kırmışa benzemiyordu. Her fırsatta, "isteyen başarır" diye tekrarlayıp duruyordu. Sonuçta, en az kötü olduğum dalın basketbol olduğu ortaya çıktı. O günden itibaren basketbol için yaşadım. Beni motive etmek için, odamın duvarına Kaplanlar adlı Detroit takımının yıldızlarının posterini asmıştı. Kahvaltıda, üzerinde Kaplanlar'ın fotoğrafı bulunan bir fincandan içiyordum. Her yerde onlar karşıma çıkıyordu: anahtarlığımda, tişörtlerimde, çoraplarımda, havlumda, kalemlerimde. Kaplanlar'ı konuşuyor, Kaplanlar yazıyor, Kaplanlar'la yıkanıyor, hatta Kaplanlar'la yatıyordum. Sonunda gerçekten de basketbol düşlerime musallat oldu: Annem beynimi sponsorlamayı, düşüncelerime afişler sızdırmayı başarmıştı. Yakındaki kulübe üyelik bedelimi ödeyebilmek için fazla mesai yapmış, hiç vakit kaybetmeden de beni kaydetmişti. Orda günde en az üç saat geçiriyordum, hafta sonları beş saat. Yıllar sonra, antrenörün çığlıkları kulaklarımda hâlâ çınlıyor. Antrenmandan sonra arkadaşlarımın ter içinde soyunduğu vestiyerlerin mide bulandırıcı kokusunu da hatırlıyorum. Birkaç saniye içinde camlar buğulanıyor, hava soluk alınamayacak kadar ağırlaşıyordu. Bu spordan nefret ediyordum, ama annemi seviyordum ve onu hayal kırıklığına uğratmamak için her şeyi yapardım. Yaşamını umut yeşertmekle geçirmişti. Artık hiçbir umudunun kalmadığı günün ömrünün sonu olacağını hissediyordum.

Gelecek, bana hak verdi: Birkaç yıl sonra, üniversite diplomamın verilmesinin ertesi günü öldü. Cebimde gerçekten arzulamamış olduğum bir MBA'yle kendimi yapayalnız buluverdim. Okul hayatımı ne zevklerini ne özlemlerini paylaştığım gençlerle birlikte geçirdiğimden, tek arkadaşım bile yoktu. Bana büyük bir şirketin muhasebe bölümünde yardımcı sorumlu mevkii önerildi. Ücret düzgün olsa da iş hızla ilgi çekici gelmemeye başlamıştı. Ama hayal kırıklığına uğramamıştım, çünkü hiçbir beklentim yoktu. Annemin yaşamı, umutların boş olduğunu bana kısa sürede öğretmişti.

Bir adım daha...

Boş ve hedefsiz bir yaşamla geçmiş birkaç yılının sonunda, nerdeyse hiç düşünmeden, Fransa'ya gitmek üzere yola çıktım. Kökenlerimle bağ kurma bilinçsiz arzum muydu, yoksa yolu tersten kat ederek annemin sefil yaşam örgüsünü sökmek mi niyetindeydim? Bilmiyorum. Ne var ki, kendimi Paris'te buldum ve kısa süre sonra burada kalmaya karar verdim. Şehir güzeldi, ama kalma nedenim bu değildi. Başka bir şey vardı. Kaderimin oradan geçtiğine dair bir sezgi ya da önsezi. O dönemde, Paris'te hemen ölmek isteyeceğimi bilmiyordum.

Bir iş aradım ve büyük şirketlere muhasebeci bulan bir iş bulma bürosu olan Dunker Consulting'in sorumlularından birinden bir randevu alabildim. Benim istihdam edilemeyeceğimi, çünkü Fransız muhasebesinin Anglosakson muhasebesinden son derece farklı kurallarla tutulduğunu ondan öğrendim. Hiç alakası yoktu. "Bütün öğreniminize sıfırdan başlamalısınız," dedi; yalnızca kendisinin güldüğü bir espriyle. Her sırıttığında, çift kat olmuş gerdanının kıvrımlarını titreten küçük sarsıntılar geçiriyordu. Ne diyeceğimi bilemez bir halde kalmıştım. Buna karşılık, diye belirtti, bütün olarak konuya hâkimiyetim, Amerikan kültürümle de birleşince, beni... kendi bürolarında iş bulma danışmanı olmak için arzu edilir bir aday kılıyordu. Bellibaşlı müşterileri gerçekten de büyük Amerikan şirketleriydi ve muhasebelerine alınacak elemanların seçiminin bir Amerikalıya emanet edilmesine önem verirlerdi. "İmkânsız," karşılığını verdim, "işe alma benim mesleğim değil, hiçbir şey anlamam." Sapkınca gülümsedi. Son anda bakire olduğunu itiraf eden genç kadın karşısında kaşarlanmış moruk tavrı. "İşimizi yapalım biz," dedi, imalı bir tavırla.

Beni işe aldılar. Büronun yüce gelişimine katkıda bulunmak üzere işe alınan diğer gençlerle birlikte, kendimi iki haftalık yoğun eğitimde buldum. Yaş ortalaması otuzdu. Böyle bir iş yapabilmek için bana son derece düşük geliyordu. Bana göre, bir adayın niteliklerini ve yeteneklerini değerlendirmek bir insanı değerlendirmek demekti ve böyle bir sorumluluğu üstlenmek beni kaygılandırıyordu. Bu korku, birlikte eğitim aldığımız diğer meslektaşlarımda yoktu: İstihdam görevlisinin saygın kostümü içine girmekten belirgin bir zevk duyuyorlardı; kendilerini çok ciddiye alıyor, şimdiden görevlerini temsil ediyorlardı. Grubun ortak duygusu, belli bir elite mensup olmaktı. Gurur kuşkuya yer bırakmıyordu.

On beş gün boyunca bize mesleğin ipuçları öğretildi: İşe alma mülakatlarını sade ama sağduyulu bir şekilde yürütme yöntemi, ayrıca bugün budalalık olarak kabul ettiğim bir sürü mucizevi teknik.

Bir adayı kabul ettikten sonra, bir süre sessiz kalmak gerektiğini öğrendim. Eğer talibin kendisi söz alırsa, karşınızdakinin bir lider olduğuna kuşku yoktur. Kendisine söz verilmesini sabırla beklerse, çekinik tutumunun ardında, kuyrukçu biri olduğu kendini gösteriyor demektir.

Daha işin başında çok belirgin sorular sormadan, adayı kendini göstermeye açıkça teşvik etmeliydik: "Bana kendinizden söz edin!" Eğer aday tek başına işi götürürse, özerk biridir. Söze girerken bizim tercihlerimizi sorarsa, örneğin öğreniminden mi başlamalı yoksa son çalıştığı görevden mi söz etmeli diye sorarsa, bu durumda, kişiliğinde inisiyatif eksikliği var demektir. Bu kişi etliye sütlüye karışmaz!

"Rol oyunu" yardımıyla, öğretilen teknikleri iki kişi uygulamaya koyuyorduk: İçimizden biri istihdam görevlisi rolü oynuyor, diğeriyse aday kılığına giriyor, bir senaryo uyduruyor, kendine mesleki bir güzergâh çiziyordu. Böylece danışman söyleşiyi yönlendirebiliyor ve adayın "hakikat"ini ortaya çıkaracak sorular sorabiliyordu.

Benim için en şaşırtıcısı, kuşkusuz ki, bu alıştırmalar sırasında hüküm süren rekabetçi ortamdı. Herkes bir diğerini tuzağa düşürmeye çalışıyordu. Karşısındakini ya maskesi düşürülecek bir yalancı ya da aldatılacak bir düşman olarak görülüyordu. En tuhafı, kendisi de Dunker Consulting'de ücretli danışman olan eğitmenin, unutkanlıkları ya da beceriksizlikleri ortaya koymaktan hince bir zevk almasıydı. "Faka bastın!" favori cümlesiydi. Alaycı bir tonda çıkıyordu ağzından. Rol oyunlarını denetlerken, alıştırma yapan ikililerin arasına sızıyordu. Alttan alta ima ettiği şeyse, kendisinin bu durumların üstesinden gelebileceğiydi...

İki hafta sonra, bölümde çalışmaya uygun olduğumuz bildirildi.

Kendimi günlerimi bir masanın arkasında geçirir buldum. Korkudan kızarmış yüzleriyle, utangaç rakam adamları bana geçmişlerini anlatıyorlar ve üç temel kusurlarının mükemmeliyetçilik, çok büyük bir kesinlik ve sürmenaj eğilimi olduğuna beni inandırmaya çalışıyorlardı. Benim kendilerinden daha utangaç, daha rahatsız olduğumu akıllarına bile getirmiyorlardı. Yalnızca benim biraz daha şansım vardı; çünkü rolüm bana göz ardı edilemez bir lüks sunuyordu: Konuşmaktansa konuşturmak. Ama, on adaydan dokuzuna dosyalarının aranan profile uygun olmadığını, acımasız bir yargıç gibi bildirmek zorunda kaldığım her seferinde çekiniyordum. Sanki onlara zindana mahkûm edildiklerini bildiriyormuşum gibi geliyordu. Benim rahatsızlığım onlarınkini artırıyor, onlarınki de benimkini iyice güçlendiriyordu; bir kısırdöngü içinde gibiydik. Bu rol beni boğuyordu ve büronun içindeki ortam da atmosferi yatıştıracak gibi değildi. Sergilenen insani değerler yalnızca görünüşteydi. Gündelik gerçeklik sert, soğuk, rekabetçiydi.

Bu koşullarda bir süre yaşamamı sağlayan Audrey oldu. Ona bir öğleden sonra, Grands-Augustins Sokağı'ndaki Mariage Frères'de rastladım. Kendimi rahat hissetmem için, zamanın dışında kalmış bu mekâna adımımı atmam yetiyordu. Kapıyı iter itmez, ayakkabıların altında çıtırdayan eski meşe parke üzerinde atılan ilk adım sizi Fransız sömürge imparatorluğu dönemindeki bir çayevinin rafine ortamına sokuyordu. Daha girişte, dönemin kocaman küpleri içinde titizlikle korunan yüzlerce çeşit karışımın kokusuyla büyülendiğinizi hissederdiniz ve bu kokular sizi bir an için, ruhunuzun zaten kaçıp gittiği 19. yüzyılın Uzakdoğu'suna götürürdü. Kendinizi üç direkli bir yelkenlide, değerli yapraklarla dolu eski tahta sandıkları yüklerken, sonra da aylar boyunca denizleri ve okyanusları aşarken hayal etmek için gözlerinizi kapamanız yeterliydi.

Eski tezgâhın ardında duran genç adama yüz gram *Sakura 2009* sipariş verirken, o, kulağıma *Sakura impérial*'in daha nefis olduğunu fısıldadı. Arkama döndüm. Herkesin kendi çemberi içinde yaşadığı ve başkalarını kesinlikle görmezden geldiği bu şehirde tanımadığım bir kadının bana hitap etmesine şaşırmıştım. "İnanmıyor musunuz bana? Gelin, tattırayım," dedi ve elimden tutarak beni salondan, müşteriler ve uzak diyarlardan gelme çay koleksiyoncularının arasından süzülerek geçirdi ve çay içilen salonunun bulunduğu kata götüren küçük merdivene yöneltti. İçten ve zarif bir ortam. Ham keten önlüklü garsonlar, törensel bir edayla masaların arasından sessizce süzülüyorlardı. Rahat giysilerimle tek başıma bir anakronizm yarattığım izlenimi içindeydim. Bir köşeye, beyaz örtülü küçük bir masaya oturduk. Masada, üzerlerinde ünlü dükkânın resmi bulunan porselen fincanlar ve gümüş tabaklar bulunuyordu. Audrey iki çay sipariş etti, sıcacık küçük ekmekler ve ona göre ne pahasına olursa olsun tatmam gereken bir spesiyalite olan "güneş yanığı." Sohbetten hemen zevk aldım. Güzel sanatlar öğrencisiydi ve mahallede, çatıların altına tünemiş bir odada yaşıyordu. "Göreceksin, çok sevimli," diyerek, görüşmemizin Mariage Frères'in kapısında sona ermeyeceğini ima etmiş oldu.

Odası gerçekten sevimliydi; küçük ve eğik tavanlıydı, tavanda eski kirişler ve aydınlatma penceresi vardı. Pencereden, eğik yüzeyleri her yöne doğru gidiyor görünen bir dizi gri çatı gözüküyordu. Bir de hilal olsaydı insan kendini *Aristokediler* filminde sanırdı. Doğal bir zarafetle soyundu. Alışkın olmadığım incelikteki vücudunu hemen sevdim. Omuzları ve kolları nefis bir incelikteydi; *corn flakes* ve yoğun sporla yetiştirilmiş bir kızda görülmeyecek türden. Olağanüstü beyazlıktaki teni saçlarıyla tezat içindeydi. Göğüsleri, Tanrım, o göğüsler, muhteşemdi; tam anlamıyla muhteşem. Gece boyunca, parfüm sürmediği için elli kez teşekkür ettim; uyuşturucu gibi sarhoş eden teninin şehvetli kokusunu vücudunun her noktasında tatmaktan büyük zevk alıyordum. O geceyi ölümümden sonra bile unutamayacağım.

Ertesi sabah sarmaş dolaş bir halde uyandık. Ben koşup kruvasan aldım ve altı kat merdiveni soluk soluğa çıktım. Kendimi onun kollarına attım ve yeniden seviştik. Hayatımda ilk kez mutluluğu tadıyordum. Yeni, tuhaf bir duyguydu. Bir daha kendimi doğrultamayacağım düşüşün habercisi olduğunu aklımın ucuna bile getirmiyordum.

Dört ay boyunca yaşamım Audrey'nin etrafında döndü. Gündüz düşüncelerimi, gece düşlerimi sömürgeleştirmişti. Güzel sanatlardaki ders programı ona epey boş zaman bırakacak şekilde delik deşikti. Günün, haftanın ortasında buluştuğumuz sık oluyordu. Bir müşteriyle randevu bahane edip, yakında kiraladığımız bir otel odasında onunla bir iki saat geçiriyordum. Biraz suçluluk duymuyor değildim. Çok azcık: Mutluluk, bencilleştirir. Bir gün, bürodayken, servis sekreteri Vanessa beni arayıp adayımın geldiğini bildirdi. Kimseyi beklemiyordum, ama gerektiği gibi organize olamadığımdan, kuşkulandım ve getirmesini söyledim. Vanessa'ya düzensizliğimin kanıtlarını vermektense, boşuna da olsa bir adayı kabul etmeyi tercih ederdim. Servis şefimin durumu öğrenmesi yarım saat sürmezdi. Kapımın önünde bekledim ve koridorun ucunda Vanessa'nın Audrey'yi getirdiğini görünce az kaldı yere yığılıyordum. Bir muhasebeci karikatürü gibiydi Audrey. Saçlarını atkuyruğu yapmış, dar bir tayyör giymiş, küçük metal çerçeveli gözlükler takmıştı; onu tanıyamadım. Tam bir klişe, groteskin sınırı. Vanessa'ya teşekkür ettim; sesim boğazıma takılmıştı. Büromun kapısını Audrey'nin arkasından kapattım. Dudaklarında hafif bir somurtmayla, etkileyici bir hareketle gözlüklerini çıkardı. Niyetini anında anladım. Yutkundum ve bir ürperti dalgasının vücudumdan geçtiğini hissettim. Onu hiçbir şeyin durduramayacağını bilecek kadar tanıyordum.

Konferans masası o gün bir daha asla aynı gözlerle göremeyeceğim bir mobilya oldu. Yakalanmaktan ödüm kopuyordu. Çılgındı, ama çılgınlığına tapıyordum.

Dört ay sonra Audrey beni terk ettiğinde âdeta yaşamım aniden durdu. Nedenlerini bilmeden, önceden hiç kuşkulanmadan, bir akşam mektup kutumda küçük bir zarf buldum. İçinde, onun çok iyi tanıdığım yazısıyla bir kelime, tek bir kelime yazıyordu: "Elveda." Evimin girişinde, açık posta kutumun önünde donup kalmıştım. Damarlarımdaki kan donmuştu. Başım uğuldadı. Neredeyse kusacaktım. Kendimi eski ahşap asansörün içine attım, beni kata kadar çıkardı ve şoke olmuş bir halde kendi daireme girdim. Etrafımdaki her şey sallanıyordu. Kendimi kanepeye bıraktım ve hıçkıra hıçkıra ağladım. Uzun bir süre sonra, aniden doğruldum. İmkânsızdı bu, yalnızca imkânsız. Şaka olmalıydı, ya da başka bir şey, bilmiyordum, ama doğru olmasına imkân yoktu. Hemen telefona sarıldım ve onu aramaya çalıştım. Telesekreterinin sesini yüz kez işittim ve her seferinde sesi bana biraz daha duygusuz geldi, biraz daha mesafeli, daha soğuk. Alet dolup artık mesaj almayınca aramayı bıraktım. Uzak ama aşina bir his içimin en derininde yavaş yavaş doğuyor, hafifçe yüzeye çıkıyordu. Normal, normal, diyordu bu his, beni terk etmesi gayet normal. Böyleydi. İnsan yazgısına karşı mücadele edemez, Alan...

Ölümümün doğallığını o an fark ettim. Bir itki olmadı. Kendimi bir trenin altına atmadım. Hayır! Yalnızca bir gerçeklik kendini bana dayatıyordu. Öte tarafa geçecektim ve her şey yolunda gidecekti. Marazi bir mazoşist arzu değildi bu. Hiç değil. Ne kadar büyük olsa da, yalnızca çektiğim ıstıraba son vermek için de değildi. Öte taraf beni kendine çekiyordu; yavaş yavaş, karşı konulmaz biçimde. Yerimin orası olduğu, ruhumun orada serpilip gelişeceği tuhaf duygusu içindeydim. Yeryüzündeki yaşamım varlık bulamamıştı. Yaşama asılma, sanki bir şey olmamış gibi yapma niyetindeydim ve yaşam bana dayanılmaz bir acı tanıtmak ve nihayet kendi yazgımla karşı karşıya, göz göze gelebilmem için Audrey'yi göndermişti.

Yeri bana belleğim fısıldamıştı. Bu yerin belleğim tarafından, esrarengiz bölümlerinden birinde korunmuş olması kuşkusuz tesadüf değildi. Bir süre önce, Audrey'nin unuttuğu bir dergide, adı Dubrovski ya da benzer bir şey olan birinin polemik konusu bir makalesini okumuştum. Yazar, burada, intihar hakkı üzerine teorisini ve intihar edilecekse bunu doğru düzgün yapmak gerektiği fikrini ortaya koyuyordu. Ve şiirsel bir dille "yaşam uçuşu" diye adlandırdığı şeye uygun bir yer belirtiyordu. Eyfel Kulesi, diye açıklıyordu, tamamen güvenliklidir; yalnızca bir nokta vardır ki, burayı bilmek işe yarayabilir. Onuncu kattaki lüks restoran olan Jules Verne'e çıkmak, kadınlar tuvaletine girmek, sonra da lavabonun solunda bulunan "Özel" yazan kapıyı itmek gerekir. Burası, temizlik malzemelerinin konulduğu küçük bir odadır. Pencerenin parmaklıkları yoktur ve doğrudan doğruya kirişlere açılmaktadır. Bu ayrıntıları sanki bu sabah okumuş gibi hatırlıyorum. Eyfel Kulesi'nde ölmekte yüce bir şey vardı. Vasat bir yaşamdan alınan rövanş.

Bir adım daha...

Altımdaki yerin her türlü metalik yapıdan tamamen yoksun olacağı uygun noktaya varmak için yeterince ilerlemem gerekiyordu.

Ardımda hiçbir şey bırakmıyordum. Dost yok, akraba yok, zevk yok. Davranışımdan dolayı pişmanlık duyabileceğim hiçbir şey. Hazırdım, kafamla ve bedenimle hazırdım.

Son bir adım...

Tamam. *Doğru yer.* Durdum... Soluduğum hava bana öyle geliyordu ki... nefisti, tanrısal bir nektar gibiydi. Kendi kendimle baş başaydım. Bilincim şimdiden beni terk etmeye başlamıştı... Derin bir soluk aldım ve ayaklarımı yavaşça sağa doğru, bakmadığım ama varlığını, güzelliğini hissettiğim uçuruma doğru döndürdüm.

Jules Verne'in özel asansörünün çarkının hizasındaydım. Tam karşımda durmuştu. Üç metrelik boşluk bizi ayırıyordu. Bulunduğum yerden, asansör boyunca uzanan, sonra da boşluğa gömülen kabloyu tutan çizik çizik olmuş madeni çevreyi görüyordum. Boşluk... Restoran diğer tarafa bakıyordu. Kimse beni göremezdi. Salondan bana ulaşan hiçbir gürültü yoktu. Gecenin sessizliğinin yumuşak uğultusundan başka bir şey yok. Uzakta ise hep şu cezbeden, hipnotize eden, titreşen ışıklar... ve bu ılık, esritici, beni doğaüstü bir huzura gömen hava... Düşüncelerimin çoğu beni terk etmişti. Daha şimdiden bedenimin içinde değildim. Artık kendim değildim. Uzayın içinde, yaşamın içinde, ölümün içinde erimiştim. Ayrı bir varlık olarak var değildim. *Ben* yaşamdım. Ben...

Hafif bir öksürük...

İşittiğim bu ses beni bir anda bulunduğum durumdan çıkardı. Tıpkı bir hipnotizmacının parmağını şaklatarak hastasının trans haline son vermesi gibi.

Sağımda, kirişin ucunda, bir adam duruyor, dosdoğru gözlerime bakıyordu. Altmışlık biri. Kır saçlar. Koyu renk bir giysi. Kulenin ışığının yansısıyla aydınlanan bakışı sanki hiçlikten çıkıyor gibiydi. İnsanın kanını donduran çelik mavisi bu bakışı ömrüm boyunca unutamayacağım.

Şaşkınlığıma bir öfke duygusu karıştı. Görünmemek için her önlemi almıştım. Takip edilmediğime emindim... İntiharı engelleyecek kurtarıcının mucize eseri uygun anda geldiği kötü bir filmde olduğum izlenimi içindeydim.

Ben yaşamımı ıskalamışken, başkaları ele geçirmişti. Ölümüm bana aitti. Yalnızca bana. Herhangi birinin beni engellemesine, hayatın yine de güzel olduğu ya da başkalarının benden daha mutsuz olduğu gibi teskin edici argümanlarla beni ikna etmesine izin vermem söz konusu bile olamazdı. Kimse beni anlayamazdı, zaten hiçbir şey istemiyordum. En çok istediğim şey, yalnız kalmaktı. Yalnız.

"Beni bırakın. Özgür bir insanım ben. Canımın istediğini yaparım. Gidin."

Sessizce bana baktı. Aniden bir şeyi fark ettiğim muğlak duygusuna kapıldım. Öyle bir hali vardı ki... dingindi. Evet, böyle, dingin!

Purosunu sakince ağzına götürdü.

"Haydi. Atla!"

Sözleri karşısında apışıp kalmıştım. Bunun dışında her şeyi bekliyordum. Kimdi bu? Sapık mı? Benim düşmemi görmek, bundan zevk almak mı istiyordu? Lanet olsun! Bir bu eksikti başıma gelmedik! Olacak şey değil! Her şeyi karıştıracak ne yapmıştım Tanrı'ya? Çok öfkelenmiştim. Öfkeden kuduruyordum, bastırmaya çalıştığım öfke yüzümü yakıyordu. Bu duruma inanamıyordum. Mümkün değildi, mümkün değil...

"Ne bekliyorsun?" Korkunç sakinlikte bir ses tonu. "Atlasana!"

Durum beni tamamen altüst etmişti. Düşüncelerim toparlanamayacak şekilde çatışıyordu.

Birkaç laf etmeyi başardım.

"Kimsiniz siz? Benden ne istiyorsunuz?"

Purosundan sakin bir nefes çekti ve dumanı bir süre ciğerlerinde tuttu, sonra da hafif kıvrımlar halinde bana doğru üfledi. Gözlerime odaklanmış bakışları beni felç ediyordu. Bu adamda Eyfel Kulesi'ni eğecek bir karizma vardı.

"Öfkelisin. Ama özünde çok acı çekiyorsun," dedi çok sakin bir sesle; anlamadığım hafif bir aksanı vardı.

"Keşfetmesi güç değil."

"Son derece mutsuzsun, yaşamaya katlanamıyorsun."

Sözleri kafamı karıştırdı ve beni acımı yeniden hissetmeye yöneltti. Başımın bir hareketiyle onayladım. Sessizlik bana boğucu geldi.

"Diyelim ki... bütün yaşamım boyunca büyük problemlerim oldu."

Purosundan yavaş, çok yavaş bir nefes çekti.

"Büyük problem diye bir şey yoktur. Küçük insanlar vardır yalnızca."

İçimden bir öfke dalgası yükseldi. Şakaklarımın zonkladığını, yandığını hissettim. Tükürüğümü yuttum.

"Beni aşağılamak için durumumdan yararlanmak kolay. Siz kendinizi kim sanıyorsunuz? Ya siz, siz elbette bütün sorunlarınızı çözmeyi biliyorsunuzdur?"

İnanılmaz bir küstahlıkla bana sakince cevap verdi:

"Evet. Başkalarınınkileri de."

Kendimi kötü hissetmeye başlamıştım. Boşlukla çevrili olduğumun şimdi tamamen bilincindeydim. Sanki... sanki korkmaya başlıyordum. Sonunda korku yolunu bulmuş ve içime sızmıştı. Ellerim terlemeye başlamıştı. Kesinlikle aşağı bakmamalıydım.

Sözlerine devam etti:

"Doğru, atlayarak sorunların da seninle birlikte yok olacak... Ödeşmiş olacaksınız. Ama durum bu kadar adil değil..."

"Ne demek istiyorsunuz?"

"Bir kez daha acı çekecek olan sensin. Problemlerinse bir şey hissetmeyecek. Bu... çözüm olarak çok dengeli değil."

"Bir kuleden atlayarak acı çekilmez. Şok öyle şiddetlidir ki, olup bitenin farkına varacak zaman bulamadan yaşamaya son verilir basitçe. Hiç acı çekilmez. Bilgi edindim."

Hafifçe güldü.

"Sizi güldüren nedir?"

"Bunun doğru olması için... toprağa çakıldığın anda hâlâ hayatta olduğun hipotezinden yola çıkman gerekir... Burada yanılıyorsun... Kimse aşağıya canlı varmaz."

Purosunu uzun uzun içine çekti. Kendimi iyice kötü hissediyordum. Bir tür baş dönmesi. Bir yere oturmalıydım.

"Hakikat şu ki," diye devam etti, zaman kazanarak, "hepsi de düşüş sırasında dehşetin yol açtığı bir kalp krizinden ölür, inişin ve saatte iki yüz kilometre hızla yakınlaşan toprağın dayanılmaz görüntüsünün ürkünç korkusu. Kalpleri patlamadan önce, iç organlarını kusturan amansız bir korku yere serer onları. Ölüm anında gözleri yuvalarından fırlamıştır."

Bacaklarım titriyordu. Nerdeyse bayılacaktım. Başım dönüyordu. Midem aşırı bulanıyordu. Aşağı bakmamalı. Kesinlikle bakmamalı. Dik durmalı. Ona yoğunlaşmalıyım. Gözlerimi ondan ayırmamalıyım.

Bir sessizlikten sonra ve kelimelerini yavaşça telaffuz ederek, "Belki sana bir şey önerebilirim," dedi.

Ağzından çıkacak lafı bekleyerek sessiz kaldım.

"Aramızda bir tür pazarlık," diye devam etti, sözlerini havada uçuşmaya bırakarak.

"Ne pazarlığı?" diye geveledim.

"Şu: Sen hayatta kalacaksın ve ben seninle ilgileneceğim, seni doğru yola sokacağım, seni yaşamını sürdürebilir, problemlerini çözebilir, hatta mutlu olabilen biri yapacağım. Karşılığında..."

Sözüne devam etmeden önce purosundan bir nefes daha çekti:

"Karşılığında, sana her söylediğimi yapacaksın. Yaşamın üzerine... söz vereceksin."

Sözleri beni son derece allak bullak etmişti. Rahatsızlığıma bir de bu eklenmişti. Konsantre olabilmem, zihnimi toparlayıp düşünebilmem için önemli bir çaba sarf etmem gerekti.

"'Yaşamım üzerine söz vermek'ten ne kastediyorsunuz?"

Sessizlik.

"Yükümlülüğüne uyacaksın."

"Yoksa?"

"Yoksa... hayatta kalamazsın."

"Böyle bir pazarlığı kabul etmek için deli olmak gerek!"

"Kaybedecek neyin var?"

"Varsayımsal bir mutluluk karşılığında yaşamımı meçhul birinin ellerine neden bırakayım?!"

Bakışlarında, rakibinin köşeye kısılacağını bilen bir satranç oyuncusunun güveni vardı.

"Ya burada, kesin bir ölüm karşılığında ne elde edeceksin?" dedi, purosunun ucuyla boşluğu göstererek.

Belirtilen yöne bakma gafletinde bulundum ve şiddetli bir baş dönmesine kapıldım. Görüntü beni ürküttü; ama aynı zamanda... boşluk beni çağırıyordu, beni ele geçiren korkunç kaygıdan kurtulmam için. Kirişin üzerine boylu boyunca uzanmak ve yardım bekleyerek hareketsiz kalmak istedim. Denetleyemediğim sinir ürpertileri başlamıştı uzuvlarımda. Acımasızdı, dayanılır gibi değildi.

Yağmur...

Yağmur yağmaya başlıyordu... Yağmur. Tanrım... Metal kiriş bir paten alanına dönecekti. Adamdan, pencereden, kurtuluştan beş metre ayırıyordu beni. Dar ve kaygan bir kirişin beş metresi. Konsantre olmalıydım. Evet, bu, konsantre olmalıyım. Özellikle de düz durmalıyım. Soluklanmalıyım. Sağa doğru yavaşça dönmem gerek, ama...

Bacaklarım kımıldamıyordu. Ayaklarım sanki metale yapışmış gibiydi. Uzun süre bu pozisyonda kalmak kaslarımı kaskatı kesmişti, artık yanıt vermiyorlardı. Baş dönmesi, kurbanını büyülemiş kötücül bir büyücüydü. Bacaklarım titremeye başladı; önce belli belirsiz, sonra giderek daha güçlü. Gücüm çekiliyordu.

Çark...

Çark dönüyordu. Asansörün gürültüsü geliyordu. Çark su sıçratmaya başlamıştı. Dönme hızlanırken, asansörün de giderek hızlanarak indiği anlaşılıyordu. Su üzerime sıçrıyordu; soğuk ve kör ediciydi. Sağır edici. Dengemi yitirdim... ve kendimi, hâlâ çağlayanın saldırısı altında, çömelmiş buldum. Bu uğultu arasında adamın buyurgan bir sesle çağırdığını işittim.

"Buraya gel! Gözlerini açık tut! Bir adım at!"

Kendimi onun otoritesine bırakarak, yalnızca onun emirlerini dinlemeye ve yine de yüzeye çıkan düşüncelerimi ve duygularımı unutmaya çabalayarak itaat ettim. Bir adım attım, sonra ikinci bir adım, bir robot gibi, her direktifini mekanik bir şekilde yerine getiriyordum. Çağlayanın dışına çıkmayı, sonra, ikinci bir durumda, onun hizasına kadar ilerlemeyi başardım. Bunun üzerine, onunla aramdaki yatay kirişe adım atabilmek için bir ayağımı kaldırdım. O, kendisine uzattığım titreyen ve ter içindeki eli yumruğuyla kavradı ve tam adım atacakken beni tutup geriye itti. Öyle şaşırmıştım ki, bir çığlık attım. Onun gücüyle dengemi yitirmiş, boşluğa yuvarlanıverecektim. Ama demir eli beni sıkı sıkı tutarak durdurdu.

"Evet, söz veriyor musun?"

Yüzünden, kırışıklıklarının rehberliğinde, sular akıyordu. Mavi gözleri büyüleyiciydi.

"Evet."

2

Ertesi gün yatağımda uyandım. Kuru yatak takımlarımın içinde sıcacıktım. Panjurların arasından güneş ışığı sızıyordu. Diğer yanıma dönüp, yorganın iyilik dolu kozasını terk etmeden, komodine uzandım. Kolumu uzattım ve yatarken oraya koyduğum kartviziti aldım. Adam benden ayrılmadan önce vermişti. "Yarın saat 11'de gel" diye bağlamıştı sözünü.

Yves Dubreuil

23 Henri-Bartin Caddesi

75116 Paris

Telefon: 01 47 55 10 30

Beni gerçekten neyin beklediğini bilmiyordum. İçim çok rahat değildi.

Telefonumu elime aldım ve Vanessa'yı arayıp gün içindeki bütün randevularımı iptal etmesini istedim. Istırap içindeydim. Kendimi ne zaman toplayacağımı bilmiyordum. Bu angarya tamamlanınca, duşun altına girdim ve sıcak su depom boşalana dek altında kaldım.

Montmartre tepesinde kiraladığım, iki odalı bir evde yaşıyordum. Kirası yüksekti ve çok küçüldü, ama şehre kapanmaz bir manzaradan bakıyordum. Efkârlandığımda, pencerenin pervazına oturarak saatler geçiriyordum, bakışlarım ufuktaki binaların ve yapıların çokluğu içinde kayboluyordu. Oralarda yaşayan milyonlarca insanı, hikâyelerini, meşguliyetlerini hayal ediyordum. O kadar kalabalıktılar ki, günün ya da gecenin her saatinde çalışmakta, uyumakta, sevişmekte, ölmekte, kavga etmekte, uyanmakta olan birileri ister istemez vardı. Kendi kendime "tıp!" oynuyor ve tam o anda kaç kişinin kahkaha attığını, eşine hoşça kal dediğini, eğlendiğini, gözyaşlarına boğulduğunu, kaç kişinin öldüğünü, doğum yaptığını, yıldırım aşkına çarpıldığını düşünüyordum. Aynı anda herkesin hissedebileceği bunca farklı duyguyu hayal ediyordum.

Oturduğum daireyi yaşlı bir hanımdan kiralamıştım. Bayan Blanchard. Benim şanssızlığıma, hemen altımdaki dairede yaşıyordu. Yaklaşık yirmi yıldır duldu, ama sanki hep yas tutarmış izlenimi veriyordu insana. Sofu Katolik olan bu hanım haftada defalarca ayine gidiyordu. Kimi zaman onu Montmartre'daki Saint-Pierre Kilisesi'nin ahşap, eski günah çıkarma yerinde diz çökmüş, parmaklıkların ardında, alçak sesle, geçen gün yaptığı dedikoduları itiraf ederken hayal ediyordum. Belki beni maruz bıraktığı tedirginliği de itiraf ediyordur: Kabul edilir normun -yani tam sessizlik- ötesinde en ufak bir ses çıkardığımda yukarı çıkıyor ve kapıma sertçe vuruyordu. Kapıyı aralayarak açıyor ve kızgın yüzünün abartılı sitemlerde bulunduğunu, beni komşuluğa daha fazla saygı göstermeye davet ettiğini görüyordum. Ne yazık ki, ilerleyen yaşına rağmen işitme duyusunu yitirmemişti ve yuvarlanan bir ayakkabı ya da sehpanın üzerine biraz sertçe konulan bir bardak gibi önemsiz gürültüleri nasıl işitebildiğini anlayamıyordum. Kimi zaman onu eski bir taburenin üzerine tünemiş, eline bir hekim stetoskobu alıp tavana yapıştırıp kaşlarını çatmış, en ufak tıkırtıyı kollarken hayal ediyordum.

Daireyi bana istemeye istemeye kiralamış, bahşettiği lütuf konusunda beni uyarmazlık da etmemişti: Genellikle yabancılara kiralamıyordu, ama kocası İkinci Dünya Savaşı sırasında Amerikalılar tarafından kurtarıldığından, benim için bir istisna yapmıştı ve benim de buna layık olmam gerekiyordu.

Audrey'nin benim evimde hiç kalmadığını söylemeye gerek yok. Karanlık cübbeleri içinde, yüzleri kapüşonların gölgesinde gizlenmiş engizisyon ajanlarının istilasından ve bizi sorguya çekmelerinden çekinmiştim. Audrey'yi, ayakları ve elleri zincirlerle bağlanmış bir halde, çırılçıplak tavandaki çengele asabilirler, çıtırdayan bir ateşin alevleri de vücudunu yalamaya başlayabilirdi...

O sabah -kapıyı çarpmadan- çıktım ve beş katlı binadan aşağı indim. Audrey'den ayrıldığımdan beri kendimi hiç bu kadar hafif hissetmemiştim. Yine de kendimi iyi hissetmem için hiçbir nesnel gerekçem yoktu. Yaşamımda hiçbir şey değişmemişti. Yine de, evet: Birisi benimle ilgileniyordu ve niyeti ne olursa olsun, bu belki de yüreğime biraz su serpmişti. Midem hafifçe burkuluyordu elbet. İstisnai durumlarda, herkesin içinde söz almam gerektiğini bildiğim zamanlarda, büroya gitmeden önce hissettiğim korkuya benziyordu.

Çıkarken, mahallenin evsizi Étienne'le karşılaştım. Binanın girişi yüksekti. Küçük bir taş merdivenle sokağa kadar iniliyordu. Étienne genellikle bu merdiven boşluğuna gizleniyordu. Bayan Blanchard'ı gerçek bir vicdan muhasebesiyle karşı karşıya bırakmış olmalıydı ve muhtemelen Hıristiyan hayırseverliği ile düzen tutkusu arasında kalmıştı. Bu sabah Étienne deliğinden çıkmış, kirpi gibi saçlarıyla, binanın duvarına yaslanmış güneşleniyordu.

"Bugün hava güzel," dedim geçerken.

"Hava nasılsa öyledir, delikanlı," karşılığını verdi, kısık sesiyle.

Metroya atladım. Bozgun yüzleriyle, mezbahaya gider gibi işe giden Parislileri görünce önceki günkü iç sıkıntım neredeyse geri geliyordu.

"Pompe Sokağı" istasyonunda indim ve başkentin tuzu kuru semtlerinden birinde ortaya çıktım. Karanlık yeraltı koridorlarının pis kokusu ile bu ışıltılı semtin temiz havası, yeşil kokusu arasındaki zıtlık beni hemen etkiledi. Trafikteki pek az araba ile Boulogne ormanının yakınlığı bunun nedeni olmalıydı. Henri-Martin Caddesi kavisli, çok güzel bir caddeydi. Merkezinde ve yanlarda görkemli ağaçların bulunduğu düzgün bir dörtgendi. Yontma taştan, Haussman tarzı görkemli binalar, işlemeli, siyah ve yaldızlı yüksek demir parmaklıkların ardında geri çekilmişti. Zarif birkaç kadın ve acelesi olan beyler. Kimileri art arda öyle çok estetik ameliyat geçirmiş olmalıydı ki yaşlarını saptamak imkânsızdı. İçlerinden birinin yüzü bana Fantomas'yı hatırlattı. Bir insanın zamanın izinden kurtulup dünya dışı bir canlıya benzemekten ne kazandığını düşündüm.

Çok erken gelmiştim. Bir kafeye girip kahvaltımı ettim. Kruvasan ve sıcak kahve kokusu. Cam kenarına oturdum ve bekledim. Garsonun pek meşgul bir hali yoktu. Elimle işaret ettim, ama sanki görmemiş gibi yaptı. Sonunda seslendim ve homurdanarak geldi. Bir sıcak çikolatayla reçelli ekmek sipariş ettim. Soğuk mermerden küçük masanın üzerinde duran *Figaro*'nun sayfalarını rastgele karıştırarak sabırla beklemeye başladım. Dumanı tüten çikolatayı getirdiler. Üzerine nefis bir tereyağı sürülmüş, reçelli bagetlerin üzerine çullandım. O sırada da barın etrafında semt sohbetleri alevlenmeye başlıyordu. Bu Paris kafelerinin ortamı eşsizdir. Amerika Birleşik Devletleri'nde bulunmayan bir hava ve kokular.

Yarım saat sonra yoluma devam ettim. Henri-Martin Caddesi oldukça uzundu. Yves Dubreuil'ü düşünerek yol boyu yürüdüm. Bu adamı bana bu tuhaf "pazarlığı" önermeye teşvik eden neydi? Niyeti, kendi söylediği gibi gerçekten olumlu muydu? Tutumu en azından muğlaktı, ona güven duymak güçtü. Şimdi ona yaklaşırken, içimde bir tür endişenin büyüdüğünü bile hissediyordum.

Hepsi birbirinden güzel binaların önünden geçerken, sokak numaralarını saydım. 25 numaraya geldim. Onunki bir sonraki olmalıydı, ama bina dizisi burada sona eriyordu. Demir parmaklıkların ardındaki yoğun yapraklar binayı maskeliyordu. Kapının önüne geldim. 23 numara bir bina değil, yontma taştan muhteşem bir köşktü. Doğru adreste olup olmadığımı anlamak için kartviziti çıkardım. Burada oturduğu kesindi. Çok etkileyici... Gerçekten onun evi miydi?

Zili çaldım. Videofon camının arkasındaki küçük kamera harekete geçti ve bir kadın sesi beni içeri girmeye davet etti. O sırada giriş kapısının yanındaki bir kapı elektronik olarak açıldı. Bahçede birkaç adım atmıştım ki simsiyah, kocaman bir doberman havlayarak bana doğru atıldı. Bakışları tehditkâr, dişleri tükürükle kaplıydı. Ben yana doğru sıçrarken, boynunu tutan zincir de aniden gerildi. Son noktada, ön pençeleri havada kalakalmıştı. Zincirin gerilmesinin neden olduğu boğulma ağzından bir tükürük fışkırtmış ve tükürük ayakkabılarıma kadar gelmişti. Hemen sessizce geri döndü, sanki bende yol açtığı ani korku hoşnut kalmasına yetmişti.

Kapıda beni karşılayan Dubreuil, "Stalin'i bağışlamanı rica ederim, dayanılır gibi değildir!" dedi.

"Adı Stalin mi?"diye geveledim elini sıkarken, nabzım yüz kırk atıyordu.

"Yalnızca geceleri serbest bırakılıyor, gündüzleriyse bir ziyaretçi geldiğinde zaman zaman pençelerinin uyuşukluğunu giderir. Davetlilerimi biraz ürkütüyor, ama bu onları daha uysallaştırıyor! Gel, beni izle," dedi, önüme geçip beni mermer kaplı geniş bir giriş hölüne soktu. Sesi hemen çınlamaya başlamıştı.

Tavan inanılmaz yükseklikteydi. Duvarlarda, dev boyutlardaki eski altın çerçeveler içinde ustaların tuvalleri vardı.

Hizmetçi kıyafetleri içindeki biri benim ceketimi aldı. Dubreuil merdivenlerden çıkmaya başladı, ben de peşinden. Beyaz taştan devasa merdivenler. Ortasında, tavana asılı, siyah kristalden püskül telli, benim ağırlığımın üç misli, muhteşem bir avize hüküm sürüyordu. Üst kata varınca, duvarları halılarla kaplı geniş bir koridora daldı. Yine tablolar. Aplik yerine şamdanlar. Sanki bir şatodaydım. Güvenle yürüyor ve sanki on metre ötedeymişim gibi yüksek sesle konuşuyordu. Koyu renk giysisi kır saçlarıyla tezat oluşturuyordu. İsyankâr saç kıvrımları, ona ateşli bir orkestra şefi havası veriyordu. Yüksek yakalı beyaz gömleğinin açıklığında ipek bir fular görülüyordu.

"Büroma geçelim. Daha samimi olur."

"Tamam."

Samimiyet, muhteşemliği söz götürmeyen, ama sır açmaya pek uygun olmayan bu yerde tam da ihtiyacım olan şeydi.

Gerçekten de bürosu bana daha sıcak geldi. Çoğunluğu eski kitaplarla dolu antika kitaplıklarla kaplı duvarlar ortamı ısıtıyordu. Versailles parkesi, kalın bir İran halısının altına gizlenmişti. Koyu kırmızı tonlarda ağır perdeler, dışarıyla irtibatı kesen bir havayı tamamlıyordu. Pencerenin önünde, kenarları incelikle yaldızlanmış siyah deriyle kısmen kaplı, ihtişamlı bir maun masa. Birkaç kitap, dosya yığını ve ortada, gümüşten, tehditkâr bir kâğıt keseceği; ucu bana doğru dönük. Tıpkı katilin suç mahallini aceleyle terk ederken ihmalkârlıkla unuttuğu bir suç aleti gibi. Dubreuil beni, çalışma masasının bizim tarafımızda karşı karşıya duran, koyu renk deriden iki koltuktan birine oturmaya davet etti.

"Bir şey içmek ister misin?" diye sorarken, bir yandan da kendine bir kadeh içki koydu.

"Hayır, teşekkürler. Şu an değil."

Buzlar çıtırdayarak eridiler.

Sakince oturdu; o bir yudum içerken ben de kaderimin tam olarak ne olacağını beklemekteydim.

"Pekâlâ, dinle. İşte, sana önerim. Bugün bana yaşamını anlatacaksın. Problem dolu olduğunu söylemiştin. Hepsini öğrenmek istiyorum. Çekingen genç kız rolü oynayacak değiliz, içini açmaktan çekinme. Şunu hiç unutma, hayatımda hiçbir şeyin beni şoke edemeyeceği ya da şaşırtamayacağı kadar iğrenç şey işittim. Ama tersine, dün işlemek istediğin fiili haklı göstermeye yönelik daha fazla şey eklemek zorunda da hissetme kendini. Yalnızca senin kişisel tarihini öğrenmek istiyorum..."

Sustu ve bir yudum daha içti.

İş, gündelik ilişkiler ve alışıldık hay huy gibi yaşamın sıradan olaylarının ötesine geçildiğinde, meçhul birine yaşamını anlatmakta uygunsuz bir şey vardır. Kendimi ona açmaktan çekiniyordum. Biraz da kendimi açmanın sanki ona benim kişiliğim üzerinde güç vereceği duygusu içindeydim. Bir süre sonra, anlatmaya başlamış ve kendime soru sormaya son vermiştim. İçimi açmayı kabul ettim. Belki de kendimi yargılanıyor hissetmediğim için yaptım bunu. Hem de itiraf etmeliyim ki kendimi oyuna kaptırmıştım. Sonuçta, utanç engelini bir kez aştıktan sonra, dikkatli bir kulağın sizi dinliyor olması oldukça hoş. Hayatta gerçekten dinleniyor olma fırsatı hep çıkmaz insanın karşısına. Başkasının sizi anlamaya, düşüncenizin kıvrımlarını ve ruhunuzun derinliklerini keşfetmeye çalıştığını hissetmek... Benliğin şeffaflaşması sağaltıcıydı; hatta, bir şekilde, heyecan veriyordu.

O günü –böyle adlandırmayı alışkanlık edindiğim üzere- şatoda geçirdim. Dubreuil pek az konuştu ve beni son derece dikkatle dinledi. Bu kadar uzun süre dikkatini koruyabilen insanlara ender rastlanır. Görüşmemizin başlangıcından bir ya da iki saat sonra, kırk yaşlarında bir hanım konuşmamızı kesti. Dubreuil, "Catherine; ona son derece güvenirim," demekle yetinerek bana tanıştırdı. Oldukça ince bir fizik. Beceriksizce toplanmış donuk saçlar. Hüzünlü ve özensiz giysileri, kadınsı süsleri muhtemelen küçümsediğine kanıt oluşturuyordu. Bayan Blanchard'ın kızı olabilirdi; **onun ateşli hali hariç.** Bir kâğıda yazılmış kısa bir metni göstererek Dubreuil'ün fikrini sordu.

Ne olduğunu anlamama imkân yoktu. Kadının, karısı olamayacak kadar soğuk bir havası vardı. Ortağı mıydı? Asistanı mı?

Sohbetimiz -benim kısmi monoloğum demem daha doğru olur- yemek saatine dek sürdü. Bahçede, çardağın altında yemek yemeğe indik. İnsanın Paris'in ortasında olduğunu hatırlaması güçtü. Catherine de yanımıza geldi, ama pek çalçene değildi. Dubreuil'ün, görüşmemiz sırasında koruduğu suskunluğu telafi etmek ister gibi, soru-cevapla ilerlemek eğiliminde olduğunu söylemek gerekir. Yemek, beni karşılayandan başka bir uşak tarafından sunuldu. Dubreuil'ün seçkin ama doğal taşkınlığı, personelinin ölçülü ve özenti tarzıyla çelişiyordu. Beni dinlerken kimi zaman onda gördüğüm meşgul ama kaygılı bakışların tersine, açık sözlülüğü beni yatıştırıyordu.

"Bu öğleden sonra Catherine bizim yanımızda kalırsa rahatsız olur musun? O benim gözüm ve kulağımdır, hatta kimi zaman beynimdir," diye ekledi gülerek, "ondan saklım gizlim yoktur."

Zaten her şeyin ona da tekrarlanacağından beni haberdar etmenin ustalıklı bir biçimi.

"İtirazım yok," diye yalan söyledim.

Söyleşiye yeniden başlamadan önce bacaklarımın uyuşukluğunu atmak için parkta birkaç adım yürümeyi önerdi. Benim sabahki konuşmamı ona özetlemek için bundan yararlandığını düşündüm.

Üçümüz bürosunda buluştuk. İlk dakikalar kendimi daha az rahat hissettim, ama Catherine aşırı yansızlığıyla kendini çabuk unutturan kişilerdendi.

Saat 19.00'a yaklaşırken, çalkantılı yaşamımın sonuna gelmiştik. Catherine usulca ortadan kayboldu.

"Bütün bunları düşüneceğim," dedi Dubreuil, düşünceli bir ses tonuyla, "ve yarın herhangi bir yolla sana ulaşıp ilk görevini ileteceğim. Bütün irtibat noktalarını bana bırak."

"İlk görevim mi?"

"Evet, ilk misyonun da denebilir. Başka talimatları beklerken yapman gereken şey."

"Anladığıma emin değilim..."

"Sen, bir şekilde sana yazılmış şeyleri, dünyayı yaşayış tarzını, davranışlarını, başkalarıyla ilişkilerini, duygularını koşullandıran şeyleri yaşadın. Bütün bunların sonucu, açıkça konuşmak gerekirse, bu işin yürümediğidir. Bu sende problemlere neden oluyor ve seni mutsuz kılıyor. Böyle yaşamaya devam ettiğin sürece hayatın vasat geçecek. Dolayısıyla, bazı değişiklikler yapmak gerek..."

Anında beynimi açmak için elinde bir bisturi sallayacağı izlenimine kapıldım.

Sözüne devam etti:

"Bundan saatlerce bahsedebiliriz, ama mutsuzluğunun nedenlerini sana bildirmek dışında bir işe yaramaz. Mutsuzluğun sürer... Bilirsin, bir bilgisayar iyi çalışmadığında, daha iyi işleyen yeni programlar yüklemek gerekir."

"İşin sıkıcı tarafı, ben bir bilgisayar değilim."

"Felsefeyi kavradın; ama senin bakış açını geliştiren, kaygılarını, kuşkularını, sıkıntılarını aşmayı sağlayan bir dizi deneyim yaşamalısın."

"Peki, sizin doğru programlamayı bildiğinizin kanıtı ne?"

"Söz verdin. O halde, soru sormak gereksiz. Bu, korkularını beslemekten başka bir işe yaramaz; eğer doğru anladıysam, zaten yeterince çok korkun var."

Bir süre, suskun ve düşünceli bir halde ona baktım. Hiçbir şey demeden bakışlarıma karşılık verdi. Bana saatler gibi gelen uzun saniyeler geçti. Sonunda sessizliği bozdum.

"Siz kimsiniz, Bay Dubreuil?"

"Evet, bu soruyu ben de zaman zaman kendime sorarım," dedi ayağa kalkıp koridorda önüme geçerek. "Gel, sana tekrar eşlik ediyorum. Ben kimim? Ben kimim?" diye tekrarladı yürürken ve güçlü sesi geniş merdivenlerde yankılandı.

3

Ertesi gece, çocukluğumdan beri görmediğim denli korkunç bir kâbus gördüm.

Bir köşkteydim. Geceydi. Dubreuil ordaydı. Çok karanlık geniş bir salondaydık. Çok yüksek olan duvarlar, bir zindanın duvarları kadar karanlıktı. Yalnızca şamdanlar titreyen alevleriyle bizi aydınlatıyor; eskimiş, yanmış balmumu kokusu yayıyorlardı. Dubreuil derin bakışlarını bana dikmişti ve elinde bir kâğıt tutuyordu. Catherine biraz ötedeydi; üzerinde yalnızca siyah, dar bir bluz ve ayağında yüksek topuklu ayakkabılar vardı, saçları atkuyruğuydu. Catherine elinde uzun bir kırbaç tutuyor, servis atmış bir tenis oyuncusu gibi boğuk çığlıklar atarak dayanılmaz bir şiddetle yerde düzenli olarak şaklatıyordu. Stalin onun karşısındaydı, zincirsizdi ve her kırbaç vuruşundan sonra havlıyordu. Dubreuil gözlerini gözlerimden ayırmıyordu; kendisinin her şeye muktedir olduğunu bilen biri gibi sakin bir havadaydı. Bana kâğıdı uzattı.

"Al! Misyonun bu!"

Elim titreyerek kâğıdı aldım ve okuyabilmek için alevlere doğru eğdim. Adlar. Bir ad listesi ve her birinin karşısında bir adres vardı.

"Ne bu?"

"Onları öldürmen gerek. İlk misyonun bu. İlki."

Catherine'in kırbacı çok güçlü şaklayınca bir havlama seline yol açtı.

"Ama ben bir cani değilim! Kimseyi öldürmek istemiyorum"

"Bu sana iyi gelecek!" dedi her kelimeyi tek tek vurgulayarak.

Paniğe kapılmıştım. Bacaklarım birbirine vuruyor, çenem titriyordu.

"Hiç değil... İstemiyorum. Hiç. Ben... ben istemiyorum."

"Buna ihtiyacın var. İnan bana," dedi yaltaklanırcasına bir sesle. "Senin hikâyen nedeniyle, anlıyorsun. Karanlıklardan çıkmayı karanlıklarda öğreneceksin. Korkma!"

"Yapamam," diye soludum. "Ben... yapamam."

"Tercih şansın yok."

Sesi ısrarcı bir hal alıyordu. Bakışları içime işliyor, adam yavaş yavaş yanıma yaklaşıyordu.

"Yaklaşmayın bana! Gitmek istiyorum!"

"Gidemezsin. Çok geç."

"Bırakın beni!"

Salonun büyük kapısına doğru ilerledim. Kitliydi. Kapının tokmağını her yöne şiddetle çevirdim.

"Açın!" diye bağırdım, kapıyı yumruklayarak. "Açın bu kapıyı!"

Dubreuil bana doğru yavaş yavaş ilerliyordu. Arkamı döndüm, sırtım kapıda, kollarım kenetliydi.

"Beni zorlayamazsınız! Asla kimseyi öldürmem!"

"Hatırla: Söz verdin!"

"Ya sözümde durmazsam?"

Sorum Dubreuil'ü kahkahalarla güldürdü. Şeytani bir kahkaha, kanımı donduran cinsten.

"Ne var? Sizi güldüren nedir?"

"Eğer sözünde durmazsan..."

Dudaklarında hafif bir sırıtışla Catherine'e doğru döndü. Catherine bana baktı ve gülümseyerek yüzünü buruşturdu. Kusma arzusu uyandıran çok çirkin bir gülümseme.

Alevler yüzüne şeytansı ışıltılar yansıtırken, "Sözünde durmazsan..." diye devam etti, yavaş ve Makyavelci bir sesle, "sözünde durmazsan eğer, bu durumda senin adını bir listeye yazarım... o listeyi de... başka birine veririm..."

O anda, sırtımda, kilidin harekete geçtiğini işittim. Arkamı döndüm, uşağı ittim ve holden kaçarak çıktım.

Dubreuil'ün sesi peşimden geliyor, holde ve büyük merdivende korkunç bir yankıyla titreşiyordu:

"Söz verdin! Söz verdin! Söz verdin!"

Nefes nefese, ter içinde, sıçrayarak uyandım. Etrafımda aşina nesneleri görmek beni hâkim olduğum, bildik evrene geri getirdi.

Bunun bir düş olduğunu anlamak beni yatıştırmıştı, ama gerçekliğin gece sayıklamalarımda hayal etmiş olduğum gibi olabileceği fikrinden kaygılıydım. Sonuçta, Dubreuil ve onun gerçek niyeti hakkında hiçbir şey bilmiyordum... Ne kurallarını ne de amacını bildiğim bir oyuna dâhil olmuştum. Kesin olan tek şey, bunun dışına çıkamayacağımdı. Oyunun kuralı buydu ve bunu kabul edecek kadar çılgın biriydim...

Saat altıydı. Ayağa kalktım, sonra büroya gitmek üzere yavaş yavaş hazırlandım. Yaşam doğal akışına geri dönüyordu, işe gitmem gerekiyordu. Bu yengeç sepetine dönme fikri bile moralimi bozmaya yetse de durum böyleydi.

İşe varır varmaz Vanessa üzerime atladı, büroma giden koridor boyunca beni takip ediyordu.

"Bugün gelip gelmeyeceğini bilmiyordum, ama senden haber beklerken, yine de randevuları düzenledim. Her şeyi bilmek istersen, Fausteri dünkü yokluğundan çok memnun değildi. Ama ben seni savundum. Ona telefondaki sesinin mezardan geliyor gibi olduğunu ve gerçekten hasta bir halin olduğunu söyledim. Söylemek istemezdim, ama ben burada olmasaydım sana asla inanmazdı."

"Teşekkürler, Vanessa, çok hoş bir davranış."

Vanessa kendisinin olmazsa olmaz oluğunu kanıtlama fırsatı veren durumlara tapıyordu; bunları kendi yaratmak pahasına bile olsa. Fausteri'nin benim yokluğumu fark edip etmediğini asla bilemezdim... Aslında, kendisine minnet duyulmasına öylesine ihtiyacı vardı ki, çift taraflı bile oynayabilir, benim sebebi belirsiz yokluğumu patrona bildirdiği için tebrik almış da olabilirdi... Ondan vebadan kaçar gibi kaçıyordum.

Muhasebeci ve Maliyeci İstihdam Servisi sorumlusu Fuc Fausteri, şirketin İstihdam kolu yöneticisi Grégoire Larcher'ye bağlıydı. Dunker Consulting -her şey bir yana- insan kaynaklarında bir Avrupa lideriydi. İki önemli branştan oluşuyordu: İstihdam ve Eğitim. Şirket, benim gelişimden iki ay sonra borsaya giriş yapmıştı. Kendini Paris borsa endeksi uzmanı sayan başkanımızın gururuydu bu. Oysa şirkette ancak birkaç yüz ücretli çalışan vardı ve bunlar da üç ülkeye pay edilmişti. Ayrıca, borsaya girdikten sonra aldığı ilk karar, gösterişli ve şoförlü bir şirket arabası edinmek oldu. Taze parayı kullanmak gerekiyordu elbet. İkinci kararıysa işe bir özel muhafız almak oldu. Sanki şirketin Paris borsasında değerlenmesi, patronunu yerel dolandırıcıların gözde hedefi yapmıştı. Muhafız her yerde onun peşindeydi. Siyah takım elbisesi ve siyah gözlükleriyle, çatılara gizlenmiş nişancıları saptamak için etrafa kaçamak bakışlar fırlatıp duruyordu. Ama borsaya giriş olayına eşlik eden asıl değişim kültüreldi: Ortam bugünden yarına değişmişti. Bütün gözler şimdi hisse senedi akışının mavi çizgisine çakılmıştı. Başlangıçta herkes oyunla ilgiliydi. Senetlerin adım adım yükselişini gözlemlemekten heyecanlanıyorduk. Ama bu oyun çok kısa süre içerisinde bütün yöneticilerimizde bir takıntı halini aldı. Şirketin artık her üç ayda bir sonuçlarını yayımlaması gerektiği ve vasat rakamların hisse senetlerini hemen düşüreceği doğrudur. Yönetim düzenli olarak basın bültenleri yayımlıyordu; ama ikide bir iyi haberler duyurmak güçtü. Bir şirkette her gün duyurulacak önemli bir olay olmaz; ama yine de, hazır olmak, başkanımızın dediği gibi, "basın üzerinde baskı oluşturmak" gerekiyordu. Olumlu sonuçlarla basını beslemek kısa sürede bir olaylar zinciri, ardından da bir kölelik halini aldı.

Şirket, profesyonelliğiyle, ciddiyetiyle, müşterilerine sunduğu hizmetin kalitesiyle yıllar içinde gelişmişti. Bir müşterinin ihtiyacı olan kişiyi bulmak vaktiyle özel çaba gerektiren bir işti. Yalnızca aranan yeteneklere ve niteliklere sahip olmakla kalmayan, aynı zamanda daha iyi uyum sağlamasını, yeni sorumlusuyla anlaşmasını ve sonuçta kendine emanet edilen görevi başarmasını sağlayan bir karaktere ve mizaca sahip olan adayı, o nadide inciyi bulmak için her yola başvuruluyordu.

Borsaya girişten itibarense durum değişmişti. Bütün bu işler artık tamamen ikinci planda kalıyordu. Önemli olan, üç ayın sonunda basında duyurulacak iş hacmi ve müşterilerin emanet ettikleri istihdam talebi miktarıydı. Bütün düzenleme aniden elden geçirilmişti. Danışmanların, işe alma görevleri dışında, şimdi bir de ticari araştırma ve geliştirme rolleri vardı. Açıkçası benim kalemim değildi. Ama ne pahasına olursa olsun yeni müşteriler bulmak, yeni sözleşmeler yapmak, "rakam" getirmek gerekiyordu. İşe alma görüşmelerine asgari zaman ayırmak, azami zamanı da araştırma ve geliştirmeye yöneltme talimatı verilmişti. Mesleğin içi boşaltılıyor, benim gözümde edinmiş olduğu soylu anlamını yitiriyordu.

Meslektaşlar arasındaki ilişkiler de baştan sona değişti. İlk iki ayda tanımış oluğum ekip ruhu ve açık yürekli arkadaşlık yerini zoraki bir bencilliğe bırakmıştı; herkes kişisel oynuyordu, rekabetçi yarışmalar bu yönde teşvik ediyordu. Bu işten şirketin zararlı çıkacağı açıktı; çünkü işin içinden ustalıkla sıyrılmak için, ortak çıkarın aleyhine, her çalışan diğerlerinin tekerine çomak sokma eğilimindeydi. Eskiden olduğu gibi kahve makinesinin etrafında toplanıp adayların dil sürçmeleri ve yalanlarını anlatmakla vakit kaybedilmiyordu artık elbette; ama bu gevşeme anları bizim şirkete aidiyet duygumuzu geliştirmeye, şirketi bize sevdirmeye ve sonuçta onun çıkarlarına hizmet etmek için bizi teşvik etmeye katkıda bulunmuştu.

Zaten, bir şirket, bir proje etrafında çalışarak duygularını paylaşan kişilerin bir araya gelmesinden başka nedir ki? Oysa soyut bir rakamın hızla yükselmesi bir proje değildi. Ve bizi rekabete sokmak da olumlu duygular taşıyan bir şey değildi...

Telefon çaldı. Vanessa bana ilk randevumun geldiğini bildirdi. Ajandama bir göz attım: Yedi randevu planlanmıştı. Önümde uzun bir gün vardı...

Elektronik postalarımı yavaş yavaş açtım: Bir günlük yokluğumda kırk sekiz tanesi birikmişti. Luc Fausteri'nin mesajına tıkladım hemen. Her zaman olduğu gibi konu yoktu. Kısa ve özlü bir mesaj:

"Off *gününüzün ardından, kayıp çalışmayı telafi etmelisiniz. Aylık hedefinizden zaten geride kaldığınızı size hatırlatırım.*

Sevgiler,

L. F."

Otomatik imzanın programladığı "sevgiler" tabloda bir lekeydi. Mesajın kopya edilerek gönderildiği kişi: Grégoire Larcher ve... bölümdeki bütün meslektaşlarım. Ne alaka!

Adayımı kabul ettim ve söyleşi başladı. Konsantre olmakta, görevime kendimi vermekte güçlük çektim. Bürodan önceki gün ayrılırken, oraya bir daha asla ayak basmayacağıma emindim. Zihnimde bu iş geleceğimden silinmişti. Sonuçta hayattaydım, ama sanki beynimdeki bütün veriler güncellenmemiş gibiydi... Bu yer bana neredeyse yabancı geliyordu; varlığımın burada pek anlamı yoktu. Yalnızca fiziksel olarak buradaydım.

Saat 19.00'a doğru kurtulmayı başardım. Mucize! Binadan çıkar çıkmaz, Opéra Caddesi'nin kaldırımında denizci mavisi kruvaze ceket giymiş bir adam yanıma yaklaştı. Gerçek bir kas deposu. Rengi atmış, ifadesiz mavi gözler, elmacık kemiksiz, düz yanaklar. İçgüdüsel olarak bir adım geriledim.

"Bay Greenmor?"

Cevap vermeden önce kısa bir an tereddüt ettim:

"Evet..."

"Bay Dubreuil sizi bekliyor," dedi, kaldırıma çıkmış olan uzun siyah Mercedes'i kibarca göstererek.

Koyu renk camları herhangi bir şey seçmemi engelliyordu. Hafif bir ürküntüyle onu takip ettim. Bana arka kapıyı açtı. Kalbim hafifçe sıkışarak içeri girdim. Hafif bir deri kokusu. Dubreuil yana oturmuştu, ama arabanın genişliği aramızda belli bir mesafe korumaya imkân tanıyordu. Adam arabanın kapısını kapamadan önce, binadan ayrılan Vanessa'nın şaşkınlığa düşmüş bakışlarıyla karşılaşacak vaktim oldu.

Dubreuil sessizliğini koruyordu. Bir dakika sonra Mercedes çalıştı.

"Geç çıkıyorsun," dedi bana sonunda.

"Çok daha uzun süre kaldığım da oluyor, kimi zaman akşam dokuza kadar," cevabını verdim, sessizliği bozmaktan mutlu olarak... Ama hemen sonra yeniden sessizlik çöktü.

"Senin durumunu çok düşündüm," dedi sonunda. "Aslında, birbirinin içine girmiş birçok sorunun var. Merkezde, senin insanlardan korkun yatıyor. Gerçekten bunun bilincinde misin, bilmiyorum, ama yalnızca kendini dayatmaya cesaret edememekle ya da arzularını gerçekten ifade edememekle kalmıyorsun; başkalarının iradesine karşı gelmekte ve açıkça bir reddi söze dökmekte de çok güçlük çekiyorsun. Kısacası, kendi yaşamını gerçekten yaşamıyorsun, başkalarının tepkisinden korkarak fazlasıyla onlara göre davranıyorsun. Sana vereceğim ilk görevler, hemfikir olmamayı kabul etmek için korkunu aşmayı, arzularını ifade etmek ve istediğini elde etmek için karşı çıkmaya cesaret etmeyi sana öğretecek.

"Sonra, insanların beklentilerine ille de uygun olmamayı kabul etmen, her zaman onların ölçütlerine, değerlerine uyum sağlamaman, farklılığını sergilemeye cesaret etmen, hatta rahatsız ettiğinde bile bunu yapabilmen gerekecek. Kısacası, başkalarına vermeyi arzuladığın imgeyi boşver gitsin, senin hakkında ne düşündüklerini fazla dert etmemeyi öğren.

"Kendi farklılıklarını tamamen üstlendiğinde, o zaman başkalarının farklılığına da eğilebilir ve gerektiğinde kendini buna uyarlayabilirsin. Böylece, daha iyi iletişim kurmayı, tanımadığın kişilerle temasa geçmeyi ve bir güven ilişkisi kurmayı, senin gibi davranmayan kişiler tarafından kabul edilmeyi öğrenirsin. Ama öncelikle seni biricik kılan şeyi kabul etmelisin, yoksa başka insanlara yaranmak adına kaybolmaya devam edeceksin.

"Ayrıca sana, aradığın şeyi elde etmeyi öğrenmen için insanları ikna etmeyi de öğreteceğim. Dahası, seni cüretkâr olmaya, deneyimlerde bulunmaya, fikirlerini uygulamaya koymaya, düşlerini somutlaştırmaya yönelteceğim. Kısacası, sen farkına bile varmadan bugün sana baskı yapan ve seni tamamen hapseden bu kölelik zincirini parçalayacağım. Hayatını yaşayabilmen, hem de dibine kadar yaşayabilmen için seni özgürleştireceğim."

"Bütün bunları öğrenebilmem için bazı şeyler yapmaya mı zorlayacaksınız beni?"

"Bugüne dek sürdürdüğün küçük yaşamına devam ederek senin için durumun gelişeceğini mi sanıyorsun? Üstelik, seni nereye götürdüğünü de gördün..."

"Hatırlattığınız için teşekkürler, unutmuştum."

"Bu kadar aşırı bir eyleme yönelmeden de, biliyorsun, Alan, yaşam istendiği gibi yaşanmadığında uzun ve sıkıcıdır."

"Beni ikna etmeye çalışmanıza gerek yok, çünkü her koşulda, benden söz aldınız..."

Mercedes, Haussmann Caddesi'ne varmıştı ve sıkışık trafikte kilitlenmiş bütün arabaları geçerek, otobüs yolundan hızla kayıp gidiyordu.

"Gerçeğin bu kadar korkunç olmadığını gerçeğe temas ederek anlayacaksın ve sonra da bugün yapmana izin vermediğin şeyi yapman için kendine izin verebilirsin. Ayrıca seni yaşamdaki olaylarla ilişkinde de geliştirmek istiyorum. Dün seni dinlerken, gündelik hayatında yaşadıklarını anlatış tarzın karşısında şaşırdım. Genellikle bir kurban rolü benimsemişsin."

"Kurban rolü mü?"

"Bazı kişilerin dikkat etmeden içine gömüldükleri bir tür konumlanışı belirten bir laf bu. Başımıza gelen şeyi sanki bize dayatıyorlarmış gibi ve biz de istemeden buna maruz kalıyormuşuz gibi yaşamaktan ibarettir."

"Böyle olduğumu hissetmiyorum."

"Sen elbette bilincinde değilsin, ama 'şanssızım', 'istediğim gibi olmuyor', 'ben şunu tercih ederdim' gibi ifadeler kullandığında, kendini genellikle kurban konumuna koyarsın. Gündelik yaşamını bana tarif ettiğinde, bir olay senin istediğin gibi gelişmediğinde, 'ne kötü!' ya da 'yazık!' deme eğilimindesin, ama bunu bir durumu serinkanlılıkla kabul eden birinin bilgeliğiyle söylemiyorsun. Hayır, bunu üzgün bir tonda ifade ediyorsun. Boyun eğercesine bir kabul bu. Üstelik bunun senin tercihin olmadığını da kimi zaman hatırlıyorsun. Hem... zaman zaman şikâyet etme eğilimin de var. Bütün bu işaretler kurban rolünden hoşlandığını gösteriyor..."

"Belki de ben bu rolü farkında olmadan benimsiyorum, ama hoşlanmadığım kesin."

"Hoşlanıyorsun. İster istemez yararlanıyorsun bu durumdan. Beynimiz böyle işliyor. Her an bizi *en iyi tercihimiz* olduğunu kabul ettiği şeyi benimsemeye yöneltiyor. Yani, yaşamakta olduğun her durumda, beynin yapmayı bildiğin şeyler arasından ona en uygun geleni, sana en fazla yarar getirecek olanı seçecektir. Her şey böyle işler. Sorun, hepimizin aynı tercih yelpazesine sahip olmamamızdır... Bazı kişiler çok değişken tutum ve davranışlar geliştirirler. Dolayısıyla, verili bir durumla karşılaştıklarında, beyinlerindeki olası tepkiler yelpazesi çok geniştir. Başkalarıysa her zaman az çok aynı şeyi yapma eğilimindedirler ve bu durumda, yelpaze sınırlıdır. Tercih edilen şey de ender olarak uygun düşer...

"Sana somut bir örnek vereyim. Birbirini tanımayan iki adam arasında sokakta bir tartışma hayal et. Biri diğerine haksız bir sitemde bulunuyor. Eğer diğerinin elinde her türlü olanak varsa, örneğin karşısındakinin haksızlığını kanıtlamak için argümanlar ileri sürebilir ya da bir parça mizah katarak eleştiriyi alaya alabilir veyahut karşısındakini kendi konumunu doğrulamaya mecbur bırakmak için rahatsız edici sorular sorabilir. Kendini onun yerine koyup sitemin kökenini anlamaya da çalışabilir. Böylece, daha sonra, iyi bir ilişkiyi koruyarak onu yanılgıdan kurtarabilir, hatta onu görmezden gelmeyi ve yoluna devam etmeyi tercih edebilir... Kısacası, eğer bütün bunları yapabiliyorsa, demek ki sitemi işittiği anda, beyni çok sayıda cevap olasılığına sahiptir ve duruma gerçekten uygun bir olasılığı, çıkarına mümkün olan en iyi şekilde hizmet eden, ona en fazla yarar sağlayanı benimseme ihtimali yüksektir. Şimdi, bütün bunları yapmayı hiç bilmeyen biri olduğunu hayal et, o zaman beyninin erişebileceği tek tercihin ötekine hakaret etmek ya da boyun eğmek olması muhtemeldir. Ama her durumda bu onun *en iyi tercihi* olacaktır."

"Benim biraz dar görüşlü biri olduğumu mu söylemek istiyorsunuz?"

"Diyebiliriz ki, olayların senin arzuladığın gibi cereyan etmediği çok özgül koşullarda, evet, az tercihin var: Kendini daima biraz kurban olarak konumlandırma eğilimindesin."

"Bunun doğru olduğunu varsayarsak, ben ne gibi bir yarar bulacağım?"

"Dün belirttiklerime bakarsak, sen başkaları için çaba gösteren biri olmayı seviyorsun ve buna karşılık 'fedakârlıkların' karşılığında değer görmeyi umuyorsun. Dahası, biraz da kendinden şikâyet etmeyi ve böylece insanların sempatisini kazanmayı seviyorsun. Aramızda kalsın, palavra bu: Bütün incelemeler göstermektedir ki, kendi tercihlerini üstlenenler ve yaşamayı seçtiklerini yaşayanlar bize daha cazip gelir. Sonuç olarak, bitmez tükenmez yakınmalar yalnızca seni heyecanlandırır..."

"Ne var ki, nesnel olarak, gerçekten nesnel olarak, bugün yaşamda başkalarından daha az şansım olduğunu sanıyorum. Başta, doğduğum toplumsal ortam olmak üzere. Üzgünüm, insan istediği her şeye sahip olduğu rahat bir ortamda doğduğunda mutlu olmak çok daha kolaydır."

"Kes! Saçmalık, bütün bunlar..."

"Kesinlikle değil. Elverişli toplumsal ortamlardan gelen çocukların yükseköğrenim görme ve dolayısıyla, daha değer kazanan mesleklere erişme şansının mütevazı çevrelerden gelen çocuklardan istatistiksel olarak daha yüksek olduğunu size bütün sosyologlar söyleyecektir."

"Ama bunun mutlulukla ilgisi yok! Mutsuz bir mühendis de olunabilir, mutlu bir işçi de. Ayrıca senin kadrolu biri olduğunu sana hatırlatırım... Adaletsizlik özellikle bir çocuğun anne babasından aldığı sevgi ve eğitime yöneliktir; gerçekten de, çocuğun gelecekteki mutluluğuna onlar katkıda bulunacaktır. Tamam, yoksun durumda olanlar vardır. Ama bunun toplumsal çevreyle alakası yoktur. İnsan zengin diye çocuklarına sevgi vermeyi ve onları eğitmek için otoritenin dozunu ayarlamayı bilmez! Etrafına bak!"

"Pekâlâ, her koşulda, bu noktada da benim şanslı olduğumu söyleyemezsiniz: Babam bile yoktu!"

"Evet, ama artık yetişkinsin ve yazgına ağlayıp sızlanmaktan başka şey yapabilirsin."

Mercedes, Malesherbes Bulvarı'na saptı ve Batignolles istikametine döndü. Sözlerinden çok rahatsız olmuştum.

"Alan..."

"Ne var?"

"Alan, mutlu kurban yoktur. Anlıyor musun? Yok böyle bir şey."

Bir süre sustu, sanki kelimelerinin bana nüfuz etmesini bekler gibiydi. Cümlesi kalbimin ortasına küçük bir ok gibi saplanmıştı; sessizliği de şimdi bu yaraya bir bıçak gibi dalıyordu.

"Tamam, peki kurban rolüne girmemek için ne yapmalı? Çünkü eğer bilinçsizce oluyorsa, bundan nasıl kurtulunur bilmiyorum..."

"Bence en iyi yol, başka şey yapmayı öğrenmektir. Kendini yine kurban yerine koymak *en iyi tercihin* ise, açıktır ki bu, beyninin pek başka imkânı olmadığındandır. Dolayısıyla, beynini geliştirmelisin. Anlıyor musun, doğa boşluktan korkar. Bu durumda, bu kurban rolünü ortadan kaldırmaya çalışıyorsan, ama yapacak başka hiçbir şey bilmiyorsan, işe yaramaz. Değişime direnirsin. En iyisi, başka şey yapabileceğini keşfetmendir. Ayrıca, ben inanıyorum ki beynin bu yeni seçeneği, sana daha fazla yarar sağlarsa, kendiliğinden hemen seçecektir."

"Peki bu yeni seçenek ne olacak?"

"Gündelik yaşamda elde etmek istediğin şeyi edinmeyi sana öğreteceğim. Eğer bunu başarırsan, o zaman kurban rolü oynamana gerek kalmayacak. Dinle, bunun yalnızca bir anekdot olduğunu biliyorum, ama şanssızlığının gündelik yaşamın sıradan olaylarına dek senin peşini bırakmadığını bana anlattığında, dün beni çok şaşırttın. Bakkaldan bir ekmek aldığında, bembeyaz ekmeği severken sana hep çok pişmiş ekmek düştüğünü söyledin!"

"Doğru bu."

"Ama önemsiz bu! Demek ki, 'Hayır, bu çok pişmiş, ben yanındakini istiyorum,' bile diyemiyorsun."

"Diyebilirim elbette! Yalnızca bekleyen o kadar müşteri varken fırıncının canını sıkmak istemediğimden. Hepsi bu."

"Ama bu onun iki saniyesini alır! Onun zamanından iki saniyeyi almaktansa, sevmediğin çok kızarmış ekmeği yemeği tercih ediyorsun! Hayır, aslında ona bunu söylemeye cesaret edemiyorsun. İstediğin şeyi elde etmek için ona karşı çıkmaktan korkuyorsun. Seni müşkülpesent, nahoş bulmasından ve seni sevmemesinden korkuyorsun. Diğer müşterilerin öfkelenmesinden, sabırsızlanmalarından korkuyorsun."

"Mümkün..."

"Ölüm döşeğindeyken, 'Ömrümde hiçbir şey yapmadım, istediğim hiçbir şeye sahip olmadım, ama herkes beni nazik buldu,' diyebilirsin. Mükemmel!"

Kendimi gerçekten kötü hissetmeye başlamıştım. Rahatsız edici sözler söyleyen bu adamdan gözlerimi uzaklaştırdım. Bakışlarım önümden geçen binalara, dükkânlara ve insanlara kaydı.

"Müthiş bir haberim var," diye devam etti sözüne.

"Nedir?"

Kuşkuyla, ona bakma zahmetine bile katlanmadım.

"Müthiş haber şu ki, bütün bunlar geçmişte kaldı. Bundan böyle fazla pişmiş ekmek yemeyeceksin. Bir daha asla," dedi, çevreyi süzerek. "Vladi, dur!"

Şoför Mercedes'i durdurdu ve sinyallerini yaktı. Arabalar korna çalarak bizi solladılar.

"Ne almak istiyorsun?" diye devam etti Dubreuil, bana bir fırını göstererek.

"Şu an, hiçbir şey. Kesinlikle hiç."

"Çok iyi. O halde, içeri girip bir ekmek isteyeceksin, bir pasta ya da herhangi bir şey. Aldığında da, ondan vazgeçmek ve başka bir şey istemek için bir bahane bulacaksın. İkinciyi reddetmek için bir başka neden icat edeceksin, sonra üçüncüyü ve dördüncüyü de. Sonra onlara, sonuçta, hiçbir şey istemediğini söyleyeceksin ve bir şey satın almadan çıkacaksın."

Midemin düğümlendiğini hissettim, yüzüm yanıyordu. En azından on beş saniye boyunca sesim çıkmadı.

"Bunu yapamam."

"Yaparsın. Birkaç dakika içinde bunu kanıtlayacaksın."

"Gücümü aşar bu."

"Vladi!"

Şoför ayağa kalktı, bana kapıyı açtı ve bekledi... Dubreuil'e yiyecek gibi baktım; sonra, istemeye istemeye arabadan çıktım. Fırına bir göz attım. Kapanmadan önce, herkesin hücum ettiği bir vakit. Kalbimin son sürat attığını hissettim.

Sanki darağacına çıkmak için sıramı bekler gibi kuyruğa girdim. Fransa'ya geldiğimden beri ilk kez taze ekmek kokusu beni geri itiyordu. İçerisi bir fabrika gibi basınç altındaydı. Satıcı kadın müşterilerin taleplerini kasiyer için tekrarlıyor, o da parayı alırken yüksek sesle tekrarlayınca, satıcı da bir sonraki müşteriyle ilgileniyordu. Kusursuz işleyen gerçek bir bale. Benim sıram geldiğinde, arkamda sekiz ya da on müşteri vardı. Yutkundum.

"Bayım?" diye bana seslendi, tiz sesiyle.

"Bir baget, lütfen."

Sesim boğuktu, sanki boğazımda sıkışmış gibi.

"Beyefendiye bir baget!"

"Bir avro, on kuruş," dedi kasiyer.

Kasiyer peltek konuşuyor, konuşurken de tükürük saçıyordu, ama kimse ekmeğini korumayı düşünmüyordu.

"Bayan?"

Satıcı bir sonraki müşteriye hitap etmişti bile.

"Çikolatalı bir küçük ekmek."

"Çikolatalı bir küçük ekmek de hanımefendiye!"

"Özür dilerim, daha az pişmiş bir tane var mı, lütfen?" demek için kendimi zorladım.

"Bir avro, yirmi kuruş, hanımefendiye."

"Buyrun," dedi satıcı bana bir diğerini uzatarak. "Bayan, sıra sizde!"

"Dilimlenmiş bir tost ekmeği, lütfen."

"Şey, özür dilerim. Aslında, kepekli ekmek almak istiyorum."

Ekmek kesme makinesi sesimi bastırıyordu. Satıcı beni işitmiyordu.

"Kesilmiş ekmek, bayana!"

"Bir avro, seksen."

"Hanımefendi?"

"Hayır, özür dilerim," diye devam ettim. "Kepekli ekmek almak istiyorum."

"Beyefendiye, bagete ilaveten bir kepekli ekmek!"

"Üç avro, on beş etti," dedi kasiyer, tükürük yağmuru içinde.

"Delikanlı, sıra sizde."

"Hayır, bagetin yerineydi, ilaveten değil."

"İki ekmek," dedi delikanlı.

"Pekâlâ, iki avro, beş kuruş beyefendi için, iki avro, on delikanlı için."

"Hanımefendi?" dedi satıcı.

Kendimi kötü hissediyordum. Devam edecek cesaretim yoktu. Dubreuil'e bir göz attım. Şoför, kollarını kavuşturmuş, arabanın yanında duruyordu. Bakışlarını benden ayırmıyordu.

"Pişkin bir yarım baget," dedi yaşlı bir hanım.

"Özür dilerim," dedim tezgâhtara, "fikrimi değiştirdim. Üzgünüm, ama ben de bir yarım baget istiyorum."

"Evet, beyefendi ne istediğini bilmiyor," dedi tiz sesiyle, yaşlı hanım için kestiği bagetin diğer yarısını alarak.

Çok sıcak geliyordu. Giysilerimin içinde terliyordum.

"Altmış kuruş hanımefendi için, aynısı beyefendi için de."

"Hanımefendi."

"Düşünüyorum," dedi pastalara belirgin bir suçluluk duygusuyla bakan genç bir kadın.

Her birinin kalori miktarını ölçüyor olmalıydı.

Satıcı, "Hâlâ bir sorun var mı, bayım?" dedi bana, kuşkuyla.

"Dinleyin... gerçekten üzgünüm... biliyorum... kuralları ihlal ediyorum... ama... bir tost ekmeği. Sanırım bir tost ekmeği istiyorum. Evet, o! Bir tost ekmeği!"

Belirgin bir öfkeyle beni süzdü. Arkamı dönmeye cesaret edemiyordum, ama arkamda sıkışmış müşterilerin beni yakamdan tutup dışarı atacaklarını hissediyordum.

Tezgâhtar iç çekti, sonra tost ekmeğini almak için arkasını döndü.

"Durun! Bekleyin! Aslında..."

"Evet?" dedi bozulmuş gibi bir sesle. Sinir krizinin eşiğindeydi kuşkusuz.

"Şey istiyorum... hiç... aslında, bir şey istemiyorum. Teşekkürler... üzgünüm... Teşekkürler."

Geri döndüm ve bütün müşteri kuyruğunu, başım önde, kimseye bakmadan, ardımda bıraktım. Bir hırsız gibi koşarak dışarı çıktım.

Şoför, arabanın kapısı açık, sanki bir bakanmışım gibi, beni bekliyordu. Ama ben kendimi raftan şeker çalmayı denedikten sonra yakalanmış küçük bir oğlan çocuğu gibi utanç içinde hissediyordum. Ter içinde, Mercedes'e gömüldüm.

"Côte d'Azur'de güneşin altında bir saat geçirmiş bir İngiliz kadar kızarmışsın," dedi Dubreuil, çok eğlendiği belliydi.

"Komik değil. Gerçekten komik değil."

"Görüyorsun işte, başardın."

Cevap vermedim. Araba tekrar çalıştı.

"Tamam, belki de başlangıç için fazla ileri gittim. Ama sana söz veriyorum, birkaç hafta içinde bunu eğlenerek yapmayı başaracaksın."

"Ama beni ilgilendirmiyor bu! Can sıkıcı biri olmak istemiyorum ben! Ayrıca, can sıkıcı insanlara katlanamam! Herkesi ter içinde bırakan çok müşkülpesent insanlardan nefret ederim. Onlara benzemek istemiyorum!"

"Can sıkıcı biri olman gerekmiyor. Seni bir uçtan ötekine geçirtecek değilim. Yalnızca istediğin şeyi elde etmeyi öğrenmeni istiyorum; birazcık rahatsızlık vermek pahasına da olsa. Ama fazlasını yapabilen azını da yapabilir. Dolayısıyla, seni gerekenden biraz fazlasını yapmaya iteceğim ki, sonra, talep edilmesi tamamen doğal olanı rahatlıkla isteyebilir ol."

"Sonraki etap ne peki?"

"Gelecek günlerde, günde en az üç fırına gireceksin ve alacağın şeyi iki kez değiştireceksin. Pek güç bir şey olmayacak bu."

Yapmış olduğum şeye kıyasla, bu bana gerçekten de kabul edilebilir geldi.

"Ne kadar zaman boyunca?"

"Bu senin için tamamen doğal olana, senin için kesinlikle hiçbir çaba gerektirmeyene dek. Unutma ki, sempatik kalarak müşkülpesent de olabilirsin. Hoş olmayan biri olmaya gerek yok."

Mercedes evimin önüne geldi. Vladi arabadan çıktı ve bana kapıyı açtı. Serin hava dalgası.

"İyi akşamlar," dedi Dubreuil.

Cevap vermeden çıktım. Étienne, arabayı görünce fal taşı gibi açılmış gözleriyle, merdiven altından çıktı.

"Eh, sıkma canını, ufaklık," dedi yanıma yaklaşarak.

Şapkasını eline aldı ve adımlarımın önünü temizler gibi yaptı. Ben yürürken o da geri çekiliyordu.

"Sayın başkan."

Aniden ona para vermek zorunda hissettim kendimi.

"Haşmetmeapları pek cömert," dedi boğuk sesiyle, abartılı bir reverans hareketiyle yerlere eğilerek.

Her istediğini daima elde eden kurnaz bir bakışla bakıyordu.

*

Yves Dubreuil cep telefonunu çıkardı ve iki tuşa bastı.

"İyi akşamlar, Catherine, benim."

"Nasıl geçti?"

"Şu an için, söyleneni yapıyor. Öngörüldüğü gibi geçti."

"Uzun süreceğini sanmıyorum. Ciddi kuşkularım var."

"Senin hep kuşkuların vardır, Catherine."

"Sonunda isyan edecek."

"Böyle diyorsun, çünkü onun yerinde sen olsaydın isyan ederdin..."

"Belki."

"Neyse, kendi gölgesinden bu kadar korkan birini hiç görmedim."

"Beni de kaygılandıran bu. Bu nedenle, ondan her isteyeceğini yapacak cesareti asla bulamayacağını düşünüyorum."

"Tersine. Korkusu bize hizmet edecek."

"Nasıl olacak bu?"

"Devam etmek istemezse, devam etmesini sağlayacağız... korkutarak."

Sessizlik.

"Senden korkulur, İgor."

"Evet."

4

Bir haftanın sonunda 18. bölgedeki bütün fırınları tanımıştım. Sonunda, en iyi ekmeğin evimin iki adım ötesindekinde, hep gittiğim fırında satıldığını anladım. Tabii eğer koşullanma sonucu değilse...

Şimdi günde üç baget satın alıyor ve fazlaları da Étienne'e veriyordum. Başlangıçta bu durumdan çok hoşlanan Étienne, beş günün sonunda, pişkin pişkin, ekmek yemekten gına geldiğini söyledi!

İnsan böyle yaratılmış. Her şeye alışıyor; ya da hemen hemen her şeye. Şunu kabul etmeliyim ki, başlangıçta nerdeyse insanüstü çaba gerektiren şey, bir haftanın sonunda yalnızca basit bir kararlılık gerektiriyordu. Ama yine de bilinçli bir karar almam lazımdı. Hazırlanmam gerekiyordu. Bir akşam, fırında komşuma rastladım ve kuyrukta beklerken konuşmaya daldık. Benim sıram geldiğinde ve bana yine çok pişmiş bir baget verdiklerinde, reddetme refleksini gösteremedim. Bana sunulan şeyi otomatik olarak kabul etme yönündeki eski alışkanlığıma geri dönmem için sohbetin dikkatimi dağıtması yetmişti. Kısacası, tedavi olmuştum, ama yine de tamamen iyileşmemiştim.

Bürodaki yaşamım hiç olmadığı kadar tatsız tuzsuz sürüyordu. Luc Fausteri, bölümündeki danışmanlara her sabah saat sekizde gelip *jogging* yapmalarını, ortamın giderek bozulmasını ödünlemek için mi önermişti? İki kuruşa yaratıcı olunamadığından, bu tuhaf fikrin ondan gelmediğine emindim. Bunu, "İş Ortaklarınızı *Winners*'a[1] Dönüştürün" tarzı bir *team building*[2] kitabında bulmuş olmalıydı... Sonuçta, proje hiyerarşi tarafından işe yarar görülmüş olmalıydı ki, patronu Grégoire Larcher, binaya ortak duşlar koydurtmuştu. İnanılır gibi değil!

Böylece, danışmanlar sabah toplanıp, Opéra Meydanı'nın ve Rivoli Caddesi'nin egzoz gazlarını ya da Tuileries Bahçesi'nin daha az kirli havasını bütün ciğerlerine çeker oldular. Tek kelime etmeden koşuyorlardı. Patronum ancak bir cenaze levazımatçısı kadar konuşkandı. Asıl amaç kuşkusuz ki tek tek herkesin coşkusunu körüklemekti, yoksa insanlar arasında bağ kurmak değil. Fausteri, bilindik mesafesini hep koruyordu. Sunulanı reddetme zaferini elde etmiştim ve 18. bölgenin fırıncıları bunda etken olmuşlardı. Korkunç basketbol deneyimim beni spordan sonsuza dek tiksindirmişti. Fiziksel çaba gösterdiklerinden kendilerini erkek sanan tıknefesler çetesine katılmam gücümün ötesindeydi. Bütün sporcuların sonradan duşun altında çırılçıplak buluşmasını gerektiren o aptalca gelenekten de nefret ediyordum. Patronumu Âdem kılığında görmeyi kesinlikle arzulamıyordum. Erkeklerin kendilerini erkek sandıkça cinsel bakımdan muğlak davranışlara eğilim gösterdikleri kanısındaydım. Maçtan sonra formalarını değiştiren, böylece kendi terlerini rakiplerinkiyle karıştıran futbolculara ne demeliydi?

Her gün saat dokuza beş kala işe geliyordum. Böylece ekip sabah gazasından döndüğünde ben çoktan işte oluyordum. Mesajım açıktı: Siz atlayıp zıplarken, çalışan birileri var... Kimse yanıma yaklaşamıyordu. Yine de, sitemlerin düzeyi belirgin bir şekilde arttı. İlk kez aklına orijinal bir fikir gelmiş olan Fausteri, benim bunu benimsememem karşısında kuşkusuz incinmişti. Kılı kırk yarmaya, ipe sapa gelmez her şeye dair bana bitmek bilmeyen saptamalarda bu-

---

1 (İng.) Kazananlar. (ç.n.)

2 (İng.) Ekip oluşturma. (ç.n.)

lunmaya başladı. Gömleklerimin rengiyle ayakkabılarımın cilasından, görüşmelere ayırdığım süreye dek hiçbir şey onun nahoş yorumlarından kurtulamıyordu.

Ama asıl sinir bozucu nokta başkaydı: İmzalanan işe alınma sözleşmesi miktarı. Her danışmanın asıl görevi, kendisine aday arama işi verecek şirket bulmaktı. Dolayısıyla her birimizin iki ayrı işi vardı: Danışmanlık ve ticaret. Borsaya girdiğimizden beri, ticari yan diğerinin önüne geçmişti. Danışmanlara bireysel ciro hedefleri yüklenmişti; ödül olarak da bir komisyon verilecekti.

Bizim serviste artık her pazartesi sabahı ticari bir toplantı düzenleniyordu. Karar elbette Fausteri'nin değildi. Fazlasıyla içedönük biri olduğundan, bizim aramızda olmaktan nefret ediyordu. Bu kararı ona kuşkusuz Larcher dayatmıştı. Ama Luc Fausteri çok zekiydi ve bu haftalık toplantıyı canlandırma nankör görevinden kaytarmayı başarmıştı. Larcher kendisine iyi gelecek şeyi kendi yapıyordu; bulunduğu yeri doldurmayı ve her şeye karışmayı pek seviyordu. Fausteri onun yanında sessiz kalmakla yetiniyor, gerçekten gerekli olduğunda ağzını açan mesafeli uzman rolü oynuyor, ayaktakımının tartışmalarında yer almayı reddediyordu. Hafifçe tepeden bakan ve sıkıntı dolu bir bakışla bu küçük dünyayı süzüyor ve basit zekâlı insanların aynı kara cahillikleri dönüp dolaşıp neden tekrarlamak ihtiyacında olduklarını kendine sorup duruyordu. Bu noktada tamamen haksız da sayılmazdı.

O gün koridorda, meslektaşlardan biri olan Thomas'yla karşılaştım.

"Dün, öldüğünü sandık!" dedi ironik bir tonda.

Bir bilseydin, moruk!

"Ortalıkta dolaşan bir virüse yakalanmış olmalıyım. Neyse ki, uzun sürmedi."

"İyi, sana yaklaşmayayım, o halde," dedi, bir adım geri çekilerek, "ay sonunda sizi yine geride bırakmamak için hasta olmam hepinizin işine gelecek olsa bile!"

Thomas aramızda en iyi sonuçları alan kişiydi. Bunu da bize hatırlatmak için hiçbir fırsatı kaçırmazdı. Bütün dünya bundan haberdar olmalıydı. Cirosunun oldukça etkileyici olduğunu kabul ediyorum. İmkânsız saatler boyunca çalışan bir iş celladıydı o. Yemek yemekten düzenli olarak imtina ediyordu. Hedeflerine öylesine odaklanmıştı ki, kimi zaman koridorda karşılaştıklarına insanlara günaydın demeyi bile unutuyordu. Gevezelik etmekle asla zaman kaybetmiyordu. Tabii, kendini övme fırsatı bulduğu zamanlar hariç. Üç aylık sonuçlarını hiç önem vermiyormuş gibi duyurmak için, son moda bir kupe araba satın aldığını ya da bütün Paris'in dilinden düşmeyen en yeni restoranda önceki gün yemek yediğini duyurmak için hiçbir fırsatı kaçırmıyordu. Önemli görünmek için elinden geleni yapıyordu. Başkalarının konuşmalarıyla, ancak kendi başarılarını, sonuçlarını ya da sahip olduklarını öne sürme imkânı sağladıklarında ilgileniyordu. Olur da ona, "Araban güzel," derseniz, sanki kişiliği ya da zekâsı hakkında kompliman yapılmış gibi tepki gösteriyor ve bir fatih gülümsemesiyle teşekkür ediyordu. Aynı arabaya sahip ünlü birinin adını da size söyleyebilir, satın almak için harcadığı akıl almaz miktarı ilgisiz bir havada size belirtebilirdi. Ondaki her şey imajına hizmet edecek şekilde hesaplıydı. Giysi ve aksesuarlarının markasından, sabah gelirken koltuğunun altında önemsemeden taşıdığı *Financial Times*'a kadar; esprilerinden, saç kesimine ya da sofrada sözünü ettiği film ve roman tercihine kadar her şey... Hiçbir şeyi tesadüfe bırakmıyordu. Ama hiçbir yanından kişisel bir zevk okunmuyordu. Her hareketi, her sözü, kendisi için oluşturduğu ve özdeşleştiği hayranlık verici kişiliğin bir parçasıydı. Bir soru içimi kemirip duruyordu: Bunu bilinçli olarak mı yapıyordu, yoksa kendisine de yalan mı söylüyordu?

Thomas'ı ıssız bir adada, Armani giysisi, Hermès kravatı, Weston mokasenleri, Vuitton omuz çantası, erişilecek rakamlı hedefleri ya da elde edilecek başarıları olmadan hayal ettiğim oluyordu. Yüz kilometre çevrede etkileyecek kimse olmadan... Onu böyle gezinirken görüyordum: Temel yaşam yakıtından yoksun, sonsuz uyuşukluğa gömülmüş; tıpkı bizim bekleme salonundaki incir ağacının Vanessa'nın haftada bir verdiği su olmadan varlığını sürdürememesi gibi, başkalarının hayranlığı olmadan yaşayamaz halde...

Aslında, Robinson Crusoe'nun arketipi olmaktan, dinamik çalışan olma görünüm ve tavrını nasıl geliştirmişse aynı maharetle örnek kazazede görünüm ve tavrını benimseyerek rol değiştirmekten mutlu olacağını da sanıyorum. Gemiciler tarafından kurtarıldığında -onlar da bu arada onun hayatta kalma yeteneğine hayran olurlardı- Fransa'ya kahraman olarak dönerdi. Hayatta kalma becerisini bütün televizyon kanallarına anlatırken, sekiz aylık bir sakalı titizlikle korur ve üzerindeki örtüyü de kişiliği yapardı.

Bağlam değişir, insan değişmez.

"Ee, ne anlatıyoruz, dostlar?"

Mickaël meslektaşlarımdan bir diğeriydi; alaycılık sınırında muzip biri. Ama en azından, herkesten daha kurnaz olduğunu sansa da, kendini ciddiye almıyordu.

"Bazılarımızın anlatacak şeyi var," karşılığını verdi Thomas, lafı ağzına tıkayarak.

Kendine hayran olma hali, ona mizah duygusunu yitirtmişti.

Mickaël karşılık bile vermedi ve dalga geçerek uzaklaştı. Hafifçe şişko, kuzguni saçlı haliyle, anasının gözü bir havası vardı. İyi başa çıkıyordu, çünkü sonuçları tam olması gerektiği gibiydi; ama mutlu bir yaşam sürdüğünden kuşkuluydum. Onun bürosuna defalarca habersiz girmiştim. Onu her seferinde, bilgisayarın başında, bir adayın içinden çıkılmaz dosyasına bakıyormuş gibi yaparken yakalıyordum. Son derece meşgul olduğu izlenimi veriyordu. Oysaki kitaplığının camına yansıyan ekranda, adayları bir muhasebecilik pozisyonu kapma şanslarını artırmak için çıplak fotoğraflarını göndermeye teşvik edecek görüntüler oluyordu.

"Kıskanç biri o," dedi Thomas, sır verir bir havada.

Ona göre, kendisine hayranlık göstermeyenler ille de kıskançlığın pençesindeydiler.

Her hafta, şirketler büroyla temasa geçip istihdam ihtiyaçlarını bildiriyorlar; karşılığında da bizim koşullarımızdan haberdar oluyorlardı. Vanessa çağrıları kabul ediyor, her biri için bir fiş düzenliyor ve bir danışmana aktarıyordu. Bundan hoşlandığımızı söylemeye gerek yok: Talepte bulunan bir şirketle sözleşme imzalamak, "bilgisayarda" araştırmaktan, hizmetlerimizi önermek için tanımadığımız kişilere kendimizin telefon etmesinden çok daha kolaydı. Vanessa fişleri aramızda hakkaniyetli bir şekilde dağıttığını iddia ediyordu, ama aslında Thomas'ı açıkça desteklediğini yakın zamanda keşfetmiştim. Onun yansıttığı *winner* imajından belirgin biçimde büyülenerek, onun başarısında payı olduğuna inanmaktan hoşlanıyor olmalıydı. Bana bir ilişki aktardığı ender zamanlarda, bunu, Dunker Consulting'in bir aydır aldığı tek çağrıdan iyi niyeti sayesinde benim yararlandığımı düşündürtecek şekilde yapsa bile, ekibin en yoksunu olduğuma emindim.

5

Son görüşmemizden iki hafta sonra, Dubreuil öncekine benzer koşullarda yeniden ortaya çıktı: Bürodan çıkarken onun Mercedes'ini kaldırımın ortasına park etmiş buldum.

Yaklaştım ve Vladi içerden çıktı, arabanın etrafında döndü ve bana arka kapıyı açtı. Sigaramı kaldırımda ezerek söndürdüm ve ciğerlerimde biriken dumanı derin bir solukla dışarı verdim. Düş kırıcı olmuştu... Hiç sigarasız geçen bütün bir öğleden sonranın ardından yakmıştım onu!

Bu kez daha az kaygılıydım. Ama yine de hafif bir korku midemi burkuyordu. Bir yandan da bugün bana hangi sosu yedireceğini kendi kendime soruyordum.

Mercedes çalıştı, kaldırımdan indi, Opéra Caddesi'nden geçti, sollama yasağı belirten çizgiyi sakince kesti ve Louvre'a doğru döndü. İki dakika sora, Rivoli Caddesi'nde yol alıyorduk.

"Söyle bakalım, Paris fırıncılarıyla mücadelen nasıl geçti?"

"Unutmam için gereken bir ay boyunca süpermarketlerin tost ekmeğini yiyeceğim."

Dubreuil'ün yüzünde hafif, sadistçe bir gülümseme belirdi.

"Bugün beni nereye götürüyorsunuz?"

"Baksana, gelişme gösterdin! Geçen sefer bunu sormaya bile cesaret edememiştin. Bir mahkûm gibi kendini götürülmeye bırakmıştın."

"Verdiğim sözün mahkûmuyum ben."

"Bu doğru," diye onayladı, memnun bir edayla.

Concorde Meydanı'na geliyorduk. Lüks arabanın içindeki korunaklı sessizlik, her yandan ortaya çıkıveren, bir ya da iki arabayı sollamak için birkaç metrede bir hızlanan meydandaki sürücülerin gösterdiği hareketlilikle tezat içindeydi. Solladıkları an, gergin yüzlerinde saniyenin onda biri hafifçe bir memnuniyet, bir zafer yanılsaması seziliyor, sonra da kendilerini hemen tekrar kuşatılmış buluyorlardı. Ulusal Meclis binasının üzerindeki beyaz gökyüzünden kocaman kara bulutlar geçiyordu. Sağa, Champs-Élysées'ye yöneldik. Cadde önümüzde, Zafer Anıtı'nın ufkundan görünen ışıltılı bir gökyüzüyle aydınlanan şehirdeki yüce bir delik gibi açılmıştı. Mercedes hızlandı.

"Nereye gidiyoruz?"

"Başka bir şeye geçebileceğimize emin olmak için, geçen seferden beri gösterdiğin gelişimi test edeceğiz..."

İfade hoşuma gitmedi. Benim bölümüme gelen bazı adayları geçirdiğim kimi korkunç testleri hatırlattı bana.

"Size daha önce hiç söylemedim, ama teorik testleri kesin olarak tercih ederim, içine çarpı konacak kutuların olduğu türden kâğıtları."

"Hayat bir teori değildir. Alanda yaşanan deneyimin erdemine inanırım ben ancak. Bir insanı değiştirmek için tek doğru olan budur. Geri kalan her şey laf kalabalığı ya da entelektüel mastürbasyondur."

Sağımdan ağaçlar geçiyordu, sonra sinemaların önündeki ilk kuyruklar belirdi.

"Pekâlâ, bugün bana ne hazırladınız?" diye sordum, kendime güveniyor numarası yapıyordum, ama içim pek rahat değildi.

"Evet, diyelim ki, sütçü dükkânını değiştirerek bu bölümü kapatacağız."

"Sütçü dükkânını değiştirerek?"

"Evet, Bayan Falanca'nın fırınından prestijli bir mücevherat dükkânına geçeceğiz."

"Şaka mı yapıyorsunuz?" dedim. Ne yazık ki şaka olmadığından emindim.

"Aslında ikisi arasında büyük bir fark yok."

"Elbette var! Hiç alakası yok!"

"Her iki durumda da, sana bir şey satmak için orda olan biriyle karşı karşıyasın. Aynı. Nerede sorun olduğunu anlamıyorum."

"Ama gayet iyi biliyorsunuz! Sersem numarası yapmayın!"

"Asıl fark senin kafanda."

"Ama büyük bir mücevheratçıya hiç adımımı atmadım! Bu tür yerlere alışkın değilim ben..."

"Günün birinde başlanacak elbet. Her şeyin bir başlangıcı vardır."

"Daha ben ağzımı açmadan mekân beni rahatsız edecek. Zarlarınız hileli..."

"Seni rahatsız eden ne, tam olarak?" dedi. Dudaklarında, eğlendiğini belli eden hafif bir gülümseme vardı.

"Bilmiyorum... o insanlar benim gibi sıradan kişileri kabul etmeye alışkın değillerdir... Nasıl davranacağımı bilemeyebilirim."

"Özel yasaları yok. Orası da diğerleri gibi bir dükkân, yalnızca diğerlerinden daha pahalı. Bu da sana daha müşkülpesent olma hakkı verir!"

Mercedes kaldırım boyunca durdu. Champs-Élysées'nin en yukarısındaydık. Vladi sinyalleri yaktı. Gözlerimi dikmiş önüme bakıyordum; darağacımın sağ tarafımda, hemen orda, göz eriminde bulunduğunu anlamıştım... Étoile Meydanı'ndan dönen arabalar tarafından hipnotize edilmeyi tercih ederdim; çılgına dönmüş yüzlerce karınca gibi birbirlerine hiç değmeden her engelde istikamet değiştiriyorlardı.

Cesaretimi topladım ve başımı yavaşça sağa çevirdim. Yontma taştan bina, görkemli bir şekilde orada duruyordu. Devasa vitrin iki kata yayılmıştı; gösterişli, etkileyiciydi. Üzerinde de altın harflerle celladımın adı yazıyordu: Cartier.

"Düşünsene," diye devam etti Dubreuil, "dünyada seni rahatsız edebilecek hiçbir durum olmasa yaşamın neye benzerdi!"

"Çok güzel olurdu. Ama hâlâ bu durumdan uzaktayım..."

"O noktaya varmanın tek yolu, gerçekle yüz yüze gelmen, korkun yok olana dek korkularının nesnesiyle karşı karşıya kalman; yoksa senin meçhul karşısındaki kaygını büyütmekten başka bir işe yaramayan bir sığınağa saklanmak değil."

"Belki," cevabını verdim.

Ama ikna olmamıştım.

"Haydi, seni karşılayacak insanların da senin gibi olduklarını söyle kendi kendine, onlar da maaşlı çalışanlar. Mücevherlerini Cartier'den satın alma imkânları onların da yok kuşkusuz..."

"Tam olarak yapmam gereken ne? Görevim ne?"

"Sana saatleri göstermelerini isteyeceksin. On beş kadarını denemelisin, sorular sormalısın, sonra da hiçbir şey satın almadan çıkmalısın."

Stresim biraz daha arttı.

"Önce bir sigara içmeliyim."

"Bir şey daha var..."

"Nedir?"

Cep telefonunu çıkardı, bir numara çevirdi ve iç cebinde belli belirsiz bir zil çaldı. Ten renginde küçük bir cihaz çıkardı, üzerine dokundu ve zil kesildi.

"Bunu kulağına koy. Böylece, senin maharetlerini dinleyeceğim, sana söyleyecek bir şeyim olduğunda da sen beni duyabilirsin."

Şaşırmıştım.

"Bu çılgınlık da neyin nesi!"

"Son bir şey daha..."

"Daha ne var?"

"Eğlen. Sana verebileceğim en iyi öğüt bu. Eğer bunu başarırsan kazanırsın. Her şeyi ciddiye almayı bırak. Biraz geri çekil ve bu sınavı bir oyun gibi gör. Zaten böyle değil mi? Bir oyun. Kaybedecek hiçbir şey yok, yalnızca deneyimlenecek şeyler."

"Ee... evet."

"Biliyorsun, herkes yaşamı ya kaçınılması gereken tuzaklarla dolu ya da her köşe başında zenginleştiren bir deneyim sunan geniş bir alan olarak görebilir."

Cevap vermedim, arabanın kapısını açtım ve dışarı çıktım. Trafiğin gürültüsünün istilası altında kaldım. Ilık bir rüzgâr uyuşuk beynimi diriltiyordu. Geniş kaldırımda, turistler ve hemen yakındaki RER çıkışının caddeye tükürdüğü varoş gençleri grubu görülüyordu. Étoile Meydanı'ndaki araçlar Zafer Anıtı'nın etrafında sanki sonsuzca dönüyor gibiydiler.

Birkaç adım attım, bir sigara yaktım ve oyalanarak içtim. Şansım biraz yaver gitseydi, polis gelip orada bir işi olmayan Mercedes'i uzaklaştırırdı.

Dubreuil testten söz etmişti. Benim gelişimimi test etmek istediğini söylemişti. Bu kuşkusuz gelişimimi yetersiz bulduğu anlamına geliyordu. Gelecek haftalarda başka güç görevler buyuracaktı bana. Bunlardan kurtulmak için, kesinlikle cesaretimi toplamalı ve bir yükümlülüğü hoşnut edici bir şekilde başarmalıydım. Tercih şansım yoktu. Her koşulda, beni bırakmayacaktı, buna emindim.

Sigaramı kaldırıma attım ve ayağımı üzerinde gerektiğinden daha uzun süre çevirerek sertçe ezdim. Bu lüks tapınağın cam çeperine gözlerimi diktim. Belkemiğimde bir ürperti hissettim. Haydi, cesaret.

6

Yutkunarak döner kapıyı ittim. Çamaşırcıda canı çıkan annemin görüntüsü hızla aklımdan geçti. Geniş girişte ayakta duran, kollarını vücutları boyunca sallandırmış, koyu renk takım elbiseli üç genç adam sessizce beni selamlarken, içlerinden biri bana mağazanın içine götüren ikinci kapıyı açtı. Kendimden emin bir hava takınmaya çalıştım; oysaki bana tamamen yabancı bir evrene paraşütle indirilmiştim.

Büyük bir mekân. Geniş ve yüksek tavan, anıtsal bir merdivenin hâkimiyetinde, ayna gibi parıldayan, değerli ağaçtan tezgâhların döşeli olduğu geniş bir odaya açılıyor. Işı ışıl büyük bir avize. Duvarlar, ışığı emen kadifelerle kaplı. Hafif ve ince bir parfüm. Hem sakinleştiren hem kendinden geçiren belli belirsiz bir koku. Çok kalın, gürültüleri emen türden koyu kırmızı kadife döşeme, insana içine girip çöreklenme, gözlerini kapama ve hiçbir şey düşünmeden uyuma hissi veriyor. Çok güzel, iğne topuklu, aşırı ölçüde dişi kadın ayakkabıları yaklaşıyor... bana doğru, birbiri ardına, zarafetle. Gözlerimi yavaşça kaldırıyorum... İnce ve bitmek bilmeyen bacaklar, kısa, dar ama akışkan siyah bir etek. Bele oturan bir ceket. İyice sıkılmış... Aysberg mavisi gözlü bir sarışın, kusursuzca taranmış ve ensede toplanmış saçlar. Buz gibi bir güzellik.

Dosdoğru bana bakıp çok profesyonel bir sesle hitap etti.

"İyi günler, beyefendi, size nasıl yardımcı olabilirim?"

Ufacık bir gülümseme bile geçmemişti yüzünden. Ben, donmuş bir halde, aher zamanki gibi mi davranıyor, yoksa benim davetsiz bir misafir, belki de asla müşteri olmayacak bir ziyaretçi olduğumu önceden fark etmiş miydi diye kendi kendime soruyordum. Kendimi maskesi düşmüş, onun emin bakışları karşısında çırılçıplak kalmış hissettim.

"Erkek saatlerinizi görmek için geldim."

"Altın koleksiyonumuzu mu, çelikleri mi?"

"Çelik," cevabını verdim. Alışkın olduğumdan pek de uzak olmayan bir yelpazeyi seçmiş olmaktan memnundum.

"Altın! Altın!"diye bangır bangır bağırdı Dubreuil kulaklığımdan.

Sesinin satıcı tarafından algılanmış olmasından ödüm kopmuştu. Ama o dikkat eder gibi gözükmedi. Sessiz kaldım.

"Beni izleyin lütfen," dedi, cevabımdan hemen pişman bırakan bir ses tonuyla; "tahmin etmeliydim" anlamına gelen bir ses tonu. İğrenç kadın!

Peşinden giderken bakışlarım yeniden ayakkabılarına indi. Birinin yürüyüşünü gözlemleyerek kişiliği hakkında her şey bilinebilir. Onunki iddialı ve üzerinde çalışılmış bir yürüyüştü; kendiliğinden bir yanı hiç yoktu. Beni birinci odaya götürdü ve ahşap tezgâhlardan birine doğru yöneldi. Küçük bir altın anahtar, kusursuz manikürlü kırmızı tırnaklı profesyonel parmakları arasında hareket etti ve yatay vitrin kalktı. İçinden, kadife kaplı ince bir tepsi çıkardı, üzerinde saatler gösterişli bir şekilde taht kurmuştu.

"Evet, burda Pasha, Roadster, Santos ve ünlü Fransız Tank var. Bunlar otomatik kurmalı, mekanik hareketli. Daha spor bir stilde Chronoscaph'ımız var, çelik kakmalı kauçuk bilezik, yüz metrede su geçirmez..."

Söylediklerini dinlemiyordum. Kelimeleri, ben onlara bir anlam vermeye çalışmadan kafamda çınlıyordu. Dikkatimi, sözlerine eşlik eden kesin el kol hareketleri çekmişti. Uzun parmaklarıyla her saati gösteriyor, ama sanki teması zarar verebilirmiş gibi dokunmuyordu. Jestleri, tek başına, sıradan metalden parçalarının bu cansızca toplaşmasına değer vermeye yetiyordu.

Konuşmam, denemek istemem gerekiyordu. Ama genellikle ağzımdan rahatlıkla çıkan laflar, satıcının aşırı profesyonelliği karşısında ketlenmişti. Kelimeleri ve jestleri öyle bir hâkimiyet, öyle büyük bir kusursuzluk sergiliyordu ki, ağzımı açar açmaz köylü sanılmaktan çekiniyordum.

Dubreuil'ün beni dinlediğini aniden hatırladım... Kendimi suya atmalıydım.

"Şunu denemek istiyorum," dedim, kauçuk bilezikli saati göstererek.

Sanki parmak izleri saatin güzelliğini bozacakmış gibi, beyaz bir eldiven geçirdi eline, maharetli parmak uçlarıyla tuttu ve bana uzattı. Çıplak elle elime almaktan neredeyse rahatsız olmuştum.

"Son kreasyonlarımızdan biri bu. Çelik bir kasa içinde quartzlı hareket, kronometre fonksiyonu ve üç sayıcı."

Quartzlı bir saat... Gerçek bir saat mekanizması bile yok... Pazarlarda on avro'dan ucuza binlerce quartzlı saat bulunuyordu...

Bir an önce koluma geçirmeye çalışıyordum ki aniden kendiminkinin bileğimde olduğunu fark ettim. Hafif bir utanç dalgası tüylerimi ürpertti. Ceket kolunun altında gizlenen plastik saati teşhir edemezdim... Aniden, avuç içimle maskeleyerek, kuşkusuz grotesk bir hareketle çekip çıkardım ve bir daha çıkmayacak şekilde, kaşla göz arasında cebime attım.

Sahtekârca sevimli olmaya çalışan bir ses tonuyla, "Tepsiye koyabilirsiniz," dedi.

Rahatsızlığımı fark ettiğine ve daha da artırmak istediğine emindim. Teklifini reddettim. Yüzüm yanıyordu. Kızarmasın yeterdi... Dikkatini çelmek için ilk aklıma gelen şeye hemen sarıldım.

"Pilin ömrü ne kadar?"

Sorum rahatsızlığımı anında artırdı. Cartier'nin bütün tarihi boyunca böyle bir soru soran ilk müşteri ben olmalıydım. Bu müşteriler arasında pil ömrünü kim kafaya takardı?

Satıcı, sorumun ne ölçüde yersiz olduğunu anlamam için bana zaman vermek ve utancımın derinlere nüfuz etmesini sağlamak ister gibi, bana cevap vermeden önce saniyeler geçirdi. Tam bir işkence. Alev alev yanıyordum.

"Bir yıl."

Sakinleşmeyi, kendime odaklanmayı başarmam gerekiyordu. Sahtekârca bir ilgi göstererek saate bakarken, gevşemeye çalıştım.

Hızlı bir hareketle bileğime geçirdim; bu tür lüks nesneleri elime alma becerimi göstermek ister gibi davranıyordum. Aynı hızlı hareketi sürdürmeye çalışarak bileziğin kapatma yerine sıkı sıkı sarıldım, ama atılımım kesin olarak engellendi: Çift taraflı açılan metal kilit bloke olmuştu. Kanatlardan birini ters tarafa kıvırmış olmalıydım. Hızla tekrar açtım ve başka bir manevraya giriştim; yumuşak davranıyor gibi yaparak zorladım ve kilit iyice bloke oldu.

"Kilit diğer yönde açılıyor," dedi, sanki aşikâr bir şeymiş gibi. "İzin verir misiniz?"

Utanç içindeydim; kafam kaynar kazan gibiydi. Ter damlalarının tepsiye damlamasından çekindim ve bu aşırı utancı önlemek için, birkaç santim geriledim. Kollarına kelepçe takacak polise teslim olan bir firari gibi bileğimi uzattım. Hareketi, benim beceriksizlik algımı iyice artıran bir kolaylıkla gerçekleştirdi.

Farklı açılardan bakabilmek için kolumu boşlukta hareket ettirerek değerli nesnenin estetiğini ölçer gibi yaptım.

"Fiyatı nedir?" diye sordum, mümkün olan en ilgisiz tavrı takınmaya çalışarak, sanki sonuçta tamamen önemsiz bir soru soruyormuşum gibi.

"Üç bin iki yüz yetmiş avro."

Sesinde ve bakışında sonsuz bir tatmin algılamışım gibi geldi; tıpkı lise bitirme sınavında ya da ehliyet sınavında başarısız olduğunuzu duyuran kimi sınav yöneticilerinin hissettirdiğine benzer bir şey.

Üç bin iki yüz yetmiş avro... Kauçuk bilezikli, çelik, quartz bir saat için! Otuz avroluk bir Kelton'dan farkını sormak isterdim. Dubreuil soruya kuşkusuz değer verirdi, ama yapamazdım. Henüz değil. Buna karşılık, tuhaf bir şekilde, benim gözümde aşırı olan bu abartılı fiyat biraz rahatlamama yardım etti. Bu belirgin suiistimal kendimi maruz bıraktığım baskıdan beni kısmen kurtarmıştı; diğer yandan, lüks evrenin büyüsü ve bana dayattığı saygı da dağılıyordu.

"Şunu denemek isterim," dedim, bir başkasını göstererek. Bileğimdekini de çıkartmıştım.

"Fransız Tank, 1917 çizimi. Otomatik kurmalı mekanik hareket, kalibre Cartier 120."

Onu koluma taktım ve baktım.

"Fena değil," dedim, tereddüt eder gibi yaparak.

Etti iki. Daha kaç tane denemeliydim? On beş dememiş miydi? Biraz gevşemeye başlıyordum, birazcık. O sırada Dubreuil'ün sesi, bu kez daha belli belirsiz, işitildi.

"Onları çirkin bulduğunu ve altın saatleri görmek istediğini söyle!"

"Şunu görmek istiyorum," dedim, işitmemiş gibi yaparak.

Etti üç.

"De ki onlar..."

Sesi bastırmak için öksürdüm. İşitseydi halim ne olurdu? Dışarıda duran bir suç ortağına bağlı bir dolandırıcı sanılacağım fikri aklımdan geçti. Belki de gözetleme kameraları kulaklığımı zaten saptamışlardı. Yeniden terlemeye başladım. En kısa sürede işin bitmesi için görevimi bir an önce tamamlamalıydım.

"Karar veremedim. Belki de altın modellerinize baksam iyi olacak," dedim istemeye istemeye, inandırıcılığımı yitirmekten çekiniyordum.

Küçük tepsiyi vitrine hemen yerleştirdi.

"Beni izleyin, lütfen."

Bana hizmet etmek için hiç çaba göstermediği nahoş duygusu içindeydim. Yalnızca profesyonelliğinin gerektirdiği asgariyi yerine getiriyordu. Benimle zaman kaybettiğini hissetmiş olmalıydı. Onu izledim; bakışlarımla da etrafı kaçamakça kolaçan ediyordum. Gözlerim, bana kapıyı açmış olan siyah takım elbiseli adamlardan birinin bakışlarıyla karşılaştı. Sivil giysili bir güvenlikti kuşkusuz. Bana tuhaf tuhaf baktığını hissettim.

Daha büyük bir başka odaya girdik. Oradaki birkaç müşteri caddede karşılaşılan, yoldan geçen insanlara hiç benzemiyordu; sanki hiçbir yerden gelmiş gibiydiler. Satıcı kadınlar sessiz hayaletler gibi mekânın içinde süzülüyor, mekânın dinginliğini koruyorlardı.

Stratejik yerlere gizlenmiş küçük kameraları içgüdüsel olarak saptadım. Hepsinin benim üzerime yöneldiğini hissediyordum; her bir hareketimi takip etmek için kendi etraflarında yavaşça dönüyorlardı. Kolumun tersiyle alnımı aceleyle sildim ve gerilimimi boşaltabilmek için derin derin solumaya çalıştım. İçimden yükselen korkuyu bastırmam gerekiyordu; attığım her adımsa beni milyarderler için olan nesneler koleksiyonuna yaklaştırıyordu. Onlarla ilgileniyormuş gibi yapmalı ve satın alabilecek birisi olduğumu iddia etmeliydim.

Zarif bir tezgâhın iki tarafında yerlerimizi aldık.

Altın seçenekler daha genişti ve satıcı bana modelleri yatay vitrinden tanıttı.

"Şunu beğendim," dedim, sarı altından oldukça iri bir saati göstererek.

"Mavi Balon modeli: sarı altından kutusu on sekiz kırat, sarı altından yivli kuron, mavi safir damla taşla süslü. Yirmi üç bin beş yüz avro."

Fiyatı, bu modelin benim imkânlarım içinde olmadığını belirtme niyetiyle söylediğini kesin olarak hissediyordum. Benimle oyun oynuyordu, beni sakin sakin aşağılıyordu.

Onurumun incindiğini hissettikçe bu durum beni tepki göstermeye, uyuşuk halimden çıkmaya itti.

Bana beni inciterek hizmet ettiğinin farkına varacak halde değildi.

"Denemek istiyorum," dedim, beni bile şaşırtan sert bir tonda.

Bir şey demeden söylediğimi yaptı. Buyruğuma itaat ettiğini görünce bir anda benim için çok yeni olan bir duygu hissettim; o zamana dek bana tamamen yabancı olan, minnacık bir haz. İktidar zevki bu muydu?

Saati koluma taktım, tek kelime etmeden beş saniye baktım, sonra kesin bir hüküm bildirdim.

"Çok kalın."

Kolumdan çıkardım ve üstünkörü bir şekilde ona uzatırken bakışlarımı da çoktan diğer modellere yöneltmiştim.

"Şu!" diye belirttim, ilkini yerleştirme zamanını ona bırakmadan.

Maharetli parmaklarının hareketlerini hızlandırdı, tırnaklarının kırmızı cilası, modellerin doğal parlaklığını güçlendirmek için incelikli bir şekilde tezgâha yönlendirilmiş spotların ışığını yansıtıyordu.

Hiçbir yerden gelmeyen, muammalı biçimde benim içimden doğmuş, kuşku duyulamayacak bir gücün etkisi altındaydım. Kendimi ortaya koymam aniden esritici olmuştu.

"Şunu da deneyeceğim!" dedim, bir başkasını daha gösterip onu benim dayattığım ritmi izlemeye mecbur bırakarak.

Artık kendimi tanıyamıyordum. Utangaçlığım tamamen yok olmuştu ve ilişkide giderek daha baskın oluyordum. İçimde görülmedik bir şey oluyordu. Tanımsız bir tür sevinç hissediyordum.

"Buyurun, beyefendi."

İsteklerimi ortaya koyduğumdan beri bana saygı duymaya başlaması bana üzücü bir duygu hissettirmişti. Benim için tamamen yeni bir otorite sergiliyordum ve o da kibirli bakışıyla beni süzmeye son vermişti. Gözlerini saatlerden ayırmıyor ve ona buyurduğum görevleri yerine getiriyordu. Hiç olmadığım kadar dik duruyordum, özen ve canlılıkla nesneleri elleyen uzman parmaklarına, hafifçe eğilmiş başına tepeden bakıyordum.

Bu sahnenin ne kadar sürdüğünü bilmiyorum. Tam anlamıyla kendimde olmadığımdan, gerçeklikle ilişkimi hafifçe yitirmiştim... Meçhul topraklardaydım ve bir saat önce akla bile gelmeyecek eşsiz bir zevki tadıyordum. Tuhaf bir mutlak erk duygusu. Sanki aniden ağır bir kapak fırlatılıp atılmıştı.

"Dön artık."

Dubreuil'ün ciddi sesi beni aniden yere indirdi.

Kalkmak için hiç acele etmedim. Bana eşlik etmekte ısrar etti. O peşimden gelirken ben emin adımlarla mağazada ilerliyor, fethedilmiş toprakları çiğneyen bir general gibi mekânlara göz gezdiriyordum. Odalar şimdi bana daha küçük, ortam da daha bayağı geliyordu. Siyahlı adamlar önümde bölme kapısını açtılar, ziyaretim için teşekkür ettiler. Hepsi bana iyi akşamlar diledi.

Champs-Élysées'ye çıktım. Duyularım aniden trafik gürültüsünün ve kokusunun, rüzgârın ve bembeyaz olmuş bir göğün güçlü aydınlığının istilası altında kaldı.

Kendime gelerek, deneyimlediğim şeyin anlamını tam olarak kavradım: Başkalarının bana tavrı benim tutumumla koşullanıyordu... Onların tepkilerine yol açan bendim.

Geçmiş bazı ilişkilere dair kendimi sorgulamaktan alıkoyamadım...

Aynı zamanda, içimde bir yerlerde, *başka türlü* davranmam için kuşku duyulmayacak kaynaklar keşfetmiştim. Yaşamış olduğum türden bir ilişkiyi yeniden yaşamayı kuşkusuz arzulamıyordum. Ben bir iktidar insanı değildim ve öyle olmak da istemiyordum. Samimi, eşit ilişkileri çok seviyordum... Başkalarının kuyruğuna takılan biri olmakla yetinmeye mecbur olmadığımı da keşfetmiştim, ama sorun bu değildi. Alışkanlığım olmayan şeyler yapabilir olduğumu anlamıştım ve benim gözümde yalnızca bu önemliydi.

Yaşamımın dar tüneli belki de biraz genişliyordu...

7

"Sizi muhasebeci olmaya yönelten nedir?"

Olası en iyi açıklamayı arayan adayımın gözleri fıldır fıldır döndü.

"Şey... yani... rakamları severim."

Verdiği cevaptan kendisinin de hayal kırıklığına uğradığı seziliyordu. Daha fazla satacak bir şey bulmuş olmayı isterdi, ama aklına hiçbir şey gelmemişti.

"Rakamlarda sevdiğiniz nedir?"

Yarığa yeni bir parça soktuğumu hissetmiştim: Piyango topları yeniden dönmeye başlamış, yanakları biraz daha kızarmıştı. Görüşme için iyi giyinmeye çabaladığı açıkça belliydi. Gri takım elbise giyme ve çok koyu renk, yatay çizgili kravat takma alışkanlığı olmadığı hissediliyordu; bu da rahatsızlığını katmerlemişti. Beyaz çorapları giysisinin ağırlığıyla öylesine tezat oluşturuyordu ki, floresanlıymışlar gibi bir izlenim bırakıyordu.

"Şey... şunu seviyorum... doğru çıkmalarını... yani, hesaplar doğru olduğunda yere sağlam bastığıma emin oluyorum. Bu çok hoşnut eder, bilirsiniz. Aslında, kesinlik hoşuma gider. Bir hata varsa, saatlerce onu arayabilirim, her şey düzgün olana dek. Aslında... saatler değil... demek istediğim, gereksiz yere vakit kaybetmem, işin özüne gitmeyi de bilirim. Ama demek istediğim, çok kesinimdir."

Zavallı! Kusursuz aday olduğunu kanıtlamak için debelenip duruyordu.

"Kendinizi özerk biri olarak görür müsünüz?"

Bakışlarımın çoraplarına takılmaması için yüzüne konsantre olmam gerekiyordu.

"Evet, evet, ben çok özerk biriyimdir. Hiç sorun yok. Tek başıma iş halletmeyi bilirim, kimsenin başına ekşimem."

"Özerklik gösterdiğiniz bir örnek verebilir misiniz?"

Hemen hemen her istihdam görevlisinin çok bilinen bir tekniğiydi bu. Birisi bir niteliği olduğunu ileri sürdüğünde, hemen bir örnek istenir. Daha kesin bir ifadeyle, karşıdaki kişi bir bağlam, bir davranış ve bir sonuç belirtebilir durumda olmalıdır. Bu üçünden biri eksikse yalan söylüyordur. Mantıklı! Eğer böyle bir niteliği varsa, bunu uygulamaya koyduğu bağlamı, somut olarak ne yaptığını ve böylelikle ne elde ettiğini örnekleyebilir olmalıdır.

"Şey... evet, elbette."

"Hangi bağlamdaydı?"

Piyango topları korkunç bir hızla dönüp dururken, böyle bir olay hatırlamaya -ya da hayal etmeye- çalışıyordu. Teninin hafif kırmızılığı iyice arttı. Sanki alnında bir damla ter fark etmiştim. Adayları zor duruma sokmaktan nefret ediyordum. Kesinlikle niyetim bu değildi. Ama önerilen mevkiye uygun olup olmadıklarını değerlendirmek zorundaydım.

"Pekâlâ... özerkliğimi sürekli gösteririm, bu konuda hiç kuşku yok, bana inanabilirsiniz."

Üst üste attığı bacaklarını indirdi, koltuğunda biraz kıvrandı, sonra yeniden bacak bacak üstüne attı. Çorapları bir deterjan reklamında kullanılabilirdi.

"Bana yalnızca bir örnek vermenizi istiyorum; son kez bunu yaşadığınızda olup biteni. Nerede oldu, hangi koşullarda, ne vesileyle? Hatırlamanız için bütün zamanınızı kullanabilirsiniz. Rahat olun, acelemiz yok."

Koltuğunda yine kıpırdanmaya başladı, bir yandan da muhtemelen nemli ellerini pantolonuna siliyordu. Bana saatler gibi gelen uzun saniyeler geçti; bir cevap bulamıyordu. Bense artan bir sıkıntının onu ele geçirdiğini hissediyordum. Benden nefret ediyor olmalıydı.

"Pekâlâ," diye araya girdim, işkenceye son vermek için, "bu soruyu size neden sorduğumu açıklayacağım. Eleman yerleştirilecek mevki, muhasebecisi istifa etmiş küçük bir şirket. O kadar çok izin günü kullanmış ki, istifa için önceden bildirimde bile bulunamadı. Hemen gitti. Şirket içinde yerine yetiştirilebilecek kimse yok. Eğer bu göreve siz gelirseniz, tek başınıza uğraşmanız, onun dosyalarını ve bilgisayar fişlerini eşelemeniz gerekecek. Eğer *gerçekten* özerk değilseniz, sizin için bir kâbusa dönüşebilir ve sizi böyle bir duruma düşürmemek benim görevim. Dolayısıyla sizi tuzağa düşürmeye çalışmıyorum, yalnızca yerine getirilecek görevi karşılayabilecek durumda olup olmadığınızı öğrenmeye çalışıyorum. Anlıyorsunuz değil mi, bu bakış açısından, sizin çıkarınız görevi sunan şirketinkiyle çakışıyor..."

Beni dikkatle dinledi, sonra, kendisinden ne istendiğini kesin olarak bildiği, kuşku durumunda sorularına cevap bulabileceği, iyi yapılandırılmış bir ortamda çalışmayı tercih ettiğini belirtti. Söyleşinin geri kalan kısmını onun mesleki projesini belirtmekle ve kişiliğine, deneyimine, yeteneklerine en iyi uyan görev türünü tanımlamakla geçirdik. Dosyasını titizlikle koruyacağıma ve onun profiline daha uygun bir teklif geldiğinde yeniden temasa geçeceğime söz verdim.

Asansöre kadar ona eşlik ettim ve sonrası için bol şans diledim.

Büroma döndüğümde, ben yokken gelen çağrıları inceledim. Dubreuil'den bir SMS almıştım:

"George-V otelinin barına gelip beni bul. Taksiye bin, yol boyunca şoförün sana söyleyeceği HER ŞEYİN *tersini savunmalısın.* HER ŞEYİN. *Seni bekliyorum.*

Y. D."

Mesajı iki kez okudum ve beni bekleyen şey karşısında yüzümü buruşturmaktan kendimi alıkoyamadım. Her şey şoförün konuşmasına bağlı olacaktı... Çabucak berbat olabilirdi her şey...

Saatime bir göz attım: 17.40. Hiç randevum yoktu, ama en iyi durumda bile saat 19.00'dan önce bürodan ayrılmıyordum.

Elektronik postalarıma baktım. Bir düzine kadar vardı, ama acil hiçbir şey yoktu. Pekâlâ, haydi bakalım, bir kereden bir şey çıkmaz.

Yağmurluğumu aldım ve başımı koridora uzattım. Görünürde kimse yoktu. Aceleyle çıkıp, imdat merdivenine doğru seğirttim. Asansörlerin karşısında uzun uzun beklemeye gerek yoktu. Koridorun sonuna gelmiştim ki Grégoire Larcher bürosundan paldır kültür çıktı. Saniyenin binde birinde benim rahatsızlığımı fark etmiş olmalıydı.

"Öğleden sonra tatiline mi çıkıyorsun?" dedi, sinsi bir gülümsemeyle.

"Ben... gitmem gerek... acil bir durum."

Cevap vermeden uzaklaştı, beni suçüstü yakalamış olmaktan hoşnuttu kuşkusuz. Kendimi merdivene attım. Olayların aldığı biçimden biraz rahatsız olmuştum. Lanet olsun, her gün inanılmaz saatler boyunca çalışıyorum; erken çıktığım günse enseleniyorum!..

Öfkeli bir halde Opéra Caddesi'ne çıktım, açık hava kendime gelmemi sağladı. Tabii eğer, bunun nedeni başıma gelenden daha kaygılandırıcı olan, gerçekleştireceğim görev değilse... Louvre'a doğru yürüdüm, taksi durağı o istikamette bulunuyordu. Kimse yoktu. Bu moladan yararlanmış, iyice kendimi toplamıştım. Bir sigara yaktım ve sinirli sinirli bir nefes çektim. Stresli olduğumda sigara şarttı. Ne salaklık! Kurtulmayı asla başaramıyordum...

Yürürken tuhaf bir şey hissettim. Sanki... sanki takip ediliyordum. Arkamı döndüm, ama epey kalabalıktı. Anlamak güçtü... Sıkıntılı sıkıntılı yoluma devam ettim.

Taksiye son bindiğim zamanı düşündüm. Şoförler genellikle kaşarlanmış gevezelerdi, bütün güncel konular hakkında görüşlerini hiç çekinmeden ifade ettiklerinden, farklı görüşler belirtmekten kaçınmam gerektiğini anlamıştım. Dubreuil doğru kavramıştı. Tamam, belki de yalnızca bir tür tembellikti. Sonuçta, insanları yanıltmak bir işe yaramaz. Onları asla ikna edemeyiz...

Uzağa baktım. Trafik bayağı yoğundu. En kalabalık saatler. Uzun süre bekleyebilirdim.

Peki, ya... tembellik değil de ödleklikse? Zaten hiç karşılık vermemek asla rahatlatıcı olmuyordu. Genellikle içten içe kaynıyordum... Ama tam olarak neden korkuyordum? Sevilmemekten mi? Karşımdakinde beklenmedik bir tepkiye yol açmaktan mı? Bilmiyordum.

"Nereye gidiyorsunuz?"

Parisli aksanı beni uyuşukluğumdan çekip çıkardı. Düşlerime dalmış, geldiğini görmemiştim. Camdan eğilmiş şoför sabırsız bir havada beni süzüyordu. Elli yaşlarında, tıknaz, kel kafalı, kara bıyıklı ve kötü bakışlı biri. Tam da bugün karşıma o mu çıkmalıydı?

"Hey! Karar verdiniz mi? Yapacak başka işim yok mu benim!"

"George-V'e gidiyoruz," diye geveledim, arka kapıyı açarken.

Kötü başlangıç, hemen üste çıkmak gerek. Haydi, cesaret, her söylediğinin tersi. Hepsinin.

Oturdum ve ortam bana hemen kusma duygusu verdi: Soğumuş tütün kokusuyla karışık, arabalar için süpermarket deodoranı. Korkunç!

"Hemen söyleyeyim ki, belki uzak değil ama varamayız! Duydunuz di mi! İnsanların ne aradığını bilmiyorum, ama yol bugün tamamen tıkalı!"

Hımm... tersini söylemek güç... Ne yanıt vermeli?

"Belki şans yaver gider de tıkanıklık açılabilir, sandığınızdan daha hızlı gidebiliriz belki, olmaz mı?"

"Evet, böyle, Noel Baba'ya inanmaktan başka çare yok," dedi, gerekenden daha kesin Parisli aksanıyla. "Yirmi sekiz yıldır bu meslekteyim, ne dediğimi bilirim ben. Lanet olsun, en az yarısının arabaya ihtiyacı olmadığına eminim."

Sanki bir otobüsün en arkasında oturuyormuşum gibi yüksek sesle konuşuyordu benimle.

"Belki de gerçekten lazımdır, kim bilir..."

"Evet, böyle! Çoğu o kutularıyla beş yüz metre bile gitmez! Ne var ki, yürüyemeyecek kadar tembel, taksiye binemeyecek kadar da cimriler! Bir Parisliden daha tembelini bulamazsın!"

Karşı görüş belirttiğimi bile fark etmediği kanısındaydım. Söylediklerim yalnızca konuşmayı besliyordu... Sonuçta görevim belki de öngörülenden daha az çetin geçecekti.

"Ben Parislileri kibar bulurum."

"Yaa? Onları iyi tanımıyor olmalısınız! Ben yirmi sekiz yıldır onlarla çalışıyorum. O kurnazları iyi tanırım. Size şunu söyleyeyim: Her geçen yıl daha da berbatlaşıyorlar. Tiksiniyorum onlardan. Gına geldi."

Kıllı kocaman elleri sentetik kürkle kaplı direksiyona yapışmıştı. Kıllı kollarının kaslarında gerilimin yayıldığı görülüyordu. Kara kılların altında, uzunlamasına kocaman bir dövme fark ediliyordu; bana dev bir kızarmış patatesi hatırlattı. Küçükken, Amerikan televizyonu çizgi film şeklinde bir reklam gösteriyordu: Sarsak sarsak sallanan insanları temsil eden kızarmış patatesler. Hayatım boyunca hiç bu kadar gülünç bir dövme görmemiştim.

"Sanırım yanılıyorsunuz: İnsanlar, onlarla nasıl konuşursak bize onu yansıtan birer aynadır."

Fren pedalını şiddetle ezdi ve gözleri öfkeden kudurmuş bir halde bana döndü.

"Siz bana ne demek istiyorsunuz, ha?"

Bu kadar şiddetli bir tepki hiç beklemiyordum. Aniden geri çekildim, ama bu, iğrenç nefesini solumamı engellemedi yine de. Alkol mü kokuyordu? Bombayı ateşlemeliydim, mayın temizleyici rolü oynamalıydım...

"Şunu diyordum ki, insanlar belki kapalıdır, ama zaman içerisinde, stresli olmaları için nedenleri olabileceği fikrini kabul ederek, onlarla tatlılıkla," -bu kelimenin üzerine bastım- "konuşursak, onlar da açılabilir ve kendileriyle ilgilenildiğini hissettiklerinde daha hoş olabilirler."

Kudurmuş yaban domuzu tek laf etmeden bakışlarını üzerime dikti, sonra önüne döndü ve arabayı yeniden çalıştırdı. Arabanın içine, kurşundan bir döşemeyle kaplıymış gibi, sessizlik çökmüştü. Bedenimin aşırı gerilimini boşaltmaya çalıştım ve yeniden soluklandım. Off... Aşırı alıngansın, moruk! Yine de biraz daha temkinli olmam gerek... Ağır ağır yol almaya devam ettik, ama sessizlik çabucak boğuculaştı. Çok boğucu. Sessizliği kırmam gerekiyordu.

"Dövmeniz neyi simgeliyor?" dedim; ona ifade ettiğim fikri uygulamanın hayalî çabasıyla.

"O mu..." dedi, doğru yere nişan aldığımı belli eden neredeyse yumuşamış bir sesle. "Bir gençlik hatırası. İntikamı temsil ediyor."

Bu son cümleyi pek ciddi bir havada söylemişti. Bir kızarmış patatesin intikamı nasıl simgeleyebileceğini ona sormak için içim gidiyordu, ama intiharı henüz göze alabilecek durumda değildim ve gülümsememi tuttum.

Concorde Meydanı'na geliyorduk.

"Champs-Elysées'ye girmeyelim. Çok tıkalı. Seine boyunca ilerleyip Alma'ya kadar gideriz, George-V Caddesi'ne aşağıdan çıkarız."

"Eee... ben yine de Champs-Elysées'yi tercih ederim."

Bir şey demedi, iç çekti ve sohbete devam etti.

"Dövmelere bayılırım. Hiçbiri birbirine benzemez. Hem, dövme yaptırmak yürek ister. Çünkü çıkmıyor. Ömür boyu sizde kalıyor. O yüzden cesaret gerek. Kadınlarda da hayranım. Beklenmedik yerde, gizli yerlerde ortaya çıkan bir dövme kadar sertleştiren bir şey yok, anlatabildim mi?"

Dikiz aynasından, özellikle, aniden şehvetli bir hal alan gözlerini görüyordum. Sakin ol, moruk. Sakin ol. Bütün cesaretimi topladım:

"Ben dövme sevmem..."

"Evet, günümüz gençleri sevmiyorlar, çünkü herkesin benzer olmasını istiyorlar. Eğlenmek ne bilmezler! Pöff! Hepsi anasının gözü."

"Hayır... Belki de kendilerini farklılaştırmak için buna ihtiyaçları yok..."

"Farklı olmak, farklı olmak! Biz iplemezdik, eğlenelim yeterdi! Yaşlıların bisikletlerini ya da düldüllerini alırdık ve yallah... O dönemde tıkanıklık falan yoktu!"

Bu adam böğürmeden konuşmayı bilmiyordu. Dayanılır gibi değildi, aynı zamanda da kaygı vericiydi. Hele şu koku... Haydi, biraz daha çaba...

"Evet, ama bugün gençler yalnızca eğlenmek için gezegeni kirletmeye devam edilemeyeceğini biliyorlar."

"Hah, tamam! Yine şu geri zekâlı ekolojist zırvaları! Küresel ısınma falan işin hikâyesi. Zekâ satmak isteyen gençlerin fikirleri, bir gıdım zekâları olsa bari!"

"Siz ne biliyorsunuz bu konuda?"

İlk kez düşünmeden çıkmıştı laf ağzımdan. Frenini şiddetle ezdi ve araba hızla durdu. Ön koltuğun arkasına doğru fırlayıp geri sıçradım. Patladı:

"Defolun gidin! İşitiyor musunuz beni? Defolup gidin! Bana ahlak dersi veren küçük salaklardan bıktım! Yıkılın karşımdan!"

Öyle geri çekildim ki, vücudum koltuğun döşemesinin eskimiş sünger köpüklerinin içine gömüldü. İki saniye geçti, iki sessizlik saniyesi, sonra arabanın kapısını açtım ve kendimi dışarı attım. Beni yakalama fikri aklına gelmeden ok gibi uzaklaştım. Koltuğunun altında cop olabilecek tiplerdendi.

Arabalar arasından geçerek Champs-Elysées'nin geniş kaldırımına çıktım, sonra, yüzümü serinleten hafif, çok ince bir çisenti altında koşarak uzaktaki Zafer Anıtı istikametine ilerledim. Korkum geçmişti, artık hiçbir şey hissetmiyordum, ama koşmaya, koşmaya devam ettim, turistlerin ve caddeye inip alık alık gezinenlerin yüzleriyle karşılaşıyordum. Koşuyordum, çünkü hiçbir şey beni tutamıyordu, kabuğumun küçük bir bölümünü parçalamıştım, gereksiz birkaç düğümü çözmüştüm. İlk kez, meçhul birine düşündüğüm her şeyi söylemeye cesaret etmiştim; kasıtlı olarak. Kendimi hafif ve özellikle özgür hissetmeye başlamıştım. Yüzümü tatlı tatlı kamçılayan bu ince çisenti sanki beni hayata uyandırıyor gibiydi.

•

8

Kostümlü kapıcı, döner kapıyı itiverince içeri girmiş oldum ve kendimi başkentin en güzel otellerinden biri olan George-V'in muhteşem holünde buldum.

Kırmızı Alicante mermeri bütün zemin boyunca uzanıyor ve yüksek, epeyce yüksek tavana doğru, görkemli sütunlara dek çıkıyordu.

Resepsiyonun tezgâhı parlak ahşap kaplamaydı. Atmosfer, gayet klas bir hava ile sessiz bir etkileyiciliğin karışımıydı. Uşaklar, çoğu deri kaplı ve üzerine prestijli markaların damgası vurulmuş sandık ve valizlerle dolu yaldızlı arabaları dolaştırarak koşturup duruyordu. Güler yüzlü ve eli çabuk resepsiyonistler kâh anahtarları kâh Paris planlarını teslim ediyor, müşkülpesent oldukları belli insanları bilgilendiriyorlardı. Şortlu ve Nike ayakkabılı bir müşteri -bir senfoni orkestrası sahnesinde dolaşan *rap*çi kadar beklenmedik bir halde-, bu tür yerlerin müdavimi olan birinin rahatlığı içinde holden geçti. Benim vatandaşlarımdan biriydi kuşkusuz...

Kapıcıya doğru ilerledim.

"İyi günler, barı arıyorum."

Bana burada bir odam olup olmadığını sormasından çekinmiştim. Islanmış saçlarımla, zaman zaman yüzüme damlayan suyla, basit bir görünümüm olmalıydı. Neyse ki, şortlu turistin hali beni biraz rahatlatmıştı.

"Evet, bayım. Üç basamaktan sonra sağa dönün, biraz ilerde barı göreceksiniz," cevabını verdi, hafifçe tumturaklı, nazik bir ses tonuyla.

Basamaklardan çıktım ve kendimi gerçekten de güzel ağaçlarla süslü bir iç avlu boyunca uzanan geniş bir tür camlı koridorda buldum. Portakal ağaçları, şimşirler, muhteşem yontma saksılar içindeydi. Egzotik birkaç ahşap masa ve koltuk dinlenmeye davet ediyordu. Koridora da serilmiş görkemli halılar mermeri ısıtıyordu. Muhteşem avizeler zengin biçimde dekore edilmiş tavana asılıydı. Yontma taştan duvarlarda bulunan yuvalarda gösterişli ayaklıklar üzerinde heykeller duruyordu. Bir dizi sehpa vardı; etrafları, üzerleri yumuşacık kumaşlarla kaplı derin berjer koltuklarla çevriliydi. Koltuklar, içlerine girip gömülme arzusu veriyordu insana. Ama bu arzu, gösterişli bir dekorun gerektirdiği ağırbaşlılığa uyum sağlama duygusuyla hemen engelleniyordu.

Bar bir koridora açılıyordu ve karşılaştırıldığında sanki küçük kalıyordu. Koyu kırmızı kadifelerle kaplı duvarlar ve zemin çok daha samimi bir atmosfer sunuyordu. Bu saatte az insan var. Orta yaşlı bir adam ile bir kadın oldukça alçak kolçaklı koltuklarında karşı karşıya oturmuşlardı. Biraz ötede, iki adam alçak sesle hararetli bir sohbete dalmıştı. Bir iş tartışması olduğuna kuşku yoktu. Çevrede Dubreuil'den iz görünmüyordu. Onun gelişini görebileceğim dipteki bir masaya yöneldim. Çiftin yanından geçerken, kadının baş döndürücü kokusunu aldım.

Masama gazete ve dergiler bırakılmıştı. *Herald Tribune, New York Times* ve *Le Monde* gibi çok ciddi birkaç gazete ile daha az ciddi olduğu belli başkaları. *Closer*'ı elime aldım; gazetenin hali benden önce oturanlar nezdinde belli bir başarı elde etmiş olduğuna işaret ediyordu. Sonuçta, yıldızların yaşamıyla ilgilenebileceğim ideal yerdeydim!

Dubreuil hızla yanıma geldi de can sıkıcı magazin gazetesinden hemen kurtuldum. Bardan geçip benim yanıma gelirken, orada bulunan dört kişinin başlarını çevirip ona baktıklarını fark ettim. Bir tür enerjisi, dikkat çeken büyüleyiciliği olan insanlardandı.

"Haydi, başarılarını anlat bana!"

Bana asla selam vermediğini fark ettim. Onu her gördüğümde, tuvalete gitmek için birkaç dakika önce ara verdiği bir söyleşiye yeniden başlar gözüküyordu.

Bir Bourbon viski sipariş verdi, ben de bir maden suyuyla yetindim.

Taksi sahnesini ona sayısız ayrıntıyla tasvir ettim. Şoförün tutumundan çok eğlendi.

"Tam adamına düşmüşsün! Böyle bir buluşmayı ben düzenlemek isteseydim, öyle birini bulamayabilirdim!"

Onun görüşlerine zıt fikirler ifade etmekte çektiğim güçlüğü ve tartışmaya rağmen sonunda erişmeyi başardığım özgürlük duygusunu aktardım ona.

"Bunu yaşadığın için çok mutlu oldum. Biliyorsun, bana meslek yaşamından, büroda hissettiğin kapanma duygusundan, her an yargılanma, gözetlenme izleniminden söz etmiştin."

"Evet. Bu şirkette kendim olmam engelleniyor. Bana pek az özgürlük bırakılıyor. Kendimi mahkûm gibi hissediyorum. Her tavrımın ve hareketimin yorumlanacağı izlenimi içindeyim. Bakın, bu akşam çıkarken, branş müdürümün kinayeli bir lafına maruz kaldım. Biraz erken olduğu doğru, ama *her* akşam işi çok geç bitiriyorum. Erken bıraktığım tek gün bana bu sitemde bulunulması özellikle haksızlık! Özgür bırakmıyorlar beni. Boğuluyorum."

Delici bakışlarla bana baktı; bir yandan da bir yudum aldığı Bourbon'un tadını çıkarıyordu. Viskinin kokusunu aldım.

" 'Kendim olmam engelleniyor' lafını işittiğimde, sana, tersine, sen olmana *izin veriyorlar* karşılığını vermek isterim, hatta giderek daha fazla sen olmaya itiyorlar seni. Seni boğan bu..."

Şaşırmıştım.

"Sizi hiç anlayamıyorum."

Koltuğunda arkaya kaykıldı.

"Bana meslektaşlarından birinden söz etmiştin. İçlerinden birin hatırlıyorum, oldukça kibirli olanı..."

"Thomas."

"Evet, o. Senin dediğine göre, fazlasıyla caka satan biri."

"En iyi ifadeyle..."

"Bu akşam senin yerinde Thomas'nın olduğunu, saat dört ya da beşte bürodan ayrıldığını ve koridorda şefiyle karşılaştığını hayal et."

"Doğrudan bizim şefimiz değil, ama Larcher, branş müdürü."

"Çok iyi, sahneyi gözünde canlandır: Thomas istisnai olarak erken ayrılır ve koridorda branş müdürüyle karşılaşır."

"Evet..."

"Sen küçük bir faresin ve karşılaştıkları anda ikisini de görüyorsun..."

"Tamam..."

"Ne derler birbirlerine?"

"Hımm... bilmem... şey... Bak hele, gülünç bu, Larcher'nin ona gülümsediğini hayal ediyorum... dostça, neredeyse yaltaklanan bir gülümseme."

"İlginç... branş müdürünüzün, senin yerine bu akşam Thomas'yla karşılaşmış olsaydı böyle tepki vereceğini mi düşünüyorsun?"

"Eh... evet, mümkün. Sonuçta, onu böyle hayal ediyorum. Fazlasıyla haksızlık belki, ama gerçekten de bir kayırma durumu olduğunu, kuralların herkes için aynı olmadığını düşünüyorum..."

"Pekâlâ, diğer meslektaşının adı ne, şu herkesle dalga geçen?"

"Mickaël?"

"Evet, o. Şimdi de aynı sahneyi bu kez Larcher ile Mickaël arasında gözünde canlandır. Mickaël işinin başından saat beşte ayrılır. Neler olur?"

"Bakalım... Hayal ediyorum... Ee, sanırım Larcher ona da bana dediklerini söyler!"

"Evet?"

"Ona da, 'Öğleden sonra tatiline mi çıkıyorsun?' der, belki de daha alaycı bir tonda. Evet, böyle! Onunla gerçekten dalga geçer."

"Ya Mickaël nasıl tepki gösterir?"

"Şey... Hayal etmesi güç... Aslında... Sanırım Mickaël taşı gediğine oturtacak kadar küstahtır. 'İşin uzmanı gibi konuşuyorsunuz!' falan diyebilir."

"Pekâlâ! Larcher bunu nasıl karşılar?"

"İkisi birlikte yollarına devam ederken şakalaşırlar."

"İlginç," dedi kadehini bitirirken, "ya sen ne düşünüyorsun?"

"Bilmiyorum," cevabını verdim, düşünceli düşünceli, "gerçekte böyle olsa, bu bir tür kayırma işareti olurdu."

"Hayır, Alan. Bu değil."

Garsona işaret etti, o da şimşek hızıyla yanımızda bitiverdi.

"Bir Bourbon daha."

Ben de bir yudum maden suyu içtim. Dubreuil bana doğru eğildi, mavi gözlerini benim gözlerime daldırdı. Kendimi çıplak hissettim.

"Bu değil, Alan," diye tekrarladı, "bundan daha karmaşık. Thomas kendini herkesten üstün görüyor ve bu tutumu Larcher'de... belli bir saygı uyandırıyor. Mickaël herkesi alaya alıyor ve Larcher onun kendini başkalarından daha açıkgöz sanan bir kurnaz olduğunu biliyor. Sen..."

Bir süre sustu.

"Ben, başkaları gibi oyun oynamıyorum, doğalım, o da bundan yararlanıyor."

"Hayır, bundan daha kötü. Sen, Alan, seni niteleyen şey... sen özgür değilsin. Özgür değilsin, o da seni içinde bulunduğun hapishaneye biraz daha fazla kapatıyor..."

Bir sessizlik, yoğun bir sessizlik çökerken, ben de aldığım darbeyi sindiriyordum. Sonra tepem attı, öfkemin kabardığını hissettim. Ne anlatıyordu bana?

"Hayır, tersi! Tam tersi! Özgürlüğüme dokunulmasına katlanamam!"

"Taksi şoförüyle olup bitenlere bak. Onun görüşlerine ters görüşler ifade edebilmek için kendini zorladığını söylemiştin. Onun gibi insanlar sonuçta bir daha asla göremeyeceğin yabancılardır. Yaşamın, geleceğin onlara bağlı değil, öyle mi? Yine de, sana değer vermelerini sağlayacak şeye az çok uyma ihtiyacı duyuyorsun. Hayal kırıklığı yaratmaktan ve reddedilmekten çekiniyorsun. Bu nedenle gerçekten hissettiklerini ifade etme izni vermiyorsun kendine, arzularına göre davranmaya da izin vermiyorsun. Başkalarının beklentilerine uyum sağlamak için çabalıyorsun. Ve bu senin kendi inisiyatifin, Alan. Kimse senden bunu istemiyor."

"Ama bu bana tamamen normal geliyor! Üstelik herkes başkaları için çabalarsa, herkesin yaşamı iyileşmiş olur."

"Evet, ne var ki, senin durumunda, bu bir tercih değil. Kendi kendine, ilgisiz bir tonda, 'Aa, bugün benden bekleneni yapacağım,' demiyorsun. Hayır, bilinçdışı bir şekilde kendini bunu yapmaya mecbur ediyorsun. Yoksa seni sevmeyeceklerini, artık seni istemeyeceklerini sanıyorsun. Dolayısıyla, farkına bile varmadan, kendine fazlasıyla kısıtlama dayatıyorsun. Yaşamın *fazlasıyla* kısıtlanmış oluyor ve sonunda kendini özgür hissetmiyorsun. Ve... başkalarına öfkeleniyorsun."

Şaşırmıştım. Gerçekten beklenmedik bir darbe yemiştim. Her şeyi beklerdim, ama bunu değil. Şeyler, fikirler, duygular, her şey kafamın içinde dönüp duruyor ve kafamı karıştırıyordu. Başım dönüyordu. Dubreuil'ün analizini şiddetle reddetmek isterdim, ama bir yanım belli belirsiz bir şekilde bunda bir... hakikat payı seziyordu. Rahatsız edici bir hakikat. Ben ki o zamana dek yaşamımı, özgürlüğüme en ufak saldırıyı, başkalarının etkisine maruz kalmayı şiddetle hissederek geçirmiştim ve şimdi bana kendi ıstırabımın yaratıcısı olduğum söyleniyordu.

"Görüyorsun, Alan, başkalarını hayal kırıklığına uğratmayacak şekilde davranmaya mecbur kalındığında, bize karşı olan beklentilerine belli bir şekilde cevap vermek için ya da onların âdetlerine saygı göstermek için böyle davranıldığında, evet, düşün ki bu bazı kişileri bize karşı çok talepkâr olmaya yöneltiyor, sanki onların arzularına boyun eğmek bizim görevimizmiş gibi hissediyorlar. Bu gerçekten de onlara tamamen normal geliyor. Bürodan erken ayrılma fikrinden dolayı sen kendini suçlarsan, patronun seni daha fazla suçlar. Bunun için de bir sapkın olmasına gerek yok. Kuşkusuz bilinçdışıdır bu: Erken ayrılmanın senin için kabul edilebilir olmadığını hisseder, dolayısıyla o da kabul edilemez bulur. Tepkiye yol açan sensin. Anlıyor musun?"

Bir şey demedim. Sessiz kaldım. Bir süredir kadehiyle havada küçük daireler çizen elinin incelikli hareketine takılmıştım. Buzlar kristal hapishanelerinin çeperlerine çarparak Bourbon'un içinde dönüp duruyordu.

"Alan," diye devam etti, "özgürlük bizim içimizdedir. İçimizden gelmelidir. Sana dışarıdan verilmesini bekleme."

Sözleri kafamın içinde çınlıyordu.

"Mümkün," diye kabul ettim sonunda.

"Biliyorsun, İkinci Dünya Savaşı sırasında toplama kamplarından kurtulanlar üzerine çok araştırma yapıldı. Bunlardan biri, hayatta kalanların hemen hemen hepsinde ortak bir özellik olduğunu gösterdi: Kendi kafaları içinde özgür kalmak. Örneğin gün boyu yiyecek küçücük bir ekmek parçaları varsa, kendilerine şöyle diyorlardı: 'Bu ekmeği dilediğim zaman yemekte özgürüm. Onu ne zaman ağzıma atacağımı seçmekte özgürüm.' Bunun kadar gülünç gelen seçimler yardımıyla kendilerinde bir özgürlük duygusu koruyabiliyorlardı. Öyle gözüküyor ki hayatta kalmalarına bu özgürlük duygusu yardım etmişti..."

Onu dikkatle dinliyordum ve bu zavallı insanların yerinde olsaydım, zindancılarımın tahakkümünü ve iktidar suiistimalini öyle şiddetle hissederdim ki böyle bir ruh halini asla geliştiremezdim diye düşünmekten kendimi alamadım.

"Peki, ben, kendi içimde... şey... nasıl daha özgür olabilirim?"

"Hazır reçetesi yok, buraya varmanın tek yolu da yok. Yine de iyi bir yol, genellikle yapmaktan titizlikle kaçınılan şeyi bir süre için yapmayı seçmektir..."

"Söylesenize, baştan beri bana öğütlediğiniz şey, yapmayı sevmediğim şeyi yapmaktan ibaret gibi geliyor bana. Hayatta böyle mi gelişme gösterilir?"

Kahkaha attı. Baş döndürücü parfümlü yaşlı kadın bize doğru döndü.

"Bundan daha karmaşık. Ama yaşamda bizi korkutan her şeyden uzak durmaya çabaladıkça, korkularımızın çoğunun kendi zihnimizin eseri olduğunu keşfetmemiz engellenir. İnanılan şeyin hatalı olup olmadığını bilmenin tek yolu, onu pratikte sınamaktır! Dolayısıyla kimi zaman, kendimize biraz şiddet uygulamak pahasına da olsa, kendi elimizden tutmamız, belki de yanıldığımızı anlamak için kendimize bir şans vermek amacıyla bizi kaygılandıran şeyi deneyimlememiz yararlı olur."

"Sorunumu çözmem için bu kez benden ne isteyeceksiniz?"

"Düşünelim," dedi koltuğuna gömülerek, hükmünü ifade edecek konumda olmaktan belirgin bir tatmin duyuyordu. "Mademki -haksız yere- eğer insanların ölçütlerine göre davranmazsan artık seni sevmeyeceklerini düşünüyorsun, mademki senden bekledikleri görüntüye uyma ihtiyacı hissediyorsun, kendini dağıtmayı oynayacaksın..."

Yutkundum. Yüzüm yanıyordu.

"Dağıtmak mı?"

"Evet, kesinlikle yapman gerektiğini hissettiğin şeyin tersini seçmeye çalışacaksın. Örneğin, büroya her gün seni pek ilgilendiren şu dergiyi götürerek başlayacaksın, ta ki herkesin seni onunla gördüğüne emin olana dek."

Beni şaşkınlık içinde bırakarak, geldiğinde masaya tersinden bıraktığım *Closer*'ı eline aldı.

"Bunu yaparsam, herkesin gözünden düşerim."

"Ah, imaj, imaj! Görüyorsun ya, özgür değilsin işte!"

"Ama bu işteki itibarımı etkiler. Bunu yapamam!"

"Unutma, bana defalarca söylemiştin, şirketinde insanlarla kimse ilgilenmiyor, yalnızca sonuçlarına bakıyorlar. Senin ne okuduğunu da kimse kafaya takmaz."

"Yapamam, utanırım!"

"Seni ilgilendiren şeylerden utanmamalısın."

"Ama bu beni ilgilendirmiyor. Bu dergiyi asla okumam!"

"Evet, biliyorum, kimse onu okumaz. Yine de her hafta yüz binlere satar... ama seni ilgilendiriyor, çünkü geldiğimde elindeydi!"

"Aslında... Bilmiyorum... yalnızca meraktandı."

"Tamam işte, meraklı olmaya hakkın var, hatta bir meziyet bu, bundan utanmamalısın."

Beni onunla görecek meslektaşlarımın ve yöneticilerimin yüz ifadesini hayal ediyordum.

"Alan," diye devam etti, "seni koltuğunun altında bir *Closer*'la görecek insanların ne düşünebileceğini öğrenmeyi bile dert etmeyeceğin gün özgür olacaksın."

O günün uzak, çok uzak olduğunu düşünmekten kendimi alıkoyamadım...

"Baştan kaybettim..."

"Bundan başka, her gün diyelim... üç hata yapacaksın, görgü kuralı hatası. Somut olarak, günde üç kez alışılmadık biçimde davranmanı istiyorum. Herhangi bir şey olabilir bu, küçük şeyler bile. Demek istediğim, bir süre kusurlu ol; hâlâ hayatta olduğunu, bunun senin için bir şey değiştirmediğini ve başkalarıyla ilişkilerinin bozulmadığını anlayana dek. Son olarak da, günde en az iki kez başkalarının senden istediklerini reddedeceksin ya da onların bakış açısına itiraz edeceksin. Tercih senin."

Sessizce baktım. Yüzümden belli olması muhtemel coşkusuzluk onun coşkusunu lekelemiyordu. Kendi fikirlerine hayran kalmış bir hali vardı.

"Ne zaman başlıyorum?"

"Hemen! Bizi büyütecek olan şeyi asla ertelememeli!"

"Pekâlâ. Bu durumda, hoşça kal demeden ayrılmam gerek sanırım, hatta hesapta payıma düşeni ödemeyi bile teklif etmeden."

"Gayet iyi! Güzel bir başlangıç!"

Hoşnut kaldığı belli oluyordu, ama kurnaz bakışları bana iyi şeyler söylemiyordu.

Ayağa kalktım ve masadan ayrıldım.

Bütün bardan geçmiş ve koridorun kapısına varmıştım ki bana seslendi. Güçlü sesi mekânın emdiği sessizliği parçaladı; herkes dönmüş onun elinde salladığı şeyi görmeye çalışıyordu.

"Alan! Geri dön! Dergini unuttun!"

9

Pazartesi sabahlarından nefret ederim. Bu duygu dünyanın en bayağı ve en yaygın duygusu olmalıdır. Ama benim bunun için iyi bir nedenim vardı: Haftalık ticari toplantı günüydü. Her hafta, meslektaşlarımla ben hedeflere erişilmediğinin söylendiğini işitiyorduk. Erişmek için ne yapacaksınız? Ne kararlar alıyorsunuz? Ne tür eylemler uygulamaya koyacaksınız?

Hafta sonum hareketli geçmişti. Tıpkı Dubreuil'le görüşmemi takip eden hafta gibi. İlk günler, günlük küçük başarılarımı hesaplamakla meşguldüm. Ardından, ortaya çıkan her fırsatı cesurca yakalamıştım.

Örneğin, peşimde arabalar varken küçücük dar bir sokakta saatte iki kilometre hızla gitmiştim; oysaki beni sollamalarına izin vermek için arabayı kenara çekme ya da direksiyonda moruğun tekinin olduğu havası yaratmamak için gaza basma isteği boğazımı sıkıyordu. Evimde biraz gürültü yapmış ve alt komşum Bayan Blanchard'dan iki kez ihtar yemiştim. Bana pencere satmak isteyen telefondaki görevlinin yüzüne telefonu kapatmıştım. İki farklı renkte çorap giyerek büroya gitmiştim. Küçük bir restoranda kaz ciğeri yemiş, sonra da garsona ezmesinin çok iyi olduğunu söylemiştim. Her gün kahvemi, herkesin üşüştüğü ve dünya sorunlarını gözden geçirdiği, ülkenin ekonomik problemlerine belirgin çözümler bulduğu -hükümet bunu neden düşünmez ki?- vakitte, karşı lokantanın tezgâh arkasında içmiş ve elbette, aşağı yukarı her konuda karşı görüş belirtmiştim.

Bir yanım korkularımı aşmaktan belli bir haz duymaya başlasa bile, bütün bunlar fazlasıyla dayanılmazdı. Günün birinde korkularımın kıskacından özgürleşme umudu besliyordum.

Bu pazartesi günü bir adayla ilk görüşmem biter bitmez lanet olası toplantıya gittim. Saat 11.05'ti; yani gecikmiştim... Salona girdim, bloknotum elimdeydi ve koltuğumun altında da... *Closer*'ım vardı. Bütün danışmanlar daire şeklinde düzenlenmiş masalara oturmuştu. En son gelen bendim.

Luc Fausteri bana buz gibi bir bakış fırlattı. Onun solunda oturan Grégoire Larcher değişmez Ultra-Brite gülümsemesini koruyordu. En iyi insan konumunun pozitif kalarak elde edilebileceğinin farkındaydı. Dişlerini beyazlatmış olduğundan emindim. Öylesine parlıyorlardı ki plastik takma dişler geldi aklıma. O konuşurken gözleri yerine dişlerine bakmaktan kendimi alamıyordum.

Boş bir yere iliştim. Yüzler bana doğru döndü. Dergiyi masaya koydum, adı gayet belirgindi. Salondakilerin bakışlarıyla karşılaşmaktan kaçındım. Çok utanmıştım...

Solumda oturan Thomas kendinden geçmiş bir halde *Financial Times* okuyor havasındaydı. Mickaël yanındakiyle şakalaşıyor, yanındaki de bir yandan *La Tribune*'e göz atmaya çalışırken bir yandan da meslektaşının eşek şakalarına kikirdemeyi ihmal etmiyordu.

"Haftalık rakamlar..."

Larcher söz almayı seviyordu. Ama sonra da cümlenin sonunu tamamlamadan bırakıyor, böylece bütün dikkatimizi esir alıyordu. Dinleyenler üzerinde etki bırakmak ister gibi ayağa kalktı ve hep gülümseyen haliyle yeniden söze başladı:

"Haftalık rakamlar umut verici. Önceki haftaya göre bize verilen istihdam görevlerinde % 4'lük bir artış var, geçen yılın aynı haftasına göre de artış % 7. Bu son gösterge üzerinden hedefimizin %11 artış olduğunu size hatırlatırım. Bireysel sonuçlarsa elbette eşitsiz, manganın başını çekmeye devam eden Thomas'yı bir kez daha kutlarım."

Thomas gevşemiş ve ilgisizce hoşnut bir hava takındı. Kendisini havalı gösteren galip kostümünü giymeye bayılıyordu. İltifatların onda kokain etkisi yaptığını biliyordum.

"Ama diğer herkes için de mükemmel bir haberim var..."

Grégoire Larcher'nin ayartıcı bakışları bütün grubu süzdü. Bir yandan da sessizliğiyle havadisi teatralleştirmeye imkân tanıyordu. Sözüne devam etti:

"Öncelikle, Luc Fausteri'nin sizin için çok çalıştığını söylemeliyim. Yaklaşık bir aydır, elindeki bütün verileri analiz ederek, hepimiz aynı çalışma yöntemine sahipken neden içinizden bazılarının diğerlerinden daha iyi sonuçlar elde ettiğini rasyonel biçimde anlamaya çalıştı. Çok yönlü sağlamalar yaparak rakamları birbirleriyle kesiştirdi, istatistikler hazırladı, eğrileri inceledi. Araştırmasının meyvesiyse tam anlamıyla muhteşem. Çözüm elimizde, her biriniz gündelik hayatta bundan yararlanacaksınız. Ama Luc, sonuçlarını sunmayı sana bırakıyorum!"

Servis şefimiz, görülmemiş bir ciddiyetle, tekdüze ve soğuk sesiyle oturduğu yerden söz aldı.

"Aslında, sizin bütün zaman kullanım kâğıtlarınızı didik didik ederek, on iyi ay üzerinden titizlikle gözlemlenen, danışman başına düşen mülakatların ortalama nispi süresi ile söz konusu danışmanın ticari sonuçlarının -aldığı ya da almadığı ücretli izinler dikkate alınarak- aylık ortalaması arasında ters bir korelasyon olduğunu ortaya koydum."

Salon bir süre sessizliğini korudu. Herkes soran bakışlarını Fausteri'ye dikmişti.

"Bunu bizim için Fransızcaya çevirebilir misin?" dedi Mickaël, gülmekten kırılarak.

"Çok basit!" dedi Larcher, birkaç saniye önce yardımcısına bıraktığı sözü hemen alarak. "İşe alma görüşmelerine en çok zaman ayıranlar şirketlerden en az işe alma görevi kapıyor. Düşünülürse zaten çok mantıklı. Hem cümbüş yapıp hem de değirmene gidilmez. Adaylarınızla görüşmeye çok zaman ayırırsanız, şirketleri taramaya ve hizmetlerimizi satmaya daha az zamanınız kalır, dolayısıyla da sonuçlarınız yeterince iyi olmaz. Kaçınılmaz bu."

Ekip sessiz kalırken, havadis de zihnimize nüfuz ediyordu.

"Bir örnek," diye devam etti Larcher. "Thomas, içinizdeki en iyisi, görüşmeyle ortalama bir saat on iki dakika geçiriyor, Alan ise, manganın sonuncusu –üzgünüm, Alan– ortalama bir saat elli yedi dakika ayırıyor. Anlıyor musunuz? İki misline yakın!"

Koltuğuma iyice gömüldüm. Bir yandan da dingin olmasını istediğim bir havada önümdeki masaya bakıyordum. Ama bu masanın üzerinde... benim *Closer*'dan başka bir şey yoktu. Bakışların ağırlığını hissettim.

"Görüşmelerimizin süresini kuşkusuz azaltabiliriz," dedi Alice. Genç bir danışmandı. "Ama işe almadaki başarı oranı düşer. Ben, şirketlere sunduğumuz garantiyi aklımdan hiç çıkarmıyorum. İşe alınan kişi eğer işi yapamazsa ya da işe alındıktan altı ay sonra istifa ederse, yerini alacak bir aday bulmak gerekir. Özür dilerim, Thomas," dedi, meslektaşına dönerek, "hatırladığım kadarıyla bu garantiyi isteyen özellikle *senin* müşterilerin. Benim başıma bu çok ender geliyor."

Thomas, dudaklarında küçümseyici hafif bir gülümsemeyle, bir şey demeden ona baktı.

"Thomas'yı savunmak değil niyetim, buna ihtiyacı yok," dedi Larcher, "ama başarısız adayların yerine yenilerinin konmasının maliyeti, getirdiği cironun kazancıyla karşılaştırıldığında gülünç kalır."

"Ama müşterilerimizin çıkarı bu değil!" diye rahatsızlığını belirtti Alice. "Dolayısıyla, sonuçta bizim de değil: İmajımızı zedeliyor."

"Yine de bize sitem etmiyorlar, seni temin ederim. İnsan doğasına hâkim olunamayacağını onlar da iyi biliyorlar. Esnek bilimler alanındayız... İyi adayı seçtiğinden kimse emin olamaz."

Kimse cevap vermiyordu. Larcher'nin gülümseyen bakışları salonu dolaştı.

Bir süre sonra, David, ekibin en eskisi, bir saptama yaptı:

"Görüşme süremizin çok uzun olduğu bu kadar kesin değil. Adaylarımızda senteze dönük bir anlayış yoksa bir şey yapamayız. Sözlerini kesecek değiliz ya..."

"Tam da bu noktada iyi bir haberim var," dedi Larcher, zafer kazanmış gibi "Luc, ikinci sonucu söyle bize."

"Belirttiğim gibi, Thomas'nın ortalama görüşme süresi ticari bakımdan daha az başarılı danışmanlarınkinden belirgin biçimde düşük. Bu rakamlar daha kesin incelendiğinde, bu ortalamanın yüksek düzey bir mesafeyi gizlediği görülüyor. Yüz yüze görüşme süresi, finale kalamayacak adaylarla özelikle çok düşük ve..."

"Başka deyişle," diye sözünü kesti Larcher, muzaffer bir edayla, "sizi cezbetmeyenlerle daha az vakit geçirmeniz yeterli. Şirket araştırmaya daha çok zamanınız kalır. Adamın ya da kadının işe uygun olmadığını anladığınız an görüşmeyi kısa kesin. Devam etmek bir işe yaramaz."

Toplantıdakiler arasında rahatsız bir sessizlik hâkimdi.

"Sonuçta," diye devam etti Larcher, zorlama bir gülümsemeyle, "ona iş vermeyeceksiniz, dolayısıyla utanmanıza gerek yok..."

Sessizlik, bu önermenin ekipte yarattığı rahatsızlığı ortaya koyuyordu. Bazıları, tepkileri kollayarak etrafına bakınırken, diğerleri, tersine, not defterlerine gömülmüş gibi yapıyordu.

"Buna tamamen katılmıyorum."

Bütün bakışlar bana döndü. Toplantılarda genellikle söz almazdım; hemfikir olmadığımı belirtmek içinse asla. Sakince konuşmaya karar verdim.

"Bunun bizim bölümün çıkarına olduğunu düşünmüyorum: Bugün bir işe alınmaya uygun olmayan bir aday, belki de yarın uygun biri olacaktır. Uzun vadeli bir bakış açısından, şirketimize değer veren ve bize güvenen bir aday havuzu geliştirmek bize çok şey kazandırır."

"Bu konuda endişelenmeyin, dostlar. Hepinizi rahatlatayım. Hızla akıp giden bir dönemde değiliz -yakında değişecek gibi de görünmüyor-, boş mevkilerden çok daha fazla sayıda aday var, onların peşinden koşmamıza gerek yok. Bir çöp tenekesine basıyorsunuz, onu birden düşüyor. Toplamak için eğilmek yeter."

Toplantıdakiler arasında dalga halinde bir kıkırdama işitildi.

Cesaretimi topladım.

"Bense, belli bir meslek ahlakına bağlıyım, bir tür etik diyebilirim. Biz kendimiz için eleman alan bir şirket değiliz. Bir iş bulma ofisiyiz. Dolayısıyla bizim misyonumuz basitçe bir aday seçiminin ötesine uzanıyor ve dolayısıyla o dönemin görevine uygun düşmeyenlere öğütte bulunmanın bizim görevimiz olduğunu düşünüyorum. Bu, bizim sosyal sorumluluğumuz biraz da. Zaten mesleğimi sevmemin nedeni de bu."

Larcher hep gülümseyerek beni dinledi, ama çıkarının tehdit altında olduğu her durumda olduğu gibi, ifadesi belli belirsiz değişti, gülümsemesi etobur bir hal aldı.

"Dostlarım, sanırım Alan, Rahibe Teresa için değil Dunker Consulting için çalıştığını unuttu."

Gülmeye başladı. Kısa sürede Thomas, ardından da Mickaël ona katıldılar. Kaşları hafifçe birbirine yaklaşırken bakışı benim üzerimde güçlü biçimde yoğunlaşıyordu.

"Eğer kuşkun varsa," diye sözüne devam etti, "ödeme kâğıdının hemen altındaki kutucuğa bak, bir hayır kurumunun sana bu kadar ödemeyeceğini anlarsın."

Salondan birkaç kıkırdama daha yükseldi.

"Şimdi, Alan, bu ücreti hak etmen için kıçını kaldırman gerek. Sosyal yardım oyunu oynayarak bunu başaramazsın."

"Ben şirketime para kazandırıyorum. Ücretim büyük ölçüde kâr getiriyor, dolayısıyla hak edilmiştir."

Salonda ölüm sessizliği. Bütün meslektaşlarım ayaklarına bakıyorlardı. Atmosferde güçlü bir ağırlık hissediyordum. Larcher hiç alışıldık olmayan tepkim karşısında açıkça çok şaşırmıştı. Muhtemelen onu en fazla afallatan buydu.

"Bunu değerlendirecek olan sen değilsin," dedi sonunda saldırgan bir üslupla. Ekibin geri kalanı karşısında otoritesini korumak için son sözü etmenin hayati önemine kuşkusuz ikna olmuştu. "Hedefleri biz saptarız. Sen değil. Şu ana dekse sen bu hedeflere erişemedin."

Toplantı oldukça çabuk bitti. Larcher'nin, mesajının kapsamını yumuşatmış olan olayların gidişatı karşısında çok öfkelendiği hissediliyordu. İlk kez görüş ayrılığımı bildirecek cesareti bulmuştum. Belki de sussaydım daha iyi olurdu. Yine de, kanaatlerimi ifade ettiğim, kendi değerlerimi çiğnetmediğim için mutluydum.

Toplantı salonunu aceleyle terk ettim ve büroma geri döndüm. Onunla yüz yüze gelmekten kaçınmayı tercih etmiştim. Zaten kimseyi görmek istemiyordum. Herkesin yemeğe gitmesini bekledim, sonra ben de sıvıştım. Kapımı sessizce açtım. Şirkette sessizlik hüküm sürüyordu. Koridora girdim. Kadife halının emdiği adımlarım yerin neredeyse kaygı verici huzurunu bile bozmuyordu.

Thomas'nın bürosunun hizasına gelmiştim ki, sessizliği yırtarak çınlamaya başlayan bir çalar saat beni sıçrattı. Onun telefonu. Direkt hattı aranmış olmalıydı. Bu saatte santral kapalıydı. Zil, ıssız şirkette, hiçliğin içindeki umutsuz bir çağrı gibi çınlıyordu.

Nasıl bir ruh halinde olduğumu bilmiyorum; ne alışkanlıklarım arasında vardı ne de bölümün geleneklerinde, ama zil öylesine ısrarcıydı ki gidip cevap vermeye karar verdim.

Bürosunun kapısını açtım. Her şey kusursuzca düzenlenmişti, dosyaları düzgün yığılmıştı, bir Montblanc tükenmez kalem, görünür bir yere rastgele bırakılmışçasına konmuştu. Havada çok hafif bir parfüm kokusu vardı. Belki tıraş losyonunun kokusu... Telefonu açtım, bizim kullandıklarımızdan çok daha şık bir modeldi. Bunun için patronla pazarlık mı yapmıştı acaba? Kendi de satın alabilirdi, yeter ki kendini göstersin ve duruma hâkim olsun.

"Al..."

Tam karşımdakine Thomas olmadığımı belirtmek için adımı söyleyecektim ki, bana zaman bırakmadı, sözümü şiddetle keserek nefret dolu bir sesle, dörtnala düşüncelerini ifade etti.

"Yapmış olduğunuz şey çirkin. Size henüz istifa etmediğimi ve sizin tamamen sessiz kalmanıza güvendiğimi söylemiştim. Müdürümü arayıp idari sorumlusunun görevinden ayrılacağını söylediğinizi ve yerine birini bulmayı önerdiğinizi biliyorum..."

"Bayım, ben..."

"Susun! Siz olduğunuzu biliyorum, çünkü başka hiçbir yere CV'mi göndermiş değilim. Duyuyor musunuz? Hiçbir yere! Sizden başkası olamaz. İğrenç bu yaptığınız, cennete gidemeyeceğiniz kesin."

10

Şirketten çıkmıştım ki Alice'le karşılaştım. Meslektaşımın beni toplantıdan çıktığımızdan beri beklediği açıktı.

"Yemek yiyecek misin?" dedi bana hemen.

Gülümsüyordu, ama gülümsemesi bir kaygı gölgesiyle örtülüydü. Benimle birlikte görülmekten mi çekiniyordu?

"Evet," cevabını verdim.

Bir an bekledi, sanki teklifin benden gelmesini arzuluyor gibiydi, sonra sözüne devam etti:

"Birlikte yiyelim mi?"

"Tamam."

"Biraz kenarda kalmış çok sempatik küçük bir restoran biliyorum. Böylece rahat rahat konuşabiliriz..."

"Adı ne?"

"Arthus'un İni."

"Bilmiyorum."

"Epey... orijinal bir yer. Daha fazlasını söylemeyeceğim. Sen keşfedersin..."

"Tuhaf hayvanlar yemediğimiz sürece bana uyar."

"Siz Amerikalılar! Gerçekten züppesiniz..."

Molière Sokağı'na girdik. Sokağın bittiği yerde kubbeli bir pasajdan geçince, iç bahçeler boyunca uzanan Palais-Royal'ın kemerleri çıktı karşımıza. Paris'in göbeğindeki bu hareketli semtin ortasında bir huzur sığınağı!.. Çok sade bahçeler, savaş öncesi dönemden bir okul avlusunu andırıyordu. Tek sıra dizilmiş kestane ağaçları, yerde yükseltilmiş toprak ve etrafı tarih dolu eski bina. Kemerlerin altında, soğuk taşın zarif kokusu işitiliyordu; topuklarımızın gürültüsüyse geçmiş yüzyılların matlaştırdığı yıpranmış döşeme taşları üzerinde çınlıyordu. Burası nostalji dolu bir yerdi. Burada zaman iki yüzyıl önce durmuştu; teneffüs ziliyle sevinç çığlıkları atan, serçeleri havalandıran eski zaman giysili çocuklar görmek insanı şaşırtmazdı.

Bahçenin kuzey ucunda bulunan, insanın eline pürüzlü gelen ferforjeden güzel bir tırabzanla süslü merdivenin birkaç basamağından çıktık. Eski müzik kutuları satan bir dükkânın koyu ahşap çerçeveli vitrini boyunca yürüdük ve Petits-Champs Sokağı'na çıktık. Eski Paris'in bu canlı, sevimli, dar sokağının dar kaldırımında düzgün yürümek güçtü. Sayısız küçük dükkânın her biri biricikti. Dünyanın tüm şehirlerinde hepsi aynı şey satan bayilik sistemlerinden ve mağaza zincirlerinden ışık yılı uzaktalardı. Burada, her vitrin, dekorasyonunun ve sergilediği ürünlerin özgünlüğüyle şaşırtıcıydı. Bir şemsiye dükkânının yanında bir şarküteri, onun yanında bir şapkacı, yanında bir çaycı, sonra bir mücevher ustası. Yiyecek dükkânlarından ayakkabıcılara, oradan da sahaflara uzanıyorduk. Dükkânların hepsi insana önünde durma, bu güzel şeyleri seyretme, onlara dokunma arzusu veriyordu...

"Vivienne Pasajı'nı biliyor musun?"

"Hiç bilmiyorum."

"Gel, küçük bir tur atalım."

Adım adım giden arabaların bitmek bilmeyen uzun kuyruğu arasında sokağı geçtik. Sürücüler yayalardan daha yavaş yol alıyor olmaktan açıkça öfke içindeydiler. Çok yüksek bir sundurmanın altından, iki dükkân arasına daldık. Sararmış camdan ve ferforjeden eski bir çatıyla kaplı bir tür dar sokakta bulduk kendimizi. Kasvetli bir koku, biraz nemli. Pasajda da birkaç dükkân ve restoran bulunuyordu. Ama sokaktakinden çok farklı bir ortamdı. Yoldan geçenlerin akınından, şehrin hareketliliğinden tecrit olmuş pasaj, hüzünlü bir ışık ve uhrevi bir huzur altındaydı. En ufak gürültü ya da ses parçası cam çatıda dinginlik içinde çınlıyordu. İnsanlar ağır ağır yürüyordu. Burada melankolik bir ağırbaşlılık hüküm sürüyordu.

"Pasaj, 19. yüzyıl başından. Restorasyon döneminde sosyete salonu olarak kullanılıyordu. Büroyu biraz unutmak için gezinti yapmaya her ihtiyaç duyduğumda buraya gelirim."

Pasaj, at nalı şeklinde bir tür halka oluşturuyordu. Diğer ucundan çıktık. Yeniden sokaktaydık. Yandaki bir fırından yoğun sıcak ekmek kokusu geliyordu. Bu koku beni aniden iyice acıktırdı.

Griye, güzel bir koyu griye boyanmış ahşabın titizlikle giydirildiği bir restoranın camekânını göstererek, "Geldik!" dedi Alice.

Barok dekorlu küçük bir salona girdik. En fazla yirmi sofra kurulmuştu. Duvarlarda, çeşitli yazılardan oluşan, oyma ahşapla hoş bir şekilde çerçevelenmiş sayısız tablo vardı. Pembe gömleğinin içine, düğümlenmiş ipek bir fular takmış, kırk yaşlarında, sarışın, ufak tefek biri olan patron, iki müşteriyle hararetli bir sohbetteydi. Alice'i tanıyınca konuşmasını kesti.

"Personel alımı hanımçavuşu!" dedi yapmacık bir sesle. Sesine, işbirlikçi bir gülümseme eşlik etmeseydi, dalkavukça gelebilirdi.

"Bana böyle hitap etmemenizi daha önce söylemiştim size, Arthus," cevabını verdi Alice dalga geçerek.

Alice'in elini öptü.

"Bugün size eşlik eden güzel prens de kim?" dedi gözleriyle beni tepeden tırnağa yiyerek. "Hanımefendi çok zevkli... ve onu Arthus'a getirerek risk alıyor."

"Alan bir meslektaşım," dedi Alice, durumu düzelten ses tonuyla.

"Ah, siz de öylesiniz demek! Bana işimi bıraktırmaya kalkışmamanız konusunda sizi uyarırım, şirkete alınacak biri değilim ben."

"Ben yalnızca muhasebeci alıyorum işe," cevabını verdim.

"Ah!" dedi, çok üzülmüş gibi yaparak, "yalnızca rakam erkekleriyle ilgileniyor..."

"Bizim için iki kişilik bir yeriniz var mı, Arthus? Rezervasyon yaptırmadım..."

"Falcım bana bugün benim için çok önemli birinin geleceğini söyleyince şu masayı ayırdım. Hizmetinizdedir..."

"Beyefendi çok iyi kalpli."

Bize, büyük bir zarafetle menüleri uzattı. Alice kendininkini hiç bakmadan masaya bıraktı.

"Bakmıyor musun?" diye sordum.

"Gerek yok."

Anlamaya çalışarak yüzüne baktım; ama muammalı hafif bir gülümsemeyle yetindi.

Menü oldukça zengindi ve her şey iştah açıcı gözüküyordu. Bu kadar güzel yemek çeşidi arasından tercih yapmak kolay değildi. Hepsini okumayı henüz bitirmemiştim ki, dükkân sahibimiz siparişlerimizi almaya geldi.

"Alice Hanımefendi?"

"Ben size bırakıyorum, Arthus."

"Ah! Kadınların kendilerini bana bırakmalarından çok hoşlanıyorum! Bundan böyle siz benim işimsiniz. Yakışıklı prensim tercihte bulundu mu?" dedi hafifçe bana doğru eğilerek.

"Şey... eee... Ben, Aix fesleğenli domatesli bir milföy istiyorum, bir de..."

"Yoo, yoo, yoo..." diye mırıldandı alçak sesle.

"Pardon, anlamadım?"

"Hayır, hayır, prenslere göre bir antre değil bu. Bana bırakın. Bakalım... size ne hazırlayayım?.. Rokforlu hindiba."

Tavrından biraz bozulmuştum.

"Şey... rokfor nedir?"

Arthus şaşkınlıktan çenesi düşmüş gibi yaptı ve bir süre ağzını açık tuttu.

"Nasıl? Prensim şaka yapıyor olmalı, öyle değil mi?"

"Meslektaşım Amerikalı," dedi Alice, "yalnızca birkaç aydır Fransa'da yaşıyor."

"Ama hiç aksansız konuşuyor," dedi, şaşkın bir halde, "üstelik pek sevimli ve Amerikalı olacak kadar da gürbüz değil. Sizi mısır gevreği ve Big Mac'lerle beslemediler mi?"

"Annesi Fransızdı, ama hep Amerika Birleşik Devletleri'nde yaşadı."

"O halde eğitimini tamamlamamız gerekiyor. Size güveniyorum, Alice. Kesinlikle her şeyi gözden geçirmeli. Ben, mutfak alanında onunla ilgilenirim," dedi, mutfak kelimesinin her hecesini iyice yayarak. "Pekâlâ, rokforla başlayalım. Biliyorsunuz, Fransa'da beş yüzden fazla peynir vardır..."

"Bizim de Birleşik Devletler'de bir miktar var."

"Yoo!" dedi sahte bir abartıyla, tumturaklı bir tonda. "Aynı şeyden söz etmiyoruz! Kesinlikle! Sizinki peynir değil, selofan içinde plastik, tuzlanmış jelatinimsi silgi... Hay aksi! Ona her şeyi öğretmek gerekecek! Tamam, rokforla başlayalım... Rokfor peynirlerin kralıdır ve peynir de..."

"Çok güzel, o halde rokforlu hindiba," diye sözünü kestim. "Size bıraktım! Sonra, arkasından, zincirleme olarak..."

"Burada zincire vurmuyoruz, prensim. Zindanda değiliz..."

"Pekâlâ... o halde, takiben..."

"Hayır, kimseyi takip de etmiyoruz. Hesabı ödemeyenleri bile, biliyorsunuz..."

Kelimelerimi ihtiyatla seçerek sözüme devam ettim:

"Sonra şaraplı dana yahnisi yiyeceğim, patatesler buharda pişirilmiş olsun."

"Olamaz!" dedi büyük bir kesinlikle. "Asla olamaz! Bu siz olamazsınız. Şaraplı dana yiyecek kadar bayağılaşamazsınız. Hayır, hayır... Hayır, ben size... bakalım... beyaz şarapta orman hindisi getireceğim, yanında da Sologne mantarı."

Biraz afallamıştım.

"Tatlımı seçme hakkım var mı?"

"Bütün haklar sizin, prensim..."

"O halde bir Tatin tartı alacağım."

"Nefis! Biz şöyle diyoruz," dedi notlarına konsantre olarak ve her heceyi vurgulayarak, "çikolatalı krema. Teşekkürler ve afiyet olsun! Arthus sizi ağırlamaktan çok memnun oluyor!"

Mutfakta kayboldu.

Kahkahayı patlattım.

"Bu çılgınlık da neyin nesi?"

"Menü palavra. Aslında tek bir menü var, herkes için aynı. Ama çok iyidir, bütün ürünler tazedir. Güzel küçük yemekleri hazırlayan Léon'dur," dedi, mutfağın camlı mazgalından görülen iri yarı zenciyi işaret ederek.

"Açlıktan ölüyorum."

"Servis hızlıdır. Tek menünün avantajı... Müdavim bir müşteri kitlesi vardır. Yalnızca bir keresinde bir Alman turist vardı. Arthus'un küçük oyununa çok kötü tepki gösterdi. Skandal yarattı, bağırıp çağırarak çekip gitti..."

Arthus, bizim iki antreyi fır döndürerek neredeyse anında ortaya çıktı.

"İşte hindibalı rokforlar!"

Antreme hücum etmeye tam hazırlanıyordum ki...

"Alice," diye mırıldandım.

Tabağımdakilerin görüntüsü aniden beni son derece tiksindirmişti.

"Ne var?"

"Alice," diye devam ettim alçak sesle, "benim peynir bozulmuş. Küflü. İğrenç."

Üç saniye sessizce bana baktı, sonra kahkahayı patlatıverdi.

"Normal bu!"

"Peynirimin çürümüş olması normal mi?"

"Böyle yenir, o..."

"Çürümüş bir peynir yememi mi istiyorsun?"

Sanki Dubreuil'ün dayattığı bir görevle daha karşı karşıya gibiydim.

"Çürümüş değil, yalnızca küflü ve..."

"Aynı şey, ha çürümüş ha küflü..."

"Hayır! Bunlar sağlıklı küfler. Hiç risksiz yiyebileceğine yemin ederim. Zaten küf olmasa bu peynir önemsiz olur."

"Benimle dalga mı geçiyorsun."

"Hayır! Güvenebilirsin! Bak!"

Çatalına o "şey"den birçok parçayı taktı ve... ağzına götürdü. Çiğnedi ve... gülümseyerek yuttu.

"İğrenç!"

"Bir kere tat, hiç olmazsa!"

"Kesinlikle olmaz!"

Hindiba yapraklarına yöneldim. Pis kokan o şeyle temas etmemiş ender parçaları özenle seçiyordum.

Arthus tabaklarımızı toplamaya geldiğinde pek üzgün bir hal takındı.

"Bunu Léon'dan saklamalıyım. Antresine ilgi gösterilmediğini görürse hüngür hüngür ağlar. Onu tanırım, teselli edilemez..."

Tabaklarımızla mutfakta kayboldu. Alice kollarını masaya dayadı ve hafifçe bana doğru eğildi.

"Biliyor musun, toplantı sırasında beni çok şaşırttın. Larcher'ye kafa tutacağını asla hayal edemezdim. Risk aldın..."

"Bilmiyorum, sonuçta samimiydim: Acilen adam ihtiyacı olan göreve denk düşmeyen adayları göz ardı etmenin şirket çıkarına olmadığına eminim."

Bir süre gözlerimin içine baktı. Onun ne kadar güzel olduğunu daha önce hiç fark etmemiştim. Ensesinde topladığı açık kahverengi saçları çok ince, çok dişi bir boyun ortaya çıkarıyordu. Mavi gözleri hem yumuşak hem de kesindi, zekâyla pırıldıyordu. Çok zarif bir şeyler vardı onda.

"Evet, ne var ki ben, Larcher, Dunker ve yönetimin diğer üyelerinin şirketin çıkarına hizmet etmeyen kararları kasıtlı olarak aldıkları kanısındayım..."

"Neden yapsınlar bunu?"

"Kararlar özellikle finans piyasasınca buyruluyor. Kısacası borsa tarafından."

"Hissedarlarımız tarafından mı demek istiyorsun?"

"Bir anlamda."

"Bir şey değişeceğini sanmıyorum: Şirketin düzgün davranması hissedarların da çıkarına."

"Hayır, değişir."

"Neye göre değişir?"

"Hissedar olma motivasyonlarına göre. Biliyorsun, bizim hissedarlar arasında herkes var: küçük hissedarlar, bankalar, yatırım fonları..."

"Yani?"

"Bunların çoğunluğunun şirketimizin sağlıklı ve uyumlu gelişimiyle ilgilendiklerini mi sanıyorsun? Önemli olan tek şey var, daha doğrusu iki: Hisse senedi kurunun artmaya devam etmesi ve her yıl temettü püskürtülmesi."

"Mutlak anlamda şoke edici değil bu... Kapitalizmin prensibi, bir şirkete yatırım yaparak mali risk alanların, eğer yatırım işe yararsa en fazla kazananlar olmasıdır. Onların risk almasının ödülüdür bu. Şirket bu sayede gelişebildi. Biliyorsun, şirket gelişimini başarırsa hisse senedi yükselir, çünkü o zaman risk daha zayıf gözükür ve gemiye binmek isteyen sayısı çok olur. Temettülere gelince, hissedarlar arasında yalnızca kârlar pay edilir. Temettü olabilmesi için teknenin yolunda gitmesi gerekir..."

"Evet, teoride böyle, ama pratikte sistem tamamen yolundan sapmıştır. Şimdi, uzun vadede şirketin gelişimine oynamayı gerçekten dert edinen hissedar enderdir. Zaten çoğu zaman şirketi tanımazlar bile... Ya iyi bir iş yapıp, hisselerini yeterince yükseldiğinde tekrar satmak isterler, ya da şirketin kararlarında etkili olabilmek için ellerinde yeterince hisse tutmak isterler. İnan bana, bütün bunlar şirketin uyumlu gelişmesi için değil, hissedar olarak kalacakları birkaç yıl boyunca büyük temettüler dağıtabilmesi içindir. Bu, şirketin gelecekteki gelişimini finanse etmeyi engellese ve güç durumda bıraksa bile..."

"Ve sen, Dunker'la maşalarının buna oynadıklarını mı düşünüyorsun? Şirket çıkarının zararına, hissedarların çıkarına mı hizmet ediyorlar?"

"Evet."

"Burayı kuran Dunker ama. *Onun* yeri. Bir yangın çıkarıp yok etmeyi kabul edeceğini kolay hayal edemiyorum."

"Gerçekten onun yeri değil. Şirketi borsaya soktu ve o zamandan beri sermayenin yalnızca % 8'i elinde. Satmış gibi oldu."

"Evet, ama başında duruyor. Yine de seviyor olmalı..."

Alice yüzünü buruşturdu.

"Duygusal biri değil, biliyorsun. Hayır, onun yönetimde kalmasının, borsaya giriş sırasında sermayeye dâhil olmuş iki büyük hissedarla arasındaki anlaşmanın parçası olduğunu düşünüyorum."

Arthus, nefis aromalı, üzerinde dumanlar tüten hindilerimizi masaya koydu ve mekânın bir başka müdavimini karşılamak üzere yanımızdan ayrıldı.

"Kontes hanımefendileri, emrinizdeyim!"

"Zavallı Arthus'um," dedi kadın, "soyağacımda gerilere gittikçe köylülerden, hödüklerden, uşaklardan başkası yok... Üstelik soyluluğun 1790'da ortadan kaldırıldığını biliyorsunuz..."

"Evet, ama Arthus 2003'te yeniden kurdu!"

Beyaz şaraplı hindinin nefis bir tadı vardı. Bu tür yemek herhangi bir Amerikalıyı Fransa toprağında tutmaya yeterdi. Ülke özlemi hariç. Aşırı milliyetçi bir tutucu bile böyle bir yemekten bir lokma tattıktan sonra vatanını inkâr ederdi.

"Tonero'yu tanıdın mı?" diye sordu Alice, iki lokma arasında.

"Benim gelişimden kısa süre sonra istifa eden mi?"

"Evet. En iyi danışmandı o. Çok güçlü biri. Eşsiz bir ticaretçi. Kendi değerinin bilincindeydi ve bir ücret artışı pazarlığı denedi."

"Reddettiler, eğer belleğim beni yanıltmıyorsa."

"Evet. Ama pes etmedi. Bir dosya hazırlayıp, ret durumunda istifasının onlara ücret artışından daha fazlaya mal olacağını kanıtlamak istedi. Yerine geçecek kişinin işe alınma maliyetini, formasyonunu, gerçekten iş yapmadan ücretlendirileceği zamanı falan hesapladı. Gerçekten de lamı cimi yok: Tonero'nun istifa etmesine izin vermektense, terfi ettirmek onlara çok daha ucuza gelirdi. Yine de öyle yapmadılar. Neden biliyor musun?"

"Özsaygı sorunu mu? Kararlarından dönmemek için mi?"

"Hiç değil. Soğuk bir şekilde ona şunu açıkladılar ki, eğer ücretleri serbest bırakırlarsa, bu durum tahminlere hemen yansıyacak ve hisselerin kuru darbe yiyecekti. Oysaki, yerine gelecek kişinin işe alınma maliyetinin asıl bölümü 'Maaşlar' ve 'Formasyon' hesaplarına geçecekti ve borsa bu hesaplara daha az duyarlıydı."

"Laf ola beri gele!"

"Formasyon branşında da durum daha iyi değil. Önceleri stajlar akşam altıda sona eriyordu. Şimdi saat beşte kimseyi bulamazsın."

"Neden?"

"Müşteriye bildirilen nedeni mi istersin yoksa *business*'ın[3] dayattığını mı?"

"Söyle..."

"Pedagojik açıdan şart bu, sayın müşterimiz. Araştırmalarımız göstermiştir ki, saatlerde hafif bir azalma, stajyerin bilgi edinmesini optimize ederek öğrenimi artırıyor..."

"Ya gerçek?"

"Eğitmenin görevi saat 17.05'te telefonda olup yeni müşteriler araştırmak. Anlıyorsun değil mi, saat 18.00'de kimseye ulaşılamaz..."

Bir yudum şarap içtim.

"Dinle, dalavereli uygulamalar derken... Meslektaşlarımızdan birinin, bir adayı, daha istifa etmeden şirketine ayrılacağını bildirerek ihbar ettiğini tamamen tesadüfen öğrendim..."

---

3 (İng.) İş. (ç.n.)

"Aa... Haberin yok muydu?"

"Nasıl yani?"

"Senin olmadığın gündü. Dunker haftalık ticari toplantıya davet edilmişti. Bu şekilde kapılacak iyi işler olduğunu ima etti."

"Şaka yapıyorsun?"

"Hiç değil."

"Marc Dunker, başkanımız, danışmanlarını bu türden uygulamalara mı davet ediyor? İğrenç bu!"

"Açıkça böyle yapmamızı istemedi, ama bunu anlamamızı sağladı."

Camdan gri gökyüzüne baktım. Yağmur yağmaya başlıyordu.

"Ama biliyorsun, kendi aramızda heybemizi boşaltmamız iyi gelse de, yine de bu durumu çökertici buluyorum. Ben yaptığım işe inanmak isterim. Sabahları yataktan kalkabilmem için yaptığım işin, doğrudan doğruya soylu bir davaya hizmet etmese bile, bir şeye yaradığını hissetmem gerekir. En azından, iyi iş çıkarmanın tatminini hissedebilmeliyim. Ama eğer rastgele şeyler yapılacaksa, her şekilde yapılacaksa, tek amaç da şirketle ilgilenmeyen hissedarları zengin etmek ise, o zaman saçma olur. Ben, işimin bir anlamı olmasına ihtiyaç duyuyorum."

"Sen bir idealistsin, Alan."

"Kuşkusuz evet."

"Güzel, ama yanlış çağdasın. Siniklerin ortasında yaşıyoruz ve bundan kurtulmayı umabilmek için sen de sinik olmalısın."

"Ben... ben buna katılmıyorum. Daha doğrusu, bu bakış açısına boyun eğmeyi reddediyorum. Yoksa, hiçbir şey çabaya değmez. Yaşamımın, yiyecek, barınak ve biraz da boş vakit satın alabilmem amacı için çalışmakla özetlenmesi fikrini kabul edemem. Tamamen anlamsız olur."

"Küçük hindilerim güzel mi?" diye sordu Arthus, tabaklarımıza bakarak. Yemeğinin başarısından emindi.

"Bu kadar yakın olmanıza izin veremem," cevabını verdi Alice, rahatsız edilmiş gibi yaparak.

Arthus gülerek uzaklaştı.

"Ben," diye devam ettim, "evrenin çehresini değiştirmese de, başkalarına bir şey katan bir işim olmasına ihtiyaç duyuyorum. Günümün yararlı geçtiğini, binaya kendi taşımı kattığımı düşünerek yatmak istiyorum geceleri."

"Seni gerçeğe döndürmek gerek, biliyor musun? Dünyayı değiştiremezsin."

Çatalımı masaya bıraktım. Beyaz şaraplı hindi bile iştahımı kabartmıyordu.

Arthus'u birinin elini öperken gördüm. O kendi yarattığı evrende yaşıyordu.

"Evet, her birimizin dünyayı değiştirebileceğine inanıyorum. Teslim olmamak, doğru bildiğinden şaşmamak, değerlerini çiğnetmemek koşuluyla. Yoksa olup bitenin suç ortağı oluruz."

"Evet, tamam, bunlar güzel laflar. Ama somut olarak pek bir işe yaramazlar. Sen kendi şirketinde dürüst kalma riskini aldın diye başkalarının kötü davranmasını engelleyemezsin."

Alice'e baktım. Tuhaf! Çabalarımın boşuna olduğunu bana kanıtlamaya çalışsa bile, içinden benim haklı olmamı istediği duygusuna kapılmıştım. Belki hiç umudu yoktu, ama yeniden umut etmek istiyordu.

Hayal içinde kalktım. Bakışlarım restoranın güzel duvarlarında geziniyordu. Sonunda Arthus'un duvara astığı özdeyişlerden birine takılıp kaldım. Gandhi'nin bir sözüydü:

"Dünyada görmek istediğimiz değişim olmalıyız."

11

"Kesin olan tek şey, değişimin başkalarından gelmeyeceği!"

Yves Dubreuil derin koltuğunda arkaya doğru kaykıldı ve ayaklarını çalışma masasının üzerine koydu. Eski kitaplarla derinin birbirine karışan kokularını seviyordum. Karşılaşmamızın ertesi günü bir gün boyunca kendimi ona açtığım bu yerle özdeşleştirdiğim kokular bunlar.

Bahçesindeki ulu ağaçların süzdüğü yumuşak akşam ışıkları, odanın İngiliz atmosferini güçlendiriyordu. Dubreuil, her zamanki alışkanlığına sadık kalarak, Bourbon'unun içinde buzları döndürüyordu.

"Benim inancım," diye sürdürdü sözünü, "her değişimin dışarıdan değil içeriden gelmesi gerektiği. Ne bir örgüt, ne bir yönetim, ne yeni bir patron, ne bir sendika, ne de yeni bir eş senin yaşamını değiştirebilir. Politikaya baksana: İnsanlar yaşamlarını değiştirsin diye birine güvendiklerinde ne işe yaradı? 1981'de Mitterrand'ı düşün, 1995'te Chirac'ı, 2008'de Obama'yı... Her seferinde hayal kırıklığına uğradılar. Sonuçta, yanlış adama oynadıklarını, kötü tercih yaptıklarını sandılar. Aslında sorun bu değil. Gerçek, senin yaşamını senden başka kimsenin değiştiremeyeceği. Bu nedenle yaşamına kendin sahip çıkmalısın.

"Şunu unutma, Gandhi'nin düşüncesinin, bireysel düşünceleri, kişisel değişim beklentilerini aştığını sanıyorum. Onun, herkesin toplumda genel olarak görmekten hoşlandığı evrimleri özellikle belirttiği kanısındayım. İzlenecek yolu kendinde somutlaştırmanın çok daha güçlü bir şey olduğunu, sonuçta yalnızca teşhir edip eleştirmektense başkalarına model olmak gerektiğini söylemek istiyordu kuşkusuz."

"Evet, anlıyorum, fikir ilginç, ama ben bir denge modeli oldum diye şirketimin benden isteyeceği herhangi bir şey değişmez, patronum bana saygı duymaya başlamaz..."

"Bir anlamda olur. Patronunun sana saygı duymamasından rahatsız oluyorsan, onun kendiliğinden değişmesini bekleme: Sana saygı duymayı ona sen öğreteceksin. Kendini daha saygın kılmak için kendinde neleri değiştirebileceğine bak: Belki ilişkideki konumunu, konuşma tarzını, elde ettiğin sonuçları aktarışını... Belki yersiz saptamalara izin vermeyerek... Zaten moral bozan sapkın yöneticiler bütün meslektaşlarına saldırmazlar, kurbanlarını da tesadüfen seçmezler."

"Örseleniyor olmanın kurbanın kendi hatası olduğunu da söyleyemeyiz ama!"

"Hayır, bunu demiyorum. Elbette onun hatası değildir, ama farkında olmadan buna maruz kaldığını da söyleyemeyiz. Hayır. Tam olarak şunu söylüyorum: Bu örselenmeyi *mümkün* kılan bir davranış biçimi, bir varlık tarzı vardır. Cellat, belli bir kişiye saldırıyorsa, onun üzerinde gerçekten de olumsuz bir etki bırakacağını, başkalarının üzerindeyse bunun işlemeyeceğini hissettiği içindir."

"Korkunç bu."

"Evet."

"Peki... birinin bu kategoride olmasına yol açan nedir?"

"Karmaşık bir durum. Birçok unsur rol oynayabilir, ama en temeli, kuşkusuz, kendine saygı eksikliğidir. Kişi özünde kendi değerinden yeterince emin değilse, bazı sapkınların derhal saptadığı bir zayıf nokta gösterir. Onların da acı veren bu yere dokunmaları yeter."

Aniden nefessiz kalmış gibi oldum.

"Biraz havalandırabilir miyiz?"

Ayağa kalktı ve pencereyi ardına kadar açtı. Devasa ağaçların nemiyle yüklü yumuşak ve ılık hava odayı doldurdu. Yaz akşamlarının yatıştırıcı kokuları bize kadar geliyordu. Ulu çınarların yaprakları arasına gizlenmiş bir iki kuşun tatlı cıvıltısı işitiliyor, yüz yıllık bir sedir ağacının görkemli dalları sakin sakin dalgalanıyordu.

"Düşünüyorum da... sanırım... belki de biraz kendime saygım eksik... Aslında, kendimi sevmiyor değilim, bu değil, yine de kendimi... normal hissediyorum, ama bana eleştiri yöneltildiğinde, sitem edildiğinde kolay altüst oluyorum..."

"Ben de öyle sanıyorum. Bir dahaki sefere, kendi içinde daha güçlü olman için kendine saygını, kendine güvenini geliştirebileceğin bir görev vereceğim sana."

Sussaydım daha mı iyi olurdu diye düşündüm.

"Konumuza geri dönersek, kendini geliştirerek yöneticinin bakışında ve tutumunda bir değişim elde edilebileceği kanısındayım. Ama bu yine de şirketteki olayların akışını değiştirmeyecektir..."

"Bunun iyi iletişim kurmayı gerektirdiğini söyleyebiliriz, ama eminim ki, sürekli yakındığın yöneticilerini belli noktalarda görüş değiştirmeye ikna edebilirsin. Üstelik, biliyorsun, bir durum bize gerçekten uygun olmadığında, basitçe iş değiştirmek de mümkün... Mesleki konumlarından hoşnut olmayan, bundan şikâyet eden, ama işlerinde kalan insan sayısını bir bilseydin! İnsan varlığı değişimden, yenilikten korkar ve çoğu zaman, çok güç olsa bile alışıldık koşullarda kalmayı, pek iyi tanımadığı yeni bir duruma geçmek için diğerini terk etmeye tercih eder.

"Platon'un mağarasıdır bu! Platon, çok karanlık bir tür mağarada doğmuş ve buradan asla çıkmamış insanları anlatıyordu. Bu mağara onların evreniydi; donuk ve hüzünlü olsa da aşina oldukları, dolayısıyla teskin edici bir yerdi. Dışarıya adım atmayı inatla reddediyorlardı, çünkü dışarıyı bilmediklerinden, orayı düşman, tehlikeli olarak hayal ediyorlardı. Dolayısıyla, o meçhul alanın güneşle, güzellikle, özgürlükle dolu olduğunu keşfetmeleri imkânsızdı...

"Bugün birçok insan farkında olmadan Platon'un mağarasında yaşıyor. Meçhul karşısında yaman bir korkuları var ve kişisel olarak onları etkileyecek her değişimi reddediyorlar. Fikirleri var, projeleri, düşleri var, ama bunları asla gerçekleştirmiyorlar, doğrulanmamış binlerce korkuyla felç olmuşlar, elleri ayakları kelepçeli, oysa anahtarı da yalnızca kendilerinde. Boyunlarında asılı, ama asla ellerine alamıyorlar.

"Sanırım yaşam sürekli değişimden, hareketten ibaret. Statükoya dört elle sarılmanın hiç anlamı yok. Yalnızca ölüler kımıltısızdır... Bize uygun düşen yönde gelişebilmek için yalnızca kabul etmekte değil, değişime başlamakta da yarar var."

Dubreuil kendine biraz Bourbon koydu ve birkaç parça buz ilave etti. Bardağının içinde neşeyle çıtırdadılar. Ben de bir soluk aldım. Dışarıdan gelen hava nefis kokularla doluydu.

"Değişim konusunda... gerçekten arzuladığım bir değişim var ve başaramıyorum. Oysa yalnızca bana bağlı: Sigara içmemek. Bir şey yapabilir misiniz?"

"Duruma bağlı. Biraz daha fazla anlat... Neden bırakmak istiyorsun?"

"Herkesle aynı nedenlerle: Yavaş yavaş öldüren bir pislik."

"Pekâlâ, bırakmanı engelleyen ne?"

"Öncelikle, kendime karşı dürüst olmam gerekirse, seviyorum. Değer verilen bir şeyden vazgeçmek güç. Eksikliğini hissederim, özelikle de gerginliğimi atmama yardım ettiği stres anlarında."

"Tamam, çok güzel, kullanması çok hoş başka bir ürün olduğunu hayal et; üstelik de stres giderici. Dilediğin zaman onu kullanabilirsin. Hayal et."

"Tamam."

"Bu koşullarda sigara içmeyi kolayca bırakır mısın?"

"Eee... şey..."

"Cevap olarak pek ikna edici değil!"

"Bilmiyorum..."

"Hayal et: Mucizevi bir ürünün var, sana zevk veriyor, ihtiyaç duyduğunda stresini gideriyor. Sigara sana fazladan bir şey veriyor mu?"

"Şey... hayır."

"O halde, bu koşullarda bırakmanı engelleyen ne?"

Mucizevi bir ürünün bana zevk verdiğini ve istediğimde gevşettiğini ne kadar hayal etsem de, sigara bırakma fikrindeki bir şey beni üzüyordu. Ama ne? Bu ne olabilirdi? Sanki cevabı belli belirsiz hissediyordum da ifade edemiyordum. Cevabın ortaya çıkması epey zaman aldı, sonra da bana gayet aşikâr geldi.

"Özgürlük."

"Özgürlük mü?"

"Evet, özgürlük. Tütün kullanmamayı arzulasam bile, bu yönde öyle bir toplumsal baskı var ki, bunun gerçekten benim tercihim olmadığı ve sigara içmekten mahrum kalırsam özgürlüğümü yitireceğim duygusu içindeyim."

"Özgürlüğünü mü yitireceksin?"

"Sigara konusunda herkes kafamı şişiriyor. Herkes bana 'bırakmalısın' diyor, öyle ki eğer bırakırsam baskıya boyun eğmiş, başkalarının iradesine tabi olmuş hissedeceğim kendimi."

Yüzünden hızla bir gülümseme geçti.

"Tamam. Talimatlarımı sana göndereceğim. Harfiyen uymalısın. Her zaman olduğu gibi."

Sırtıma doğru esen bir hava akımı hissettim ve arkama döndüm. Catherine kapıyı hafifçe aralamış odaya giriyordu. Bana hafifçe gülümseyerek sessizce bir köşeye oturdu.

O sırada takılmıştı bakışlarım. Gri, oldukça kalın, masanın üzerine konmuş bir defterdi. Kapağında adımı tersten okuyabiliyordum. Tek tek harflerle, elle, siyah mürekkeple yazılmış ve hızlı ama destekli olduğu hissedilen bir çizgiyle altı çizilmişti. Dubreuil'ün tamamen bana ayırdığı bir defteri mi vardı? Onu okumak için can atıyordum. İçinde ne vardı? Benim için hazırladığı sınavlar mı? Bana dair, buluşmalarımıza dair notlar mı?

"Pekâlâ," diye devam etti Dubreuil, "biraz durum değerlendirmesi yapalım. Genel olarak nerede olduğunu görelim. İtirazlarını belirtmeyi, arzularını, isteklerini ifade etmeyi ve başkalarıyla ilişkinde kendini ortaya koymayı öğrendin."

"Özet olarak, evet."

"Şimdi, biraz önce konuştuklarımızla da ilgili bu, başkalarıyla daha iyi iletişim kurmayı öğrenmelisin. Temel bir şey. Dünyada tek başımıza yaşamıyoruz. Başkalarıyla ister istemez ilişkide, hatta etkileşimdeyiz ve her zaman da doğru davranmıyoruz. Başkalarının değer vermesi, saygı görmek ve iyi ilişkiler içinde olmak için öğrenmekte yarar olan şeyler var."

İfadesinde hoşuma gitmeyen bir şey vardı.

"Daha iyi iletişim kurmak için teknikler kullanmak istemiyorum. Ben kendim kalmak istiyorum, yoksa iyi ilişkiler içinde olmak için söylenmesi ya da yapılması gerekenleri yapmak değil."

Şaşkınlıkla bana baktı.

"Konuşma öğrenmeyi neden kabul ettin peki?"

"Anlamadım?"

"Evet, Fransızca konuşuyorsun, hatta İngilizce bile, değil mi? Bu dilleri öğrenmeyi neden kabul ettin?"

"Farklı bu..."

"Neden? Onları konuşmayı bilerek doğmadın... Onları öğrendin, kurallarını kavradın, şimdi de kendini ifade etmek için bunları uyguluyorsun. Konuşurken kendin olmadığını mı hissediyorsun?"

"Değil, elbette."

"Emin misin? Gerçekten doğal kalmak için belki de taklit seslerle konuşmayı tercih edersin ya da kendini anlatabilmek için böğürmeyi..."

"Ama dili çocukken öğrendim. Büyük fark bu..."

"Belli bir yaştan önce öğrendiklerimiz 'bizim' oluyor da, o yaştan sonra öğrenilen yapay mı oluyor? Onu kullanarak kendin kalmak mümkün değil mi?"

"Bilmiyorum, ama kendiliğinden bana gelen şeylerin dışında davrandığımda kendimi doğal hissetmiyorum."

"Sana bir şey diyeyim mi?"

"Ne?"

"Yine değişime direnmek bu! Çocukla yetişkin arasındaki temel farklılık: Çocuk gelişme arzusu duyar. Yetişkin değişmemek için elinden geleni yapar."

"Belki."

"Sana kendi duygumu açıklayacağım..."

Hafifçe bana doğru eğildi ve sır verir bir tonla konuştu.

"Gelişme istemiyorsak, yavaş yavaş ölmeye başlamışız demektir..."

Yutkundum. Catherine öksürmeye başladı. Dışarıda bir kuş uzun bir kahkahaya benzer bir çığlık attı.

"Kafa karıştırıcı bir şeyin farkına vardım," diye sözüne devam etti. "Çoğu insanda, tutumunu değiştirmeme yönündeki
yirmi ya da yirmi beş yaş civarında ortaya çıkıyor.
jik olarak neye denk düştüğünü biliyor musun?"

"Hayır."

"Beynin gelişim sürecinin tamamlandığı yaş."

"O halde, gelişim göstermeme arzusunun o yaşta duyulması belki de bir tesadüf değildir. Belki de doğal..."

"Evet, ama tarih orada bitmiyor. Nöron sayısının ömrümüzün sonuna dek geri döndürülemez şekilde azaldığına uzun süre inandık. Ama yetişkin olunduğunda da nöron yaratmaya devam edilebileceği çok yakın dönemde kanıtlandı."

"Moralimi güçlendiriyorsunuz; kendimi yaşlı hissetmeye başlamıştım..."

"Daha kesin bir ifadeyle, bu yenilenme süreci farklı unsurların etkisiyle meydana gelebilir. Bunlar arasında... öğrenme var. Kısacası, öğrenmeye ve gelişim göstermeye devam kararı verilirse genç kalınır. Beden ve ruh birbirine sıkı sıkıya bağlıdır. Kanıt ister misin?"

"Evet."

"Sağlık Bakanlığı'nın resmî istatistiği: Çoğu insan emekli olduğunda sağlıkları aniden kötüleşiyor. Sence neden? Faal yaşamdalarken, yaşlı moruklar gibi görülmemek için az da olsa gelişme göstermeye, uyum sağlamaya çabalıyorlar. Emekli olur olmaz, bu konuda hiç çaba göstermiyorlar. Alışkanlıkları içinde donup kalıyorlar ve düşüş başlıyor..."

"Eğlenceli..."

"Hayatta kalmak için *hayatta* kalmak yeter, yani hareket içinde olmak, gelişme göstermek. Seksen bir yaşında piyanoya başlayan bir kadın tanıyorum. İnanılır gibi değil! Gerçekten piyano çalabilmek için yıllarca öğrenmek gerektiğini herkes bilir. Yani seksen bir yaşında, çalmayı öğrenebilmek için yine de birkaç yılı bir müzik aletine ayırmaya değeceğini kabul ediyor! Daha uzun süre yaşama yeteneği olduğuna rahatlıkla bahse girebilirim.

"Ömrün boyunca genç kalmak istiyorsan, gelişim göstermeye, öğrenmeye, keşfetmeye devam et ve kendini ruhunu körelten alışkanlıkların içine ya da zaten yapmayı bildiğin şeylerin uyuşturan rahatlığına kapatma!"

"Pekâlâ, ilişki düzleminde bana ne söylemek istiyorsunuz?"

Dudaklarında hafifçe tatminkâr gülümsemeyle bana baktı.

"Evet, sana bir sır vereceğim. Herkesle, senden farklı kültürdeki biriyle bile ilişkiye girmeni sağlayacak bir sır. İlişkiye girmek ve o kişiye seninle hemen fikir alışverişine girme, senin sözünü dinleme, kendisininkinden farklı bile olsa senin bakış açına saygı gösterme ve seninle samimiyetle konuşma arzusu vermek."

Böyle bir perspektif elbette arzu edilirdi.

Çalışma masasından fildişi beyazlığında bir kâğıt çıkardı, siyah mürekkebi ortamın ışığını yansıtan bir kalem aldı eline ve geniş, akıcı bir hareketle yazmaya koyuldu. Kalemin altın ucu kâğıdı hışırtıyla çiziyordu. Bana uzattı. Sanki kâğıt kendisiyle ilgili olmayan bir sırrı içine almayı reddediyor gibi, nemli mürekkep belirgin bir şekilde parlıyordu.

Komşunun evrenini kucakla, sana açılacaktır.

Yazıyı tekrar tekrar okudum. İfade kuşkusuz hoşuma gitmişti, anlamını hâlâ biraz kavrayamadığım büyülü bir formülü çağrıştırıyordu.

"Yanında kullanma kılavuzunuz da var mı?"

Gülümsedi.

"Tamamen zihinsel düzeyde kalsaydık, bu sırrı farklı ifade ederdim. Şöyle bir şey derdim: 'Anlaşılmaya çalışmadan önce, başkasını anlamaya çalış.' Ama bunun çok ötesinde. İki varlık arasındaki iletişim basit bir entelektüel alışverişle özetlenemez. Anında başka düzeylerde de cereyan eder..."

"Başka düzeyler?"

"Evet, özellikle duygusal düzlem: Başkasının yanında hissettiğin duygular, muhatabın tarafından genellikle farkında olmadan hissedilir. Örneğin eğer onu sevmiyorsan, bunu gayet iyi gizlemeyi başarsan bile, şu ya da bu şekilde hissedecektir."

"Mümkün..."

"*Niyetini* de karşındaki hisseder."

"Konuşma sırasında aklımızdan geçenleri mi kastediyorsunuz?"

"Evet, ama ille de bilinçli olması gerekmez... Bir örnek vereyim. Bürodaki toplantılar. Çoğu zaman bu toplantılarda biri soru sorduğunda, gerçekten cevap alma *niyetinde* değildir."

"Nasıl yani?"

"Niyeti yalnızca zekice sorular sorduğunu göstermek olabilir... Hatta muhatabını toplantıda bulunan diğer kişiler karşısında zor duruma düşürmek ya da konuyla ilgilendiğini kanıtlamak, hatta grup üzerinde liderlik sağlamak da olabilir..."

"Evet, bu bana bazı anıları hatırlattı, gerçekten de!"

"Çoğu zamansa, muhatap sorudan ziyade *niyeti* algılar. Birisi bizi köşeye sıkıştırmaya çalıştığında, bunu hissederiz, değil mi? Sözlerinde nesnel olarak eleştirilebilecek hiçbir şey olmasa bile."

"Açık bu..."

"Manevi düzeyde de bir şeylerin cereyan ettiği kanısındayım. Bu alanda olup biteni kanıtlamak daha güç olsa bile..."

"Pekâlâ, o halde, somut olarak, sizin mucizevi güzel formülünüzle ne yapayım?"

"Başkasının evrenini kucaklamak, öncelikle onun dünyasına girme isteğinin sende olgunlaşmasıdır. Onun yerinde olmayı deneyimleme isteği duyana dek onunla ilgilenmen demektir: Onun gibi düşünmeye, onun inandığı şeye inanmaya ve hatta onun gibi konuşmaya, onun gibi hareket etmeye çalışmaktan zevk almak... Bunu başardığında, başkasının hissettiğini yeterince doğru hissedebilecek ve o kişiyi gerçekten anlayabilecek durumda olacaksın. Birbirinizle uyum içinde, aynı dalga boyutunda hissedeceksiniz kendinizi. Sen elbette sonra yeniden kendi konumuna geçebilirsin. Her ikinize de yararlı bir iletişim kalitesini korumuş olursunuz. Ve göreceksin, karşındaki de *seni* anlamaya çalışacaktır. *Senin* evreninle ilgilenecektir, özellikle böyle bir iletişim kalitesini sürdürebilme arzusuyla hareket edecektir."

"Biraz tuhaf, bütün bunlar. Benim köken itibarıyla muhasebecilik formasyonum olduğunu unutmayın. Bu bir tesadüf değil, biliyorsunuz: Ben oldukça rasyonel biriyim..."

"Tamam, bunu senin hissetmeni sağlayacağım. Bir deneme yapacağız. Belirttiğim yanların yalnızca birine yönelik olacak. Biraz hazırlanmam gerek," dedi ve ayağa kalktı. "Aslında, iki iskemle bulmalıyım. Bu koltuklarda hiçbir şey yapılamaz, fazla içine gömülüyoruz."

Bürodan çıktı, Catherine de peşinden gitti. Adımlarının koridorda uzaklaştığını işitiyordum. Bölünmüştüm: İnsanlar arasındaki ilişkiler üzerine biraz esrarengiz bu şeylerin cezbettiği bir yanım umutlu bir beklenti içindeydi. Daha basit diğer yanımsa, daha ziyade kuşkucuydu.

Bakışlarım aniden not defterine takıldı. Not defteri... Onu elime alma arzusu pek kışkırtıcıydı... Bir göz atmak... Ayak sesleri kesildi. Bir başka odaya girmiş olmalıydılar... Ya şimdi ya hiçbir zaman. Çabuk! Aniden ayağa kalktım. Parke ayaklarımın altında çatırdadı. Hareketsiz kaldım... Sessizlik... Büroda dolaştım ve elimi uzattım... Ufak tefek sesler, adımlar... Geri geliyorlar! Hay aksi! Aceleyle koltuğuma tekrar oturdum, ama parke öyle güçlü çatırdadı ki kesinlikle işitmiş olmalıydılar... Oturmamalıyım. Çabuk, şeye... kitaplığa bakıyor gibi yapmalıyım. Kitaplar.

İçeri girdiler. Raflara bakarak kaldım.

"Şuraya koyalım!"

Arkamı döndüm. Ellerinde, birbirlerinden en az bir metre mesafede, yüz yüze bakan iki iskemle tutuyorlardı.

"İşte, sen şuna otur," dedi bana, birini göstererek.

Oturdum. Bir an bekledi, sonra kendi de oturdu.

"Böyle senin karşındayken kendini nasıl hissettiğini söylemeni istiyorum," dedi.

"Nasıl mı hissediyorum? Ne bileyim, özel bir şey yok... Kendimi iyi hissediyorum."

"O halde, şimdi gözlerini kapa."

Bana ne yapacağını düşünerek, söylediğini yaptım.

"Birkaç saniye sonra tekrar açtığında, hislerini dinlemeni ve nasıl gelişim gösterdiklerini bana söylemeni istiyorum. Haydi, aç gözlerini."

Hâlâ iskemlede oturuyordu, ama duruşunu değiştirmişti. İki elini de dizlerinin üzerine koymuştu. Önceden öyle değildi. Bu hemen gözüme çarptı. Hislerim mi? Biraz tuhaf, ama belirtmesi zor...

"Tuhaf olduğunu söyleyebilirim."

"Öncekinden daha iyi mi hissediyorsun kendini, yoksa daha az iyi mi?"

"Tam olarak ne kastediyorsunuz?"

"Diyelim, az tanıdığın biriyle asansöre bindiğinde, genellikle onunla iletişim kurmak, onunla sokakta konuşuyor olmanızdan daha az rahat olur, öyle değil mi?"

"Kuşkusuz..."

"İşte bundan söz ediyorum. Benim duruşuma bağlı olarak iletişim rahatlığını ayarlamanı istiyorum."

"Pekâlâ, daha rahat bu."

"O halde, soruyu yeniden soruyorum: Benimle sohbet etmen gerekse, duruşumu değiştirdiğimden bu yana kendini daha rahat mı hissedersin daha rahatsız mı?"

"Daha rahatsız."

"Tamam. Gözlerini kapa... İşte... Şimdi tekrar aç."

Yine duruşunu değiştirmişti. Çenesi avucunun içindeydi, dirseğini kalçasına dayamıştı.

"Kendimi... Nasıl diyeyim... gözleniyor gibi hissediyorum. Çok hoş değil."

"Pekâlâ. Gözlerini yine kapa ve... açabilirsin."

"Daha iyi!"

İki kolunu da kalçalarına koymuş ve iskemlesinin üzerinde, kendini hafifçe bırakmıştı.

"Yeniden başlıyor."

Arka arkaya bir düzine duruş değiştirdi. İki ya da üç seferde, kendimi açıkça diğer seferlerden daha iyi hissettim.

"Catherine?" dedi, ona doğru dönerek.

"Çok net," dedi bana Catherine. "Yves sizinle aynı şekilde durduğu her seferinde kendinizi iyi hissettiğinizi söylüyorsunuz. Vücudu sizinkinden farklı bir duruşta olduğunda, daha az rahatsınız."

"Kendimi her iyi hissedişimin nedeninin onun da benim gibi durması olduğunu mu söylemek istiyorsunuz?"

Aniden iskemledeki vücut konumunun bilincine vardım.

"Evet."

"Deli saçması bu!"

"Değil mi?"

"Herkes için böyle midir?"

"Evet."

"Daha kesin ifade edersek," diye ekledi Catherine, "insanların çoğunun durumu budur, ama hepsinin değil. Kimi istisnalar vardır."

"Sürekli itiraz edip durma, Catherine! Bir şey değiştirmez bu..."

"Ama bu nasıl açıklanıyor?" diye sordum.

"Amerikalı araştırmacıların ortaya koyduğu doğal bir olgu bu. Aslında, sanırım başlangıçta iki kişi iyi iletişim kurduğunda, arada akış olduğunda, bilinçdışı olarak birbirlerine senkronize olduklarını ve sonunda benzer duruşlar benimsediklerini göstererek başladılar. Zaten herkes bunu gözlemleyebilir. Örneğin... restoranda âşık bir çift gördüğümüzde, tıpatıp aynı konumda durmaları ender rastlanır bir durum değildir. İster dirsekler masada, baş avuç içine dayalı olsun, ister gövde önde ya da arkada, eller dizlerde ya da çatal bıçağı tıklatır olsun..."

"Çok şaşırtıcı bu..."

"Bu araştırmacılar, daha sonra, bu olgunun tersine çevrilerek yeniden yaratılabileceğini gösterdiler: Bir kişinin tutumuyla iradi olarak senkronize olunursa, bu, karşılıklı olarak kişilerin kendini iyi hissetmesine hemen katkıda bulunacaktır. Dolayısıyla bu, iletişimin kalitesini büyük ölçüde kolaylaştırır. Ama bunun olabilmesi için, teknik bir uygulama gibi kullanmak yetmez: Ötekinin dünyasını benimsemeyi samimiyetle arzulamak gerekir."

"Kafa karıştırıcı elbette, ama -benim yine direnç gösterdiğimi düşüneceksiniz- eğer muhatabın duruşunu incelemek ve sonuç olarak buna uyum sağlamak gerekiyorsa, insan doğallığını tamamen yitirir!"

Eğleniyor gibi hafifçe gülümsedi.

"Söyleyeyim mi?"

"Neyi?"

"Zaten doğallığında yapıyorsun..."

"Hiç değil!"

"Evet, seni temin ederim."

"Haydi, ama! Beş dakika öncesine kadar bunu hiç bilmiyordum!"

Gülümsemesi iyice belirginleşti.

"İki ya da üç yaşında küçük bir çocukla ilişkiye girmek istediğinde nasıl davranırsın?"

"Sık başıma gelen bir şey değil..."

"Son kez ne yaptığını hatırla."

"Ee, şey... kapıcımın oğluyla konuşmuştum, on beş gün kadar önce. Gün içinde kreşte ne yaptığını anlatmasını istemiştim ondan..."

Dubreuil'e cevap verdikçe, belleğimde tazeliğini koruduğundan daha da şaşırtıcı gelen bu hakikatin bilincine varıyordum: Küçük Marco'yla konuşmak için yere çömelmiş, onun boyuna inmiştim, sesimi doğallığında azaltmıştım ve mümkün olan en basit, onun söz dağarına en yakın sözcükleri seçmiştim. *Doğallığında.* Bunun için hiç çaba sarf etmemiştim. Tek samimi isteğim bir Fransız kreşinin neye benzediğini bana anlatmasını sağlamaktı.

"En inanılmazı ne biliyor musun?"

"Söyle!"

"Bu iletişim kalitesi yaratılabildiğinde ve belli bir süre korunduğunda, o an öylesine değerli olur ki onu korumak için herkes farkında olmadan elinden geleni yapar. Örneğin, el kol hareketlerini ele alırsak, eğer birisi konumunu hafifçe değiştirirse, öteki de farkında olmadan onu takip eder."

"Demek istediğiniz, eğer ben bir kişinin duruşunu yeterince uzun süre benimsersem ve sonra da duruşumu değiştirirsem, o da benim hareketimi izleyecek ve benim gibi değiştirecek midir?"

"Evet."

"Çok saçma bu!"

"Ama unutma ki, işin özü, ötekiyle ilişkiye girme niyetinde samimi olmaktır."

"Söyledikleriniz şaşırtıcı yine de!"

Keşfettiğim şey karşısında heyecanlanmış, etkilenmiştim. İnsanlarla ilişkilerimin gayet aşikâr yanlarına şu ana dek kör ve sağır kaldığım izlenimi içindeydim. Sözcüklerimizin ötesinde, farkına bile varmadığımız yığınla şey olduğunu, bedenlerimizin mesaj alıp verdiğini keşfetmek şaşırtıcıydı. Dubreuil başka iletişim düzeylerinden de söz etmişti...

Daha fazla şey öğrenmeye çalıştım, ama bana bugünlük yeterince şey görmüş olduğum cevabını verdi ve kapıya kadar bana eşlik ettiler. Gece olmuştu.

Kişiliğini ve onun yanında oynadığı rolü ayırt etmekte her zaman güçlük çektiğim Catherine'i selamladım. Az konuşan, kendisini muammalı kılan bir esrar perdesine bürünen kişilerdendi.

Şatonun eşiğinden henüz çıkmıştım ve göz ucuyla Stalin'i kollayarak demir parmaklıklı büyük kapıya doğru bahçede birkaç adım atmıştım ki Dubreuil bana seslendi.

"Alan!"

Arkama döndüm.

"Geri gel! Sana bir görev vermeyi unuttum."

Donup kalmıştım. Hayır, terslik yapmayacaktım...

İçeri girip yanına gittim, sonra holde onu izledim, adımlarımız soğuk mermer üzerinde çınlıyordu. Daha önce hiç görmediğim bir odaya girdik. Eski İngiliz kulüpleri havasındaydı. Duvarları, silmelerle süslü tavana dek boydan boya eski kitaplıklarla kaplıydı. Konyak rengi abajurların altına gizlenmiş bir düzine lambası olan iki avize sıcak ve samimi bir ışık yayıyor, binlerce eski kitabın değerini öne çıkarıyordu. Kütüphanelere maun birkaç merdiven dayanmıştı. Yerde, Versailles parkesinin büyük kısmı sayısız İran halısıyla kaplanmıştı. Koyu renk deri kaplı derin berjer koltuklar oraya buraya konmuştu. Bir çift de kolçaklı kapitone koltuk vardı. Geniş bir Chesterfield kanepe odanın dip tarafına kurulmuştu.

Dubreuil büyük bir kitabı eline aldı. Catherine kapının girişinde kalmış dikkatle bizi gözlüyordu.

"Bana bir sayı söyle, 0 ile 1000 arasında olsun."

"Bir sayı mı? Neden!"

"Sayı dedim!"

"328."

"328... bakalım, bakalım..."

Kitabı açmış, sayfaları karıştırıyordu, söylediğim numaralı sayfayı aradığı belliydi.

"İşte geldik. Çok güzel. Şimdi de bana başka bir sayı söyle. Diyelim... 0'la 20 arasında olsun."

"Ne yapıyorsunuz ama?"

"Söyle!"

"Tamam, 12."

Daha yakından baktım. Elindeki bir sözlüktü ve parmağını sayfadaki kelimeler listesi üzerinde gezdiriyordu.

"10, 11, 12, 'Kukla'. Fena değil. Şansın yaver gitmeyebilir, örneğin bir zarfa düşebilirdin."

"Pekâlâ, olup biteni bana açıklamaya karar verdiniz mi?"

"Çok basit. Büroda iki şefin olduğunu söylemiştin bana, değil mi?"

"Evet, bir ofis şefim var, bir de onun patronu, sık sık doğrudan müdahale eder."

"Çok iyi. O halde, gidip onları sırayla göreceksin. Sohbeti geliştirecek bir bahane bul. Senin görevin, 'kukla' kelimesini bir kez telaffuz etmelerini sağlamak."

"Bu deli işi de ne?"

"Kesin bir de kural var: Bu kelimeyi sen söylemeyeceksin, onu temsil eden bir fotoğraf ya da nesne de göstermeyeceksin."

"İyi de bütün bunlar neye yarayacak?"

"Kolay gelsin!"

Şatodan ayrılmakta acele etmedim. Sekide durup yıldızlara baktım. Paris'te yıldızlar ender olarak görülür, Işık Şehri'nin ışıltılarıyla dolmuş gözlerimize gökyüzü donuk gelir.

Bana verdiği görevin önemini kavrayamadığım için biraz bozulmuştum. Geçmişte, buyruklarına uyarken de elbette surat ekşitmiştim, çünkü ciddi çaba sarf etmem gerekiyordu, ama yararlılığını her zaman anlamıştım. Bu kez anlayamamıştım... Sorularıma cevap vermeme, onları açıkça yok sayma eğiliminden hiç hoşlanmıyordum! Sanki söyleneni yapma yükümlülüğüm zaten olduğundan, beni ikna etmeye çalışarak kendini yormuyor gibiydi... Bu küçük oyun ne zaman sona erecekti? Bazı şeyleri bana aktarma, hayatta beni "geliştirme" iradesinde samimi görünüyordu elbette, ama iyi niyetli biri tarafından bile olsa göz göre göre yönlendirildiğini hissetmek insana son derece zor geliyordu. Üstelik gerçekten iyi niyetli miydi? Benimle ilgilenmek için iyi bir gerekçesi olmalıydı, bir şey elde ediyordu. Ama ne?

Not defterini düşündüm yeniden. Tamamen bana ayrılmış, kuşkusuz sorularımın cevabını içeren bir not defteri... Defter, durumumun *normal* olmadığını bana belirgin biçimde hatırlatıyordu. Meçhul birini benimle ilgilenmeye, bana öğütte bulunmaya, hatta nasıl davranacağımı bana buyurmaya yönelten şeye gözlerimi daha fazla kapayamazdım. Üstelik bütün bunları, korkunç koşullarda benden kopardığı bir sözleşmenin kurallarıyla beni sıkı sıkı elinde tutarak yapıyordu. Sırtımda bir ürperti hissettim.

Dubreuil'ün odadan çıktığı birkaç dakika boyunca bu not defterini inceleyecek vakit bulamamış olmam gerçekten yazıktı. Ne aksilik! Belki bir daha ortaya çıkmayacak bir fırsatı kaçırmıştım. Defteri ele geçirmenin bir yolunu kesinlikle bulmalıydım... Bir gece gelsem? Bu sıcakta pencereler kuşkusuz açık kalıyordu...

Metalik bir gürültü beni aniden düşüncelerimden çekip çıkardı. Stalin, ağır zincirini peşinden sürükleyerek üzerime atılıyordu. Yana sıçradım, tam o anda gök gürültüsünü andıran havlamalar içinde zinciri gerildi. Deli gözleri, salyayla ıslanmış dişleriyle Stalin soruma cevap veriyordu: Hayır, gece gelemezdim. Geceler onundu. Sonunda serbest bırakıldığında bahçenin efendisi o oluyordu.

*

Catherine, Chesterfield'a oturdu. Dubreuil ona bir Montecristo önerdi, o da her zaman yaptığı gibi reddetti.

"Onu nasıl buluyorsun?" diye sordu Dubreuil, eline bir puro bıçağı alarak.

Catherine, gözleri en yakın avizeye doğru yavaşça dönerken düşünüyor, cevaplamak için zaman kazanıyordu.

"Fena değil, ama onu biraz sinirli buldum. Açıkçası ona verdiğin son görevin anlamını ben bile anlamadım."

"Kurada çıkmış bir kelimeyi şeflerine söyletmek mi?"

"Evet."

Dubreuil büyük bir kibrit yaktı, alevi yükseldi. Purosuna yaklaştırdı, puroyu kendi etrafında düzenli olarak çevirdi, hafifçe de içine çekiyordu. İlk duman dalgaları çıktıkça, Montecristo'nun kendine özgü kokusu yayılıyordu. Derin koltuğa gömüldü, bacak bacak üstüne atarken koltuğun derisini hafifçe gıcırdattı.

"Alan'la işin güç tarafı, iyi iletişim kurmak için nasıl davranmak gerektiğini ona göstermenin yeterli olmaması. Şirketinden bir şey elde etmek istiyor, ama böyle elde edemeyecek. Her koşulda onu engelleyen bir şey var."

"Nedir?"

"Boyun eğmeye çok alışmış... Şimdi adım adım direnmeyi, karşı koymayı öğreniyor. İyi bir şey, ama yetmez. Yeterli olmaktan çok uzak. Direnmeyi öğrenmek işin bir yanı, elde etmeyi öğrenmek diğer yanı. Bunu başarabilmenin bir ön hazırlığı var."

"Ön hazırlık mı?"

"Buna muktedir olduğuna dair kendi içinde inanç geliştirmeli."

"Yöneticilerinden bir şey elde edebileceğine kendi içinde ikna olmadığını, dünyanın en iyi iletişim tekniklerini bilinçli olarak uygulasa bile hiçbir şey elde edemeyeceğini mi söylemek istiyorsun?"

"Kesinlikle!"

"Anlıyorum."

"Hatta en önemlisi bu. İnsan başkalarının kararlarına etkide bulunabileceğine samimiyetle inandığında, biraz çarpık davransa bile, her zaman başarabilir. İşin içinden çıkılır... Ama eğer inanç yoksa, ilk terslikte durulur ve bu terslik, yaklaşımımızın işe yaramadığının kanıtı olarak yorumlanır."

Puroyu ağzına götürdü.

"Yani, yalnızca patronlarını etkileyebileceğini keşfetmesini sağlamak amacıyla, onlara belirgin bir kelime söyleterek eğlenmesini istedin ondan, öyle mi?"

"Her şeyi anladın. Kendi etki kapasitesine inanmasını istiyorum."

"İlginç..."

Catherine aniden başını kaldırdı, aklından bir fikir geçmişti.

"Bu kelime gerçekten kuradan çıkmadı, değil mi? 'Kukla'yı sen seçtin ki Alan kendini farkında olmadan ipleri elinde tutan rolünde görsün, öyle değil mi?"

Dubreuil, cevap vermek yerine gülümsemekle yetindi.

"Çok fazla, İgor..."

Dubreuil purosundan uzun bir duman çekti.

12

Dunker Consulting'in başkanı ve genel müdürü Marc Dunker iri yarı, uzun boylu bir adamdı. Bir doksan boyu ve doskan altı kilosuyla, Fransa'da istihdam alanının ağır topuydu.

Beaujolais'nin göbeğindeki bir taşra kasabasındandı. Babadan oğla sığır taciri olan Dunker'lara, yaptıkları işi gerekli bir kötülük olarak gören yöre sakinleri pek değer vermiyordu. Ailenin parası vardı. Hem de civardaki hayvan yetiştiricilerinden daha fazla. Üstelik onlar bu paranın kendi sırtlarından, sığır eti rayicinin eriyip gittiği güç yıllarda kendileri gibi ıstırap çekmeden kazanıldığı duygusu içindeydiler.

Okulda küçük Marc diğer çocuklarla birlikteydi. Köyün en zengin adamının oğlu olmaktan gurur duysa da kendini dışlanmış hissediyordu. Yine de kaderine ağlayıp sızlanmadı, tersine, savaşçı biri oldu. Diğer çocuklardan gelen en ufak eleştiride onları kavgaya kışkırtıyordu.

Buna karşılık, annesi çok daha dertliydi. Kocası imrenilecek bir konumdan yararlanırken, kendisi bu durumun olumsuz etkilerine maruz kalıyordu. Sosyal yaşamı, köyde karşılaştığı kadınların ustaca yönelttikleri düşman bakışlarla ve anlam yüklü söylenmeyenlerin birikmesiyle özetleniyordu. Acı ve kin dolu yıllardan sonra annesi yıkılıp kalınca, aile, kuşaklar boyu yerleştiği geleneksel konumdan koparak, dedikodulardan ve çekiştirmelerden uzağa gidip şehre yerleşti. Dunkerler Lyon'a taşındılar. Beyefendi köye gitmek için her gün kilometrelerce yol yapmak zorunda kaldı. Marc bu taşınmayı bir teslimiyet gibi yaşadı ve şehre gittiği için babasını küçümsedi.

Annesinin hoşnutluğu kısa sürdü: Memur, hatta büro görevlisi bile olsa, beyaz yakalı çalışanlardan oluşan komşular tarafından kendisinin ve ailesinin köylü görüldüğünü anladığı gün yelkenleri suya indirdi. Küçümsenmektense kıskançlıkla dışlanmayı tercih eden Marc, bu yeni tecritten acı çekti ve hayattan intikam alma arzusu duydu.

Lise diplomasını vaktinde aldı. Ardından, yirmi yaşında ticaret alanında yüksek teknisyen diploması aldı. Yaklaşık on yıl boyunca tarım ürünleri temsilcisi olarak çalıştı. Genlerine yapıştığına kuşku olmayan bir tüccar becerisini belirgin bir yetenekle kullandı. Üç dört kez şirket değiştirdi, her değişimden ücretini önemli miktarda katlamakta yararlandı. Her seferinde aynı senaryoyu yeniliyordu: Ayrıldığı görevin kapsamı konusunda işe alma danışmanını aldatıyor, kendine resmen sahip olmadığı, ama zaman zaman kendi kendine üstlenmesinin doğru olduğunu düşündüğü sorumluluklar atfediyordu.

Danışmanların meslekleri hakkında hiçbir şey bilmediklerini ve onları aldatmanın kolay olduğunu kısa sürede anlamakta gecikmedi. Bir gün, o dönemki işvereni, onu işe almak için danışmanlara akıttığı parayı söyleyince, Marc kulaklarına inanamadı. Sonuçta babasının yaptığına çok benzer bulduğu bir görev için ödenen rakam ona astronomik geldi. Ona göre, bir şirketi bir adayın varsayımsal nitelikleri hakkında ikna etmek, çiftçinin bizzat sınaması gayet kolay olan bir ineğin fiziksel nitelikleri konusunda bir çiftçiyi ikna etmekten çok daha kolaydı.

Altı ay sonra Marc kendi hesabına çalışır oldu. Lyon'un merkezinde tek oda bir büro tuttu ve işe alma yöntemleri hakkında kısa bir eğitim gördükten sonra, "Marc Dunker, İşe Alma Danışmanı" yazılı bir tabela astı. Özellikle kendi koku alma yetisinin, bir aday seçmek için öğretilen tekniklerin herhangi birinden daha iyi olduğuna güvendi. Sonradan da pek az başarısız olduğu bir gerçektir. Bu bir içgüdüydü. İnsanları, şirketleri kokluyor, adayları kokluyordu ve hangisinin göreve uygun düşeceğini koklayarak buluyordu.

İlk müşteriler bir şey elde etmesi en güç olanlardı. Gerçek referans olmadan güvenilir olması güçtü. Bu ona söylendiğinde, tuhaf bir şekilde oldukça saldırganlaşıyordu. Kısa sürede işi yalana vurdu. Kendine prestijli müşteriler uyduruyor, özellikle küçük ve orta işletmelerin adlarını anıyor, çok küçük olduklarından hizmete layık görmediği bahanesiyle sözleşmelerini reddettiğini söylüyordu. Bu tutum işe yarar çıktı ve ilk sözleşmelerini kopardı, hemen ardından başkaları geldi, başarı başarıyı çağırıyordu.

Yeni mesleği tam ona göreydi. Eskiden ailesinin yanına yanaşmayan kibirli küçük burjuvaların şimdi iş için kendisine bağımlı olduklarını anlamıştı. Çekinilen ve sayılan biri olduğunu hissediyordu. Bu insanlar onun elinden ekmek yiyordu. Yalnızca kendisine bağımlılıklarını artırabilmek için şehrin bütün istihdam piyasasını denetlemek istiyordu.

Yeni statüsünün yaralanmış egosunu tamire yetmediği doğrudur. İçindeki bir şeyler onu sürekli daha ileriye gitmeye, işini geliştirmek için daima daha fazlasını yapmaya, alanında otorite sahibi olmaya itiyordu. Çok sebatlı bir çalışan olduğundan, şirketinin konumunu sağlamlaştırmak için çabalarını iki misli artırdı.

Bir yılın sonunda, üç danışman çalıştırıyordu. Bundan büyük bir haz aldı. Ama mutlu etmekten uzak olan bu durum, onu daha da öteye gitmeye yöneltti. Altı ay sonra, Paris'te bir büro açmıştı. Başkent Paris, muhteşem Paris! Hemen oraya taşındı. Bu vesileyle, ofisin adı değişerek "Dunker Consulting" oldu. Sonraki yıllarda, her üç ayda bir taşra şehirlerinden birinde ortalama bir büro açtı.

Başarısını yanında çalışanların sayısıyla ölçüyordu. Bu sayıyı artırmaya kafayı takmıştı. Gerçekten de, "sürüyü büyütmek"ten büyük haz alıyordu. Bol bol kullandığı bu köylü metaforu, titizlikle sakladığı kökenlerini bilinçsizce açığa vuruyordu. Sanki kişisel değeri, emri altındaki kişi sayısına sıkı sıkıya bağlıydı ya da iktidarı sürülerinin genişliğiyle ölçülüyor gibiydi. Özellikle tanımadığı kişilerle birlikte olduğunda, emrinde çalışanların sayısını hatırlatmak için hiçbir fırsatı kaçırmazdı.

Şirketinin yıldırım hızıyla gösterdiği başarı onu yurtdışına uzanmaya teşvik etti ve bir Avrupa başkentinde ilk bürosunu açtığında kendinde bir fatih ruhu hissetti.

Nihayet, iki yıl sonra, en yüce takdis olarak, operasyonu belirtmekte kullanılan söz dağarına kadar uzanan bir erkeklik vecdiyle, işini borsaya sokmaya karar verdi.

13

O sabah büroya, bir haftadır her gün yaptığım gibi, *Closer*'ım koltuğumun altında geldim. Başlangıçta pek belirgin olan meslektaşlarımın yan bakışları şimdi yerini tam bir ilgisizliğe bırakmıştı. Yine de, azalıyor olsa bile belli bir rahatsızlığı hâlâ hissederek tamamen ipin ucunu bırakmıyordum. Çevremle ilişkilerimin hiçbir şekilde değişmediğini kabul etmeliydim. Dubreuil'ün tanımıyla gerçekten "özgür" olabilmem için daha zaman gerekiyordu.

Evde de geçmiştekinden daha az çabalayarak, yani *normal* bir gürültü düzeyi yaratmayı kabul ederek yaşamaya devam ediyordum. Ama bu durum Bayan Blanchard'ın neredeyse günlük bir hal almış ziyaretlerini azaltmıyordu. Önceden olduğu gibi bu ziyaretlerden kaçınmaya çalışmıyordum, ama her bir ziyareti beni yine de şaşılacak derecede sinirlendiriyordu. Beni tedirgin etmesini hiçbir şeyin engelleyemeyeceği izlenimi içindeydim. Sabrımı sonuna kadar gösterdikten sonra, şimdi de öfkemi açıkça gösteriyor, beni rahatsız ettiğini belli etmek için kapıyı aralamakla yetiniyordum. Ama o da zorla içeri girmek ister gibi aralığa iyice yaklaşıyordu. Çatık kaşları ve suçlayıcı bakışı, yüksek perdeden sesi, ahlakçı bir ses tonuyla düzene davet ediyordu.

Şirketin kapılarından geçmiştim ve başka servisten iki meslektaşla birlikte asansör bekliyordum ki bir SMS aldım. Cep telefonumun ekranına göz attım: Dubreuil'dü. Açtım.

"Hemen bir sigara yak."

Bu da neyin nesiydi? Sigara içmemi mi istiyordu?

Asansörün kapıları açıldı. Meslektaşlarım içeri doluştu.

"Beni beklemeyin," dedim onlara.

Amacım sigara içmeye son vermekken, devam etmemekken, Dubreuil benden neden içmemi istiyordu? Sokağa çıktım ve bir sigara yaktım. Bunamış olmasındı?.. Sigaramı içerken bakışlarım yoldan geçen kalabalıklar arasında dolandı. Koşturup duran insanların çoğu işe gidiyordu. O sırada, Vladi'ye benzeyen bir adamı fark ettim. Kalabalığın arasında kımıldamadan duruyordu. İnsan dalgası arasından onu görebilmek için eğildim ve o aniden arkasını döndü.

"Vladi! Vladi!"

Adamı gözden kaybetmiştim.

Bir tür rahatsızlık hissettim... O olduğuna neredeyse emindim. Beni mi takip ediyordu? Ama neden? Dubreuil verdiğim sözü tutup tutmadığıma emin olmak mı istemişti? Deliceydi bu... Sonuçta ona neydi? Ya da ciddi ciddi kaygılanmam, bana yönelik ilgisinin nedenini bulmam gerekiyordu...

Midemde bir düğümle binanın salonuna girdim.

Benim katın koridorunda, servis şefim Luc Fausteri'nin bürosunun önünden geçtim. Çoktan işinin başındaydı. Sabah *jogging*inden kaytardığı anlamına geliyordu bu. Hiç alışılmadık bir durumdu: Kapısı açıktı. Ekip üyelerinden kendini azami ölçüde tecrit edebilmek için genellikle odasına kapanmayı tercih ederdi. İlişkiler ona ağır geliyordu. Saatlerce herhangi bir temastan kaçınarak kendi kendine kalma ihtiyacı duyardı.

Bu açık kapı kaçırılmayacak bir fırsattı. Yerine getirmem gereken bir görevim vardı... Cesaret! Dünyada ondan daha az konuşkan biri olmadığından, kuradan çıkan kelimeyi ona söyletmek çok güç olacaktı.

Selamlayarak içeri girdim. Başını milim kımıldatmadan, gözlerini dosyasından kaldırmak için en az bir metre yakınına gelmemi bekledi. El sıkıştık ve bu onda en ufak bir gülümsemeye bile yol açmadı. Dudaklarında bir hareket başlangıcı bile görülmüyordu.

Dubreuil'ün ünlü sırrını hatırlayarak sohbet açmaya çalıştım. Tanrım, insanın sevmediği bir evreni kucaklaması ne kadar zordu!..

"Hisseler bu sabah 128'de. Bir seansta % 0,2 kazandı, hafta içinde de yaklaşık % 1."

"Evet."

Önemli işler yapıyor havasındaydı. Bunu beslemeliydim, coşkuyla konuşmalıydım, konuyla heyecanla ilgili olduğumu göstermeliydim. Kaygılarının paylaşıldığını hissederse bana açılırdı.

"Şaşırtıcı olan şey, yılın başından beri % 14 artmış olması, oysaki bizim haftalık sonuçlarımız % 23 artış gösteriyor. Çok mantıklı değil."

"Değil."

"Açıkça değerinin altında..."

"Evet."

"Sonuçta, şirketin gerçek değerini temsil etmiyor."

"Etmiyor."

Kazanamamıştım... Ne pahasına olursa olsun devam etmeliydik. Boşluk oluşmasına izin vermemeliydim.

"Gerçekten kötü... Sonuçlarımızı takip etse iyi olur, sonuçlar güzel çünkü."

Cevap verme zahmetine bile katlanmadı, bu türden saçma laflar etmek için ağzın açılabileceğini anlamıyormuş gibi bana baktı.

Hafifçe utanmıştım. Çok azıcık. Sonuçta, benim sadık bir *Closer* okuru olduğumu sanıyordu. Onu hayal kırıklığına uğratma riskini göze alamazdım. Devam edelim.

"Yine de iyi bir hisse. Kapış kapış gidecektir."

Kaşlarını çattı. İyice coşarak devam ettim.

"Hisse alım satımıyla uğraşıyor olsaydım, hepsine oynardım."

Üzülmüş gibi bir hava takındı; hatta... acı çekiyor gibiydi, iyice sessizliğe gömülmüştü. Tamam, taktik değiştirmeli. Ona soru soralım.

"Bizim sonuçlarla borsa kuru arasındaki bu farkı nasıl açıklıyorsunuz?"

Bir süre sessizlik. Bu sırada hiç kımıldamadan kaldı. Kuşkusuz gücünü ve cesaretini topluyor, köyün delisiyle iletişime geçmeye hazırlanıyordu.

"Birçok etken var. Öncelikle, finans piyasası geçmiş sonuçlardan çok, gelecekteki ihtimallerle ilgileniyor."

"Ama bunlar da iyi, Larcher her pazartesi sabahı bize tekrarlayıp duruyor!"

"Hem, borsa psikolojik faktörlerden etkileniyor."

Psikolojik kelimesini hafif bir küçümsemeyle söylemişti.

"Psikolojik faktörler nedir?"

Bir soluk aldı. Profesör rolü oynamaktan hiç zevk almadığı belliydi.

"Korkular, dedikodular... Bir de Fisherman var."

"Fisherman?"

"Bizim gelişimimize inanmayan ve gazetesinde uzun uzun makaleler yazıp bunu tekrarlayan *Echos*'nun ekonomi muhabiri. Yatırımcılar üzerinde belli bir etkisi var kuşkusuz, çünkü onun görüşleri yakından takip ediliyor. İnsan neden diye soruyor..."

"Ya biri onun ardında ipleri çekiyorsa? Ya Fisherman onun şeyiyse... nasıl denir?"

"Bundan kimin çıkarı olur, bilemiyorum."

Lanet olsun, sorulara cevap veremez misin sen?

"Bizim hissemizin atılım kaybetmesinde Fisherman'ın kişisel çıkarı olamaz mı?"

"Bunu nasıl bilebilirim?"

"Eğer böyle değilse, gazetesinde bize kılıç çekmeye onu yönelten kişiler var demektir. Fisherman onların şeyi olmalı..."

Kelimelerimi arıyormuş gibi yaptım, belleğimdeki boşluğu göstermek için arayışıma el hareketleriyle eşlik ediyordum.

"Ben komplo teorilerinden yana değilim."

"Off, sinir bozucu, kelimeleri aramaktan nefret ediyorum! Bir başkası tarafından kullanılan kişiyi belirtmek için nasıl diyoruz? Onun şeyi denir ya..."

"Dinleyin, Alan, benim işim var."

"Hayır, ama yalnızca bu soruya yanıt verin! Eğer bulamazsam günüm kötü geçecek..."

"İşinize konsantre olun, her şey yolunda gider."

"Ama kelime dilimin ucunda..."

"Tükürün o halde, ama benim büromda değil."

İlk kez espri teşebbüsünde bulunduğundan, gülme arzum yoktu. Pekâlâ, çabuk, onu bana cevap vermeye teşvik etmeliydim.

"Bana bu kelimeyi söyleyin, anında yok olacağıma söz veririm."

"Oyuncak."

Şaşkınlıkla ona baktım.

"Hayır, bu değil... Başka bir şey."

"Sinirlerimi kaldırıyorsunuz ama."

"Bir eşanlamlısını söyleyin."

"Şey. Onun şeyi. Oldu mu?"

"Hayır, bu da olmadı."

"Bununla yetinin artık."

"Bir başka eşanlamlısını söyleyin..."

"Yapacak başka işim var, Alan."

"Lütfen..."

"Hoşça kal, Alan."

Ses tonu kesindi. Bir daha yüzüme bakmadan dosyasına gömüldü.

Biraz bozulmuş bir halde odadan çıktım. Tamam, yenilmiştim. Olan olmuştu. Aslında hatam kuşkusuz heyecanlanmam olmuştu. "Onun evrenini kucaklamak" için, onu ilgilendiren bir konuyu ele almak yetmiyordu. Belki de onun iletişim tarzını benimsemem gerekiyordu. Ciddi, akılcı, kendimi pek az kelimeyle kesin ve kati biçimde ifade ederek. Dahası: Bundan zevk almalıydım... Ama yine de onu daha fazla konuşmaya yöneltebilir miydim? Kesin değildi. Sonuçta, başarıya teğet geçmiştim.

Büroma henüz yerleşmiştim ki, Alice, müşterilerinden biriyle sürdürdüğü pazarlığın içeriği hakkında görüş alışverişinde bulunmak için yanıma geldi. Yaklaşık on dakikadır birlikteydik ki koridorda Fausteri'nin ayak seslerini tanıdım. Önce kapımın önünden geçti, sonra bir adım geriye attı ve yüzü aynı telaşsızlıkta, başını uzattı.

"Kukla!"

Ve yoluna devam etti.

Alice bana doğru döndü, şefimin bana böyle hakaret etmesine öfkelenmişti.

Ben çok sevinçliydim.

14

Görev, Grégoire Larcher'yle daha güç olabilirdi. Fausteri entelektüel düzlemde ilgisiz sohbetleri sevmezken, Larcher onu hedeflerinden saptıran sohbetlere katlanamıyordu bile, zamanının her saniyesi başarısını inşa etmeye hizmet etmeliydi.

Bu yine de bir açık kapı bırakıyordu. Usta bir adam kullanıcı olduğundan, meslektaşının motivasyonuna katkıda bulunacağını hissettiğinde, zaman zaman karşılıklı boş laflar etmeyi kabul ediyordu. Açılıp saçılan bir ücretli üretken bir ücretlidir ve sonuçta bu onun çıkarlarına iyi hizmet ediyordu.

Onu küçük ailesi hakkında konuşturmakta güçlük çekmedim. Bu bizi boş vakitler alanına, çocuklarla sokağa çıkmaya götürdü ve sohbetin içinde kuklalar dünyanın en doğal şeyi olarak ortaya çıkıverdi.

Sonuçta, adam kullanan birini kullanmak oldukça zevk vericiydi.

Gün içinde Dubreuil'den beş SMS aldım. Her seferinde beni caddenin kaldırımına çıkıp bir sigara içmeye yöneltiyordu. Derindeki nedeniyse hiç anlayamıyordum.

Günüm Alice'in bürosunda sona erdi. Şirketin işlevsizliği üzerine kaygılarını bana bir kez daha açtı. Thomas giderken gelip bizi selamladı; yeni edindiği son model BlackBerry'sini gözlerimizin önünde ustalıkla sallıyordu. Aniden karşı konulmaz bir arzu duydum içimde.

"Bugün etkileyici bir aday kabul ettim," dedim. "Olağanüstü biri."

"Aa, öyle mi?"

Onun yanında birisi hakkında iyi şeyler söylediğimiz her seferinde gülümsemesi hafifçe donuyordu, sanki kendi değeri o başkasınınki tarafından tehlikeye atılıyormuş gibi.

"Eski bir finans müdürü. Çok parlak ve özellikle... çok stil! İnanılmaz klas!"

Alice bana baktı, sözlerime biraz şaşırmıştı.

"Not almak için bir kalem çıkardı," diye devam ettim. "Muhteşem! Tahmin et neydi?"

"Montblanc mı?" dedi Thomas.

Kendi markasıydı bu. Hayal görme, tatlım!

"Kötü seçim. Tekrar dene."

"Haydi, söyle," dedi, zoraki bir gülümsemeyle.

"Bir Dupont. Altın uçlu! Düşünebiliyor musunuz? Bir Dupont!"

Sözlerimi iyice vurgulayabilmek için gözlerimi fal taşı gibi açmıştım. Gülümseyen yüzü kasıldı. Alice'in ifadesinden küçük oyunumu anladığını gördüm.

"Gerçek bir Dupont, ha?" diye sordu, inanmamış gibi yaparak.

"Gerçek."

"Vay be! Ne adam..."

"Belli... onun gibilere her gün rastlanmaz."

"*Winner* imajı bırakıyor insanda. Bence süper bir mevki bulmakta hiç sorun yaşamaz."

Thomas sözlerimizden işkillenmeden önce nereye kadar gidebileceğimizi düşündüm.

"Bütün kızların onun için geberdiğine eminim."

"Kesinlikle."

Tamam, artık biraz bayağılaşıyordu... Ama Thomas bozulmuş bir haldeydi. Üzerindeki nesnelerin değerinin kendi kişiliğine atfedildiğine öylesine emindi ki, savlarımızın yanlışlığını ve çirkinliğini ileri süremezdi. Onun dünya görüşüne gayet iyi denk düşüyordu bunlar.

Sonunda bize iyi akşamlar dileyip yanımızdan ayrıldı. Kahkahayı patlatmadan önce iyice uzaklaşmasını bekledik.

Saat akşam sekize geliyordu ve ben de daha fazla gecikmeden bürodan ayrıldım. Kaldırıma geldiğimde çevreye bir göz atmaktan alıkoyamadım kendimi. Çıkışımı kollayan kimse varmış gibi gelmedi. Kendimi metroya attım ve otuz saniye sonra çıkmak zorunda kaldım. Dubreuil bir sigara içmemi söylüyordu. Zamanlamanın çakışması kafa karıştırıcıydı... Yeniden etrafı kolaçan ettim. Bu iş semtinde bu geç saatte yoldan geçenler giderek azalmıştı. Anormal hiçbir şey saptamadım.

Üç dakika sonra, yeniden metro dehlizlerindeydim. O ana dek ihmal etmiş olduğum hareket senkronizasyonunu denemeye karar verdim. Hareketler yerine, başkasının düşünce tarzını, kaygılarını ve değerlerini benimseyerek onun evrenine girmeyi tercih ederdim.

Neredeyse bir yazı tahtası üzerinde tebeşirin çıkardığı ses kadar keskin bir gıcırtıyla istasyona bir katar girdi. Bir sıranın üzerinde uyuklayan dilenci anlaşılmaz bir şeyler mırıldandı, etrafına güçlü bir alkol kokusu yayıyordu. Vagonlar gözlerimin önünden geçip oldukça sert bir şekilde durdular. Az sayıdaki birkaç yolcu sarsıldıysa da kılları bile kımıldamadı. Bu tür kötü muameleye alışkındılar. Trene bindim. Dubreuil, benden çok farklı kültür ve tutumda kişilerle ilişki kurma yeteneği vadetmişti. Oturan birkaç yolcuya göz ucuyla şöyle bir baktım ve üzerinde eşofman altı olan, siyah deri ceketli iri yarı bir zenciyi gözüme kestirdim. Ceketin altında fileli bir tür tişört gözüküyordu. Şeffaf tişörtünden güçlü göğüs kasları belli oluyordu. Gidip karşısına oturdum. Sonra aynı bitkin konumu benimsemek için duruşumu düzelttim. Onun bakışlarını yakalamaya çalıştım, ama onun boşlukta kaybolmuş bir hali vardı. Dünyasına daha iyi girebilmek için, onun hissedebileceklerini hissetmeye çalıştım. Kolay değildi. Takım elbisemin içine biraz fazla gömüldüğüm doğruydu... Kravatımın düğümünü gevşettim, sonra kendimi onun gibi giyinmiş hayal etmeye çalıştım. Boynumda aynı forsa halkalı, kocaman altın zincirle birlikte. Bu bende tuhaf bir etki yarattı. Adam pozisyon değiştirmekte gecikmedi. Ben de hemen onu takip ettim. Teması korumam gerekiyordu...

Gözlerimi ondan ayırmıyordum. Birkaç saniye sonra, kollarını kavuşturdu. Ben de aynısını yaptım. Gerçekten bağ kurmak için, sonra da ötekinin bilinçdışı bir şekilde benim hareketlerimi takip etmeye koyulması için ne kadar zaman gerektiğini düşünüyordum. Bunu deneyimlemeyi çok istiyordum... Bacaklarını uzattı. Bir an bekledim, sonra aynısını yaptım. Metroda böyle kaykılma alışkanlığım yoktu, ama sonuçta oldukça eğlenceliydi. Aslında benden çok farklı birinin yerine geçmeyi, onun gibi davranmayı ve bunun ne etki yarattığını görmeyi asla denememiştim. Ellerini kalçalarına koydu. Onu taklit ettim. Dosdoğru önüne bakıyordu. Görüş alanında olmama rağmen, beni gerçekten gördüğünü hissetmiyordum. Yüzü oldukça donuktu. Ben de benzer bir ifade takınmaya çabaladım. Bir süre böyle durduk. Kusursuz bir uyum içindeydik. Bakışlarına nüfuz edilemiyordu, ama bir şeylerin bizi yakınlaştırdığını seziyordum. Aynı dalga boyunda beni hissediyor olmalıydı. Doğruldu, koltuğunda dikleşti. Ben de hiç gecikmeden aynısını yaptım. Bunun üzerine bana doğru eğildi, bu kez dosdoğru gözlerime bakıyor, belirgin bir şekilde temasa geçmeye çalışıyordu. Bir şeyler söyleyeceğini hissettim. Kazanmıştım. Bir bağ kurmayı, yabancı birini, onunla konuşmaya ihtiyaç bile duymadan bana açılmaya yöneltmeyi başarmıştım. Jestlerin bilinçdışı üzerindeki gücü! Bedenin söz üzerindeki üstünlüğü! Olağanüstü, görülmedik bir şeydi. Karanlık bakışlarıyla, güçlü Afrikalı aksanıyla konuştu:

"Benimle dalga geçmeye devam edecek misin?"

15

O sabah haftalık toplantıya gayet kaygısız geldim. Yaşamımın en kötü saatlerinden birini yaşayacak olduğumu ve bunun olabilecek en yararlı değişime kaynaklık edeceğini bilmekten uzaktım. Hayat böyledir; güç anların gizli bir işlevinin olduğu, bizi büyüttüğü o anda ender olarak fark edilir. Melekler büyücü kılığına girer ve çirkin ambalajlara özenle sarılmış harikulade hediyeler getirirler bize.

İster bir yenilgi olsun, ister bir hastalık ya da gündelik yaşamın değişimleri, "hediye"yi kabul etme arzusu her zaman duyulmaz. Hele içerdiği gizli mesajı keşfetmek için paketi açma isteği hiç duyulmaz. Bu gizli mesaj, iradeyi, cesareti öğrenmeye mi davet ediyor? Ya da tersine, sonuçta pek az önemi olan şeyi serbest mi bırakmalıyız? Yaşam arzularıma ve derin emellerime biraz daha fazla mı kulak vermeliyim? Sahip olduğum yetenekleri ifade etme kararı almamı, benim değerlerime denk düşmeyen şeyi kabul etmeye son vermemi mi istiyor benden? Bu durumda neyi öğrenmeye ihtiyacım var?

Sınavla karşılaştığımızda genellikle öfke ya da umutsuzlukla tepki gösteririz; bize haksızlık gibi gelen şeyi haklı olarak reddederiz. Ama öfke sağırlaştırır, umutsuzluk kör eder. Bize sunulan büyüme fırsatını kaçırırız. Bu durumda sert darbeler ve yenilgiler birbirini izler. Üzerimize çullanan şey kader değildir, mesajını yenilemeye çalışan hayattır.

Salon dolmuştu. Alice'in yanında boş bir yer kalmıştı. Benim için ayırdığı kesindi. Her zamankinden çok daha kalabalıktık. Ayda bir kez, sadece bizim servis değil, bütün istihdam departmanı toplanıyorduk. Masamın üzerine *Closer*'ımı fırlattım ve sakince oturdum. Son gelmek pek de hoş olmayan bir şey değildi: İnsan beklendiğini hissediyordu.

"Thomas'ya bak," diye kulağıma fısıldadı Alice.

Salonda oturanlar arasında onu aradım, sonra yerini saptadım.

"Ne var?"

"İyi bak."

Onu iyice inceleyebilmek için eğildim ve her zaman sergilediği kibirli ve ilgisiz havadan başka bir şey fark etmediğim anda, gördüm. Gözlerime inanamadım. Masanın üzerine, öylesine bırakılmış gibi koymuştu, ama yalnızca o görülüyordu. Yepyeni bir Dupont. Yanımda oturan Alice, gülmesini tutmak için bir eliyle burnunu ve ağzını kapatıyordu.

"Herkese günaydın!"

Güçlü sesle neredeyse yerimden sıçradım. Başkanımız Marc Dunker haftalık toplantıya davet edilmişti. Girdiğini fark etmemiştim bile. Salonda sessizlik oldu.

"Gündeminizi uzun süre meşgul edecek değilim," dedi, "ama on sekizinci büromuzu açtığımız Avusturya'ya bir yolculuğum sırasında keşfetmiş olduğum yeni tür bir değerlendirme testini size bildirmek istiyorum. Kullandığınız düzinelerce aracınız olduğunu biliyorum, ama bu farklı türde ve size bizzat tanıtmak istiyorum."

Merak içimizi kemiriyordu. Sırada ne vardı?

"Hepimiz biliyoruz ki," diye devam etti sözüne, "bir adayın karakterini değerlendirmek, yeteneklerini değerlendirmekten daha güçtür. Hepiniz iş bulduğunuz mesleklerden geliyorsunuz ve adayın önerilen görevi başarıyla yürütebilmek için gerekli becerilere sahip olup olmadığını keşfetmek için doğru sorular sormayı biliyorsunuz. Buna karşılık, adayın gerçek nitelikleri ile sergiledikleri arasında ayrım yapmak her zaman kolay değildir. Kusurlardan söz bile etmiyorum. Adaylarınızın yüzde doksanı mükemmeliyetçi olmaktan ve sürmenaj eğiliminden dem vururlar, öyle değil mi?.. Hayali nitelikler ile alışılmış kusurlar arasında, çalışma eğilimlerinin kesin bir imajını oluşturmak kolay değildir. Söz konusu test, sorumluluk gerektiren çok sayıda görev için ve özellikle de istihdam arzı belirtenler için temel karakter özelliğini değerlendirmeyi sağlamaktadır. Kendine güveni kastediyorum. İstihdamda bunu ölçmek son derece güçtür. Çok sayıda iş bulma söyleşisinden geçmiş, bu konularda kendilerinden çok emin görünen insanlar tanıdım. Oysa aslında, siz onları bir şirkete yerleştirdiğinizde, biraz gıdıklayan ilk iş arkadaşları karşısında yok olup giderler. Söyleşide kendini bir şey sanıp sonra da ekibin karşısında pısıp kalmak mümkün."

"Söylediğin doğru, ama çoğu zaman, hayatta kendine güveni olmayan kişi istihdam personeli karşısında da güvensiz olur."

Salonda bulunanlar arasında bir mırıltı işitildi. Görüş belirtmiş olan kişi, senli benli konuşmanın geçerli olduğu rakip bir kurumdan şirkete yeni gelmiş genç bir danışmandı. Biz diğer danışmanlar kendi aramızda elbette senli benli konuşuyorduk, ama patronumuz bu sözde samimi ilişki tarzına asla uymamıştı. Bu tarz zaten oldukça ikiyüzlüydü, ama Marc Dunker'ın direnci başkaydı: Meslektaşlarının kendisine saygı göstermesine önem veriyordu.

"Birlikte sığırtmaçlık yapmadık, beyefendi."

Bu tür durumlardaki alışıldık karşılığı buydu. Alice'e doğru eğildim.

"Neden söz ettiğini biliyor..."

Gülmekten katıldı. Fausteri bize buz gibi bir bakış fırlattı.

Dunker sözüne devam etti. Bu arada, danışmanın saptamasına cevap vermemeyi tercih etti:

"Size önerdiğim testi uygulamada kısıtlayıcı bir yan var, çünkü en az üç kişi gerektiriyor. Ama ille de danışman olmaları gerekmez. Uygulamada, herhangi birini de işin içine katabilirsiniz," dedi alaylı alaylı sırıtarak.

Merakımız tavana vurmuştu. Ne olabilir diye düşünüp duruyorduk. Devam etti:

"Test, gerçek kendine güvenin başkalarının bakışından bağımsız olması ilkesine dayanıyor. Kendine güven, kişinin içinde yer etmiş, kişisel bir özelliktir. Kişinin kendi değerine, kendi kapasitelerine bir tür sarsılmaz inanca denk düşer ve dolayısıyla, dış eleştirilerle bozulamaz. Tersine, yersiz ya da yapmacık bir kendine güven düşman bir çevrede direnç gösteremez ve kişi yeteneklerinin önemli bir bölümünü yitirir... Neyse, çok konuştum. İyi bir gösteri uzun bir söylevden daha iyidir! Aranızdan bir gönüllü istiyorum..."

Dudaklarında tarifsiz, hafif bir gülümsemeyle, bakışlarını grup üzerinde gezdirdi. Herkes bakışlarını yere indirdi ya da boşluğa bakarak yok olup gittiler.

"Muhasip istihdam ekibinden bir üye ideal olur, çünkü bana matematiği güçlü biri lazım!"

Toplantıda bulunanların yarısı gevşerken, diğer yarısı biraz daha gerildi. Etrafımızdaki mengene kısılıyordu. Ağırdan alıyordu. Bize dayattığı bu beklemede sadist bir zevk keşfediyordum.

"Kim gönüllü?"

Nasıl bir sosla yeneceğini bilmediğinden, böyle bir davete kimsenin cevap vermeyeceği aşikârdı.

"Pekâlâ, o halde, gönüllüyü ben belirlemek zorundayım..."

Sanırım Naziler de aynını yapıyordu; dayatmaya hazırlandıkları şeyin sorumluluğunu o kişiye bırakıyorlardı.

"Bakalım, bakalım..."

Mümkün olan en ilgisiz havayı takındım, bakışlarımı *Closer*'ımın kapağında gezdiriyordum. Angelina Jolie'nin göğüsleri gerçekten emzirmekten yıpranmış mıydı? Heyecan verici bir konu... Balonda sinek uçsa işitilirdi. Atmosfer iyice nefes alınmaz bir hal alıyordu. Dunker'ın ağır bakışının bana doğru kaydığını hissettim.

"Bay Greenmor."

Tam isabet etmişti... Ödüm patlamıştı. Sağlam durmak gerekiyordu. Zaaf göstermemeli. Herkesin önünde beni değersiz testinden geçirecekti. Ya bir intikamsa? Son ticari toplantı sırasındaki dalaşımızı Larcher kuşkusuz aktarmıştı. Belki de beni yeniden hizaya getirmek, yeniden başlama arzumu kırmak, beni saflarına katmak istiyordu. Sakin kalalım. Teslim bayrağı çekmeyelim. Bu zevki ona vermemeli.

"Gelin, Alan."

İyi, beni önadımla çağırıyor. Beni pohpohlamak için kuşkusuz. Gardımı düşürmek için. İyice uyanık olmak gerek. Ayağa kalktım ve ona doğru ilerledim. Bütün gözler bana çevrilmişti. Birkaç saniye önce hâlâ hissedilen korku yerini meraka bırakmıştı. Kısaca, tiyatrodaydılar. Hatta belki de Coliseum'da... Dunker'a baktım. *Ave Cæsar, morituri te salutant...*[4] Hayır, bende gladyatör ruhu yok.

Bana bir iskemleyi işaret etti; iki metre ötesine, grubun karşısına konmuştu. Oturdum, hem ilgisiz hem de kendimden emin görünmeye çalışıyordum. Kolay değildi...

"Şöyle yapacağız," dedi gruba hitap ederek, "önce, adaya bunun bir oyun olduğunu ve ona söyleyeceğimiz hiçbir şeyin gerçeğe denk düşmediğini belirtmek gerek: Testin gerekleri bunlar yalnızca. Başa dert açmamak için onu bilgilendirmek önemlidir. Şu sıralar basın bizi zaten yeterince hırpalıyor..."

4 (Lat.) Selam sana Sezar, ölmek üzere olanlar seni selamlar. (ç.n.)

Ne yapıyordu bana? Üzücü olmayacağını hissediyordum... Ne pahasına olursa olsun asılmalıydım...

"Benim rolüm," diye devam etti, "Bay Greenmor'a akıldan yapacağı oldukça basit hesap soruları sormak olacak."

Akıldan hesap? Tamam, ben daha kötüsünü bekliyordum. Başa çıkabilirim.

"Bu sırada," diye devam etti, "siz ona bir şeyler söyleyeceksiniz... Ama bu şeyler... daha ziyade... çok hoşa giden şeyler olmayacak. Eleştiriler... sitemler... yani, kısacası, sizin hedefiniz, onun hakkında kafanızdan geçen hoş olmayan her şeyi ona söyleyerek moralini bozmak. İçinizden bazılarının Alan Greenmor'u az tanıdığını, hatta hiç tanımadığını biliyorum. Bunun önemi yok. Her koşulda, ona hakikatleri söylemeye çalışmayın, cesaretini kırmak için hoş olmayan eleştiriler yalnızca."

Bu çılgınlık da neyin nesiydi? Herkesin önünde kendimi linç ettirecek değildim herhalde.

"Bu testin önemini anlamıyorum," diye itiraz ettim.

"Açıkça ortada: Sahiden kendine güvenen bir aday, doğrulanamayan eleştirilerden asla rahatsız olmaz."

Dunker'ın beni, kendi yeteneklerini ortaya koymasını sağlayacak ideal konu olarak gördüğünü anlamıştım. Bu sapkın, benim oldukça kolay dengemi yitirdiğimi elbette hissetmişti. Gösterisini parlak bir şekilde başaracağından, seyircileri benden yana şaşırtacağından neredeyse kesinlikle emindi. Benim katılmam gerekmiyordu... Özellikle katılmamalıydım. Kazanacağım hiçbir şey yoktu, ama her şeyi yitirebilirdim... Çabuk, bir özür bulmalı, ne olursa olsun, vazgeçmeliydim.

"Bay Dunker, bu testi istihdam sırasında kullanmak bence güç... Pek... etik değil."

"İşin özü bütün şeffaflığıyla belirtildikten sonra hiç sorun olmaz. Zaten aday kabul edip etmemekte özgür olacak."

"Kimse kabul etmez elbette."

"Bay Greenmor, siz danışmansınız, değil mi?"

Cevabını bildikleri soruları soran insanlardan nefret ederim; söylediklerini sizin onaylamanız için yaparlar bunu yalnızca.

Gözlerine bakmakla yetindim.

"Adayların yüksek bir mevki kapmak için çok çabalamaya hazır olduklarını biliyor olmalısınız."

Onu bu alana götürmeyeceğim. Her şeye bir cevabı olacak. Hemen başka bir şey bulmalı. Hemen... ya da... hakikati söylemeli.

"Bu egzersize katılmayı arzulamıyorum," dedim ayağa kalkarak.

Salondakiler arasında bir mırıltı dolaştı. Reddetme cesaretini göstermiş olmaktan gururluydum. Birkaç hafta önce bu cesareti bulamazdım.

Yerime doğru üç adım atmıştım ki bana seslendi:

"Fransız hukukunda ağır cürüm denen şeyi biliyor musunuz, Bay Greenmor?"

Donup kaldım. Sırtım hâlâ ona dönüktü. Cevap vermedim. Salonda tam bir sessizlik oldu. Boğucuydu. Yutkundum.

"Ağır cürüm," diye devam etti iğrenç sesiyle, "ücretlinin işverenine zarar verme niyetiyle tanımlanır. Bu teste katılmayı reddetmek bana zarar verecektir, çünkü özellikle bu vesileyle toplanmış bütün ekip önünde gösterimi sabote eder... Bu niyette değilsiniz, değil mi, Bay Grenmor?"

Sessiz kaldım. Hâlâ sırtım dönüktü. Şakaklarım zonkluyordu.

Örneğe ihtiyacım yok... Ağır bir cürümün sonuçlarını gayet iyi biliyordum: Tazminat yok, önceden bildirim yok, ücretli izinlerin tazminatı yitirilir. Hemen gitmeliydim, hiçbir şeysiz...

"Öyle değil mi, Bay Greenmor?"

Gövdem sanki yere çakılmış iki tonluk beton bir blok olmuştu. Kafam boştu.

"Karar verin, Greenmor."

Gerçekten tercih şansım var mıydı? Bu... yeterince korkunçtu. Sonuçta reddedemezdim. Bu aşağılayıcı duruma düşemezdim... Tek çözüm, onun aptalca testini yapmaktı. Durumu üstlenmeliydim. Gururumu kırmalıydım. Haydi... Haydi... İnsanüstü bir çaba gösterdim ve... geri döndüm. Bütün bakışlar benim üzerimdeydi. Dunker'a bakmadan iskemleye tekrar geldim, sessizce oturdum, gözlerimi yerde bir noktaya diktim. Ateş gibi yanıyordum. Kulaklarım uğulduyordu. Üste çıkmalıydım. Çabuk. Utancı unutmalıydım. Zihnimi toplamalıydım. Yeniden enerji bulmalıydım. Enerjimi yönlendirmeliydim. Soluk almalı. Evet, oldu. Soluk almalı... Sakinleşmeliyim.

Bekledi; sonra hesap emirlerini sıralamaya başladı.

"9 kere 12?"

Cevap vermek için acele etmemeliydim. Onun öğrencisi değildim ben.

"108."

"14 artı 17?"

"31."

"23 eksi 8?"

Cevaplarımın temposunu daha da yavaşlatmaya çalıştım. Yeniden konsantre olmalıydım, tekrar güç kazanmalıydım. Buna ihtiyacım olacaktı. Zen.

"15."

Gruba doğru büyük el kol hareketleri yaparak onları eleştiriler yöneltmeye davet etti. Onların bakışlarından uzak durmaya devam ediyordum. Öksürükler, rahatsız olmuş gürültü patırtılar işittim ve... tek kelime duyulmadı. Aniden onlara doğru döndü.

"Şimdi sıra sizde! Aklınızdan geçen... Bay Greenmor'a dair olumsuz ne varsa hepsini söylemelisiniz."

Yeniden "bay" olmuştum.

"Sakin olun," dedi gruba, "hakikati söylemeye çalışmamanızı size hatırlatırım. Alan'ın meziyetleri olan biri olduğunu zaten hepimiz biliyoruz. Bu bir oyun yalnızca, testin ihtiyaçları için. Kendinizi serbest bırakın!"

Haydi bakalım, şimdi de Alan'dım. Sanki arkadaşıyım. Üstelik de yalnızca meziyetlerim varmış. Ne düzenbaz!.. Ne acınası bir sapık!

"Kötü birisin!"

İlk eleştiri fışkırmıştı.

"8 kere 9?" diye hemen sordu Dunker.

"72."

"47 kere 2?"

"94."

"Devam, devam," diye bağırdı gruba, sözcüklerine kocaman el kol hareketleriyle eşlik ediyordu.

Düşman ateşi altında savaşmak için birliklerine siperden çıkma emri veren bir general gibi meslektaşlarımı haşlıyordu.

"Sayı saymayı bilmiyorsun!"

İkinci eleştiri.

"38 bölü 2?"

Dayatmaya çalıştığı ritmi parçalamak için araya soluklanacak zaman koydum.

"19."

"Haydi! Haydi!"

Sanki bozulmuş bir arabayı iten insanlara bağırıyordu ki motorun çalışması için gereken hıza erişene kadar itebilsinler diye.

"İyi değilsin sen!"

Şu ana dek eleştirilere ilgisiz kalmıştım. Çok sahte geliyordu, meslektaşlarım benden daha rahatsızdılar...

"13 kere 4?"

"52."

"Amatör!"

"37 artı 28?"

"Ağırsın!"

"65."

"Daha hızlı! Kendinizi serbest bırakın!" diye bağırdı gruba.

"Nal toplayıcı!"

"19 kere 3?"

"Uyuşuksun!"

"Çok yavaşsın!"

"57."

"Hesapta sıfır!"

Dunker'ın yüzünde şimdi tatmin olmuş bir gülümseme vardı.

"64 eksi 18?"

"Kötü!"

"Sayı saymayı bilmiyorsun!"

"İyi değilsin!"

Saldırılar her yandan uçuşmaya başlamıştı.

Dunker'ın sorularına konsantre olmam gerekiyordu. Diğerlerini unutmalıydım. Onları işitmemeliydim.

"46."

"Vasat!"

"Cansızsın!"

"Saatte ikiye kadar sayarsın sen!"

"Yavaşsın!"

Gemi azıya alıyordu. Herkes aynı anda üzerime geliyordu. Dunker kazanmıştı.

"23 artı 18?"

"Başaramayacaksın!"

Onları dinlememeliydim. Rakamları görselleştirmeliydim. Yalnızca rakamlar. 23, 18.

"Yeteneksizsin!"

"Çok çok yavaşsın!"

Salonda iğrenç gülüşler...

"Ağırkanlı!"

"Maharetsiz!"

"Matematik sıfır!"

"Hiç şansın yok, yandın sen!"

"İşin bitti!"

Kızışmış vahşi hayvanlar gibiydiler, oyuna kaptırmışlardı kendilerini.

"23 artı 18?" diye tekrarladı Dunker, gülümseyerek.

"42, hayır..."

Gülümsemesi iyice belirginleşti.

"Çuvalladın!"

"Saymayı bilmiyorsun!"

"41."

"12 artı 14?"

"Yapamayacaksın!"

"Beceriksizin tekisin sen!"

"İçler acısı birisin!"

12 artı 14. 12, 14.

"24. 26!"

"Hiçin tekisin!"

"8 kere 9?"

"Berbatsın!"

"62. Hayır... 8 kere 9, 72."

"Çarpım tablosunu bile bilmiyorsun, en alttasın!"

Kafam karışıyordu. Tamamen. Yeniden odaklanmalıydım. Hislerimden kopmalıydım.

"4 kere 7?"

"Sıfırsın!"

"Yapamayacaksın!"

"Bilmiyorsun!"

"Başarısızın tekisin!"

"4 kere 7?" diye tekrarladı Dunker.

"Beceriksiz!"

"Yirmi... dört."

"Çuvalladın!"

"Boşsun!"

"Budalanın tekisin!"

"Yüzkarasısın!"

"3 kere 2?"

"Ah, ah, ah! Saymayı bilmiyor!"

"Bomboş!"

"Baş belası!"

"Kuş!"

"3 kere 2!"

Destekli, korkunç kahkahalar. Kimileri iki büklüm olmuştu. Artık nerede olduğumu bilemiyordum.

"2 artı 2?"

"2'ler tablosunu bile bilmiyor!"

"Boş! Boş! Boş!"

"Yetenek altı!"

"2 artı 2?" diye tekrarlıyordu Dunker, keyifle.

"Eee..."

"2 artı 2?" diyordu Dunker büyük sevinç içinde.

"Beş para etmez!"

Dunker aniden durdu, sıçrayarak ayağa kalktı ve grubu susturdu.

"Yeter. Tamam!"

"İşe yaramaz!"

"*Stop*, yeter, yeter..."

Sersemlemiştim, bunalmıştım. Kendimi çok çok kötü hissediyordum. Dunker aniden bunu fark etmiş ve birdenbire çok ciddileşmişti. Durum kötü bir şekilde denetimden çıkmıştı, kendini sorumlu görüyordu, aldığı riskleri fark etmiş olmalıydı.

"Bitti," dedi. "Biraz fazla ileri gittik... Pratikte gereksiz... Ama burada güçlü biri var karşımızda... Bu kadarına izin verebilirdik... Öyle değil mi? Pekâlâ, sizi cesaretinden dolayı Alan'ı alkışlamaya davet ediyorum. Kolay bir sınav değildi!"

Trans halinden aniden çıkan grup, metanetini yitirmiş halde, aniden rahatsız olup gevşek gevşek alkışladı. Alice'i fark ettim, gözleri yaş doluydu.

Dunker, "Bravo, dostum! İyi yırttın," dedi, ben oradan uzaklaşırken sırtıma bir şaplak indirerek.

16

Hemen ardından bürodan çıktım. İş gününü bitirmeyecektim. Kimse bana sitem etmeye cesaret edemezdi. Sokağa çıktım, sol taraftaki kaldırıma geçtim ve belirgin bir amacım olmadan hızlı adımlarla kaldırım taşlarını çiğnedim. Stresimi atmalıydım.

Bu korkunç deneyim tamamen odağımı kaydırmıştı. Dunker'a şiddetli bir öfke hissediyordum. Meslektaşlarımla karşılaştığımda, onların yüzüne nasıl bakacaktım? Bu pislik herkesin içinde beni aşağılamıştı. Bunun bedelini ödeyecekti. Hem de çok pahalıya. Onu insanlarla böyle oyun oynamaya pişman etmenin bir yolunu bulmalıydım.

Testin, kendime güven eksikliğimi kanıtlamış olması beni paradoksal şekilde güçlü konuma sokuyordu: Herkesin içinde denetimden çıkmıştım ve bunun sorumlusu Dunker'dı. Hukuksal düzlemde başına iş açabilirdim kuşkusuz. Bunu biliyor olmalıydı. Bu beni neredeyse dokunulmaz yapıyordu...

Dubreuil'den bir SMS aldım ve buyrulan sigarayı yaktım. O, intikam almama yardım edebilirdi, kesinlikle. Ama ikide bir sigara içmemi emretmekten vazgeçse yeterdi! Sigara içmek insan kendi karar verdiğinde iyiydi, mecbur bırakıldığında değil...

Paris sokaklarında, hızla yer değiştiren iri kara bulutların geçtiği tehditkâr bir gökyüzünün altında, kafamda fikirleri evirip çevirerek yürüdüm. Sıcak, elektrikli hava fırtına kokuyordu. Hızla yürüyordum, alnımdan ter damlamaya başlamıştı. Yorulduğum için mi, öfkeden mi? Elbette şikâyet edebilir, tazminat ve yarar sağlayabilirdim, ama ya sonra? Bu koşullarda çalışmaya nasıl devam edebilirdim? Atmosfer yaşanılır gibi olmaktan çıkardı. Meslektaşlarım kuşkusuz benimle görünmeye cesaret edemezlerdi... Bu koşullarda uzun zaman dayanır mıydım? Gereksiz çaba.

Yavaş yavaş, öfkem yerini acıya, ardından umutsuzluğa bıraktı. Bütün enerjim çekilmişti. Audrey'nin beni terk ettiği günden beri kendimi hiç bu kadar bitkin hissetmemiştim. Yaşamımdan kayan bir yıldızdı o; gelip bana sevinci tattırmış, sonra gecenin içinde kaybolup gitmişti. Hiç olmazsa kararının nedenlerini bana söyleseydi, sitemler, eleştiriler belirtseydi... Söylediklerini kabul edebilir, kendimi kınayabilirdim ya da onu haksız bulup ondan daha kolayca vazgeçebilirdim... Oysaki ani ve açıklamasız gidişi, sayfayı çevirmemi, ilişkimizin yasını tutmamı engellemişti, onun yokluğunu acıyla hissediyordum. Düşüncelerim ona geri döndüğünde, yokluğu kalbimi istila ediyor ve mengene gibi sıkıyordu. Gülümseyişini hatırlamak beni hüzne boğuyordu. Bir yanım da onunla birlikte yok olup gitmişti. Vücudu vücudumda eksikti, ruhum kendini öksüz hissediyordu.

Yağmur yağmaya başladı. İnce ince yağan, melankolik bir yağmur. Yürümeye devam ettim, şimdi daha yavaş yürüyordum. Evime dönmek istemiyordum. Sırtımı Louvre'a dönüp, Rivoli Caddesi'ni arkamda bıraktım ve Tuileries bahçesine girdim. Sağanak yağmurdan bir an önce kurtulmaya çalışanlarca terk edilmişti. Ağaçların altına girdim. Vakitsiz düşmüş birkaç yaprakla orası burası kaplanmış dolgu toprağı çiğniyordum. Gökten yağan suyu, ağaçlar, damla damla, sanki istemeden yapıyor gibi damıtıyorlar, ama önce kendi nefis kokularına buluyorlardı. Tek başına duran bir kütüğün üzerine oturdum. Yaşam kimi zaman haksızdı. Acısını çektiğim güven eksikliğini çocukluğum açıklıyordu kuşkusuz. Bunun sorumlusu ben değildim; ama ben maruz kalıyordum. Sanki bu durumun kendisi yetmezmiş gibi, bir de sapıkları başıma topluyor, parmakla gösterilen kurban ben olurken, bir kez daha beni cezalandırıyordu. Hayat, acı çekenleri esirgemez. Bir sille de o vurur.

Uzun süre böyle kaldım. Doğanın içinde erimiştim. Mekânın atmosferi düşüncelerimi adım adım emmişti.

Sonunda içgüdüsel olarak ayağa kalktım, Dubreuil'ün oturduğu semte doğru yöneldim. Yalnızca o moralimi yükseltebilirdi.

Yağmur yanaklarımdan, boynumdan süzülmeye başlamıştı. Sanki başıma gelenden sonra beni yıkıyor, utancımı da kendisiyle birlikte akıtıyordu.

Gün bitimine doğru köşkün parmaklıklarının önüne geldim. Pencereler kapalıydı, mekân donmuş, yaşam yok gibiydi. Dubreuil'ün orada olmadığına hemen emin oldum. Genellikle öyle bir enerji saçıyordu ki, sanki halesi duvarların ötesinde ışıldıyormuş gibi, varlığını görmeden bile hissetmem mümkün oluyordu.

Videofona bastım.

Bir uşak bana beyefendinin dışarı çıktığını bildirdi. Ne zaman döneceğini bilmiyordu.

"Ya Catherine?"

"Beyefendi yokken o hiç burada olmaz, efendim."

Semtte biraz dolaştım. Evime dönmemek için bahaneler buluyordum. Sonra civardaki ender lokantalardan birine girip bir parça bir şey yedim. Dubreuil'ü görmemek beni yoksun kılmıştı. Aklımdan bir fikir geçti: Ya o da benim zayıflığımın çektiği bir sapıksa? Sonuçta, onunla zayıflığımın tamamen ortaya çıktığı son derece özel koşullarda karşılaşmıştım... Bütün bunlar beni bir kez daha onun benimle ilgilenme, bana yardım etme gerekçesine yöneltti. Bütün bunları neden yapıyordu? Daha fazlasını öğrenmeyi öylesine istiyordum ki! Ama nasıl? Hiç soruşturma imkânım yoktu.

Zihnime bir görüntü geldi. Not defteri. Defterde cevabın unsurlarının bulunduğu kesindi. Ama o lanet olası köpeğine kendimi yedirmeden içeri nasıl girebilirdim? Bir yolu kesin olmalıydı... Hesabı ödedim. *Les Echos* satın aldım. Tezgâhın üzerine satılmak üzere bir yığın konmuştu. Şatoya geri dönüp, bu kez karşı kaldırımda durdum. Caddenin karşı tarafında bir banka oturdum ve gazetemi açtım. Demir parmaklıklarla aramda dört sıra ağaç vardı. Fark edilmeden gözetlemeyi düşünüyordum. Kafamda bir fikir vardı ve onu doğrulamak istiyordum... *Les Echos*'yu baştan sona okudum. Büyük ya da orta boy şirketlerle ilgili güncel haberlere daldım. Hepsinin hedefi aynıydı: Borsadaki değerlerini artırmak. Gözlerimi ara sıra şato istikametine doğrultuyordum. Gelen giden yoktu. Zaman yavaşça, çok yavaşça geçti. Saat akşamın dokuz buçuğuna doğru giriş katında bir ışık yandı, sonra da yan odalardaki başka ışıklar onu takip etti. Dubreuil'ün bürosunun penceresini göremiyordum, çünkü parka, diğer tarafa bakıyordu. Dikkatle baktım, ama kimseyi göremedim. Tek gözüm pencerelerde, gazetemi okumaya devam ettim. Ortalık yaklaşık yarım saat daha aydınlık olacaktı. Sonrasında, açık gazetemle şüphe çekmemem zordu... Başka bir şey bulmalıydım. Gazeteci Fisherman'ın bir makalesine rastladım. Dunker Consulting'in stratejisi karşısındaki kuşkularını belirtiyordu yine. "Yönetimde vizyon eksikliği var," diyordu. İşin buraya varması kötüydü, ama şirketimin kötülüğünü okumaktan mutluydum...

Bekleme uzun sürüyordu. Hava giderek kararıyordu. Yoldan geçen arabalar azalıyordu. Öğleden sonra yağan yağmurun nemiyle dolu hava caddedeki ıhlamur ağaçlarının belirgin kokusunu yayıyordu. Sonunda gazeteyi yastık yapıp banka uzandım. Gözlerimi şatodan ayırmıyordum. Mekân şaşırtıcı bir dinginlik içindeydi. Uzaktan, hızlanan bir motosikletin gürültüsü dinginliği kısmen bozuluyordu.

Saat tam onda uzaktan hafif bir gürültü işittim. Hemen tanımıştım: Demir parmaklıktaki küçük kapının elektrikli sürgüsünün sesi.

Dikkatle bakındım ama kimseyi görmedim. Bu kendine özgü sesi işittiğime emindim...

Aniden evin giriş kapısı açıldı. Kaskatı kesildim. Daha iyi görebilmek için doğrulmak istiyordum, ama dikkati üzerime çekmekten çekiniyordum. Bu pozisyonda kalmak en iyisiydi. Saniyeler boyunca hiçbir şey görmedim. Sonra, dört kişi birlikte sekiye çıktılar. Kapıyı arkalarından kapatıp bahçeden geçtiler. Kilidi içeriden elektronik olarak açılan küçük demir parmaklığı aştılar. Uşaklardı. Kendi aralarında bir iki laf ettiler, sonra ayrıldılar. İçlerinden biri caddeden, benim istikametimde geçti. Nabzım hızlanmaya başladı. Beni görmüş müydü? İnanmak istemiyordum... Kımıldamadan kalmaya karar verdim. Yanıma gelirse gözlerimi kapar ve uyuyor taklidi yapardım. Sonuçta, akşama doğru uğramıştım, Dubreuil'ün olmadığını söylemişlerdi bana, onu bir bankın üzerinde beklemiş olmam ve uyuyakalmam saçma değildi. Bu arada gelmiş olsaydı, ben yemekteyken onu kaçırmış olmam çok mümkündü... Gözlerimle çalışanı kaybetmemek için gözkapaklarımı kırpıştırdım. Kaldırıma geçtikten sonra, sola saptı ve kapalı bir otobüs durağında durdu. Gerginliğim geçti... Tam bir dinginliğe gömülmüş olan şatoyu yeniden sabırla gözlemeye koyuldum. Yedi dakika sonra bir otobüs geldi. Uşağın otobüse bindiğinden emin oldum. Saat 22.13'tü. Sağıma soluma kramp girmeye başlamıştı. Epeydir bir şey olduğu yoktu. Rahatsız halim dayanılır gibi değildi. Sonunda doğruldum ve tam o anda güçlü bir ışık, tıpkı karanlık bir salondaki projektör gibi, şatonun önündeki bahçeyi aydınlattı. Kendimi yeniden banka attım, acılarım iyice şiddetlenmişti. Neredeyse aynı anda kapı açıldı ve eşikte Dubreuil belirdi. Stalin de aynı anda havlamaya başladı, sevinçle bağırıyordu. Sahibi ona doğru yöneldi. Bir iki ses işittim ve köpeğin kuyruk salladığını fark ettim. Dubreuil ona doğru eğildi ve hemen ardından Stalin etrafında sıçramaya başladı. Serbestti. Saat tam 22.30.

Köpek arka ayakları üzerinde doğruldu ve Dubreuil sevgiyle boynuna sarıldı. Birkaç dakika böyle oynadılar, sonra sahip içeri girdi ve dış lambayı söndürerek bahçeyi karanlığa gömdü. Köpek koşarak şatonun öte tarafına gitti.

Ayağa kalktım, her tarafım ağrıyordu ve otobüs durağına kadar yürüdüm. Otobüs tarifesine bir göz attım: 22.13'te gelen otobüs 22.10 diye belirtilmişti. Üç dakika gecikmişti.

Demek ki uşakların ayrılışı ile Stalin'in serbest bırakılması arasında on yedi dakika geçmişti. On yedi dakika. Eve girmeyi tasarlamak için yeterli miydi? Belki... Ama içeride başka görevli kalmıyor muydu? Ya bahçeye nasıl girecektim? Bahçeden sonra şatoya girmek kolay olurdu, çünkü pencereler bu mevsimde genellikle açık kalıyordu. Ama görülmeden efendinin bürosuna nasıl girecektim? Bütün bunlar bana çok tesadüfi geliyordu. Başka bilgiler toplamalıydım.

Metronun yolunu tutup evime döndüm. Varalı ancak beş dakika olmuştu ki Bayan Blanchard geldi. Bu kadar geç bir saatte kiracısını rahatsız etme hakkını nereden buluyordu? Özellikle gürültü çıkardığımı bile sanmıyordum...

Sabahtan beri Dunker'a biriken kızgınlığım mı neden olmuştu bilemiyorum, ama ilk kez ev sahibeme karşı öfkem patladı. Başta çok şaşırdı, ama soğukkanlılığını yitirmedi ve adabı muaşeret kurallarını bana şiddetle hatırlattı. O, hepsinden daha berbattı: Hiçbir şey ve hiç kimse onun üstesinden gelemezdi!

17

Yves Dubreuil kahkahadan kırıldı. İçten ve bitmek bilmez bir kahkaha. Durmak bilmiyordu. Genellikle soğukkanlı olan Catherine de katıla katıla gülüyordu. Metrodaki iri yarı zenciyle hareket senkronizasyonu için nafile teşebbüslerimi onlara anlatmıştım.

"Bu kadar tuhaf olan ne anlamıyorum. Sizin yüzünüzden suratım dağılacaktı."

Gülmekten katılmaya devam ederek bana cevap vermediler.

"Aslında benim sizinle alay etmem gerek! Saçmalığınız bir işe yaramıyor!"

Karnını tuta tuta, onlara aktarmış olduğum cümleyi Afrikalı aksanıyla tekrarladı:

"Benimle dalga geçmeye devam edecek misin?"

Yeniden denetlenemeyen bir kahkaha çılgınlığına gömüldüler. Öyle bulaşıcıydı ki sonunda ben de onlara katıldım.

Köşkün terasındaydık. Bahçe tarafında, tik ağacından derin koltuklara rahat rahat gömülmüştük. Hava güzeldi, önceki günden daha güzel. Günbatımı güneşi binanın yontma taşına altın parıltısı rengi veriyordu. Taş, birikmiş ısıyı yeniden yaymaya başlamıştı. Isıyla birlikte, duvarı sararak tırmanan dev gül ağacının nefis kokusu da yayılıyordu.

Bu dingin ana değer veriyordum, çünkü önceki gecenin yorgunluğunu yeniden hissetmeye başlamıştım: Üç kez uykumdan olup sigara içmiştim...

Kendime portakal suyu koydum. İçinde buzların çın çın öttüğü kristal işlemeli görkemli sürahiyi güçlükle kaldırmıştım. Vakitlice yemek yemiştik. Şatonun aşçısının hazırladığı çok hafif Tayland yemeğini, muhteşem dekore edilmiş bir sofrada yemiştik. En şaşırtıcısıysa, gümüş tabaklar içinde sofranın ortasına konmuş baharat piramidiydi kuşkusuz.

"Aslında," dedi Dubreuil, yavaş yavaş ciddiyetine geri dönmüştü, "yaptığın iki hata başarısızlığını açıklıyor. Öncelikle, başkasının duruşuyla senkronize olunduğunda, onun hareketlerini takip etmeden önce bir süre geçmesine izin vermek gerek ve aslında bu önemli bir nokta. Sen bunu, bir teknik uygular gibi yapmışsın. Ama bu asla bir teknik değildir! Öncelikle ve her şeyden önce benimsenmesi gereken bir ruh halidir, başkasını keşfetmeye yönelik bir felsefe. Eğer başkasının evrenine girmeyi arzularsan, onun hissettiklerini hissetmek ve dünyayı onun gözleriyle görmek için onun yerine geçerek onu içerden yaşamayı istersen işe yarar. O halde, eğer arzun samimiyse, el kol hareketlerinin senkronizasyonu bu yönde sana yardımcı olan ve temas kurmanı, ötekinin de korumak isteyeceği bir ilişki kalitesi elde etmeni sağlayan büyülü hafif bir dokunuştur. Böylelikle o da senin hareketlerini bilinçsizce izleyebilir. Ama bu son nokta yalnızca sonuçtur; hedef olamaz."

"Evet, ama itiraf etmelisiniz ki deneyimlemeyi arzu ettirmeyecek kadar inanılmaz bir olgu bu!"

"Elbette."

"Pekâlâ, başka bir şey daha denedim, az çok işledi bu. Yöneticimin düşünce tarzına kendimi senkronize ederek onunla temas kurmaya çalıştım. Luc Fausteri, soğuk biri, çok rasyonel, gevezelik etmeyi pek sevmeyen biri..."

"Çok iyi seçmişsin."

"Neden böyle diyorsunuz?"

"Başka birinin evrenini kucaklamak için, kendinden çok farklı birini seçmenin önemi büyüktür. Çok büyük bir yolculuktur bu... Sana Proust'un bu konuda söylediğini aktarmış mıydım?"

"Marcel Proust mu, Fransız yazar? Hayır, hatırlamıyorum."

Dubreuil ezbere okudu:

"Tek gerçek yolculuk, tek gençlik pınarı, yeni manzaralara gitmek değil, başka gözlere sahip olmak, evreni bir başkasının gözünden, başka yüz kişinin gözünden görmek, onların her birinin olduğu, her birinin gördüğü yüz evreni görmektir."

Catherine onaylarcasına başını eğdi.

Masanın kenarına bir kuş kondu. İçinden biraz yediğimiz güzel çerez tabağıyla ilgilendiği belliydi. Dünyayı kuşun gözlerinden görmek eğlenceli olmalıydı. Hayvanların da aynı durumu her birinin farklı yaşamasını sağlayan bir kişiliği var mıydı?

Dubreuil somonlu küçük bir kanepeyi eline aldı ve kuş uçtu.

"Özellikle evrenini sevmediğin birinin yerine geçmek pek kolay bir durum değil," diye devam ettim. "Fausteri'yle zor olan da buydu benim için. Ben onun gibi rakamlara, şirketin sonuçlarının gelişimine ya da hisse senetleri kuruna meraklı biri değilim. Bu konuları ele almak için çabaladım, ama inancım eksikti kuşkusuz... ya da samimiyetim. Sonuçta onun bana açıldığını hissetmedim..."

"Rakamları sevmemeni anlıyorum. Başkasının zevkine ya da işlerine ilgi gösteriyormuş taklidi yapmak değil zaten amaç. Hayır. Prensip, *onun* rakamlarda bulabildiği zevki hissetmeyi deneyecek kadar onun *kişiliğiyle* ilgilenmende. Çok farklı bu... Örneğin, onun hareketlerine kendini senkronize ettiğinde, onun değerlerini üstlendiğinde, bunu yalnızca onun evrenini içerden yaşamak için onun yerine geçme niyetiyle yap."

"Okey. Demek istediğiniz, benim rakamlarla ilgilenmem gerekmediği, ama yalnızca onun yerine geçip, 'Nedir bu? Rakamlarla ilgilenince ne hissedilir?' demek. Böyle mi?"

"Kesinlikle! Ve söz konusu durumda senin için tamamen yeni olan şeyi deneyimlemekten zevk almakta... İşte, mucize de bu noktada rasyonel düzlemde işleyecek ve gerçekten uyum içinde olacaksınız."

Elimi uzatıp bir kanepe aldım. Ekmek içinin üzerinde nefis bir şekilde fümelemiş ince bir dilim somon, üzerine de bir nokta gibi taze krema konmuş ve limon sıkılmış minyatür bir kuşkonmaz. Ağızda eriyen bir lezzet...

"Yine de bir sınır var. Herkese işlemez bu."

"İşler. Bu yöntemin özü de bu zaten."

"İşlemesi için başka insanın kişiliğiyle samimiyetle ilgilenmek gerekiyorsa, bunu... düşmanlarla yapmak neredeyse imkânsızdır."

"Tersine, onlarla mücadele etmenin en iyi yolu bu! *Rakibimi kucaklıyorum, ama onu boğmak için.*"

"Birinden nefret ediyorsak ya da bize acı veriyorsa, onun hissettiğini hissetmek için onun yerine geçmeyi kesinlikle arzulamayız."

"Doğru, yine de bize karşı böyle davranmaya onu motive eden şeyi anlamanın tek yolu genellikle budur. Kendi yerimizde kaldığımız sürece, acı çekmekle ya da öteki insanı reddetmekle yetiniriz, ama bu durumu hiç değiştirmez. Kendini onun yerine koyarsan, neden böyle davrandığını keşfedebilirsin. Eğer bir işkenceciyse, o zaman sahneye onun işkenceci gözleriyle bak, onu işkence etmeye yönelten şeyi anlarsın. Onu durdurabilmen için tek umut bu. İnsanları reddederek değiştiremezsin."

"Eh..."

"Birini reddettiğinde ya da yalnızca fikirlerini reddettiğinde, onu kapıyı kapatmaya ve kendi konumunda kalmaya itersin. Sen onun bakış açısını reddediyorsan senin söyleyeceklerinle neden ilgilensin ki?"

"Yanlış diyemem..."

"Onun olaylara bakışını benimsemeye -kimi zaman hoş olmaz- çabalarsan, onu düşündüğü şeyi düşünmeye, davrandığı gibi davranmaya yönelten şeyi kavrarsın. O da yargılanmadığını ve anlaşıldığını hissederse, kendi tutumunu değiştirmek için, senin söylediklerini belki de işitebilir."

"Her zaman işlemeyebilir..."

"Kuşkusuz, ama tersi yaklaşım *asla* işlemez."

"Söylemek istediğinizi anlıyorum."

"Genel olarak, birini ikna etmeye ne kadar çabalarsan onda o ölçüde direnç yaratırsın. Fikrini değiştirmesini ne kadar istersen o kadar az değiştirir. Fizikçiler bunun uzun zamandır farkında zaten..."

"Fizikçiler mi? Fizikle insan ilişkileri arasında ne bağ var?"

"Dinamik yasası. Isaac Newton bir madde üzerinde belli yoğunlukta bir kuvvet uygularsan bunun aynı yoğunlukta zıt bir kuvvet yaratacağını kanıtladı."

"Evet, az çok hatırlıyorum bunu..."

"İşte, insan ilişkilerinde de benzer: Birini ikna etmek için enerjini ortaya koyarsan, bu, onun üzerinde etkide bulunan, onu iten bir kuvveti ona doğru gönderiyorsun gibi olur. O bunu hisseder ve bu da onu ters yöne iter. *Onu it, o da seni itsin.*"

"Pekâlâ, çözüm ne, o halde? Çünkü, eğer söylediğiniz doğruysa, ne kadar ikna etmeye çabalarsak o kadar az başarırız, öyle mi? Bu durumda tam olarak ne yapmalı?"

"İtmemeli, çekmeli..."

"Eh... Somut olarak nasıl olur bu?"

"İtmek, kendi konumumuzdan yola çıkıp diğerine bunu dayatma isteğidir. Çekmek ise diğerinin konumundan yola çıkmak ve onu yavaş yavaş kendine doğru getirmektir. Görüyorsun, senkronizasyon felsefesi içindeyiz. Burada da ötekinin evrenine girilir, ama bu kez onun bu evreni değiştirmesini sağlamak için. Çıkış noktası hep aynıdır: Diğer insanı, neredeyse orada bulmak."

"Onu it, o da seni itsin..."

Dubreuil'ün formülünü alçak sesle tekrarladım. Boşuna ikna çabasında bulunduğum zamanlar aklıma geliyordu.

"Tersi de doğru aslında. Her işe burnunu sokan birinden kurtulmaya çalıştığında, onu ne kadar itersen o kadar ısrar edecektir."

Bu bana Bayan Blanchard'la konuşmalarımı hatırlattı: Onun şikâyetlerine ve özel yaşamımı suiistimal eden karışmalarına karşı mücadele etmeye çabaladıkça, o da aynını yapmaya devam ediyordu. Son kez, açıkça öfkelenip kapıyı neredeyse suratına kapattığımda, şikâyetlerini hiç olmadığı kadar ateşli bir tonda aşkederek kapıyı itmişti...

Sahneyi Dubreuil'e anlattım. Beni sessizce, dikkatle dinledi, sonra gözlerinin parıldadığını gördüm. Aklına açıkça bir fikir gelmişti, bundan da oldukça gururluydu...

"Bir çözümünüz mü var?"

"Bak, ne yapacaksın..."

Fikrini bana açıkladı.

Giderek betimin benzimin attığını hissettim. Açıklamasını ayrıntılandırdıkça, benimsememem gereken tutum konusunda o ölçüde buyurganlaşıyordu; belki de benim inançsızlığımı kesin talimatlarla geçici olarak dindirmek gerektiğini hissediyordu. Benden istediği şey, tamamen ka-bul e-di-le-mez-di! Geçmişte verdiği görevlerin çoğuna homurdanmış ama sonunda hep kabul etmiştim. Bu ise açıkça imkânsızdı. Benden istediği şeyi hayal ettiğimde bile kendimi güçsüz hissediyordum.

"Hayır, durun. Bunu asla yapmayacağımı tahmin edebilirsiniz."

Destek ararcasına, Catherine'e göz attım. O da benim kadar altüst olmuş bir haldeydi.

"Tercih şansın olmadığını biliyorsun."

"İlkelerinizi uygulamıyorsunuz. Ben direndikçe, siz de güç ilişkisine dayanıyorsunuz..."

"Doğru."

"Bu sizi aşırı ölçüde rahatsız etmiyor mu? Söylediğimi yap, yaptığımı yapma..."

"Bunun için iyi bir gerekçem var."

"Nedir?"

"Güç bende, dostum. Güç. Neden başımı ağrıtayım ki?"

Bunları gülümseyerek, hoşnut bir havada söylemişti. Beyaz şarap kadehini dudaklarına götürdü. Şarap öyle serindi ki kadehin çeperlerinde ince bir buğu tabakası oluşmuştu. Kendime tekrar portakal suyu koydum. Komşuluk sorunlarımı ona açtığım için kendime kızıyordum. Onu suça itiyordum, sonra da kendi çözümlerini bana dayatmasından pişman oluyordum. Belki de biraz mazoşisttim, kim bilir...

Büyük sedir ağacının görkemli dalları kusursuz bir kımıltısızlık içindeydiler; sanki soluklarını tutmuşlardı. Akşamın yumuşaklığı bizi sarıp sarmalamıştı. Dev çınarlar koruyucu yükseklikleriyle bize hâkimdiler. Gözlerim belli belirsiz Catherine'e kaydı ve aniden donup kaldım. Ordaydı, dizlerinin üzerinde. Bir eliyle onu tutuyordu, diğerinde de bir kurşun kalem. Not defteri...

Bakışıma belki şaşırdı ya da bilinçsizce hissetti, çünkü onu örtmek ister gibi diğer elini de üzerine koydu.

Aklımdan bir fikir geçti. Bakmak istediğimi doğrudan söylesem? Sonuçta, ne olacağını tahmin edemezdim. Belki de kabul ederlerdi... Belki de bir hiç için olay yaratıyordum.

İlgisiz bir hava takınmaya özen gösterdim.

"Bu not defterinin üzerinde adımın olduğunu görüyorum. Bir bakabilir miyim?" dedim Catherine'e, elimi ona doğru uzatarak. "Çok meraklı bir tabiatım vardır da..."

Gerildi, cevap vermedi ve bakışlarıyla Dubreuil'ü aradı.

"Kesinlikle olmaz!" dedi Dubreuil kesin bir ses tonuyla.

Israr ettim. Ya şimdi olurdu ya da asla. Kaçmamalıydım.

"İçinde yazılı olanlar benimle ilgiliyse, okuyabilmem normal olur..."

"Bir sinemacı filmin senaryosunu gösteri sırasında seyircilere verir mi?"

"Ben bu olayda yalnızca seyirci değilim. Hatta, bence, baş oyunculardan biriyim..."

"İşte, bu yüzden! Bir oyuncu oynayacağı sahne son anda söylenirse daha iyi oynar! Daha kendiliğinden olur."

"Ben önceden hazırlanabilirsem daha iyi oynarım."

"Senin hayatının senaryosu önceden yazılmadı, Alan."

Bu kelimeler sanki havada asılıymışcasına kaldılar. Catherine ayaklarına baktı.

Bu muğlak cevabı sevmemiştim. Ne anlama geliyordu? Kimse kaderini önceden bilemez miydi? Yoksa o, Yves Dubreuil, *benim* hayatımın senaryosunu mu yazmakla meşguldü? Bu düşünceyle sırtımdan bir ürperti geçti.

Gözlerim içgüdüsel olarak köşkün cephesine döndü. Büronun penceresi, birinci katta, ardına kadar açıktı. Altta, yontulmuş bir korniş tüm bina boyunca uzanıyordu. Köşede, taş bir damlalık toprağa dek iniyordu. Kornişe kadar tırmanmak, oradan da büronun penceresine erişmek çok kolay olurdu...

Somonlu bir kanepe aldım.

"İktidar ve güç ilişkileri konusunda, büroda korkunç bir şey yaşadım..."

Marc Dunker'la önceki günkü toplantıyı ve onun zihinden hesap testini anlattım. Beni dikkatle dinledi. Bir kez daha güç bir görev verilme riskine doğru koştuğumu biliyordum. Ama patronumu cezalandırmak için her şeye hazırdım ve Dubreuil'ün yaratıcılığına ihtiyacım vardı. Dunker'ın gücü vardı onda; fazladan da deha.

"İntikamımı almak istiyorum."

"Ama bu hikâyede kime öfkelisin?"

"Bana gayet açık geliyor, öyle değil mi?"

"Cevap ver."

"Sizce?"

"Sana soruyorum."

"Dunker'a, elbette."

Yavaşça bana doğru eğildi, keskin bakışlarını gözlerime dikti. Hiperaktif birini bile hipnotize edecek bir bakıştı bu.

"Alan, gerçekten kime öfke duyuyorsun?"

Tuzağa düşmüş hissettim kendimi. Dikkatimi fazla kolay bir cevaptan uzaklaştırmalı ve kendi içime yönlendirip duygularımı sorgulamalıydım. Öfkemin gerçek nesnesi Dunker'dan başka kim olabilirdi? Dubreuil kımıldamadan bana bakmaya devam ediyordu. Gözleri... ruhumun aynası gibiydi. Aniden aşikâr bir hal alan cevabı gördüm. Fısıldadım:

"Kendime öfkeliyim. Bana. Onun iğrenç baskısına teslim olduğum için... Ve alçakça testini başaramadığım için."

Bahçenin sessizliği boğucu geldi. Doğruydu: Kendime öfkeliydim, kendimi son derece aşağılayıcı bir duruma düşürdüğüm için öfkeliydim. Ama bu, bütün bunların kökeninde olduğu için Dunker'a da öfkelenmeme engel değildi. Ona karşı öldüresiye öfke duyuyordum.

"Yine de onun hatası. Her şey ondan kaynaklandı. İntikamımı almak istiyorum. Her yolla. Zihnimi meşgul ediyor..."

"Ah! İntikam, intikam! Onlarca yıl, yoluma her engel olunduğunda yalnızca bunu düşündüm! Kaç kez intikam aldım! Rakiplerimin acı çektiğini görünce kaç kez sevindim! Yaptıklarının bedelini onlara ödeterek kaç kez zevkten dört köşe oldum. Sonra, bir gün, bütün bunların boş olduğunu, bir işe yaramadığını ve özellikle... kendime zarar verdiğimi fark ettim."

"Kendinize mi?"

"İntikamı kafanda evirip çevirdikçe, bilirsin, kuşkusuz çok canlandırıcı bir enerji bulunur, ama negatif, yıkıcı, bizi aşağıya doğru çeken bir enerjidir bu. Buradan büyüyerek çıkılmaz... Üstelik, bir şey daha var..."•

"Nedir?"

"Birinden intikam alırsak, bize kötülük yaptığı içindir. İntikam alarak ona da kötülük yapmak isteriz, değil mi? Sonuçta onun yaptığı gibi yaparız, onun işleyiş tarzı benimsenir..."

"Kuşkusuz..."

"Demek ki o kazanır: Bilerek yapmış olmasa bile, kendi modelini bize dayatmayı başarır. Bizi kötülükte onunla buluşmaya yöneltmiş olur..."

Bunu düşünmemiştim. Daha ziyade... kafa karıştırıcı bir analizdi. Dunker'a haksızlık yapabilirsem, ki elbette bunu hayal ediyordum, bu, beni etkilediği anlamına gelirdi... Ne korkunç! Yine de hiç sesimi çıkarmadan bana bunun yapılmasına izin vermeyecektim...

"Biliyorsun," diye devam etti, "insanların intikam almaktan vazgeçecekleri gün yeryüzünde çok daha az savaş olur. İsrail-Filistin çatışmasına bak. Her iki taraftakiler de düşmanın öldürdüğü kardeşlerinin, yeğen ya da amcalarının intikamını almak istedikçe savaş devam edecek. Hem de her gün intikamı alınması gereken daha fazla ölüm yaratarak. Istırap içindeki bu adam ve kadınların kendi ölülerinin değil, intikamlarının yasını tutmalarına yardım edilmediği sürece bu asla sona ermeyecek."

Huzur verici kokuları, yatıştıran ulu ağaçları ve hemen yakındaki şehri unutturan bu büyüleyici dinginlik içindeki şatonun bahçesinde, bu barış sığınağında savaşlardan söz etmek tuhaftı, neredeyse münasebetsizdi.

Ama başkalarının çatışmaları gözlemlendiğinde bir gerçeklik gibi gelebilecek olan şey, kendininki söz konusu olduğunda bambaşka bir boyut ediniyordu... Ortadoğu'da bağışlamanın zorunluluğu bana doğal geliyordu; Dunker'ı bağışlamak düşünülebilir bir şey bile değildi...

"İntikam almaya çalıştığımızda kendi kendimize zarar verdiğimizi söylüyorsunuz. Bu fikri kabul ediyorum, ama öfkemi engellememin de bir o kadar kötülük yapacağı kanısındayım!"

"Senin öfken bir enerji, bir güç üretiyor. Bu güç senin çıkarlarına yarayacak ve hizmet edecek şekilde yönlendirilip kullanılabilir. Oysaki intikam hiçbir şey getirmez, yalnızca yok eder."

"Gayet güzel, ama somut olarak ne yapabilirim?"

"Öncelikle, ya o adama yaptıkları hakkında düşündüklerini açıkça söyleyerek ya da bunu sembolik tarzda yaparak kalbindekini ifade etmelisin."

"Sembolik tarzda mı?"

"Evet, örneğin ona bir mektup yazabilir ve içini dökebilirsin, bütün kırgınlığını ifade edebilirsin, sonra da bu mektubu Seine'e atabilir ya da yakabilirsin."

Bir şeyleri anlayamadığım duygusu içindeydim.

"Neye yarar bu?"

"Sana zarar veren, içinde biriken nefretten temizlenmene. Bunun dışarı çıkması gerek, anlıyor musun? Böylelikle ikinci evreye geçebileceksin. Öfke halinde kaldıkça, zihnin rövanş arzusuyla bulanır ve bu da kendin için harekete geçmeni engeller. Kafanda dolandırıp duruyorsun, sızlanıp duruyorsun ve bir adım ilerleyemiyorsun. Duyguların seni ketliyor; onları serbest bırakmalısın. Sembolik bir eylem bunu sağlayabilir."

"Ya ikinci evre, nedir bu?"

"İkinci evre, öfkeden kaynaklanan enerjiyi, harekete geçmek için, örneğin yapmaya asla cesaret edemediğin şeyi gerçekleştirmek için kullanmaktır. Senin çıkarlarına gerçekten hizmet eden yapıcı bir şey."

Gözümün önüne gelen görüntü oldukça iddialıydı. Şirketimdeki durumu değiştirmeyi, olayların gidişatından yakınıp durmak ve Alice'le dönüp dolaşıp sızlanmak yerine bir öneri gücü olmayı hayal ediyordum.

Marc Dunker'la bizzat görüşecektim. Önceki günkü hatalı adımı onu benim karşımda hassas konuma düşürmüştü. Bundan yararlanırdım: Benim fikirlerimi hemen reddetmekten kaçınacak ve beni biraz dinlemek zorunda kalacaktı, buna emindim. Saptamalarımı, fikirlerimi ona açıklayacaktım ve bunların sınanması için pazarlık etmeyi deneyecektim. Sonuçta, kaybedecek neyim vardı?

Heyecanıma bir gölge düştü. Dunker, kendine güven eksikliğini bizzat kanıtlamış olduğu birinin fikirlerini neden takip etsindi? Ezici kişiliğine bakılırsa, şu an benden derinden nefret ediyor olmalıydı...

Projemi ve bütün kuşkularımı Dubreuil'e açtım.

"İş yaşamında arzuladığını elde edebilmen için kendine güvenin her şeyi büyük ölçüde kolaylaştırdığı kesin..."

Yutkundum.

"Bu konuda çalışacağınıza söz vermiştiniz."

Bana bir süre sessizce baktı, sonra bir su bardağı aldı eline; neredeyse gerçekdışı incelikte, ayaklı kristal bir bardak. Bardağı safran piramidinin üzerine koydu ve yavaşça eğmeye başladı. İçindeki suyun ışıl ışıl gözüktüğü işlemeli kristalden gözlerimi ayırmadım.

"Kendine güven konusunda hepimiz aynı potansiyelle doğarız," dedi, "sonra anne babamızın, dadımızın, öğretmenlerimizin yorumlarını alırız..."

Bir damla su ayrıldı ve piramidin tepesine düştü; değerli baharatın portakal rengi her bir partikülünü aşırı büyüten bir pertavsız oluşturdu. Damla tereddüt ediyor gibiydi, sonra yavaşça kendine bir yol açtı, eğim aşağı inerken tabana doğru iyice hızlandı.

"Olur da bir talihsizlik eseri," diye devam etti, "hepsi de olumsuz yönde görüş belirtir, eleştiriler, sitemler ifade eder, dikkatimizi kusurlarımıza, hata ve başarısızlıklarımıza çekerlerse, o zaman yetersizlik ve özeleştiri duygusu düşünce alışkanlıklarımızda yer eder."

Dubreuil yeniden bardağı yavaşça eğdi ve ikinci bir damla da aynı yere düştü. O da tereddüt etti, sonra ilkiyle aynı yolu tuttu. Üçüncü damla da aynısını yaptı, ama öncekinden daha hızlıydı. Birkaç saniye sonra, bir iz açılmıştı ve damlalar oradan ardı ardına hücum ediyordu; her geçen damla yolu biraz daha oyuyordu.

"Sonunda, en ufak beceriksizlikler bizi rahatsız eder, en önemsiz yenilgi bile kendimizden şüphe etmemize yol açar ve eleştirilerin en önemsizi dengemizi bozar, elimizdeki imkânları yitirmemize yol açar. Beyin olumsuz tepki göstermeye alışır, nöron bağları her deneyimde güçlenir."

Benim durumum tam da buydu. Her söylediği bana hitap ediyor, bende özel bir yankı buluyordu. Demek ki ben yaşamın kurban ettiği biriydim. Babalarım beni terk etmişti, beni asla yeterince iyi bulmamış annemin ezdiği biriydim. Ve şimdi, yetişkin biri olmama rağmen, kendimin seçmediği bu çocukluğun bedelini ödemeye devam ediyordum. Annem babam artık yoktu, ama onların eğitimlerinin zararlı sonuçlarına hâlâ maruz kalıyordum. Kendimi derinden çökmüş hissetmeye başlamıştım ki, aniden, bu çöküntünün içimdeki güven yitimini derinleştirmeye kesinlikle katkıda bulunduğunu fark ettim...

"Bu kısırdöngüden çıkmanın bir yolu var mı?" diye sordum.

"Kesin değil, aslında. Ama çıkmak güç. Çaba gerektirir..."

Başını yana eğdi ve piramidin tepesine yeni bir su damlası bırakarak, onu başka bir yöne gitmeye mecbur edecek kadar güçlü üfledi. Damla, yavaş yavaş kendine yeni bir yol açarak alta kadar indi.

"Özellikle," diye devam etti, "bu çabalar zaman içinde zorunlu olarak desteklenmeli. Çünkü zihnimiz düşünce alışkanlıklarına, bunlar acı verse bile, çok bağlıdır."

Küçük tepenin ucuna yeni bir damla döktü ve o damla eski yoldan hızla indi.

"Gereken," dedi, "şu ki..."

Biraz önce yaptığı gibi sürekli üfledi ve sonraki damlalar yeni yolu tutmak zorunda kalıp adım adım yeni bir iz oydular. Bir süre sonra, üflemeyi bıraktı ve damlalar bu yeni yolu izlemeye devam ettiler.

"... yeni zihinsel alışkanlıklar yaratmalı. Olumlu duygulara eşlik eden değer verici düşünceleri yeterince sık üretmeli, ta ki yeni nöron bağları yaratılana, güçlenene ve başat olana dek. Bu da zaman alır."

Portakal rengi güzel piramitten gözlerimi alamıyordum. Şimdi gayet belirgin iki yol açılmıştı.

"Zihindeki kötü alışkanlıklar ortadan kaldırılamaz," dedi, "ama bunlara yenilerini eklemek ve bunların karşı konulmaz olmasını sağlamak mümkündür. Biliyorsun, insanları değiştiremeyiz. Onlara yalnızca yolu gösterebiliriz, sonra da bu yolu tutma arzusu uyandırabiliriz."

İçimdeki güven eksikliğinin açtığı yolun ne kadar derin olduğunu düşünüyordum. Günün birinde kendime güven duyabilecek miydim, her türlü eleştiri karşısında serinkanlılık edinebilecek miydim? Eziyet edenler, en örselenebilir olanlara saldırıyor gözüktüğüne göre, kişiyi saldırılmaz kılan bu iç gücü geliştirebilecek miydim?

"O halde, benim sorunuma öneriniz nedir?"

Su bardağını masaya koydu, kendine beyaz şarap doldurdu, sonra sakince koltuğunda arkaya kaykıldı. Şaraptan bir yudum içti.

"Öncelikle, şunu bilmelisin ki, sana vereceğim görevi her gün yapmalısın... yüz gün boyunca."

"Yüz gün!"

İşin süresi değildi beni korkutan, bu kadar uzun süre boyunca hep Dubreuil'ün etkisi altında kalma düşüncesinden rahatsız olmuştum.

"Evet, yüz gün. Sana açıkladığım gibi: Yeni zihinsel alışkanlıklar bugünden yarına yaratılamaz. Sana vereceğim görevi bir hafta yapsan bir işe yaramaz. Kesinlikle yaramaz. Etkilerinin sana nüfuz etmesi için yeterince uzun süre tekrarlayarak zamana yaymak şarttır."

"Nasıl bir görev?"

"Çok basit, ama senin için yeni. Her akşam on dakikanı ayırıp geçen günü düşünecek, yaptığın ve gurur duyduğun üç şeyi bir kenara not edeceksin."

"Her gün bu kadar yürekli eylem yapabileceğimden emin değilim..."

"Yürekli eylemler değil, hayır. Küçücük şeyler de olabilir, ille de büroda olması gerekmez. Belki, acele bir işin varken bir körün karşıdan karşıya geçmesine yardım etmek için zaman ayırmışsındır. Belki bir satıcıyı yanılıp sana fazla para verdiği için uyarmışsındır. Belki birine onun hakkında düşündüğün bütün iyi şeyleri söylemişsindir. Görüyorsun, kesinlikle herhangi bir şey olabilir; tek koşul gurur duyabileceğin bir şey olması. İlle de eylem olması gerekmez: Tepki gösterme tarzından, hissettiklerinden hoşnut da olabilirsin. Genellikle seni sinirlendiren durumlarda sakin kalabildiğin için gurur duyabilirsin..."

"Anlıyorum..."

Biraz hayal kırıklığına uğramıştım. Bana daha aklı başında, daha karmaşık bir görev vermesini beklerdim...

"Ama... bunun kendime güvenimi geliştirmeme gerçekten yardım edeceğine inanıyor musunuz? Çok basit gözüküyor..."

"Ah! Safkan Amerikalı olmadığın her halinden belli! Fransız kökenlerini saklayamıyorsun... Fransızlar için bir fikir ister istemez karmaşık olmalı, yoksa basitliğe kaçıyor olmaktan kuşku duyarlar! Kuşkusuz bu yüzden bu ülkedeki her şey bu kadar karmaşık. Burada yaşamı karmaşıklaştırmaya tapıyor herkes!"

Söyledikleri, menşeini saptayamadığım bir aksanı olduğunu hatırlattı.

"Aslında," diye devam etti, "sana bugünden yarına güven verecek mucizevi çözüm yok. Sana verdiğim görevi küçük bir kartopu gibi görmek gerek. Ben dağın tepesinden yuvarlıyorum ve eğer sen yeterince uzun süre onun inişine eşlik edersen, belki de büyüyüp sonuçta senin yaşamında olumlu değişime yol açacak bir çığı başlatacaktır."

Bir şeye ikna olmuştum: Kendime güvenim birçok alandaki dengemin anahtarıydı. Onu geliştirmem kendime gelişkin bir yaşam sunmama katkıda bulunacaktı.

"Bu görev," diye devam etti, "yaptığın her iyi şeyin, günü gününe başardıklarının bilincine varmanı sağlayacak. Yavaş yavaş, dikkatini kendi meziyetlerine, değerlerine, seni iyi biri yapan şeylere yöneltmeyi öğreneceksin. Kişisel değer duygun adım adım içine kazınacak, sonunda da bir kesinlik halini alacak. Bundan böyle hiçbir saldırı, hiçbir eleştiri senin dengeni bozamayacak. Sana dokunmayacak, hatta sana saldıranı bağışlama ve ona karşı duygudaşlık hissetme lüksünü bile kendine sunabilirsin..."

Kendimi Marc Dunker'a duygudaşlık hissederken hayal etmekten uzaktım. Bu kuşkusuz kat edilecek yolun uzunluğuna işaret ediyordu...

Dubreuil ayağa kalktı.

"Haydi, sana eşlik edeyim. Geç oldu."

Catherine'i selamladım. Bana bir laboratuvar hayvanı gibi bakıyordu. Dubreuil'ü izledim. Bahçeden şatonun etrafını dolaştık. Günbatımı bahçeye esrarengiz bir hava vermişti.

"Bu boyutta bir bina ve bir bahçenin bakımı çok iş gerektiriyor olmalı. Uşaklarınız olmasını anlıyorum."

"Gerçekten de, onlardan vazgeçmek güç."

"Yine de, evimde bütün bu insanlar olsa kendimi evimdeymiş gibi hissetmezdim. Gece gündüz kalıyorlar mı?"

"Hayır. Gece saat onda hepsi gidiyor. Geceleyin buraların tek müdavimi benim!"

Büyük sedir ağacının yakınından geçtik. En alttaki dalları, alacakaranlıkta neredeyse toprağı okşuyor gibiydi. İğneli, koyu bir manto giymiş uzun kollar. Reçine kokusu, akşamın ılıklığı içinde bizi sarıp sarmalamıştı.

Tek kelime etmeden, siyah yüksek parmaklıklara doğru yürüdük. Bütün mekâna nüfuz etmiş rahatsız edici dinginliği bozmaktan çekiniyorduk.

Stalin yattığı yerden kımıldamadı, ama gözlerini benden ayırmıyordu, üstüme atılmak için uygun anı beklediği kesindi. Aniden, onun ardında bir değil yan yana dizilmiş dört yuva olduğunu fark ettim.

"Dört köpeğiniz mi var?"

"Hayır, Stalin'in tek başına dört yuvası var. Her gün hangisinde uyuyacağını kendi seçiyor. Ondan başka da bunu bilen yok. Güçlü bir paranoya eğilimi var..."

Kimi zaman kendimi bir deliler evine ayak basmış gibi hissediyordum.

Dubreuil'e doğru döndüm. Sokak lambalarından gelen aydınlık tenini soluklaştırmıştı.

"Yine de bir şeyi bilmek isterim," dedim, sessizliği bozarak.

"Nedir?"

"Benimle ilgileniyorsunuz ve size minnettarım, ama kendimi... özgür hissetmek isterim. Verdiğim sözden beni ne zaman azat edeceksiniz?"

"Özgürlük elde edilir bir şeydir!"

"Söyleyin, ne zaman? Süreyi bilmek istiyorum."

"Hazır olduğunda öğreneceksin."

"Kedi fare oyunu oynamayı bırakın. Şimdi öğrenmek istiyorum. Sonuçta, bu işle asıl ilgili benim..."

"Sen ilgili değilsin, işe dâhil edildin."

"Görüyorsunuz işte, hâlâ sözcük oyunu yapıyorsunuz. İlgili ve dâhil edilmiş, aynı şey değil mi?"

"Hayır, hiç değil."

"Pekâlâ! Sizce fark ne?"

"Domuz yağlı omlet."

"Ne demek istiyorsunuz?"

"Herkes bilir bunu! Domuz yağlı omlette, tavuk ilgilidir, domuz ise içine dâhil edilmiştir."

18

Beyefendi,

Birkaç gün önce, şirketinizin istihdam departmanı ekipleri huzurunda düzenlediğiniz egzersizin bende yarattığı güçlü hoşnutsuzluğu size bildirmek için yazıyorum. Bulunduğunuz mevkiye olan saygımla birlikte, o olaydan beri hissettiklerimi size belirtmem şarttır: Sizden nefret ediyorum, siz koca bir salaksınız, koca bir salak, koca bir salak, koca bir salak, sizden nefret ediyorum, beni kusturuyorsunuz, sizin gibi insanları lanetliyorum, acınacak birisiniz, pisliğin tekisiniz, boktan bir sersem alıksınız.

Okuma zahmetine katlandığınız için teşekkür eder, hürmet ve selamlarımın ifadesini kabul etmenizi rica ederim, Beyefendi.

Alan Greenmor

19

Saat akşam dokuz. Mektubum elimde, evimin kapısını kapattım. Sokaktaki gür ıhlamur ağaçları akşam havasına hoş kokular katıyordu. Sekiden indim ve Étienne'in önünden geçtim. Duvara dayanıp oturmuş, dalgın dalgın göğe bakıyordu.

"Ilık, bu akşam."

"Hava nasılsa öyledir, delikanlı."

Kaldırım boyunca yürüdüm, sonra mektubumu karşıma çıkan ilk kanalizasyon deliğinden attım. "İşte, eve teslim."

Metroya kadar yürüdüm. Paris kaldırımlarına sakince basıyordum. Montmartre'ın avantajı bir tepe üzerinde olmasıdır. Böylece, şehrin *içinde* değil Paris'te olma özel duygusu verir. İnsan kendini şehir tarafından emilmiş hissetmez, sınırları algılanamayan bir megapolün göbeğinde gürültüye ve kirliliğe boğulmuş olunmaz. Hayır, Montmartre'da, tersine, gökyüzü her yerdedir, gökyüzünü solur insan. La Butte bir köydür. Engebeli bir sokaktan geçince, aşağıda şehir seçilir; öyle uzak ve çökmüş gibi gelir ki, insan kendini Paris'in gürültüsündense bulutlara yakın hisseder.

Dubreuil'ün evinin önüne 21.40'ta vardım ve aşina olduğum banka oturdum. Üç akşamdır gelip köşkün önüne zulalanıyordum. Sonunda yatarak durmaktan vazgeçmiştim, ama kaşlarıma kadar inen yün bir bereyi başıma geçirmeyi ihmal etmiyordum. Uzaktan tanınmamama yeterdi bu.

Tam oturmuştum ki, caddeden efendinin uzun Mercedes'i belirdi. Demir parmaklıkların önünde durdu ve Vladi aceleyle dışarı çıktı. Arabanın etrafında dolanıp arka kapıyı açtı. Genç bir kadının arabadan indiğini gördüm. Hemen ardından inen Dubreuil kadını belinden tuttu. Kadın esmerdi, kısa saçları hoş bir enseyi ortaya çıkarmıştı. Çok kısa bir etek ve bitmek bilmeyen uzunlukta bacaklar. Son derece dişi bir hali vardı. Yüksek topukları bunu gerektiriyordu kuşkusuz, ama... hafifçe sallanıyor muydu? Dubreuil'ün boynuna sarıldı. İçmiş olduğu kadeh sayısını gayet iyi belli eden kahkahalar işittim.

İçeri girdiler, sekinin birkaç basamağından çıktılar, sonra evde kayboldular. Pencerelerde art arda ışıklar yandı.

Yaklaşık on dakika boyunca hiçbir şey olmadı. Sonra, önceki günlerde olduğu gibi, küçük kapının elektronik titreşimini işittim. 22.01. Gözlerimi girişten ayırmıyor, uşakların çıkışını kolluyordum. Elli beş saniye sonra belirdiler. Yirmi saniye farkla. Gecikme süresi önceki günlerle aynıydı. Kaldırımda aynı ayrılma ritüeli. Grup dağılmadan önce edilen bir iki laf. Binilen otobüs caddeden geçti. Araç 22.09'da varmıştı. Resmi tarifeden bir dakika önce. Önemli ana gelmiştik: Dubreuil Stalin'i ne zaman bırakacaktı? Önceki günlerdeki zamanlamaya uyması için dua ettim: Tam 22.30.

Bakışlarım şatonun kapısı ile saatim arasında gidip geliyordu. Her geçen dakika hem umudumu hem de kaygılarımı güçlendiriyordu. 22.18'de giriş salonunun ışığı yandı ve kalbim sıkıştı. Kapının açılmasını gerginlikle bekledim. Gözlerimi kapıdan ayırmıyordum. Bir şey olmadı. Sonra bir başka ışık yandı. Kütüphaneninki. Soluğumu tuttum. 22.21'di. Otobüs gideli on iki dakika olmuştu. Gevşedim. Yeni bir şey olmuyordu. 22.24. Hâlâ bir şey yok. 22.28. Yok. 22.30. Şimdi tersini arzuladığımı fark ettim: Dubreuil en kısa sürede ortaya çıkmalıydı. Eylem günündeki soğukkanlılığım, Stalin'i serbest bırakmadaki zamanlamasının düzenine bağlıydı. 22.31 olmuştu ki kapıyı açtı, ben de rahat bir soluk aldım. Art arda üçüncü gün Dubreuil köpeğini, bir dakika farkla, aynı saatte serbest bırakmıştı. Alışkanlık yer etmiş gözüküyordu.

Ertesi gün bir daha doğrulamaya çalışmayacaktım. Perşembe günündeydik. Düzenin hafta sonu değişiyor olması muhtemeldi. Hafta içi günlerindeki saat çizelgesine bağlı kalmam gerekiyordu.

Operasyonun sonunu bekledim, sonra ayağa kalkarak metroya gittim. Sessizce yürüyordum, yere bakıyordum, düşüncelerimin içinde kaybolmuştum. Cep telefonumun kısa zili beni söküp aldı. Bir SMS. Oydu. Yanında biri varken bile beni unutmamıştı... Emredilen sigarayı çıkardım ve yürürken yaktım. Caddedeki ağaçların nemiyle yüklü akşamın yumuşak havasını ciğerlerime çekmeyi tercih ederdim. Arzulamadığım zamanlar sigara içmemin bana dayatılmasından bıkmaya başlamıştım.

Günümün nasıl geçtiğini düşündüm. Bugün neden gurur duyabilirdim? Bakalım... Üç şey gerekiyordu... Gurur... Evet, öncelikle, saat 18'de bürodan ayrılma cesaretini gösterdiğim için gururluydum. Önceleri, yapacak işim olmasa bile, herkes gibi saat 19'a kadar kalmak zorunda hissederdim kendimi. Sonra... aa, evet, metroda yerimi hamile bir kadına verdiğim için gururluydum. Son olarak da, Dubreuil'ün ünlü not defteri hakkında bitmek bilmez sorgularıma son verme yönünde almış olduğum kesin karardan dolayı gururluydum: Pazartesi akşamı, tam yetmiş iki saat sonra içindekileri biliyor olacaktım.

20

Ertesi gece hareketli geçti. Sigara içme emriyle dört kez uyandırıldım. En kötüsü sabahın beşindeki oldu. Evin içine kokusu dolmasın diye pencerenin önünde, yarı uyuklar ve soğuktan donmuş bir halde içtim. Son derece tiksinti vericiydi. Dubreuil bana günde en az otuz kez sigara içmemi buyuruyordu ve artık dayanamıyordum. Bana görev yükleyen SMS'i belli bir takıntıyla bekler olmuştum. Sofrada, sigara içmek için yemeğe ara vermek zorunda kalmaktan korkarak giderek daha hızlı yemek yediğimi fark ettim. Angaryanın habercisi kısa zil vızıldamaya başladığında, daha elim lanet olası paketi çıkarmak için pişmanlıkla cebime gitmeden, anında bir bulantı hissetmeye başlıyordum.

Günlerden cumartesi olduğundan, saat 11'e kadar sabah keyfi yaptım. Uykusuzluğumu biraz gidermiştim. Dinçleştiren güzel bir duştan sonra, önceki gün satın aldığım poğaçaları mini fırında ısıtıp kahvemi içtim. Sıcak kruvasan kokusu evi sarmıştı. Başka zaman olsa iştahımı açardı.

Cumartesileri her zaman benim gözde günüm olmuştur. Bu tek dinlenme günü, bir diğerinin, ertesi günün habercisiydi. Ama bu cumartesi özel bir gündü. Korkuyordum. Gizli, alttan alta bir korku, nedeninin ne olduğunu düşünmediğimde bile arka planda varlığını sürdürüyor ve midemi burkmaya devam ediyordu. Bugün Dubreuil'ün Bayan Blanchard karşısında talep ettiği görevi uygulamaya koymak için seçmiş olduğum gündü. Bu işten kurtulmalıydım. Ne kadar erken olursa o kadar iyiydi. Bir saat sonra artık bunu düşünmüyor olacaktım. Ama şu an bütün cesaretimi toplamalıydım...

Kruvasanlarımı çiğnerken içim daralıyor, boğazımdan yayılan kahvenin sıcaklığı beni biraz gevşetmeyi başarıyordu. Kahvenin tadını son damlasına kadar çıkardım; hepsini içmiş olmaktan ziyade, kader anını geriye atmak için.

Sonunda ayağa kalktım, çıplak ayaklarımla odadan geçip müzik setimin olduğu tarafa yöneldim. Sürekli bağlı olan kulaklığı tam çıkarıyordum ki fikir değiştirdim. Şikâyet etmesi için geçerli bir neden vermek istemiyordum. Müzikten tamamen vazgeçebilirdim, ama kendimi formunda hissetmeye ihtiyacım vardı. Hatta biraz... sıradışı bir şeyler gerekiyordu. Bakalım, bakalım... Ne koyabilirim... Hayır, bu değil... bu da değil... İşte: Sex Pistols'un eski basçısının *My Way* yorumu. Hard rockçıların gözden geçirip düzelttiği Frank Sinatra. Kulaklığımı taktım. İnsanı iyice izole eden ve dünyada yalnız başına hissettiren gayet kapsayıcı kulaklıkları olan büyük bir kask. Kulaklarıma taktım. Sid Vicious'un pes sesi öteden fışkırarak ilk kupleyi çok sakin okumaya başladı. Sesi açtım, mikrofonunun kablosunu tutan bir şarkıcı gibi, kaskın kablosu elimde dolanmaya başladım. Aniden, elektronik gitarlar öfkeyle köpürmeye başladı. Ritim eşliğinde kımıldıyordum, çıplak ayaklarım zeminle iyice temas halindeydi. Şarkıcının sesi her yönden çığrından çıkıyordu, sanki şarkısını tükürüyor gibiydi. Komşuyu unutmalı. Sesi daha da açmalı. Daha güçlü. Rahat bırakmalı. Gözleri kapamalı. Haydi. Müziğin içinde erimeli. Müzik, benim içimde, vücudumda. Kımıldamalı, titremeli, dans etmeli. Dibine kadar. Her şeyden özgürleşmeli. Sıçramalı, her şeyi hissetmeli...

Bu kuşkusuz birkaç dakika sürdü, sonra baterinin ritmi izlemediğini fark ettim... Tekrarlanan darbeler başka yerden geliyordu ve içine gömüldüğüm trans türüne rağmen, darbelerin kaynağını biliyordum...

Kaskı çıkardım ve odanın şaşkınlık verici sessizliğine gömüldüm. Kulaklarım maruz kaldıkları şeyle hâlâ vınlıyordu.

Kapıma inen darbeler aniden daha güçlü bir şekilde yeniden başladı. Vurmuyor, dövüyordu.

"Bay Greenmor!"

Vakit gelmişti...

Onu itersen, seni iter... tersi de doğrudur, demişti Dubreuil: *Sen onu ne kadar itersen, o kadar direnecektir...*

"Bay Greenmor! Açın kapıyı!"

Donup kaldım. Aniden kuşkuya kapılmıştım. Ya Dubreuil yanılıyorsa?

Darbeler şiddetlendi. Bu kadar iğrenç nasıl olunabilir? Dans ederek, yerde beş altı kez zıplamıştım altı üstü. Onun evinden pek bir şey işitilmemiş olmalıydı... Hayatı bana gerçekten zindan etmek istiyor. Ne pislik cadaloz bu!

Öfke beni eyleme geçirdi. Kazağımı, ardından tişörtümü bir çırpıda çıkardım. Üstüm çıplak kalmıştım, ayağımda kot, ayaklar çıplak.

"Bay Greenmor, burda olduğunuzu biliyorum!"

Kapıya doğru bir adım attım, sonra durdum. Kalbimin hızlı hızlı attığını hissediyordum.

Haydi.

Kotumun düğmelerini açtım ve yere bıraktım. Dubreuil gerçekten deliydi...

"Açın şu kapıyı!"

Sesi hem otoriter hem de nefret doluydu. Ünlü kapıyla aramdaki birkaç adımı attım. Ödüm patlıyordu.

Şimdi.

Soluğumu tutarak, donumu indirdim, sonra uzağa fırlattım. Bu koşullarda çıplak olmak dehşet vericiydi.

"Beni işittiğinizi biliyorum, Bay Greenmor!"

Cesaret.

Elimi kapının koluna uzattım. Yapmakta olduğum şeye inanamıyordum. Kendimi tanıyamıyordum.

Son üç vuruşunu daha yaparken kolu çevirdim. Kendi giyotinimi indiriyormuşum gibi hissediyordum. Kapıyı kendime doğru çektim ve aralar aralamaz, serin bir hava akımı çıplak olduğumu hatırlatırcasına hayalarımı gıdıkladı. Bir işkence.

Cümle. Cümleyi söylemek gerek. Canlı bir şekilde. Haydi, geri çekilmek için çok geç artık.

Kapıyı ardına kadar açtım.

"Bayan Blanchard! Sizi görmek ne büyük zevk!"

Hayatının şokunu yaşadığı belliydi. Simsiyah giysiler içinde, ak saçları sıkı sıkı topuz yapılmış, kapımı dövmek için iyice eğilmiş olmalıydı ki neredeyse dengesini yitiriyordu. Donup kalmadan önce geriler gibi bir hareket yaptı, gözleri fal taşı gibi açılmıştı, teni şiddetle pembeleşiyordu. Ağzı açıldı ama tek bir ses çıkmadı.

"İçeri girin, hoşgeldiniz!"

Ağzı açık, gözleri çıplaklığımda, tek kelime edemeden, taş kesmiş bir halde kalakaldı.

Yaşlı komşumun karşısında çırılçıplak kalmak acımasızlıktı, ama onun tepkisi beni cesaretlendirmişti. Nerdeyse daha fazla üstüne gitme arzusu uyardırmıştı bende.

"Gelin, benimle küçük bir kadeh bir şey içer misiniz?"

"Ben... ben... hayır... ben... ama... Bay... bay... bayım... ben... ama... ben..."

Heykel gibi donup kalmıştı; yüzü pancar kırmızısı, anlaşılmaz kelimeler geveleyip duruyordu. Bakışları cinsel organıma takılı.

Kısmen kendine gelmesi, özürler dileyip geri geri çekip gitmesi dakikalar aldı.

Gürültüden şikâyet etmeye bir daha asla gelmedi.

21

Pazar, saat sabahın altısı. Mesaj sesi beni derin bir uykudan uyandırdı. Rüyanın tam ortasında uyanmaktan daha güç bir şey yoktur. Aşırı yorgundum. Gecenin üçüncü SMS'iydi. Merhamet. Artık dayanamıyordum. Ayağa kalkacak gücüm bile yoktu. Uzun bir süre yatakta kaldım. Gözlerimi açık tutmaya çabalıyor, tekrar uyumamak için mücadele ediyordum. Bu nasıl bir kâbus!

Yatağımdan doğrulmak dünyanın en zahmetli işi olmuştu. Uyku sersemiydim. Gündüz ya da gece, her saat sigara içmek zorunda kalmaya katlanamıyordum. Gerçek bir cehennem azabıydı. Kızgın bir halde, başımı sonunda komodine doğru çevirdim.

Bu kırmızı ve beyaz paketten daha korkunç bir şey yok. Çirkin ve pis kokuyor.

Kolumu uzattım, paketi yakalayıp bir sigara çıkardım. Pencereye gitmek için kalkacak cesaretim yoktu. Kokuyu boş ver! Soğumuş, iğrenç tütün kokusunu tekrar uyurken hissetmemek için izmariti ve külleri bir mendile sararım.

Kibrit kutumu yakaladım. Minyatür bir kutu. Üzerinde Eyfel Kulesi'nin çizimi var. İlk kibrit uyuşuk parmaklarımın arasında ikiye bölündü. İkincisi çıtırdadı ve küçük alev kendine özgü kokusunu serbest bırakarak fışkırdı. Angaryadan önce haz duyduğum tek andı. Kibriti sigarama yaklaştırdım. Alev sigaranın ucunu yaladı ve içime çektim. Ucu kızardı ve bir duman dalgası ağzımı doldurdu, damağıma, dilime ve boğazıma saldırdı; acı ve güçlü tadını yayıyordu. *Fazla* güçlü. Bu kötü havayı çabucak dışarı verdim. Geride, yapış yapış ağzımın korkunç duygusu kaldı. İğrenç.

İkinci bir duman çektim. Duman solukborumu yaktı, ciğerlerimi aleve çevirdi. Öksürdüm. Kuru bir öksürük dilimin üzerindeki iğrenç tadı iyice artırdı. Ağlamak istiyordum. Böyle daha fazla devam edemezdim. Mümkün değildi. Gücümü aşıyor. Stop. Merhamet...

Ürkmüş bir halde çevreme bakındım. Beni yatıştırabilecek bir şey arıyordum. Sonunda bu iğrenç şeyin katil mesajcısını elime aldım: cep telefonum. Dubreuil'ün SMS'i... Dubreuil! Elimi sinirli sinirli uzattım ve telefonu yakaladım. Tuşlarına basarak, gelen mesajlar listesini sıraladım. Gözlerim yanıyordu, okumakta zorlanıyordum. Sonunda SMS'in gönderildiği numarayı buldum. Birkaç saniye tereddüt ettikten sonra yeşil tuşa bastım. Telefon, numarayı çevirdi. Kalbim çarparak aleti kulağıma götürdüm ve bekledim. Bir sessizlik, sonra çalan zil. İki zil. Üç zil. Açıldı.

"Günaydın!"

Dubreuil'ün sesi.

"Benim, Alan."

"Biliyorum."

"Ben... ben artık yapamıyorum. Bana sürekli SMS göndermeyi bırakın. Ben... ben bittim."

Sessizlik. Cevap vermedi.

"Yalvarırım. İzin verin sigarayı bırakayım. Sigara içmeyi hiç istemiyorum, anlıyor musunuz? Sizin sigaralarınıza dayanamıyorum. İzin verin bırakayım..."

Yeniden bir sessizlik. Halimi anlıyor olsa bari?

"Yalvarırım..."

Çok sakin bir sesle sessizliği kesti.

"Anlaştık. Eğer istediğin buysa, sigarayı bırakmana izin veriyorum."

Teşekkür edecek zamanı bulamadan telefonu kapattı.

İçimi bir dinginlik, mutluluk havası doldurdu. Derin derin nefes aldım. İçime çektiğim hava bana nefis, hafif geliyordu. Kendimi, sabahın altısında, yatağımda tek başıma, nedensiz yere gülümser buldum!

Ömrümün son sigarasını doğruca komodinin üzerinde ezerek söndürünce kalbim neşeyle doldu.

22

Dubreuil, Marc Dunker'la kararlaştırılmış görüşmemi hazırlamama yardım etmeyi reddederek söze başladı. "Senin şirketini bilmiyorum, ona ne söylemeni tavsiye etmemi isteyebilirsin?" diye karşılık vermişti bana. Israrıma teslim olarak sonunda bana birkaç tüyo verdi.

"Senin için güç olan ne?" diye sormuştu.

"Kötü niyetli biri, kolaylıkla haksız eleştirilerde bulunabilir. Ondan bir şey istendiğinde ya da doğru işlemeyen bir şeye işaret edildiğinde cevap vermemek için saldırma eğiliminde..."

"Anlıyorum... Peki siz, sen ve meslektaşların, size bu eleştirilerde bulunduğunda ne yapıyorsunuz?"

"Bir şey yapmamıza izin verilmiyor. Söylediklerinin yanlış olduğu, bu eleştirilerin haksızlığını kanıtlamaya çalışıyoruz..."

"Yani kendinizi haklı çıkarmaya uğraşıyorsunuz, öyle mi?"

"Evet, elbette."

"Demek ki, işi siz yapıyorsunuz!"

"Anlamıyorum..."

"Yersiz eleştiriler karşısında, özellikle kendini doğrulamaya çalışmamak gerek, yoksa onun oyununa gelirsiniz!"

"Belki, ama başka ne yapabiliriz ki?"

Eğlenceli bir yüz ifadesi takındı.

"Ona işkence etmek."

"Çok tuhaf."

"Şaka yapmıyorum..."

"Küçük bir ayrıntıyı unutuyorsunuz..."

"Neyi?"

"İşimi kaybetmek istemiyorum."

"Ortaçağdaki engizisyoncular gibi yap. Birine uygulamaya can attıkları dayanılmaz işkence seanslarını belirtmek için ne diyorlardı?"

"Bilmiyorum..."

"*Onu soruya tabi tutacağız.*"

"Soruya tabi tutmak mı?"

"Evet."

"Benim patronla bunun ilişkisi ne?"

"Temelsiz eleştiriler karşısında, ona sorular sorarak işkence et..."

"Yani, somut olarak?"

"Kendini aklamak yerine, onu kendini aklamaya mecbur etmek için sorular sor! Peşini bırakma. Eleştirilerine kanıt getirmesi gereken odur, onların yanlışlığını sen kanıtlamak zorunda değilsin! Başka deyişle, bırak o uğraşsın..."

"Anlıyorum..."

"Onu siperlerinin dışına it. Söylediğini doğrulamasını sağlayanın ne olduğunu sor ona ve genellemelerin ardına sığınmasına izin verme: İçini deş; kesin şeyler, olgular talep et. Eğer kötü niyetliyse, zor anlar geçirecektir... Hem, biliyor musun?"

"Söyleyin."

"En muhteşemi, saldırgan olmaya bile ihtiyaç duymamandır. Eğer kendine hâkim olabilirsen, yumuşaklıkla, görünüşte çok saygın bir ses tonuyla ona diz çöktürebilirsin. Kısacası, dokunulmaz kalmaya devam ederek onu eleştirilerini doğrulamaya mecbur edebilirsin."

"Fena değil."

"Eğer düzgün davranırsan, sonra seni rahat bırakma ihtimali yüksektir..."

*

Marc Dunker'dan randevuyu telefonla, sekreteri aracılığıyla almıştım. *Sekreteri* diyorum ama -şirkette ender rastlanır bir durum olarak- o bir erkekti. Çok saygın, Andrew adlı genç bir İngiliz. Onun işe alınması herkesi şaşırtmıştı. Dunker açıkça maço bir tipti. Onun, emirlerine tabi, mini etekli ve dekolte kıyafetli bir periciği, gayet iyi hizmet edecek kadar deneyimli, dominant erkek üstünlüğü konusunda onu teskin edebilecek kadar aptal bir kızı tercih edeceğini rahatlıkla hayal edebilirdik.

Ama onun tercihi hiç de bir tesadüf değildi: Köylü kökenli, alaylı geçmişinden gizlice komplekse kapıldığından kuşkulanıyordum. Her adımında peşinden giden İngiliz sekreter, bu imge eksiğini, abartıya vardırılmış bir zarafet, nezaket ve seçkin tavırla, üstüne üstlük güçlü *British* aksanıyla telaffuz edip azap çektirdiği bir dille ödünlüyordu. Kısacası, yalnızca varlığıyla bile patronunu soylulaştıran, Majestelerinin sahici bir tebaasının bütün klasını sergiliyordu. Ender bir iki takı hatası ise cazibe katarak tabloyu tamamlıyordu.

O sabah, kasıtlı olarak beş dakika geç geldim. Bu kadar gecikme Dunker'e onun dizinin dibinde olmadığımı göstermeye yeterliydi. Beni karşılayan Andrew oldu.

"Sizi biraz bekletmek zorundayım," dedi kalın ses tonuyla. "Bay Dunker sizi kabul etmeye henüz hazır değil."

Normal... Benim gecikmeme daha büyük bir gecikmeyle karşılık veriyordu. Fransa'da zaman bir iktidar aracıdır.

Andrew beni bembeyaz duvarlarla aniden kesilen kırmızı deri bir kanepeye oturmaya davet etti. Yeterince geniş olan odada, ziyaretçilerin bekletildiği bir salon köşesi vardı. Diğer tarafta, genç İngiliz'in bürosu kanepeye uygun kırmızı bir deriyle tamamen kaplı bir halde, kusursuzca döşenmişti. Tek bir kâğıt bile ortalıkta durmuyordu.

"Kahve ister misiniz?"

Sorusundan neredeyse şaşkınlığa düşmüştüm. Dosdoğru Buckingham Sarayı'ndan çıkmışa benzer böyle birinin size Çin porseleni içinde çaydan başka bir şey ikram edebilmesi son derece yersiz geliyordu.

"Hayır, teşekkür ederim... Ya da, evet, olabilir, isterim..."

Andrew sessizce onayladı ve salonun bir köşesinde duran son moda demlikli kahveliğe yöneldi. Kahve fincana akarken bir süre çıtırdadı. Bir damla, pırıl pırıl paslanmaz çeliğe sıçrama bahtsızlığını gösterdi. Andrew anında bir kâğıt havlu çıkardı ve kaçamak bir dil hareketiyle sivrisinek yakalayan kertenkele çabukluğuyla asi damlayı yok etti. Paslanmaz çelik bir saniye önceki yepyeni görünümüne yeniden kavuştu.

Sonra, çok kesin hareketlerle fincanı önümdeki sehpaya bıraktı. Gerçekten güzel olamayacak kadar iddialı dizayn edilmiş koyu kırmızı bir fincan.

"Buyurun," dedi eğilerek.

"Teşekkürler."

Andrew çalışma masasına geri döndü ve bir dosyayı okumaya daldı. Koltuğunda dimdik duruyor, başını öyle yukarda tutuyordu ki, gözkapakları yarı aralık duruyor, okuduğu belgeye yalnızca gözlerini indiriyordu. Ara sıra eline siyah lake bir tükenmez alıp belgenin kenarına bir şeyler not ediyor, sonra kalemi tıpatıp aynı yere, masanın kenarına tam dik gelecek şekilde bırakıyordu.

Uzun dakikalar sonunda, Dunker'ın bürosundan bizi ayıran kapı, sanki bir özel tim görevlisince omuzlanmış gibi aniden açıldı ve başkan kendini odanın ortasında buluverdi.

"Kim yazdı bu raporu?" diye bağırdı, suçlayıcı bir tonda.

"Alice, sayın başkan."

Andrew gözünü kırpmadan cevap vermişti. Patronunun zorla girişi onun soğukkanlı yüzünde en ufak ifade yaratmamıştı. Etrafındaki her şey havaya uçarken saçının tek bir teli bile kımıldamayan James Bond!

"Olamaz bu kadarı! Kıçından büyük hatalar işliyor! Bana karalamalar göndermeden önce notlarını tekrar okumasını söyleyin ona!"

Belgeyi fırlattı. Kâğıtlar sekreterinin masasına saçıldı. Sekreter onları topladı ve bir an içinde, masa kımıltısız düzenine yeniden kavuştu.

Yutkundum.

Dunker bana döndü ve aniden sakin ve güler yüzlü, elini bana uzattı.

"Günaydın, Alan."

Mabedine doğru onu takip ettim. Geniş bir mekân. Ortasında üçgen şeklinde, ucu ziyaretçiye dönük, görkemli bir masa duruyor. Masanın arkasına kuruldu ve bana da karşısındaki bir koltuğu gösterdi. Az bulunur tarzda ama çok rahatsız bir koltuk.

Pencere yarı aralıktı, ama caddenin gürültüleri, sanki binanın son katına erişmelerine izin verilmemiş gibi çok uzaktan geliyordu. Çatıların üzerinden, Concorde Meydanı'ndaki dikilitaşın ucu ve daha ötede, Zafer Anıtı'nın tepesi fark ediliyordu. Oldukça ferah, ama kokulardan tamamen yoksun bir hava. Ölü bir hava.

"Manzara çok güzel, öyle değil mi?" dedi, bakışlarımın dışarıya takıldığını fark ederek.

"Evet, güzel. Ama Opéra Meydanı'nda hiç ağaç olmaması çok yazık," dedim; sohbetin ilk adımını atmış olmak için. "Pencerelerin altında biraz yeşillik olsa hoş kokardı..."

"Paris'te yeşillik olmayan tek cadde. Neden biliyor musunuz?"

"Hayır."

"Haussmann III. Napoléon'un talebi üzerine bu yolu yaptığında, Opera binası mimarının isteğine boyun eğdi. Mimar, eserinin Tuileries Sarayı'ndan görünmesini hiçbir şeyin engellememesini istiyordu. Bütün perspektif serbest kalmalıydı."

Büroya bir sinek girdi ve etrafımızda dönmeye başladı.

"Beni görmek istemişsiniz," dedi.

"Evet, beni kabul ettiğiniz için teşekkür ederim."

"Rica ederim. Sizin için ne yapabilirim?"

"Evet, şirkette iyileştirilebilecek bazı şeylerden sizi haberdar etmek istemiştim."

Kaşlarını belli belirsiz çattı.

"İyileştirmek mi?"

Onu ikna etme stratejim, "Etkinlik" ve "Kârlılık" gibi değerlerine uyum sağlayarak onun evreniyle birleşmekti. Ağzında yalnızca bu kelimeler oluyordu. Bütün kararları buraya çıkıyordu. Taleplerimin onun kaygılarına hizmet ettiğini ona kanıtlamaya çalışacaktım.

"Evet, herkesin iyiliği için. Dahası, büronun kârlılığını artırma kaygısıyla."

"Bu ikisi ender olarak birlikte görülür," dedi, eğleniyormuş gibi bir yüz ifadesiyle.

Güçlü başlıyordu.

"Kendini iyi hisseden bir ücretlinin daha iyi çalışması hariç..."

Sinek masasına kondu. Elinin tersiyle onu uzaklaştırdı.

"Kendinizi burada iyi hissetmiyorsanız, Alan..."

"Bunu demedim."

"Sinirlenmeyin."

"Sinirlenmiyorum," dedim, mümkün olduğunca sakin görünmeye çabalayarak, oysa onu çoktan pencereden atmayı arzuluyordum.

Ya sırf benim dengemi bozmak için sözlerimi kasıtlı olarak tersten yorumluyorsa?

Cevap vermeyi bırak. Sorularla ona işkence et. Sorularla.

"Ama," diye devam ettim sözüme, "kendini iyi hisseden bir ücretlinin daha iyi çalıştığı görüşüm ile sizin yanınızda benim kendimi iyi hissetmediğim hipoteziniz arasındaki bağ nedir?"

Üç saniye sessizlik.

"Bence açık, öyle değil mi?"

"Hayır, ne kastediyorsunuz bununla?" diye sordum, biraz bön bir ifade takınarak.

"Evet... Kötü sonuçlara dış nedenlerle mazeret bulunamaz..."

"Yine de ben..."

Kendini haklı çıkarmaya çalışmamalı. Soru sormalı. Sakin sakin...

"Kimin sonuçları kötü?" diye devam ettim sözüme.

Yüzünden, rahatsız olmuş bir ifade geçti. Sinek tükenmezine kondu. Yeniden kovdu. Sonra, konu değiştirdi.

"Pekâlâ, söyleyin bakalım: İyileştirilebilecek şeylere dair fikriniz nedir?"

İlk maçı kazanmıştım...

"Evet, öncelikle, bizim bölüme ikinci bir asistan almak gerektiğini düşünüyorum. Vanessa'ya yardımcı. İşi sürekli başından aşkın. Aşırı stresli olduğu hissediliyor. Bu kişi bizim yerimize raporları da daktilo edebilir. Hesapladığıma göre, biz danışmanlar vaktimizin % 20'sini söyleşi tutanaklarımızı daktilo etmekle geçiriyoruz. Ortalama saat başı ücret oranımız dikkate alındığında, ofis için kârlı bir durum değil. İkinci bir asistan olsaydı, raporlara koymak istediğimiz şeyleri stenoyla not alabilir, sonra da yazıp daktilo ederdi. Kazanılan bu vakit de yalnızca bizim yapabileceğimiz gerçekten yararlı şeyler için kullanılırdı."

"Hayır, her danışman kendi raporunu kendi yazmalı, kural bu."

"Ben de tam bu kuralı sorguluyorum..."

"İyi organize olunduğunda bu kadar vakit almaz."

"Ama bu işin ücret oranı daha düşük birine yaptırılması mantıklıdır. Bir danışmanın kendi zamanını ofis için daha kârlı faaliyetlerde kullanması tercih edilir."

"Bölüme ek bir kişinin alınması tam da bölümün kârlılığını düşürecek şeydir."

"Tersine, ben..."

Argümanlar sunmayı bırak... Soru sor.

"Kârlılığı nasıl düşürür?" diye sordum.

"Bölümün toplam ücret tutarını yükseltir, elbet."

"Ama danışmanların potansiyel ve gerçek müşterilerle ilgilenecek zamanı açığa çıktığında, ciro artacaktır. Sonuçta, bu işten kazançlı çıkılır..."

"Bunun ciroyu artıracağını sanmıyorum."

"Böyle düşünmenize yol açan nedir?"

"Herkes bilir ki, yapacak işin ne kadar azsa o kadar az çalışılır."

Soru sor. Sakin sakin...

"Herkes bilir mi? Kim bu herkes?"

Bir süre kelimeleri aradı, gözleri sağa sola gidiyordu.

"Sonuçta, ben bunu biliyorum."

"Siz nereden biliyorsunuz?"

Sinek burnuna kondu. Son derece sinirli bir hareketle sineği sertçe kovdu.

"Hep böyle olur, elbette!"

"Yaa... Daha önce denemiş miydiniz?"

"Evet... sonuçta... hayır, ama nasıl olduğunu iyi biliyorum."

Beni saldırganlıkla suçlayamaması için, çok saf, neredeyse köyün aptalı gibi bir ifadeyi korumaya çalışıyordum...

"Nasıl bilebilirsiniz ki... eğer denemediyseniz?"

Alnında bir iki damla terin parıldadığını görmüş gibiydim. Tabii eğer hayal etmiyorsam... Sonuçta, tatminkâr bir cevap bulamadı.

"Bu demektir ki," diye sözüme devam ettim, "siz, yapacak daha az işiniz olduğunda, giderek daha azını yapma eğilimi mi gösteriyorsunuz, böyle mi?"

"Benim durumum farklı," diye öfkeyle patladı; ardından, kendini topladı. "Dinleyin, Alan, sizi fazla küstah bulmaya başlıyorum!"

Hah, işte... Uzun uzun bekledim.

"Küstah mı?" dedim, koltuğun içine sakince gömülerek. "Ama geçen gün herkesin önünde benim kendime güvenimin eksik olduğunu kanıtladınız..."

Donup kaldı. Güneşin önünden bir bulut geçti ve büro aniden karardı. Uzaktan bir ambülans sirenini bağırtarak geçiyordu.

Aklına bir fikir gelmişti.

"Dinleyin. Greenmor, konumuza geri dönelim. Reorganizasyon talebinizle ilgili olarak: Bölüm hedeflerine zaten erişiyor, bir asistan almayı ise daha sonra konuşuruz!"

"Evet, elbette, elbette," diye cevap verdim, son derece dalgın bir havada, "ama... ya hedeflerimize ulaşmayı sağlayacak olan bu istihdam ise?"

Çok yukardan bakan bir hava takındı.

"Soruna dar açıdan bakıyorsunuz. Benim şirketin gelişimine dair stratejik bir bakışım var. Ve bu bakış, ücret kütlesini şişirmeme izin vermiyor... Siz değerlendirme yapacak bütün unsurlara sahip değilsiniz, anlayamazsınız."

"Şirketin stratejik bakışına göre konumlanmam gerçekten de güç, çünkü şirket ücretlileri bunun gerçeğini bilemiyor... Ama biliyorsunuz, ben sağduyulu biriyim. Ve bana öyle geliyor ki, gelişebilmek için her şirketin imkânlara ihtiyacı vardır. Vazgeçilmez bir şey değil mi bu?"

"Bir şeyi unutuyorsunuz, Alan. Önemli bir şey. Şirketimiz artık borsada değerleniyor. Piyasanın gözü üzerimizde. Rastgele şeyler yapamayız."

"Gelişme imkânı edinmek için işe eleman almak, rastgele bir şey yapmak mıdır?"

Sinek etrafımızda döndü. Dunker masanın üzerinde duran bir bardağı aldı ve içindeki suyu yeşil bir bitkiye fırlattı. Bardağı elinde tuttu.

"Piyasa, mevcut sonuçları genelleştirerek gelecek hakkında tahminde bulunabilir. İstihdamların sonuçta pozitif bir etki yaratıp yaratmayacağını öğrenmek için beklemez yatırımcılar. Ücret artarsa hisse de artacaktır. Otomatik bu. Pertavsızla inceleniyoruz. Gözü üzerimizde," dedi, bir gazete kesiğini bana göstererek.

Dunker'ın en nefret ettiği kişi olan gazeteci Fisherman'ın bir fotoğrafı görülüyordu ve makalenin başlığı bizim hisselerle ilgiliydi: "Potansiyel var, ama daha çok çaba sarf etmeli."

Sinek masaya kondu. Acele ve ustalıklı bir hareketle Dunker bardağı onun üzerine kapattı ve hapsetti. Yüzünden sadistçe bir gülümseme geçti.

"Hisse kurunun gerçekten kölesi olduğumuz kanısındayım... Ama, sonuçta, biraz geri çekilirsek, şirkette hissenin kısa vadede yükselmesi ya da düşmesi bize ne getirir? Biraz aldırmayabiliriz, öyle değil mi?"

"Siz hisseniz olmadığından böyle konuşuyorsunuz!"

"Ama önemli olan, hissesi olan sizin için bile, sonuçta artmasıdır. Eğer şirket gelişirse, hisse kuru da sonuçta bir gün gelir bu yükselişi izler..."

"Evet ama kısa vadeli bile olsa düşen bir hisseye sahip olmaya izin verilemez."

"Neden?"

"Satın alıcı riski nedeniyle. Bilmeniz gerekir, iktisat öğrenimi gördünüz, değil mi? Yalnızca yüksek kur bizi bir başka şirketin satın alma riskinden koruyabilir, çünkü bu durumda, şirketimizi kontrol edebilmek için gereken hisse miktarını edinmek çok pahalıya mal olur. Bu nedenle, yükselmeye devam eden, üstelik rakiplerimizden daha hızlı yükselen bir borsa kuruna sahip olmak yaşamsal önemdedir."

"Eğer bu risk varsa, neden borsaya girdik?"

"Çabuk gelişebilmek için. Bildiğiniz gibi, bir şirket borsaya girdiğinde, hissedar olmayı arzulayan herkesin parasını edinir. Projeleri finanse eden budur."

"Evet, ama eğer daha sonra bu, gelişime imkân tanıyan sağlıklı kararlar almayı engelliyorsa, çünkü hisse kurunun artışını sürdürmek gerekir, bu durumda, istenen şeyin tersi elde edilir..."

"Bunlar tam da yönetilmesi gereken güçlükler."

"Ama özgür değiliz! Fausteri bu yıl Brüksel'de büro açılamayacağını söylüyordu, çünkü geçen yılın kârlarının hissedarlara temettü olarak dağıtılması gerekiyor ve gelecek yılın sonuçlarını budamak istemiyoruz."

"Evet, ama bu başka bir şey. Hisse senetlerinin kuruyla alakası yok. Sadece hissedarlarımızın gerekliliği."

"Neden? Bu yıl gelişimimize gereken harcamaları yapsak, bu yıl kârlardan vazgeçsek ve gelecek yıl kâr edinirsek, olmaz mı?"

"Her yıl % 12 kâr elde edilmesini ve bunun önemli bölümünün temettü biçiminde geri dönmesini talep eden önemli iki grup hissedarımız var. Normal bu: Temettüler hissedarların ödülüdür. Onların şirkete yatırımlarının geliridir."

"Ama bu gereklilik şirketlerinin büyümesine zarar veriyor. Bir iki yıl bekleyemezler mi?"

"Hayır, bizim güçlüklerimiz onları ilgilendirmez. Onlar şirketimize yatırım yaptılar ama ille de uzun vadeli bir bakış açısı içinde değil. Hızlı bir yatırım üzerinden geri dönüş istiyorlar, hakları bu."

"Ama bu bir kez daha bizi kendimize zararlı kararlar almaya yöneltiyorsa..."

"Böyle bu iş. Tercih şansımız yok: Gerçek patronlar hissedarlardır."

"Eğer hedefleri yalnızca mali ve kısa vadeliyse, hem de hisselerini kısa sürede geri satmak niyetindeyseler, o zaman, şirketin gelecekteki kaderiyle hiç ilgilenmezler..."

"Oyunun parçası bu."

"Oyun mu? Ama bu oyun değil ki, gerçek! Burda çalışanlar gerçek insanlar! Onların ve ailelerinin yaşamı kısmen bu şirketin düzgün işleyişine bağlı. Siz buna oyun mu diyorsunuz?"

"Ne dememi istiyorsunuz!"

"Kısacası, yalnızca hisse senedi kurunun kölesi olmakla kalmıyoruz, dahası çekip gidecek hissedarların saçma ihtiyaçlarına da tabiyiz... Biraz tepetaklak yürüdüğümüz duygusu içinde değil misiniz? Borsaya girmenin yararını kesinlikle anlayamıyorum. Her koşulda, onsuz da gelişebilirdiniz, her yıl bir öncekinin kârlarını yeniden yatırarak da olsa..."

"Evet, ama bu kadar çabuk değil."

Çabuk, çabuk!... Şaşakaldım. Bu hız takıntısını hiç anlayamamıştım. Neden hep hızlı gitmeli? Nereye götürür ki bu? Acele gidenler çoktan ecele gitti...

"Geri çekilenecekse, bu kadar hızlı gelişmek neye yarar?"

"Rakipler konumlarını sağlamlaştırmadan önce egemen konuma çabucak gelebilmek için."

"Yoksa?"

"Yoksa, onlardan piyasa payı almak, ciromuzu geliştirmek daha güç olur."

"Yoo, yavaş ve sağlıklı bir gelişmeyle, arzımızın, hizmetlerimizin kalitesi iyileştirilir, yeni müşteriler bulunur, öyle değil mi?"

Sessizlik. Dunker en azından soruyu kendine sormuş muydu acaba?

"Çok yavaş olur."

"Sorun ne ki bunda? Vaktimizi iyi iş yaparak geçirmemizi engelleyen ne, anlayamıyorum..."

Gözlerini göğe kaldırdı.

"Zaman konusunda, şu an benim zamanımı alıyorsunuz... Felsefe yaparak geçirecek değilim vaktimi..."

Masasının üzerindeki dosya yığınını düzeltmeye girişti, artık bana bakmıyordu.

"Öyle hissediyorum ki," dedim, kelimelerimi arayarak, "biraz geri çekilmek... faaliyetlerimizin anlamlarını... sorgulamak... her zaman yararlı olur..."

"Anlam mı?"

"Evet, ne için hareket ediyoruz, ne getiriyor..."

Sinek camdan fanusun içinde dönüp duruyordu.

"Anlam olmayan yerde anlam aramamalı. Siz, yaşamın anlamı olduğuna inanıyor musunuz? En güçlüler ve en kurnazlar sıyırtır, hepsi bu. İktidar ve para onlardadır. Ve iktidara ve paraya sahip olunduğunda, hayatta her istenene sahip olunur. Daha karmaşık değildir, Greenmor. Gerisi entelektüel mastürbasyon."

Düşünceli düşünceli ona baktım. Gerçekleşmiş bir yaşama sahip olmak için zengin ve kudretli olmanın yettiğine bir an bile nasıl inanabilir insan? Porsche kullanıyor diye mutlu olduğuna inanacak kadar kim kendine yalan söyleyebilir?

"Zavallı Alan," diye devam etti, "gücün ne ölçüde işe yaradığını siz asla bilemeyeceksiniz!"

Bu tür bir düşünce karşısında kendimi gerçekten dünyadışı bir yaratık gibi hissediyordum... Neredeyse tuhaf biri oluyordum. Zaten, hissettiklerinin içini anlamayı denemem için farklı insanların yerine geçmeye beni davet etmemiş miydi Dubreuil?

"Bütün bunları yaptığınızda... siz... kendinizi güçlü mü hissediyorsunuz?"

"Evet."

"Ve... eğer bunları yapmazsanız... o durumda kendinizi şey mi hissedeceksiniz..."

Dunker kızardı. O an kahkaha atma arzusu duydum. Oysa kasıtlı yapmamıştım. Şimdi kafamdan, cinsel yetersizliğini ödünlemek için meslek yaşamında aktif olan bir işadamı filmi geçiyordu.

"Pekâlâ, neyse," diye devam etti, "asistan konusu, hayır. Başka talebiniz var mı?"

Ona başka fikirler de sundum, ama hiçbiri onayını almadı. Artık onun işleyişini ve "oyun"un kurallarını anladığımdan, buna şaşırmadım.

Yine de son bir talebim vardı. Bu kez bir açıklama.

"Basında bizin ofisin ilan sayısında bir patlama saptadım."

"Evet, doğru," dedi; hoşnut olduğu belliydi.

"Ama bu sıralar daha çok istihdam talebi gelmiyor... Nasıl oluyor bu?"

"Endişelenmeyin, normal bu."

"Nasıl normal?"

"Bana güvenin, meslektaşlarınızdan daha kötü durumda olmadığınıza sizi garanti ederim. Görevler hakkaniyetle dağıtılıyor. Neyse, Alan, artık sizi bırakmam gerek, işim var..."

Lafına bir hareketle eşlik etti; masanın üzerindeki bir dosyayı kaptı. Ben kımıldamadım.

"Ama nasıl oluyor da benim daha fazla görevim olmuyor? Mantıklı değil bu."

"Ah... Alan, hep anlamak istiyorsunuz... Bilmelisiniz ki bizimki çapında bir şirkette dama çıkıp bağırılmayan kararlar vardır. Söz konusu durumda, ilan yayımlanıyor diye ardında gerçekten eleman alınacak gerçek mevkiler var demek değildir..."

"Yani, demek istediğiniz... sahte ilanlar mı yayımlanıyor? Sahte istihdam arzları?"

"Sahte, sahte, hemen büyük laflar!"

"Ama neden?"

"Stratejik vizyonunuzun tamamen eksik olduğu belli, Greenmor. Bir saattir size hisse kurumuzun günden güne artmasının bizim için yaşamsal olduğunu açıklıyorum. Piyasanın yalnızca nesnel sonuçlara tepki göstermediğini bilmeniz gerek! Psikolojinin de bir payı olduğunu düşünebilirsiniz. Dunker Consulting'in istihdam arzlarını gazetelerde görmek yatırımcıların moraline iyi gelir."

Kendime gelemiyordum.

"Dürüst değil bu ama!"

"Sürüden sıyrılmak gerek."

"Yalnızca imajınızı iyileştirmek ve hisse kurunu yükseltmek için mi sahte arzlar yayımlıyorsunuz? Ama... ya adaylar?"

"Bu onlar için kesinlikle bir şey değiştirmiyor!"

"Ama CV yazmaya zaman ayırıyorlar, motivasyon mektupları kaleme alıyorlar..."

Cevap yerine iç çekti.

"Üstelik," diye devam etim, "bir sonuç alınamayan adaylık başvurusu yaptıkları ölçüde moralleri ve kendine güvenleri de düşer!"

Gözlerini göğe kaldırdı.

"Alan, bir işsizlik derneği için çalışmayı hiç düşünmediniz mi?"

Bir an apışıp kaldım. İşittiklerim karşısında şaşkınlığa düşmüştüm. Hiç tanımadığımız kişiler bile olsa, başkalarının yazgısına bu kadar ilgisiz kalınabileceğini anlamam imkânsızdı...

Sonunda ayağa kalktım ve arkamı döndüm. Hiçbir şey elde edemeyeceğim belliydi. Kalmak gereksiz. Onun kararları, durumu iyileştirme yönündeki samimi bir iradeden kaynaklı fikirlere yer bırakmayan dolambaçlı bir mantığa boyun eğiyordu.

İki adım attım, sonra durdum. Birkaç dakika önce bana tarif ettiği kadar anlamdan yoksun bir yaşam vizyonuyla tatmin olabilmek bana öylesine akıl almaz geliyordu ki, kesin emin olmak istedim.

"Bay Dunker, bütün bunlar... sizi gerçekten... mutlu biri yapıyor mu?"

Yüzünde tuhaf bir ifade belirdi, ama cevap vermeden öylece kalakaldı, belgesine gözlerini dikmeye devam etti. Verdiğim zaman geçmişti. Hayatında belki de ilk kez ona bu soru soruluyordu. Merakla ve belki de sonuçta belli bir merhametle ona baktım, sonra çıkış yoluna devam ettim, geniş odadan sessizce geçtim, kalın yer döşemesi ayak seslerimi emiyordu. Kapıya varınca dönüp ardımdan kapadım. Hâlâ dosyasına bakıyordu ve kuşkusuz beni çoktan unutmuştu. Ama bakışları bana donmuş geldi, hep aynı tuhaf ifadeyi sergiliyordu, belki de düşünceleri içinde kaybolup gitmişti. Sonra, yavaşça, eli bardağa yöneldi ve kaldırdı.

Sinek anında uçtu ve pencereden çıkıp gitti.

23

O akşam şatoya gitmek için otobüse bindim. İçimde çelişik duygular vardı: Motivasyonları hakkında bana çok şey söyleyeceğine emin olduğum Dubreuil'ün not defterinin içeriğini nihayet keşfetme yönündeki belirgin arzu; aynı zamanda da korku, gündüzün ortasında bile etkileyici olan bir yere gece girmenin korkusu, suçüstü yakalanma korkusu...

Geç bir saat olmasına rağmen otobüs boş denemeyecek kadar doluydu. Ufak tefek yaşlı bir kadın sağıma oturmuştu. Bıyıklı biri de karşı sıradaydı. Ayaklarımın üzerine bir poşet koymuştum. İçinde yakındaki kasaptan satın aldığım kocaman bir kuzu budu vardı. On dakika sonra, otobüsün içindeki sıcak hava çiğ et kokusuyla doldu. Başlangıçta hafif olan koku, hiç gecikmeden şiddetlenerek sonunda açıkça iğrençleşti. Ufak tefek yaşlı kadın bana yan yan bakmaya başladı, sonra belirgin biçimde öte tarafa döndü. Bıyıklı adam boş gözlerini bana dikip baktı. Bakışlarında belli bir tiksinti bile okunabiliyordu. Tam kalkacak ve yer değiştirecektim ki aniden caydım: Bu but benim bugünkü *Closer*'ımdı... Başkalarının bakışlarına aldırmamalıydım. Sonuçta hayat inanılacak gibi değil: Bize her an büyüme fırsatı sunuyor.

Bunun üzerine yerimde kaldım, rahatlamaya ve içime işleyen utanç duygusunu kovmaya çabaladım. Sonuçta, bir butla yolculuk etmek yasak değildi ya...

Kararımdan çok gururlandım. Aynı anda, her gün kendimle övünebileceğim üç şey not etmek görevimi hatırladım. Bakalım hele... Bugün ne ekleyebilirdim? Dunker'la görüşmem elbette! Bir şey elde etmiş değildim, ama yine de ona karşı koyacak cesareti bulabilmiştim ve de onun saldırıları karşısında kendimi haklı çıkarmayı başarmıştım. Hatta, Dubreuil'ün önerdiği sorular taktiğinin onu az çok afallattığını bile hissetmiştim. Bundan da gurur duyabilirdim.

Bıyıklı, şimdi benim poşeti kuşkulu gözlerle dikizliyor, içindekini tahmin etmeye çalışıyordu. Belki de benim, Paris'in ortasında, yanımda ceset parçalarıyla dolaştığımı sanıyordu...

Şatodan önceki durakta indim. Böylece, son birkaç yüz metreyi yürüyebilecektim. Otobüs anında hemen hareket etti. Motorunun gürültüsü de onunla birlikte uzaklaştı ve semt yeniden sükûnete kavuştu. Hava yumuşaktı, caddedeki ağaçların hafif kokusu ortama zarifçe sinmişti, sanki incelikli kokularını serbest bırakıp yaymak için gece olmasını beklemişlerdi. Gelecekteki görevime konsantre olarak yürüyordum. Operasyonun gidişatını dakika dakika kafamdan tekrar geçiriyordum.

21.38. İlk eylemim yirmi iki dakika içinde başlayacaktı. Hareketlerimde serbest olmak ve alacakaranlıkta fark edilmeden geçebilmek için koyu renk eşofman giymiştim.

Yaklaştıkça içimdeki korku büyüyor, kuşkuya küçük bir yarık açıyordu. Ne pahasına olursa olsun bu not defterini okumayı istemekte haklı mıydım? Yakalanacağım kesin değil miydi? Böyle bir işi göze almak tam delilik değil miydi? Korku hafifçe içimi gıcıklıyordu, ama daha fazla kaygı verici başka bir korkunun hâkimiyeti altındaydı: Dubreuil benden bir şey saklıyordu, buna emindim. Yoksa, genellikle açık yürekli ve dürüst olan o, neden bu kadar belirsizlik yaratsın? Sorularıma neden cevap vermiyor? Bunu bilmem gerekiyordu. Ruh dinginliğim için bu gerekiyordu. Güvenliğim için de...

21.47'de meydana geldim. Kilit vakitten on üç dakika önce. Caddenin karşı tarafındaki banka oturdum. Poşetim de yanımda. Semt ıssızdı. Yazın ortasında, buranın sakinleri kuşkusuz çok uzaklarda, tatil yerlerindeydiler. Gevşemek için derin derin nefes almaya çabaladım.

Köşkün ön cephesi karanlıktı. En yakınındaki sokak lambasının cılız bir şekilde yaydığı soluk ışık iç karartıcı bir hava veriyordu. Perili şato. Yalnızca binanın yan tarafındaki büyük salonun ışıkları aydınlıktı.

21.52'de kalktım. Midem düğümlenerek, vakit kazanmaya çalışarak caddenin karşısına geçtim. Şimdi kapının yakınında durmam gerekiyordu; ama olur da oralarda oturan biri fark ederse, erketede olduğumu sanmamalıydı.

21. 58. Daha fazla gecikmemeli. Bahçe parmaklıklarını boydan boya geçtikten sonra durdum, ayakkabılarımı bağlar gibi yapıp, geri döndüm. Saat 22. Hiçbir şey yok. Saniyeleri saymaya başlamıştım ki, kapının elektronik titreşimleri işitildi. Kalp atışlarım iyice hızlandı, ben de adımlarımı sıklaştırdım, yalnız olduğumdan emin olmak için çevreme göz atıyordum. On saniye geçmemişti ki siyah kapının önündeydim. Önceki gün BHV'nin tamirat reyonunda bulduğum küçük metal dikdörtgeni cebimden aceleyle çıkardım. Etrafa kulak verdim. Kimse yok. Kapıyı ittim, aralandı. Diz çökerek nesneyi yere, kapı pervazının karşısına koydum. Bölmenin içinde dengede tutmakta biraz güçlük çektim. Kapıyı serbest bıraktım ve kalbim sıkışarak gözledim: yavaş yavaş kapanıyordu. Benim dörtgene çarptı, metaller kendine özgü bir sesle çarpışırken, çıkan ses bana her zamanki kapanma gürültüsünden pek de uzak gelmedi. Kapıyı tekrar ittim ve içimi rahatlatarak açıldı. Dörtgenin kalınlığı kilit dilinin yuvaya girmesini engellemeye yeterliydi. Kapıyı bıraktım ve birkaç adım uzaklaştım. Sonra, etrafın hâlâ boş olduğuna emin olduktan sonra, yeniden caddeden geçtim. Bankıma henüz varmamıştım ki, seki tarafından gelen sesler işittim. Uşaklar evden ayrılıyordu.

Sokağa çıktılar. Herhangi bir şey fark etmiş gibi gözükmüyorlardı. Mükemmel. Oldukça çabuk birbirlerinden ayrıldılar ve içlerinden biri her zamanki gibi otobüs durağına yöneldi. 22.06. Şu ana dek her şey kusursuzdu. Otobüsün dört dakika içinde gelmesi gerekiyordu.

Karşı kaldırımda, küçük bir köpeği tasmasıyla gezdiren bir kadın belirdi. Uzaktan, alacakaranlıkta eğriler çizen sigarasının akkor halindeki ucunu fark ediyordum. Yanındaki, biraz tıknefes pekinez saatte iki kilometre hızla onu takip ediyor, bir şeyleri koklamak için her yirmi santimde bir duruyor, uzun vahşi tüyleri yerin tozunu alıyordu. Kadın sigarasından bir nefes çekti ve sigaranın ucu daha da kızardı. Kadın, köpeğinin saptadığı kokuyu büyük bir zevkle tatması için sabırla bekliyordu.

22.09. Otobüs her an gelebilirdi, ama köpek gezdiren kadın araziye girmemi engellerdi. Şansım yok... Semtte hâlâ mevcut tek sakinin, tam da yalnız olmaya ihtiyaç duyduğum yerde gezinmesi eksikti!...

Şimdi köşkün demir parmaklıkları önündeydi. Kaldırımın özellikle ilginç herhangi bir noktasını koklayan köpeğinin hareketsizliğinden sabırsızlanmış gözüküyor, tasmasını hafifçe çekiyordu. Uzaktan, sanki bir süpürgeyi sürüklüyor gibiydi. Pekinez, hanımının arzusuna boyun eğmekten uzak, asık suratlı küçük kafasını omuzlarına gömerek iyice destek alıyor, yere yapışıyordu. Hanımı da teslim oluyor ve sigarasını ağzına götürüyordu.

22.11. Otobüs gecikmişti. Uşak hâlâ bekliyordu. Ben de. Yine de, eğer şimdi gelirse, küçük köpekli kadının yolumu boşaltması için en azından beş dakika gerekecek. Bana yeterli zaman kalmaz. Görevimi ertelemek zorunda kalabilirim...

Ertesi gün butumun daha da güçlü kokacağını düşünmekteydim ki, motorun vınlamasını işittim. Otobüsün durakta durduğu anda bir mucize meydana geldi. Kadın köpeğini kucağına aldı ve otobüse doğru koşmaya başladı. Pekinez, yetmişli yıllarda arabalarının arka camlarına insanların yerleştirdiği plastik köpekler gibi kafasını sallıyordu. Zamanında durağa yetişti ve otobüse bindi. Kadının ardından kapılar kapandı ve otobüs hemen hareket etti.

Karar veremiyordum... O an tercih şansım vardı, ama acilen karar vermek gerekiyordu. Saat 22.13'tü. Dubreuil on yedi dakika içinde bekçi köpeğini serbest bırakacaktı... Zaman kazanmalıydım. Haydi.

Aniden ayağı kalktım ve caddeden geçtim. Kapının önünde kısa bir an durduktan sonra, bütün duyularım uyanık, kapıyı ittirdim ve öngördüğüm gibi açıldı. İçeri süzüldüm. Anında Stalin doğruldu, sonra havlayarak bana doğru atıldı. Bekçi köpeğinin ağırlığı altında zincirin gerildiğini bildiğim yerin biraz ötesinde durdum ve elimi poşete daldırdım. Parmaklarım soğuk ve yapışkan etin üzerinden kayarken eti kavramaya çalıştım. Koca kemiği sonunda yakaladım ve hızlı bir hareketle poşetten çıkarıp butu devasa bir cop gibi salladım. Kolumu öne uzatarak, yatışma işareti olarak diz çöktüm. Stalin havlamayı anında kesti ve çenesiyle eti yakaladı, salyalı dişleri çiğ ete girdi. Alçak sesle bir iki pohpohlayıcı laf ettim. Beni yeterince tanıdığı için bu karşı konulmaz hediyeyi kabul edeceğinden emindim. Köpekler bile rüşvet yer. Poşeti çabucak buruşturup cebime sokuşturdum, sonra ıslak elimi pantolonuma sildim.

Aydınlık pencerelerin önünden geçerken görülme riskini göze almadan bina boyunca yürüyemezdim. Dolayısıyla, bahçeyi kuşatan çalıların arkasına süzüldüm ve böylece, aceleyle bahçenin etrafından dolaştım.

Soluk soluğa öte tarafa vardığımda hoş olmayan bir sürpriz beni bekliyordu: Akşamın yumuşak havasına ve içerde biriktiğine kuşku olmayan sıcağa rağmen birinci katın bütün pencereleri kapalıydı. Yalnızca giriş katındaki birkaç pencere ve holdekiler açıktı. Çok daha riskliydi... 22.19. On bir dakika. Hâlâ bir şey yapılabilir.

Çalıların arasından çıktım ve bahçeden açıkça geçerek, kalbim çarpa çarpa eve doğru koştum. Yaklaşınca, müzik sesi işittim... Dubreuil piyano dinliyordu. Rahmaninov'un birinci sonatı. Sesi sonuna kadar açmıştı... Şans benden yanaydı.

Biraz soluklandım, sonra, midem düğümlenerek, içeri girdim.

Baş döndürücü bir parfüm, büyüleyici bir kadın parfümü havada dolanıyordu. Bir parfüm... şeytani çekicilikte... Bu mekânların efendisi bu akşam yalnız değil...

Piyano benim bulunduğum mermer kaplı büyük hole dek güçlü biçimde çınlıyordu. Anıtsal avize sönüktü ama alacakaranlıkta püskül telleri dışardan gelen ince ışık demetlerini her yöne yansıtıyordu. Salona götüren kapı açık olmalıydı, çünkü bir ışık demeti, tıpkı filme çekilecek sahnenin belli bir bölgesini aydınlatan bir sinema projektörü gibi, mermer zeminde uzun, sarı bir şerit oluşturuyordu.

Merdivene erişmek için holü geçerken görülme riskim yüksekti... Hedefe bu kadar yakınken, kendime bu kadar zahmet vermişken vazgeçecek miydim?

O anda şaşırtıcı bir şey oldu: Yanlış basılan bir notanın ardından yabancı bir dilde bir küfür işittim. Dubreuil'ün sesi. İki saniye kesintiden sonra müzik tekrar başladı. Bir kayıt değildi bu, çalan *oydu*! Beklenmedik bir şey.

Parfüm...

Geriye, beni görebilecek, muhtemel davetlisi kalmıştı... Yine de, eğer bir kadın için çalıyorsa, kadının ona bakıyor olması büyük ihtimaldi. Tek bir seyircinin gözleri kuşkusuz piyanistin üzerinde olmalıydı.

Bu risk göze alınabilirdi...

Gerçekten düşünmeden, içgüdüme uyarak, belki de kimden geldiğini anlamak için can attığım bu büyüleyici parfümün etkisi altında riski göze aldım.

Kalbim sıkışarak, el yordamıyla merdivene yöneldim. Her adımım beni tehdit edici olduğu kadar cezbedici de olan açıklığa yaklaştırıyordu. Rahmaninov'un altüst eden, gürültülü ve yankılı müziği bütün alanı dolduruyor, titreşimlerini içimin en derinlerine gönderiyordu. Ağır ağır ilerledikçe kat ettiğim her santim, salonun giderek büyüyen bir kısmını bakışlarıma sunuyordu. Nabzım iyice hızlanıyor, güçlü ellerin klavyeye dayattığı kudurmuş akorlarca dürtülüyordu.

Silmelerle süslü yüksek tavanların altında çok geniş duran salon, boyutlarının büyüklüğüne rağmen güçlü ve sıcak bir atmosfer yayıyordu. Versailles parkesi parıltılı renklerde geniş İran halılarıyla kaplıydı. Yüzyılların eskittiği ahşaptan, koyu renk ciltli eski kitaplarla tıka basa dolu büyük kütüphaneler duvarlarda yükseliyordu.

Ağır ağır ilerlemeye devam ettim, görüş alanımda şimdilik kimse yoktu. Her şey abartılı boyutlardaydı: Kırmızı kadifeden sedirler, yatak kadar derin kanepeler, ayakları cömertçe yontulmuş yaldızlı konsollar, yüksek barok aynalar, zamanın karanlıklarından beliriyor gibi gözüken yüzleriyle ışık-gölge oyunları arasından çıkan kişilerin usta ellerden çıkmış görkemli tuvalleri, dikdörtgen şeklinde uzun bir siyah masa ve iki ucunda, sırtları yaklaşık iki metre yüksekliğinde, çok işlemeli, siyah kapitone birer koltuk. Kristalden iki büyük avize sönüktü, ama, her konsolun, her masanın, her pervazın üzerindeki şamdanlarda kocaman mumlar, göğe doğru edepsizce doğrulmuş, titreyen alevleri siyah masanın ve... piyanonun lake yüzeyleri üzerinde dans eden ışıklar yansıtıyordu. Piyano...

Koyu renk bir takım elbise giymiş Dubreuil'ün sırtı bana dönüktü. Klavyenin önüne oturmuştu. Kolları klavye boyunca yol alırken Rahmaninov'un sonatı çınlıyordu. Onun önünde, siyah kuyruklu devasa piyanonun üzerinde, klavyeye paralel olarak uzanmış, uzun sarı saçlı bir kadın yan yatmıştı... çırılçıplak. Başını, dirseğinden kaldırılmış elinin avcuna zarifçe dayamış, piyaniste ilgisizce bakıyordu.

Onun sonsuz zarafetinden gözlerimi alamadım. Güzelliğini, zarafetini, yoğun dişiliğini seyre dalarak kalakaldım...

Zaman geçmiyordu. Uzun bir süre sonra farkına vardım ki, kadının gözleri... bana dönüktü ve sessizce bana bakıyordu. İçinde bulunduğum durumun esiri olmuştum. Hem, saptanmış olmaktan telaş içindeydim, hem de... bakışlarımı ele geçirmiş olan ve bırakmayan bu gözler beni altüst etmiş, büyülenmiştim. Öylece kaldım, donmuştum, tek bir hareket yapacak halde değildim.

Fark edilmeden geçebilmek için her şeyi yapmış, akşamın içinde kaybolmak için siyahlar giymiş olan ben, hiç karşılaşmadığım bir bakışın çok özel hissini yaşıyordum: Yoğun bakışlar. Bu kadında bir sfenks bakışı vardı. Meçhul birinin karşısında çıplaklığından asla rahatsız olmayan, tersine, allak bullak edici bir duruşun hazzı içinde, meydan okuyan gözlerini üzerime dikmişti.

Parfümünü teninde hissedebilmek için sahip olduğum her şeyi verebilirdim... Dubreuil'ün parmakları şatoyu renkli seslere boğan beyaz ve siyah tuşlar üzerinde çılgınca kaçışlarına devam ederken, kadının beni ihbar etmeyeceğini hissettim, sonra da buna inandım. O, mevcut duruma iyice yerleşmiş, vücudunun içinde dururken, ben onun olabilecek her şeye tamamen ilgisiz kalacağını hissediyordum.

Kendimle şiddetle mücadele ederek, sonunda yavaşça geri çekildim, çok yavaşça. Sonunda, kendini kuşkusuz mağlup hisseden kadın bakışlarını çevirmişti.

Büyük merdivenin basamaklarından sessizce çıktım. Hâlâ heyecan içindeydim. Kadının görüntüsü zihnimde varlığını hep koruyordu. Yetilerime yavaş yavaş yeniden kavuşarak saatime bir göz attım. 22.24! Stalin altı dakika içinde serbest kalabilirdi... Çabuk!

Sessiz kalma zorunluluğunun imkân tanıdığı kadar hızla koridora girdim. Yarı karanlığa dalmıştım. Sönmüş şamdanlar ölgün gölgelerini duvarlara yansıtıyor, halılar üzerinde motifler çiziyordu.

Yine bir yanlış nota, ardından yeni bir küfür, sonra müzik yeniden başladı. Çabuk, çalışma odasına! Kapıyı ittim ve kalbim sıkışarak içeri süzüldüm.

Not defterini hemen gördüm. Ucu hep ziyaretçiye dönük duran, tehditkâr uzun kâğıt makasının yanına konmuştu. Kalbim çarparak üstüne atladım. En fazla dört dakikam var. Tam bir çılgınlıktı... Çabuk.

Defteri elime aldım ve ayın ölgün ışığından yararlanmak için pencereye yaklaşarak, rastgele, tam ortasından açtım. Giriş kapından beri peşimden gelen Rahmaninov'un yanık ezgisi, beni esir alan korkumu şiddetlendiriyordu. Defter, elle yazılmış bir günlük gibi tutulmuştu. Her yeni paragraf belirgin biçimde altı çizili bir tarihle başlıyordu. Hepsini okuyamayacağıma üzülerek, orda burada gözüme ilişen bölümlere aceleyle göz attım.

21 Temmuz – Alan özgürlüğünü engelledikleri için başkalarından şikâyet ediyor, ama tabi olanın kendisi olduğunun farkında değil... Boyun eğerek kendini sunuyor, çünkü kendini kabul görmüş hissetmek için onların beklentilerine cevap vermek zorunda olduğuna inanıyor. Gönüllü bir köle; kendi köle tabiatından dolayı efendilerine öfke duyuyor...

Alan, sapıklıktan kaçınma kompülsiyonunun etkisi altındayken, ruhsal fiksasyon bakımından kuşkuya tabi...

Her paragraf ben ve kişiliğim üzerine yorumlarla doluydu. Bir araştırmacının büyüteçle incelediği bir laboratuvar hayvanı gibi hissediyordum kendimi.

Sayfaları tersten çevirdim. Aniden kalbim sıkıştı.

16 Temmuz – Alan trafiğin ortasında, kapıyı çarparak taksiden hızla indi. Buyrulan uyumsuzluk görevini muhtemelen yerine getirdiğine işaret.

Demek ki takip edilmişim... Sezgilerim temelsiz değilmiş... O halde... Bu fikir beni ürpertti: Belki de şu an burada olduğumu biliyordu!

Hızlandım ve sayfaları aceleyle geriye doğru çevirdim. Aniden, piyanonun artık çalmadığını fark ettim. Şato şimdi kaygılandırıcı bir sessizliğe gömülmüştü.

Son bir kez, on, on iki sayfayı bir çırpıda çevirerek zaman içinde geriye doğru gitmeye devam ettim. Gözlerim metne takıldığında, kalbim atmaya son verdi ve kanım dondu.

Yves Dubreuil'le ilk kez Eyfel Kulesi'nde intihara teşebbüs ettiğim gün rastlamıştım. O tarih benim için unutulmazdı, çünkü acı vericiydi, kaygı ve utanç doluydu: 27 Haziran.

Gözlerimin önündeki paragraf 11 Haziran tarihliydi.

24

Defter elimde, donmuş bir halde duruyordum ki ardımda çok ufak bir gıcırtı sezdim. Arkamı döndüm ve kapının kolunun kımıldadığını görünce dehşete kapıldım.

Ne yapacağımı bilemez haldeydim. Defteri masanın üzerine bırakarak, kalın perdenin arkasına süzüldüm. Bunun boşuna bir çaba olmasından, buradaki varlığımdan zaten haberdar olmalarından çekiniyordum...

Kumaşın kalınlığına rağmen ilmekleri nispeten gevşekti ve arkasından görebiliyordum. Bu durumda ben de fark edilebilirdim.

Kapı aralandı ve içeriye eğilen bir yüz karanlığı inceledi. Genç kadının yüzüydü bu. Kalbim sıkıştı. Gördüğü şey beklentisine uygun olmalıydı ki kapıyı itti ve içeri girdi, çırılçıplak, güzel kemerli ayakları kalın halıya gömülmüştü.

Dosdoğru bana doğru geldi. Soluğumu tuttum. Çalışma masasının önünde durdu. Ben de biraz rahatlamış, biraz hayal kırıklığına uğramıştım. Soluklandım. Gözleri alacakaranlığı eşeliyor, bir şeyler arıyordu. Aramızda bir metreden az vardı. Masanın üzerine eğildi, göğüsleri nefis bir şekilde dalgalandı ve elini deftere uzattı... Parfümü bana ulaştı, şehvetiyle beni sarıyor, beni arzuyla eritiyordu. Tenine dokunmam için elimi uzatmam, dudaklarımı dayayabilmem için eğilmem yeterliydi...

Defteri itti ve dikdörtgen bir kutuya erişmek için daha da eğildi. Kutuyu açtı ve içinden kocaman bir puro çıkardı.

Kutuyu açık bıraktı ve beni üzüntü içinde bırakarak kapıya doğru döndü. Zarif parmaklarıyla, efendiye götürdüğü puroyu tutuyordu.

Kımıldamadan önce yirmi saniye bekledim. 22.29. Ya Dubreuil genç kadının yokluğundan yararlanıp bekçi köpeğini serbest bırakmaya gittiyse?... Ne yapmalı? Şansımı mı denemeliyim, yoksa bütün gece şatoda kalıp sabahın erken vaktinde yeniden bağlandığında mı gitmeliyim?

Piyano yeniden çalmaya başladı... Rahat bir soluk aldım. Çabuk, vakit kaybetmemeli. Doğrudan doğruya pencereden çıkmalı. Pencereyi açtım ve dışarı sarktım. Çalışma odasının içindeki kapalı havaya kıyasla dışarının havası bana tazelik verdi. Birinci kattaydık, ama tavanın altındaki yükseklik giriş katındaki gibiydi. Yerden dört metreden fazla yüksekteki dar kornişin üzerinde kendimi dengede buldum. Uyurgezer ip cambazı gibi kollarım iki yanda ilerliyor, yüzeye çıkan korkunç anıyı zihnimden kovmaya çalışıyordum... Binanın köşesine kadar gitmek zorunda kaldım, sonra, pervaza yapışarak, damlalık boyunca kaydım. Çok acele adımlarla bahçenin dışından dolandım. Yuvaları görebildiğim yere geldiğimde rahat bir nefes aldım: Stalin hâlâ bağlıydı, kemiğinin üzerine çullanmıştı. Çalıların arasından benim çıktığımı görünce anında doğruldu, kulakları dikildi. Yavaşça adını seslendim, mahalleyi ayağa kaldırmasını önlemek için saldırganlığını önlemeye çalışıyordum. Kötü kötü hırlamaktan kendini alıkoyamadı, dudakları titriyor, tehditkâr dişleri gözüküyordu. Sonra kemiğinin önüne tekrar oturdu. Gözlerini ise benden ayırmıyordu. Nankör soyu!

Şatonun içinde bir ışık yandı. Çabuk! Küçük kapıya doğru atıldım, çektim... kımıldamıyor! Kapı tamamen kapanmıştı, kilidin dili yuvaya girmişti. Benim metal dikdörtgenim yerde, tam önümde duruyordu. İçeri girerken, köpeğe dikkat ederek, kapıyı önlem almadan bırakmıştım...

Tuzağa düşmüştüm. Bir fare gibi. Fark edilmem an meselesiydi. Şiddetli ve ezici bir kaygı kapladı içimi. Buna bir de güçsüzlüğümün verdiği öfke eklendi. Başka hiç çıkış yok! Bütün bahçe, üç metreden yüksek, uçları sivri sivri, aşılmaz parmaklıklarla çevriliydi... Civarda sırtımı dayayabileceğim bir ağaç, küçük bir duvar yoktu. Bakışlarım Stalin'e yöneldi. Başını kımıldattı, çenesiyle salladığı kemiği sıkı sıkı tuttu, dişleri gecenin içinde zaman zaman beyaz kıvılcımlar saçıyordu. Arkasındaki dört büyük yuva kusursuzca dizilmişti, tam olarak... parmaklığın altında.

Yutkundum.

Dubreuil derdi ki, iş dünyasında işkenceciler kurbanları tesadüfen seçmezler. Ya... köpekler? Stalin, onu görür görmez korkuya kapılmasam bana saldırır mıydı? Tamamen soğukkanlı, gevşek ve hatta... kendine güvenli olsaydım nasıl tepki gösterirdi?

Tek çıkış bu...

İçimden hafif bir ses yükseldi. Belli belirsiz bir fısıltı bu sınavla karşı karşıya gelmem gerektiğini bana söylüyordu. Metal dikdörtgen kuşkusuz tesadüfen düşmüştü, ama tesadüf, diyordu Einstein, tebdil-i kıyafet gezen Tanrı'dır... Bana bir gelişme şansı vermek için yaşamın bu sınavı önüme getirdiğini ve eğer bana sunulan fırsatı kaçırırsam, sonsuza dek korkularımın içinde yapışıp kalacağımı hissettim...

Korkularım... Stalin beni korkutuyordu. Onun kötülüğü, ne ölçüde onu algılayışımdan kaynaklanıyordu? Ürküntüm onun saldırganlığının meyvesi miydi, yoksa... bu saldırganlığın başlatıcısı mıydı? Korkumla yüzleşme, onu alt etme, sonra da ona doğru yürüme cesaretini gösterebilecek miydim? Cesur insan bir kez ölür, der atasözü, oysa ki ödlek bin kez...

Akşamın yumuşaklığını derin derin soludum, sonra ciğerlerimde biriken havayı yavaşça bıraktım. Yeniden soluklanmaya başladım. Derin bir soluk, gevşeyerek, omuzlarımı, kaslarımı serbest bırakarak, en ufak kasılmadan kendimi kurtararak. Her soluk verme biraz daha gevşememe, sakinleşmeme yardım ediyordu. Bir süre sonra kalbimin daha sakin attığını hissettim.

Stalin bir dosttur, nazik bir köpek... ben iyiyim... kendimi iyi hissediyorum... Kendime güvenim var... Ona güveniyorum... onu seviyorum, o da beni seviyor... Her şey yolunda...

İlerlemeye başladım, yavaşça, gözlerim belli belirsiz ilk yuvanın istikametinde, sakince nefes alarak, giderek iyice gevşeyerek... Her şey yolunda...

Yürümeye devam ettim, köpeği unutarak, düşüncemi yuvanın rengine, akşamın yumuşaklığına, bahçenin huzuruna yönelterek...

Gözlerim asla ona yönelmedi, yine de başını kaldırdığını görüş alanımda fark ediyordum. İlerlemeye devam ettim. Şimdi dikkatim ve düşüncelerim civardaki önemsiz nesnelere yönelmişti. Güven ve gevşeme duygumu besliyordum. Sonunda yavaşça kulübenin üzerine çıktım. Kibar köpek kımıldamadı. Demir parmaklığı tırmandım, sonra kendimi diğer tarafa bıraktım ve gecenin içinde kaybolup gittim.

25

Bir ayı aşkın zamandır, tanımadığım insanların yaşamımı yönetmesine izin veriyordum. Sözümde durmayı onur sorunu yapmıştım. Tam olarak ne umut etmiştim? Dubreuil'ün beni özgür ve gelişmiş bir insan yapma sözünü tutmasını mı? Ama bir başkasının iradesine boyun eğerek nasıl özgür olunabilir? Gözlerimi kapamış, bu bariz paradoksu görmeyi reddetmiştim. Benimle ilgileniliyor olmasının benmerkezci hazzıyla kör olmuştum. Şimdi ise, karşılaşmamızın tesadüf olmadığını keşfediyordum. Bu insanların benim bilmediğim gizli gerekçeleri vardı.

Dubreuil'ün beni Eyfel Kulesi'ndeki olaydan çekip çıkardıktan sonra benim yazgımla ilgilenmesini elbette anlayabilirdim: Birinin yaşamını kurtarmak yerfıstığı yemek gibidir. Karşı konulmaz bir şey sizi başladığınız yönde yürümeye teşvik eder. Ama karşılaşmamızdan *önce* benim hakkımda raporlar kaleme almasını açıklamak imkânsızdı...

Kavrayamadığım bu durum, peşimi bırakmayan bir kaygı kaynağı oldu. Uykularım kaçtı, altüst oldu. Gün boyu gergindim, yeni bir olayın meydana gelmesini güçsüzce, kaygılı bekliyordum.

Aklımda sürekli anlaşmamızın sözleri dolanıyordu.

Verdiğin sözü tutmalısın, yoksa... hayatta kalamazsın.

Bunu kesinlikle unutmuş, sessizce geçiştirmiştim. Bu kelimeler aniden belleğimde yüzeye çıkmış, bilincimin derinliklerinden bir bumerang gibi bana geri gelmişti.

Yaşamım tamamen bu adamın elleri arasındaydı.

Buna bir de takip edildiğimi bilmem eklenmişti. Bu tür koşullarda normal yaşamak güç. İster metroda olun, ister süpermarkette, hatta bir kafenin önünde sakin sakin oturuyor, yitirme korkusuyla streslerinin ardından aceleyle koşan Parislileri seyrediyor olun, sizi birinin gözlediği düşüncesi daima kafanızın bir köşesinde durur.

İlk gün, bu beni, metrodan son anda, tam kapılar kapanırken inmek ya da bir sinema salonunu yangın kapısından terk etmek gibi yeni alışkanlıklar edinmeye yöneltti. Ama ruhumu özgürleştirmekten uzak olan bu gülünç eylemler kaygımı beslemekten başka bir işe yaramadı ve sonunda bundan vazgeçmeye karar verdim.

Sonraki günlerde Dubreuil'den hiç haber almadım. Bu durum, beni sakinleştirmek yerine, hayal gücümü harekete geçirdi ve sorgulamamı iyice artırdı. Gizlice eve girdiğimden haberdar olmuş muydu? O akşam takip edilmiş miydim? Çıplak kız benim varlığımdan onu haberdar etmiş miydi? Beni ona bağlayan sözleşme üzerindeki etkisi ne olurdu? Beni... özgür mü bırakırdı, yoksa, tersine, üzerimdeki baskıyı iyice artırır mıydı? O kadar kolay teslim olacak biri gibi gelmiyordu...

Cumartesiyi Paris'te boş boş dolaşarak geçirdim. İçine düştüğüm çözümsüz durumu unutmaya çalışıyordum. Marais'nin dar sokaklarında rastgele yürüdüm. Ortaçağdan kalma yapılar kimi zaman öyle eğikti ki insan Kutsal Ruhun hangi operasyonuyla hâlâ ayakta durduklarını kendine sormadan edemiyordu. Vosges Meydanı'ndaki kemerlerin altında durdum. Bir caz saksofoncusunun dans eden notaları çınlıyordu. Rosiers Sokağı'nda küçük bir tur attım. Geçmiş yüzyılların çekiciliğini ve atmosferini dokunulmadan korumuş sahici bir Yahudi pastanesine girdim. Eski fırından henüz çıkmış pastaların kokusu insana hepsini satın alma arzusu veriyordu. Dumanı tüten bir *Apfelstrudel*'le dışarı çıktım ve hiç beklemeden kendime bir ziyafet çektim. Sempatik hafta sonu gezginleri arasında, eskimiş kaldırımlarda dolanıyordum.

Akşam olduğunda semtime vardım. Halim kalmamıştı ama geçirdiğim gün beni hoşnut etmişti. Yürüyüşçülerin sağlıklı yorgunluğunu anlayabiliyordum.

Karanlık ve ıssız iki sokağın köşesine vardığımda, omzumda bir el hissederek sıçradım. Arkamı döndüm. Vladi, geniş cüsseli uzun boyuyla tepeden bana bakıyordu.

"Beni takip edin," dedi sakince, ama daha fazla açıklamada bulunmadan.

"Neden?" diye hemen karşılık verdim; bir yandan da çevreyi kolaçan ediyordum. Yalnız olduğumuzu öfkeyle saptadım.

Cevap verme gereği duymadı ve eliyle kaldırıma park etmiş olan Mercedes'i gösterdi. Gövdesinin geri kalanı kaya gibi hareketsiz duruyordu.

Atağa kalkacak gücüm yoktu. Bağırmak bir işe yaramazdı.

"Nedenini söyleyin bana."

"Bay Dubreuil'ün emri."

Daha kısa ve özlü olamazdı... Daha fazla bir şey elde edemeyeceğimi biliyordum.

Arabanın kapısını açtı. Kımıldamadım. O da kımıldamadan kaldı. Sakin sakin bana bakıyordu. Gözlerinde en ufak bir saldırganlık yoktu. Sonunda istemeye istemeye bindim. Kapı donuk bir gürültüyle kapandı. Arabada tek başımaydım... On saniye sonra araba çalıştı.

Oturduğum koltuğun yumuşak konforu korkumu bitkinliğe çevirdi. Boyun eğmiştim. Yük arabalarında yolculuk etmenin müdavimi olduğundan, polis yakaladığında kendini polis arabasında neredeyse rahatlamış hisseden bir kaçak gibiydim. Bir güzel esnedim.

Vladi radyoyu açtı. Kişiliğiyle hiç uyuşmayan eski bir müzikhol ezgisi hoparlörlerde gıcırdadı. Mercedes, Côte d'Azur ya da Atlantik plajlarını buralara tercih etmiş olan sakinlerinin terk ettiği ıssız sokaklara giriyordu. Clichy Caddesi'ne girdik. Orası da hüzünlü bir şekilde boştu. Tek tük arabalarda, haftalık gezmelerine çıkmak için giyinmiş çiftler oturuyordu. Kırmızı bir ışık. Bir taksi. Arka koltukta tek başına bir adam, bakışları yalvaran ışıklı seks-shop'lara takılıp kalmış. Vladi camını açarak yeniden hareket etti. Gecenin sıcak esintisi arabanın içine davet edilmiş, müzikhol ezgisinin melankolik vurgularına karışıyordu. Bir kavşaktan geçtik ve cadde boyunca devam ettik. Bir otobüs, turist akınını Moulin Rouge'un önünde boşaltıyordu.

Mercedes Clichy Meydanı'na kadar ilerledi ama Dubreuil'ün köşküne giden Batignolles Caddesi'ne sapmak yerine, aniden sola döndü ve dosdoğru güneye Amsterdam Caddesi'ne daldı.

"Beni nereye götürüyorsunuz?"

Cevap yok. Yalnızca Fred Astaire'in sesi o dönemin *Let Yourself Go* kaydından cızırtıyla geliyordu.

"Nereye gittiğimiz söyleyin bana, yoksa ineceğim!"

Hiç tepki yok. Öfke ve kaygı karışımı hissediyorum.

Sonunda araba bir ışıkta durdu. Kaslarım gergin, dışarı atlamaya hazır, kapının kolunu çevirdim. Kilitli!

"Size çocuk kilidi taktım ki bu gece vakti otobana düşmeyin."

"Nasıl yani, otoban, gece vakti mi?"

"Bence uyusanız iyi olur. Bütün gece arabadayız."

Bir panik duygusuna kapılıp içgüdüsel olarak gerildim. Bu çılgınlık da neyin nesiydi? Derhal buradan kurtulmalıydım!

Madeleine tarafına geliyorduk. Etrafından dolaşıp, Royale Sokağına girdi. Arabanın camından işaret edebileceğim tek bir polis bile yok görünürde. Cam... Elbette, cam! Oradan çıkabilirdim... Vladi'ninki zaten açıktı, içeri hava giriyordu. Araba hızlandığı sırada benimkini açarsam işitmezdi .

Parmağım düğmede sinirli sinirli bekledim. Concorde Meydanı'na geldik. Bir an Vladi başını Fotntaines des Fleuves'e doğru çevirdi. Gençler, birbirlerine su fışkırtarak çığlıklar atıyordu. Son kartımı oynadığımın bilincinde olarak, düğmeye bastım, cam aşağı indi. Tepki yok. Nefesimi tuttum. Dikilitaşın önünden geçtik, sonra Champs-Élysées'nin köşesinde kırmızı ışık yandı. Araba durdu.

Balıklama daldım.

Ayak bileğimden sımsıkı yakalandığımı, sonra arkaya doğru çekildiğimi hissettim. Uludum. Gövdemi dışarda tutmak için kapıya asıldım. Yandaki birkaç arabaya doğru el kol hareketleri yaptım. Ama yoldan geçenlerin hepsi öte tarafa dönmüş, ışıklar içindeki Champs-Élysées'yi aptal aptal hayranlıkla seyrediyorlardı. Çırpındım, bağırdım, arabanın karoserine vurdum. Boşuna.

Vladi beni tamamen içeri çekmeyi başardı, bu arada bir kulağımı neredeyse koparıyordu.

"Sakin olun, sakin olun," dedi.

Bunu işitmekten daha sinir bozucu bir şey yok. Özellikle de sizin nabzınız iki yüz atarken yirmi beşlerde gezinen bir adamın ağzından!

Çırpınmaya devam ettim, ona işe yaramaz bir iki darbe indirdim. Sonra, zorla beni haraketsizleştirmeyi başardığında, ben de öfkemi bastırmayı, boyun eğmeyi başardım ve araba tekrar yola çıktı. Sonra, her şey çok çabuk birbirine eklendi. Seine, meclis binası, Saint-Germain bulvarı, Luxembourg bahçesi...

On dakika sonra, uzun siyah Mercedes, geceyi yaran avcı kuş gibi güney otobanında hızla ilerliyordu.

26

Sarsıntılarla uyandım. Gözlerimi açıp doğruldum. Tamamen şaşkınlık içindeydim, nerede olduğumu bilmiyordum. İçinde bulunduğum durum beni çabucak yeryüzüne indirdi. Mercedes, çok dik, taşlı bir yolu hızla tırmanıyordu. Vladi sayısız çukurdan kaçınma zahmetine bile katlanmıyordu. Farlar gecenin içinde ışık demetlerini yukarı aşağı yansıtıyor, kâh taş parçalarını aydınlatıyor kâh yıldızların içinde kayboluyordu.

Uyanık kalmaya çalışmıştım, ama otobanda monoton geçen uzun saatler hakkımdan gelmişti.

Ağzım kurumuştu.

"Neredeyiz?" diyebildim güçlükle.

"Yakında varıyoruz."

Araba çok çorak gözüken bir bayırı tırmanıyordu. Etrafta hiç yerleşim yoktu. Yalnızca kıvrım kıvrım gövdeli cılız ağaçların koyu renk siluetleri, çakılların ve kurumuş ot demetlerinin üzerinden yükseliyordu. Kendimi zindan yolunda hissettim.

Araba, neredeyse tepenin zirvesinde, bir taraçanın üzerinde durdu. Yol, yarısı çökmüş küçük bir duvardan düşmüş iri taşlarla kaplıydı. Vladi motoru durdurdu ve her şey aniden tam bir sessizliğe büründü. Bir süre kımıldamadan kaldı. Çevreyi gözler gibiydi. Sonra, arabadan çıktı. İçeriye sıcak hava girdi. Nabzım hızlandı. Böyle bir yerde işimiz neydi?

Sırtını gevşetmek için bir iki hareket yaptı. Siyah takım elbisesi içindeki dev, gece rüzgârının salladığı bir korkuluğa benziyordu. Benim kapımı açtı. Ürperdim.

"İnin, lütfen."

Arabadan çıktım, her yanım ağrıyordu. "Lütfen" sözü beni biraz yatıştırdı, ama içinde bulunduğumuz yeri daha iyi görünce, kaygım iki kat arttı.

Önümüzde, terk edilmiş bir şatonun endişe verici kalıntıları yüksek ve ezici bir şekilde yükseliyordu. Soluk bir görünüm veren Mercedes'in farlarının uzaktan aydınlattığı, kısmen çökmüş duvarlar karanlık gökyüzüne uzanıyordu. Ortaçağdan kalma mazgallı eski bir kule, eksik taşlar subasmanlarını dayanıksızlaştırıp kocaman açık ve karanlık delikler oluşturduğundan, sanki büyü gücüyle dimdik duruyordu.

Civarda bir ölüm sessizliği hüküm sürüyordu. Arası sıra, bir baykuşun kasvetli ötüşü sessizliği bozuyordu.

"Gelin," dedi.

Sağa sola dağılmış taşlar ve yaban otları arasından bize bir geçit açtı. Dikenler pantolonlarımızı gürültüyle çiziyor, ilerleyişimizi yavaşlatıyordu.

Son saatim gelmişti. Beni burada, kimsenin ne görebileceği ne işitebileceği, meçhulün ortasında kaybolmuş bir yerde ortadan kaldıracağı kesindi. Beni en fazla ürküten neydi bilmiyorum: Kesin öleceğim fikri mi, yoksa bir korku filmine yakışır bu ürkünç yer mi?

Yalnızca birkaç metre gitmiştik ki, arkasına döndü.

"Kollar kalksın."

"Anlamadım?"

"Siz, kollar kalksın, lütfen."

Bu pislik beni bir köpek gibi öldürecekti, ama nezaket kalıpları kullanma yüzsüzlüğünü gösteriyordu. Kanımın şakaklarımda zonkladığını hissettim.

Kollarımı kaldırdım.

Yanıma yaklaştı ve omuzlarımdan dizlerime dek üstümü aradı. İkinci kez aradıktan sonra bıraktı ve ceplerimi yokladı, içindekileri boşalttı. Cüzdanımı, bütün kimlik kartlarımla birlikte aldı, para çantamı, çek defterimi, metro biletlerimi ve hepsini siyah bir çantaya tıkıştırıp iri fermuarı titizlikle kapattı. Artık cesedimden bile kimliğimi saptayamazlardı. Ailem olmadığından kimse de beni aramazdı. Sonum kimsesizler mezarlığıydı.

Tanık olmadığına emin olmak için etrafa kaçamak bir göz attı, sonra elini cebine soktu.

Etrafımıza son bir kez baktım. Dünyanın son görüntülerini de yanımda götürmeyi arzuluyordum, ama bulunduğumuz yer öylesine donuktu ki gözlerimi kapamayı tercih ettim. Ölümümün yaklaştığını unutmaya çabalamak ve tüm dikkatimi kendi içime yöneltmek için elimden geleni yaptım. Kendi soluk alışımı dinledim; kalbimi, kaslarımı hissettim; vücudumu görselleştirmeye, kendi bilincimin bilincine varmaya çalıştım. Son bir kez "var olmak" istiyordum, yalnızca var olmak. Yaşamımı hissetmek.

"Şunu alın."

Gözlerimi açtım. Bana bir şey uzatıyordu. Umarım hayatıma kendimin son vermesini isteyecek değildi...

"Alın!"

Eğildim, yarı karanlıkta elinde tuttuğu küçük nesneyi göremiyordum. Bir para... bir avroluk bir para.

"Ne bu... ne... ne yapmamı istiyorsunuz?"

O anda genizden gelen bir sesle sıçradım. Korkunç bir kanat çırpmayla bir yarasa sürüsü kulenin mazgallarından birinden çıkıverdi.

Vladi soğukkanlılıkla sözüne devam etti:

"Alın, lütfen. Bu sizin. Hepsi bu."

"Ama... ben... anlamıyorum."

"Bay Dubreuil yalnız başınıza çarenize bakmayı öğrenmeniz gerektiğini söyledi. Yalnız başına. Bir avro, hepsi bu. Bay Dubreuil bu akşam saat yedide sizi evinde yemeğe bekliyor. Vaktinde gelin. Bay Dubreuil yemeğe gecikilmesinden nefret eder."

Görevi bitmişti, geri döndü.

Omuzlarımın ve tüm varlığımın üzerinden büyük bir yük kalktı. Kendimi... boş hissettim. Bacaklarım titriyordu. İnanamıyordum... Gücüm olsa, boynuna atılırdım.

"Bekleyin!"

Arkasını dönmedi bile, arabaya bindi ve çalıştırdı. Farların aydınlığında alev almışa benzeyen bir toz bulutunu havalandırarak tehlikeli bir dönüş yaptı, ardından uzun siyah Mercedes, yolun engebelerinde her yanı sarsılarak uzaklaştı. Mercedes kaybolunca ortalığa yeniden dökme kurşun gibi ağır bir sessizlik çöktü. Her yer neredeyse kapkaranlıktı. Şatoya döndüm ve ürperdim. Batmakta olan ayın ölgün ışığı altında harabeler daha da ürkütücüydü. Yalnızca gökkubbenin ışıldayan uzak yıldızları rahatlatıcı hafif ışıklarını gönderiyordu. Buradan, yalnızca bu tür yerlerde haklı olarak hissedilebilecek doğal korku değil, derin bir tedirginlik de fışkırıyordu. Bana bir kesinlik gibi kendini dayatan şey, bu harabelerin ağır duygularla, geçmiş ıstıraplarla dolu olduğu şeklindeki açıklanamaz bir histi. Burada korkunç şeyler olmuştu ve taşlar bunların görünmez izlerini taşıyordu. Buna yemin edebilirdim.

Yamaçtan aşağıya indim. Kaygı verici bu yerden bir an önce uzaklaşmak arzusundaydım. Taşlı yolda bileğim defalarca burkulacaktı. İlk yerleşimlerin yakınına vardığımda nefes nefeseydim. Gri taştan eski evlerin hepsi de tuhaf yuvarlak kiremitlerle kaplıydı. Yavaşladım, heyecanım yavaş yavaş geçiyordu.

Acıkmaya başlamıştım. Özellikle bunu düşünmemeliydim. Yemek yemek için evime girmeyi beklediğimden, önceki akşam hiçbir şey yememiştim. Acı acı pişmanlık duyuyordum.

Yoluma devam ettim ve yamaca yaslanmış, hâlâ uyuklayan eski bir köye girdim. Güneş doğmadan yapabileceğim hiçbir şey yoktu. Zamanın aşındırdığı taş bir banka oturdum ve derin derin nefes aldım, pürüzlü yüzeyini ellerimle okşadım. Evlerin kalın taş duvarlarının ardında uyuklayan köylüleri hayal ediyordum. Güneşin altında kurumuş, hoş kokulu, sert çarşaflı yataklarında huzur içinde uyuyorlardı. Hayatta olduğum için, insan topluluğuna geri döndüğüm için kendimi mutlu hissediyordum.

Sonunda gün doğdu ve günle birlikte sabahın erken vaktinde doğanın belli belirsiz kokuları da gelmeye başladı. Gözlerimin önünde, nefes kesici güzellikte, büyüleyici bir manzara yavaş yavaş belirdi. Bulunduğum köy, sarp eğimli, ağaçlarla ya da meyve ağacı ekili teraslarla kaplı küçük bir dağın yamacına tünemişti. Önümde geniş bir alan açılıyor, vadiye uzanıyordu. Tam karşıda, kuş uçuşu birkaç yüz metre ötede bir başka küçük dağ yükseliyor; benim bulunduğum tepeyle yükseklikte boy ölçüşüyordu. Onun zirvesinde de benzer görünümlü, eski gri taştan evlerden oluşan bir başka köy vardı. Her tarafta, dağ yamaçlarını ve vadilerin diplerini kaplayan çalılar, çoğu dikenli, bodur ağaççık ve ağaçlar, maviye çalan yeşilden tek renk bir manzara oluşturuyordu.

Güneş belirdi. Yörenin güzelliğini aydınlatan güneş, koruyucu kubbesiyle üzerimi örten şemsiye çamının kokusunu uyandırdı.

Köyü keşfe çıktım. Geri dönüşümü örgütleyebilmek için ihtiyacım olan bilgileri mümkün olduğunca kısa sürede toparlayabilmeliydim. Tek bir anayol olduğunu, onun da yamaç boyunca indiğini hemen fark ettim. Kendine özgü evleriyle, kaynaklara döndüren huzuruyla, Paris'in kargaşasından ışık-yılı mesafedeki bu güzel, küçük köyün cazibesine hemen kapılmıştım. Yol boyu yürüdüysem de kimseye rastlamadım. Yine de açık bir pencerenin orasından burasından kulak tırmalayan aksanlı sesler geliyordu.

Çok dar bir virajın dönemecinde, köyün son evini, daha doğrusu vadiden inen biri için ilk evini işgal ediyor gözüken bir kafe gördüm. Yol kenarındaki düzleştirilmiş terası, baş döndürücü bir manzara sunuyordu. Kapıları ardına kadar açıktı. İçeri girdim.

Salonun içinde, formika kaplı masaların etrafında toplaşmış on kadar kişinin hararetli sohbetleri anında kesildi. Elli yaşlarındaki bıyıklı barmen tezgâhın ardında bardakları kuruluyordu. Salondan geçip ona doğru yöneldim. "Günaydın" demeye cesaret ettiysem de karşılıksız kaldı; müşteriler aniden düşüncelerine dalmışlar, bakışları önlerindeki bardaklara inmişti.

Tezgâha geldiğimde, barmene selam verdim, o da başını şöyle bir kaldırmakla yetindi.

"Bir bardak su alabilir miyim, lütfen?"

"Bir ne?" dedi, yüksek sesle konuşarak. Bakışlarıyla içerde bulunanları süzüyordu.

Arkamı döndüğümde alaycı gülümsemelerini fark edecek zamanım oldu. Sonra yüzler hemen yeniden yere indi.

"Bir bardak su. Üzerimde para yok ve... susuzluktan ölüyorum."

Cevap vermedi ama raftan bir bardak aldı, musluk suyuyla doldurdu ve erkeksi bir tavırla bardağı tezgâhın üzerine bıraktı.

Birkaç yudum içtim. Sessizlik boğucuydu. Sessizliği bozmam gerekiyordu.

"Bugün hava güzel, değil mi?"

Cevap yok... Devam ettim:

"Yine de çok sıcak olmaz umarım..."

Hafif alaycı bir havada bana baktı, bardaklarını kurulamaya devam ediyordu.

"Nereden geliyorsunuz, siz?"

Mucize. Konuşmuştu.

"Oradan, şey... şatodan geliyorum... tepeden. Bu sabah indim."

Bakışlarını diğer müşteriler arasında gezdirmeye başladı.

"Dinle, ufaklık, paran yok diye bize kurnazlık taslamak zorunda değilsin, tamam mı? Orada kimsenin oturmadığını buradaki herkes bilir."

"Hayır... ama... aslında... bu gece oraya bırakıldım ve bu sabah da oradan indim, tek söylemek istediğim buydu. Sizinle alay etmiyorum."

"Paris'tensin, değil mi?"

"Evet, böyle denebilir."

"Paris'ten misin, değil misin? Böyle denebilir, değil cevap."

Öyle ahenkli bir aksanı vardı ki, ses tonunun doğal mı yoksa sinirli mi olduğunu anlayamıyordum. Ona ihtiyacım vardı. Sohbeti geliştirmeliydim.

"Şu şato, ne zamandan kalma?"

"Şato," dedi bardaklarını kurulamayı yavaşlatarak, "şato, şu... Marki de Sade'ınki."

"Marki de Sade mı?!!"

Geçmişi düşünüp ürpermekten kendimi alıkoyamadım.

"Evet."

"Peki... nerdeyiz, tam olarak?"

"Ne demek nerdeyiz?"

"Evet, yani, hangi bölgede bulunuyoruz?"

Dudaklarında eğlenceli bir gülümsemeyle, bakışlarını salonda gezdirdi.

"Söylesene, ufaklık, sadece su içiyor olamazsın sen!"

"Elbette, ama... karışık bir hikâye bu... Tam nerede olduğumu söyleyin bana."

"Ben, Lacoste'tayım, Lubéron'da. Sense başka bir gezegendesin, ufaklık..."

Salondakilerden boğuk birkaç kikirdeme yükseldi. Barmen söylediklerinden hoşnuttu.

"Lubéron... Provence'tayız, öyle mi?"

"Bak hele... istediğin zaman anlıyorsun!"

Provence... başkentten sekiz ya da dokuz yüz kilometreydi.

"En yakın gar nerede?"

Yeniden salondakilere baktı.

"En yakın gar Bonnieux'de," dedi, karşı dağa tünemiş köyü göstererek.

Kurtulmuştum. Bir ya da iki saatlik yürüyüş ve iş tamam.

"Bir sonraki Paris treninin kaçta kalktığını biliyor musunuz?"

Salondan kahkahalar yükseldi. Barmen neşe içindeydi.

"Gülünç olan ne? Gitti mi, o yüzden mi gülüyorsunuz?"

Saatine baktı. Yine kahkahalar.

"Çok erken daha!" dedim. "Gün içinde daha geç saatte bir tren daha olmalı. Son tren kaçta kalkıyor?"

"Son tren... 1938'de kalktı."

Salonda kahkaha patlaması. Yutkundum. Barmen zaferinin tadını çıkartıyordu. O hızla herkese içki ısmarladı. Sohbetler benim gelişimden önceki akışlarına geri döndü.

"Al, ufaklık, sana da bir kadeh ısmarlıyorum," dedi; tezgâhın üzerine, önüme yuvarlak bir bardakta beyaz şarap koyarak. Günlük alay dozumu almıştım.

"Bonnieux garı yetmiş yıldan uzun süredir kapalı. Paris trenlerinin hepsi Avignon'dan kalkıyor şimdi. Daha yakın bir şey bulamazsın, ufaklık."

"Ya Avignon... uzak mı?"

Bir yudum beyaz şarap içti, sonra kolunun tersiyle bıyıklarını kuruladı.

"Kırk üç kilometre."

Çoktu...

"Belki oraya götüren otobüsler vardır?"

"Hafta içinde, evet, ama pazarları yok, ufaklık. Bugün, ben hariç, burda kimse çalışmaz," dedi kadehini ağzına götürerek.

Gerçekten tuhaf bir aksanı vardı, bütün sesli harfleri vurgulayarak telaffuz ediyordu; olmadıkları yerde bile.

"Peki... beni oraya bırakabilecek birini biliyor musunuz?"

"Bugün mü? Bu sıcakta, insanlar evlerinden pek çıkmazlar, anlarsın. Kiliseye gitmek hariç. Yarını bekleyemez misin?"

"Hayır, bu akşam kesinlikle Paris'te olmalıyım."

"Ah, şu Parisliler, her zaman aceleleri vardır, pazarları bile!"

Sonunda oradan ayrıldım. Oturanları selamladığımda bu kez karşılık verdiler.

Köyden çıkan yola devam ettim. "Avignon istikameti, aşağıda solda," demişti. Otostop çekip bir şeye binebilirdim...

Dar yol, tepenin yamacında, hoş kokulu dikenler arasında, doğanın içinde nefis bir şekilde iniyordu. Provence'daydım! Provence... Epeydir işitiyordum... Düşlediğimden daha güzeldi. Ben çorak bir toprak hayal etmiştim, güzel ama kurak. Oysa göz alabildiğine yeşillik görüyordum, görülmemiş zenginlikte bir bitki örtüsü. Yeşil meşeler, güneşin altında kızarmış gövdeli çamlar, sedirler, kayınlar, mavimtırak renklerini göğe kadar yükselten serviler; toprakta devedikenleri, katırtırnakları, kocaman biberiye demetleri, aldatıcı güzellikleri çekincesizce sergileyen yaprakları vernikli çalılar ve büyülenerek keşfettiğim binlerce başka bitki çeşidi.

Güneş, henüz aşağıda olmasına rağmen, güçlü bir şekilde çarpmaya başlamıştı. Sıcaklık, doğanın hoş kokularını canlandırıyor, bu duyu cennetinde bana eşlik eden binlerce nefis koku yayıyordu.

Dağın eteğindeki yol vadinin içinde, bağların ve koruların arasından kıvrılıyordu. Bir saatten fazladır yürüyordum, tek bir arabaya bile rastlamamıştım. Otostop için isabetli değildi... Midemde kocaman bir delik vardı, başım da hafifçe ağrıyordu. Gerçekten çok sıcak olmaya başlamıştı. Çok uzun süre yürümeye devam edemezdim...

Yirmi dakika geçmişti ki bir motorun uğultusunu işittim. Gri bir pikap, sakin sakin yol alarak, arkamdaki virajda belirdi. En azından yirmi otuz yıllıktı: Çocukken Fransa üzerine resimli kitaplarda görmüş olduğum 2 CV Citroën'lerin kamyonet versiyonu. Kollarımı açıp, yolun ortasına çıktım. Frenlerini gıcırtıyla ezdi, öksürdü, sonra durdu. Anında sessizlik yeniden çöktü. Sürücü içinden çıktı. Kır saçlı ve kırmızı tenli, göbekli, ufak tefek bir adam. Bana öfkelendiği açıkça belli, hatta belki de durduğuna üzgün...

"Böyle şeyler yapmamalı. Neyiniz var sizin? Bunda Ferrari frenleri yok, az kaldı ezecektim sizi! Benim arabamı kim tamir edecek sonra? Epeydir parçası falan bulunmuyor."

"Özür dilerim. Dinleyin, bir sorunum var: Mümkün olduğunca kısa sürede kesinlikle Avignon'da olmam gerek. İki saattir güneşin altında yürüyorum. Dün öğleden sonradan beri tek lokma yemedim, daha fazla dayanamayacağım... Siz o tarafa mı gidiyorsunuz?"

"Avignon mu? Hayır, Avignon'a gitmiyorum elbet! Ne işim olur benim orda?"

"Evet, ama gittiğiniz yer belki beni biraz yakınlaştırır."

"Eee, şey... ben, Poulivets'e gidiyorum... Biraz o istikamette, evet, ama, işte, ben yolda biraz duracağım, işim var."

"Sorun yok! Beni yakınlaştıracaksanız, önemli olan bu. Sonra başka bir araba bulurum..."

Yelkenleri suya indireceğini hissediyordum.

"Lütfen..."

"Pekâlâ, arkaya binin, çünkü önde bir yığın eşyam var, sizin için hepsini taşıyacak değilim. Tanımıyorum bile sizi!"

"Süper!"

Yolcu koltuğu gerçekten de tıka basa doluydu. Aracın etrafından dolaştık ve dikey çift kanatlı küçük kapıyı açtı.

"Haydi, oturun!" dedi, içerdeki dar yeri işgal eden iki tahta sandık gibi şeyi göstererek.

Tam binmiştim ki kapıyı kapatıp beni zifiri karanlığa gömdü. El yordamıyla sandıkları buldum ve birinin üzerine iyi kötü oturabildim.

Arabayı çalıştırmayı iki kez denedi, motoru öksürttü, sonra kamyonet dört bir yanı titreyerek çalışmaya başladı. Etrafıma güçlü bir mazot kokusu yayıldı.

Oturur kalabilmekte çok güçlük çektim. Sandığın üzeri tuhaf biçimde eğikti ve her hızlanmada, her virajda, her frende neredeyse düşecek gibi oluyordum. Kesinlikle bir şey görmüyordum. Aracın yan yüzünü körlemesine ne kadar ellesem de tutunabileceğim hiçbir şey bulamıyordum. Bunun üzerine, yerimde durabilmek için kalçalarımı sandığa iyice yapıştırdım. Kamyonet uğuldayarak yol alıyordu. Durum öylesine gülünçtü ki deli gibi bir kahkaha krizine kapıldım. Kendimi tutamıyordum, erik ağacı gibi sarsılıyor ve koyu karanlıkta mazot buharını içime çekiyordum. Sanırım hayatımda ilk kez tek başıma gülüyordum...

Sonunda kamyonet durdu. Motor boğuldu ve sürücü kapısının çarptığını işittim. Sonra, hiç. Sessizlik. Beni burada unutmayacak, herhalde?

"Hey! Hey!"

Cevap yok.

Aniden hafif bir vızıltı fark ettim. Garip, sanki arabanın altından geliyordu... dışardan bir iki ses. İnsan kör olunca diğer duyuları hemen büyük bir önem kazanıyor. Vızıltılar yoğunlaştı, ama... evet, doğru, geldiği yer... benim sandığın altı! Ama... tanrım! Olamaz... BİR KOVAN!

Hemen kalktım ve başım tavana çarptı. O anda ön kapı çarptı, motor öksürdü ve kamyonet öne doğru fırladı. Ben de kapıya doğru fırlayıp düştüm. Şimdi kapıyla kovanlar arasına sıkışmıştım.

Toprak bir yola girmiş olmalıydık, çünkü her yanımız zangır zangır titriyordu. Her yan gacırdıyordu. Bu pozisyonda kalmak kuşkusuz yapabileceğim en iyi şeydi. Tek bir kaygım vardı: Bana eşlik eden binlerce yolcuya kendimi sokturmak. Kovanlarından çıkabilirler miydi?

Sonunda durduk. Ama motor son bir kez daha sarsılmayı ihmal etmedi. Ön kapı çarptı. Bekledim. Aniden benim kapı açıldı ve yere, kurtarıcımın ayakları dibine düştüm.

"Kendi kendime diyordum ki senin ağzın imbik şarabı kokuyor! Bir şey yemeyiz ama küçük bir kadehten de mahrum kalmayız, ha?"

Gözlerimi ona doğru kaldırdım, ışık tamamen kör etmişti beni.

"Sandığınız gibi değil..."

"Ben, gördüğüme inanırım, Aziz Thomas gibi, daha doğrusu kokladığıma!"

Güçlü ışığa alışmak için gözlerimi kırpıştırarak doğruldum.

Karşımdaki manzara göz kamaştırıcı güzellikteydi. Ayaklarımın dibinde, içinde bulunduğumuz küçük vadiyi maviye boğan gür lavanta dizileri uzanıyor, vadinin kenarları boyunca devam eden meyve ağaçlarının köklerini okşayarak karşı tepeye varıyordu. Bu rengârenk güzellikten, nazik durumumu bana neredeyse unutturan nefis bir parfüm yayılıyordu. Ama en etkileyicisi, kuşkusuz ki bu tür hayal etmekten uzak olduğum için, ağustos böceklerinin ezgisi, ezgi de neymiş, şamatasıydı! Çünkü bu parfümlü havanın kuru sıcağına gayet denk düşen bu güzel çıtırtılar öylesine güçlüydü ki Provence'ın bütün ağustosböceklerinin beni karşılamak için burada randevulaştıkları söylenebilirdi.

"Haydi, yana kaç, işim gücüm var!"

kamyonetin içine eğildi ve iki kovandan birini kaptı.

"Tut, bana yardım et! İkimiz de birer tane alalım."

Kovanımı kollarımın ucunda tutarak onu takip ettim.

"Şuraya koyalım," dedi, çiçeklerin ortasındaki yeri göstererek.

"Lavanta balı yapıyor olmalısınız," dedim, hayranlıkla.

"Vay be! Nutella yapacak değiliz..."

"Tuhaf, kovanları lavanta tarlasına koymak için taşımak gerektiğini hiç hayal etmemiştim."

"Ne sanıyorsun? Ellerine bir Michelin haritası verip, yolda başka çiçeklerin üzerinde durmamalarını söylemek yeterli mi olur?"

Sonra, yarı yoldan döndü.

"Şimdi her şeyi söyle bana: Avignon'dan trene binmek için neden bu kadar acele ediyorsun?"

"Aslında, biraz karmaşık... Bir sınavla karşı karşıyayım diyelim. Kimliklerim ve param alındı, ne yolla olursa olsun Paris'e dönebilmek için başımın çaresine bakmalıyım. Bu sınavı başarmam için en geç akşamüzeri dönüyor olmam gerek."

"Sınav ha? Oyun yani, öyle mi?"

"Bir tür, evet."

Yan yan bana baktı, sonra gözlerinde bir ışık parıldadı.

"Vay! Anladım. *Koh-Lanta* türü bir televizyon oyunu seçmeleri için sınavdan geçiyorsun. Öyle mi?"

"Aslında..."

"Öyle demek! Josette'e bunu söylediğimde bana inanmayacak, valla!"

"Yok, ama..."

"Seçilirsen bu kış seni televizyonda göreceğiz, demek!"

"Bakın, benim..."

"İnanmayacak, valla! İnanmayacak!"

"Dinleyin..."

"Bekle, bekle..."

Aniden aklına bir fikir gelmişti.

"Söylesene," diye devam etti, "seni dosdoğru Avignon garına bırakırsam, sınavı kazanacağın kesin, o zaman?"

"Evet, ama..."

"O halde, dinle, ufaklık: Seni dosdoğru gara bırakırım, ama önce eve gelip ailemle birlikte bir hatıra fotoğrafı çektireceğiz. Ne dersin?"

"Şey, aslında..."

"Yalnızca bir iki foto, sonra gara gideriz! Böylece, sen seçilirsin ve seni televizyonda görürüz!"

"Sanmayın..."

"Haydi, gidiyoruz! Acele et ufaklık!"

Heyecan içinde kapıyı tekrar açtı.

"Sen arkada kal, bütün eşyalarımı taşıyacak değilim ya, vakit yok, üstesinden gelmemiz gereken bir iş var!"

Yere oturdum, bu kez tek başıma yolculuk etmekten memnundum.

Kamyonet zar zor yola çıktı. Sonra titreşmeler uyandı ve sonunda da kıçımı rahatsız eden sarsıntılar.

İnce metal bölmenin öte tarafında konuşmalar işitiyordum. Sürücüm telefonda konuşuyordu.

"Alo, Josette! İçecek bir şeyler hazırla, sana bir *Koh-Lanta* adayı getiriyorum. Hayır, *Koh-Lanta* diyorum sana. *Koh-Lanta.* Alo? Bu kış televizyonda göreceğiz. Evet, evet, doğru! Fotoğraf makinesini bul, bak içinde pil var mı! Pil, diyorum. Evet. Michel'e de haber ver, inanamayacak. Babette'e de haber ver, fotoğrafta olmak istiyorsa kıçını toplasın. Telefon çekmiyor. Acele et. Alo?"

Tanrım, dünyayı ayağa kaldırıyor... Olacak şey değil... Onlara ne diyeceğim?

Çeyrek saatlik bir yolculuktan sonra araba sonunda durdu ve hararetli konuşmalar işittim.

Benim kapım açıldı, göz kamaştırıcı ışığa gözlerim yeniden uyum sağladıktan sonra, karşılama komitesi halinde toplanmış, kımıldamadan duran on kadar insan gördüm. Dikkatle inceleyen kocaman gözlerini açmışlar bana bakıyorlardı. Bu tozlu hayvan vagonunun içinde yerde oturan gerçek bir aptal gibi hissediyordum kendimi.

"Hey," diye bana seslendi sürücüm, "adın ne senin?"

"Alan!"

"Alan! Amerikan star adı. Televizyonda iyi gider."

"Alan..." diye tekrarladı, toplananlar arasındaki hamile bir kadın, kendinden geçmiş bir halde.

Beni eve soktular. Sonra herkes bahçede, bir mangalın etrafında toplandı, iştah açıcı bir koku salan sucuklar kızarmaya başlamıştı bile. *Çok* iştah açıcı. Fotoğraflar çekilmeye başlandı. Onlara ne diyebilirdim? Samimi olma isteğim ile kendi başlarına düşlerinin peşinden giden bu insanları hayal kırıklığına uğratmama arzum arasında sıkışıp kalmıştım... Bana buyrulan şeyin sözünü bile etmiyordum...

Sanırım hayatımda hiç bu kadar çok fotoğrafım çekilmemişti. Televizyon oyununun gelecek sezonda başlamasına dek kendimi birçok şöminenin üzerinde baş köşede hayal ediyordum şimdiden...

Sürücümün sevinçten etekleri zil çalıyordu. Günün adamı oydu. İçki üstüne içki deviriyordu. Kıpkırmızı olmaya başlamıştı. Gara gitmek için yola çıkma isteğimi üç kez geri çevirdi. "Daha sonra, daha sonra," diye tekrarlıyordu.

Her biriyle fotoğraf çektirmem için bir o yana bir bu yana çekiştirildiğimden yemek bile yiyemiyordum.

"Dinleyin," diyebildim sonunda ona, "geçekten gitmem gerek, yoksa treni kaçırırım ve bütün bunlar da bir işe yaramaz."

"Bekle, bekle... Ne stresli şu Parisliler!"

Telefonunu eline aldı.

"Anne, acele et dedim sana. Babamı da uyar, yoksa beni bağışlamaz!"

"Hayır, dinleyin," dedim, "imkânı yok. Sözünüzde durmalısınız, şimdi..."

Uyarımı dikkate bile almadı. Yüzü kırmızıdan lal rengine dönüşüyordu.

"Dinle, ufaklık, benim kamyonete binmeye seni ben zorlamadım, tamam mı? Hatta tam tersi, öyle değil mi! O halde, nankörlük etme, yoksa Avignon'a gitmem!"

Beyefendi kan rengine dönmüştü...

Onu nasıl kımıldatabilirim? Zaman geçiyordu. Tren saatlerine dair hiçbir fikrim yoktu. Akşam yedide Dubreuil'de olmam için belki de zaten çok geçti. Dubreuil... Hayatta başkalarından bir şeyler elde etmenin önemli olduğunu ileri sürüyordu... Ama burada nasıl başımın çaresine bakabilirim? Dubreuil olsa ne yapardı?

Onu itersen o da seni iter...

İtme çek...

Aniden bir fikir geldi aklıma, ama... rahatsız eden bir şey vardı. Şu ana dek bir yanlış anlamayla buralara kadar gelmiştim, ama açıkça yalan söylemek istemiyordum. Pekâlâ, olayları başka yöne çevirelim...

"Biliyorsunuz, eğer hayatımda bir gün kendimi bir televizyon platosunda bulursam, elbette bir, belki de iki kişi davet etme hakkım olacak..."

Gözlerini bana doğru kaldırdı. Aniden dikkat kesilmişti.

"Ama, elbette," diye devam ettim, "size boş umutlar vermek istemem..."

"Ufaklık..."

"Yok, yok... Israr etmeyin..."

Seni hemen gara götürürsem, beni platoya davet etmeye söz veriyor musun?" diye sordu. Aniden öyle ciddi bir hal takınmıştı ki, sanki benim lavanta tarlama yüz kovan bırakmak için pazarlık ediyordu!

"Evet... ama sizin bu küçük eğlencenizi kesmek beni rahatsız eder..."

Kalabalığa döndü ve yüksek bir sesle:

"Dostlarım," dedi, "bizsiz devam edin. Ben bir saat içinde gelirim, Alan'i Avignon'a bırakacağım. Sınavını başarması gerek."

Otuz dakika sonra, başkente giden bir TGV'ye atlamıştım. Midem hâlâ bomboş, tek avrom cebimin dibinde.

Kuralı biliyordum: biletsiz yolculuk etmenin bir cezası vardı. Üzerimde belge olmadığından, vardığım yerde polise gidecektim...

Zayıf bir planım vardı, ama denemeye değerdi. Ayakta durup, kontrolörün gelişini uzaktan kolladım. Vagonun öteki ucundan burnunu çıkardığını gördüğümde, tuvalete girdim ve kilitlemeden kapıyı kapattım. Boş olduğuna inanırsa, durmadan geçip giderdi. Bekledim. Dakikalar geçti, gelen giden yoktu. Tek başımaydım, trenin süreğen gürültüsüyle, titreyişleriyle, kimi zaman dengemi bozan hafif sarsıntılarıyla ve bu daracık yerin iğrenç kokusuyla birlikte kapanmıştım.

Aniden, kapı birden açıldı ve çok şaşkın bir yolcu benimle burun buruna geldi. Omzunun üzerinden, bakışım onunkiyle kesişti. Halinden, gayet memnun olduğu belliydi. Siyah bıyıklı, kalın çatık kaşlı, denizci mavisi kasketli ve üniformalı ufak tefek bir adam.

27

Catherine, çatık kaşlarıyla, hafifçe öne doğru eğildi.

"Alan'a sigarayı bıraktırma yöntemin hakkında konuşmak isterim."

Yves Dubreuil tik ağacından derin koltuğunda arkaya kaykıldı ve dudaklarında hafif bir gülümsemeyle, Bourbon kadehi içindeki buzları şıngırdattı. Yorumlamak için başarıları hakkında konuşmaktan çok hoşlanıyordu.

"Onu mecbur ettin," diye devam etti Catherine, "tiksinti duyana dek daha çok içmeye, öyle mi?"

"Hiç değil," karşılığını verdi Dubreuil. Son derece dâhice olduğundan, profesyonellerin bile anlayamayacağı eylemlerin verdiği tatmin vardı yüzünde.

"Sanmıştım ki..."

"Hayır, aslında, dumanı tersine çevirmekle yetindim," dedi, sahte bir mütevazılıkla. Soyut bir ifade kullanarak karşısındaki daha fazla soru sormaya mecbur ediyordu.

"Dumanı tersine çevirmek mi?"

Ağırdan aldı. Hem yudumladığı alkolün hem de Catherine'de yol açtığı beklentinin tadını çıkarıyordu.

Gündüz özellikle sıcak geçmişti ve akşam şimdi nefis bir yumuşaklık sunuyordu. Bahçede, havanın tadını uyuşuk uyuşuk çıkarıyorlardı. Her biri birbirinden nefis bir tepsi şekerli kurabiyenin önüne kurulmuşlardı.

"Unutma. Alan bize kendi sorununu söylemişti. Özgür olmak. İçinde bir yerlerde sigara içmeye son vermeyi arzuluyordu, ama onu engelleyen şey sigarayla birlikte düşündüğü özgürlük duygusuydu. Herkes ona içmemesini öğütlediğinden, tercihinde kendini özgür hissetmiyordu. Sigara içmeye son vermek ona başkalarının iradesine tabi olmak için kendi özgürlüğünden vazgeçme duygusu verecekti."

"Evet, bunu anlayabiliyorum."

Catherine onu dinliyordu. Verdiği cevaplara son derece konsantre olduğu belliydi. Dikkatini çelecek şekilde sunulmuş şekerli tatlılar karşısında zaaf göstermiyordu.

"Bu durumda, dumanı tersine çevirdim: Sigara içmenin dışardan dayatılan kısıtlayıcı bir eylem haline gelmesini sağladım. Artık özgürlük taraf değiştiriyordu... Özgürlük açlığını artık sigarayı bırakarak tatmin edebilirdi."

Catherine bir şey demedi; ama dikkatli bir gözlemci onun gözlerinde bir hayranlık pırıltısı seçebilirdi.

28

Müfettiş Petitjean, küçük bir çocukken hafta sonlarını ve tatilleri, Paris'in banliyösü Bourg-la-Reine'in küçük evlerle dolu sokaklarında bisikletiyle geçenleri izleyerek geçirmişti. Bütün gözlemlerini spiralli küçük mavi bir not defterine titizlikle kaydediyordu. Kimileri gara gidiyordu. Saati kaydediyor ve demiryolu parmaklıklarının ardından, bir sonraki trene binip binmeyeceklerini gözlüyordu. Biner gibi yapıp geri dönebilirler, belki de gidip komşularını öldürebilirlerdi. Gidiş peronunda, cinayet saatinden hemen önce tanıklarca görülmek ne iyi bir şaşırtmacaydı!.. Diğerleri evlerine dönüyordu. Dışarda hava güzelken eve kapanmaya onları iten şeyin ne olduğunu düşünüyordu. Muhakkak ki gizli bir nedenleri vardı. Sonunda bunu keşfediyordu. İşte, işte... Uzun mavi etekli kadını geçen hafta da görmüştü. Bak hele!... O zaman bloknotuna gözatıp, gereken bilgiyi hiç şaşmadan buluyordu. Eczaneye mi gitmişti? Evet, öyle! Ama neden bugün dönüyordu? Birkaç gün içinde iki kez! Şüpheli bir hal vardı demek ki. Ya kocasından kurtulmak için tehlikeli bir ilaç aldıysa ordan? Elbette, kesin! Uyanık olmalıydı...

Yıllar sonra, hukuk fakültesinde sınıfta kaldığında büyük hayal kırıklığına uğradı. Hep hayal etmiş olduğu polislikteki büyük kariyer uçup gitmişti. Ama genç Petitjean çocukluk düşlerinden bu kadar çabuk vazgeçecek türden biri değildi. Ana kapıdan giremese de fark etmez! Tabandan katılır, sonra da başarı merdivenlerinden birer birer tırmanırdı.

Müfettiş sıfatıyla polis oldu ve Lyon garına, biletsiz yolcular bölümüne atandı. Üniformasını sırtına ilk geçirdiği gün, kendini gerçekten bir misyon edinmiş hissetti. Sanki bütün Fransa'nın güvenliği onun omuzlarındaydı.

Rolünün hiçbir işe yaramadığını fark ettiğinde hayal kırıklığına kapılmayı reddetti: Kendi kendine bunun bir geçiş evresi olduğunu, sağlam durması gerektiğini düşündü. Elbette, bazı günler, etrafındaki hırçınlık, bulunduğu yerlerin eski püskülüğüyle birleşince, iyi niyetini yere seriyordu. Ama inancını korumuştu. Onun da sırası gelecekti.

Polis merkezi garın alt katındaydı. Ne pencere vardı ne de sokağa açılan bir yer. Sararmış plastikten eskimiş kapakların ardına sabitlenmiş bir iki neon lambası cılız bir ışık yayıyordu. Hiç boyanmamış olduğu belli duvarlar ya da geçen yüzyılın ortasından kalma gri metal mobilyalar gibi bu ışıklar da donuktu. Bu sağlıksız yerden yayılan küf kokusu, ancak yandaki tuvaletten gelen kimi kokulara yer bırakmak için zaman zaman siliniyordu.

Ama en güç iş, kuşkusuz şefiyle ilişkisiydi. Emekliliğine yakın, sistemin mağlup ettiği bu adam motivasyonunu tamamen yitirmişti. Tek tatmini, gerçek zeminde hangi gerçek fiillerle ifade bulduğunu öğrenmeye asla çalışmadığı emirler gürlemekti. Belki yalnızca açık saçık birkaç dergi ya da masasının üzerine dizdiği ve neonların hüzünlü ışığının odadaki mobilya kadar eskimiş bir görünüm verdiği loto haneleri hariç, başka hiçbir şey onu ilgilendirmiyordu.

Müfettiş Petitjean kendi kendine söz vermişti: Asla çökmeyecek ya da motivasyonunu yitirmeyecekti. "İnanmadığın gün, işin bitiktir" diye tekrar ediyordu kendi kendine. Dolayısıyla, kendisine emanet edilen tek göreve kalbini ve bedenini teslim ediyor ve biletsiz yolcuları en büyük suç olaylarına yakışır bir sorgudan geçirip, onları gizlendikleri yerden çıkartıyor, kimi zaman yaptıkları başka kötülükleri itirafa yöneltiyordu. Özellikle gizli eğilimleri ortaya çıkartmaya takmıştı kafayı. Yetkilerini geniş ölçüde aşarak soruşturmayı dibine kadar yürütüyordu. Söylenen bazı şeyleri doğrulamak için sokaklara çıktığı bile oluyor, çalışmasının hiyerarşi tarafından hiç denetlenmemesinden yararlanıyordu. Kuralları ihlal edenlerin çoğu borcunu ödeyemeyen öğrencilerdi ve tek suçları trene biletsiz binmek oluyordu. Bunların büyük kısmı sorgu sırasında pes ediyordu ve Petitjean, umduğu hiç bu olmasa bile, kendi profesyonelliğinin kaçınılmaz sonucunu bulduğuna ikna oluyordu. Şefine şikâyette bulunanlar da çıkıyordu. Ama o ise kesinlikle hiçbir şey yapmıyor; zaten bir şey öğrenmek de istemiyordu.

O gün müfettiş Petitjean tersinden kalkmıştı. Aralıksız çalıştığı üçüncü pazardı bu. Kendi gayretkeşliğinin onu bu tür angaryalar için parmakla gösterilen bir hedef haline getirdiğini hissetmeye başlamıştı...

Yan odada telefon çaldı. Çok güçlü eski bir zil sesi. Şefi tek laf etmeden ahizeyi kaldırdı, sonra yıllardır günde onlarca kez tekrarladığı aynı soruları dikine dikine sordu.

"Hangi tren? Hangi peron? Saat kaçta?"

Sertçe kapadı telefonu, sonra kapının ardından böğürtüsü işitildi:

"Petitjean! Hat 19! Marsilya! 18.02!"

Müfettiş, hiçbir şey söylemeden yola koyuldu. Cesaret ve sabır. Bir gün, emindi, firar etmiş bir suçluyu yakalayacak ve işlediği suçları gün ışığına çıkaracaktı. O zaman nihayet sorgucu meziyetlerini kabul edeceklerdi. Terfisi şimşek hızıyla çıkacaktı.

29

Gevşemeye davet eden derin koltuklara yerleşirlerken, kıçlarının altında deri gıcırdadı. Intercontinental oteli garsonunun servisi bitirmesini beklediler.

"Herhangi bir şeye ihtiyacınız olursa lütfen zili çalınız, Bay Dunker," diye mırıldanıp uzaklaştı garson.

Özel salonun kahverengi deriden kapitone kapısı sessizce kapandı. Havada uçuşan konyak buharları yer değiştirdi. Marc Dunker bakışlarını etrafında gezdirdi. Maun ağacından, bolluk taşan kütüphaneler, eski olamayacak kadar parlak, kırmızı deri ciltli kitaplarla bezenmiş. Tepelerine zümrüt yeşili bir opalin konmuş yaldızlı ayaklı lambalar, odanın mahrem ve daha ziyade loş atmsoferini bozmadan rafine bir ışık yayıyordu.

Burayı Andrew'un tavsiyesiyle seçmişti. Opera Meydanı'nda, bürodan birkaç yüz metre uzaktaki bu yer, ona göre, saygıya ve belli bir ağırbaşlılığa davet eden bir çerçeve sunuyordu. Bunlar iyi pazarlıklara uygun İngiliz ölçütleriydi. Üçlü burada beşinci kez buluşuyordu ve Dunker bu tercihten hoşnut kalmıştı. Özellikle iki ana hissedarını yutuyor gözüken büyük koltuklar önemliydi. Kendi cüssesi ise gövdesini uygun bir yükseklikte tutmasını sağlıyordu. Böylece avantajlı bir konumdan yararlanıyordu. Bu görünümün ilişkiler üzerinde ihmal edilemez bir etkisi olduğuna inanmıştı.

"Anlaştık," dedi iki kişinin en şişkosu, üçüncü kişiye bir göz atarak.

Gülümseyerek konuşuyor, ara sıra kaşlarını kaldırıyordu. Bu hali, dörtte üçü kel kafasında kırışıklıklara yol açıyordu. Dunker onu adına yakışır biri buluyordu: David Poupon. Ufak tefek ve tombulun, gerçekten de, yaşına rağmen, gülümseyen koca bebek bir hali vardı. Dostça tavırlarından Dunker son derece çekiniyordu. Diğerini, Rosenblack'ı tercih ederdi. Çok daha sert ve daha az nazik, oyununu gizlemeyen biri. O, Dunker'ın kişiliğine tamamen ilgisiz olduğunu gizlemek için hiç çaba sarf etmiyordu. Gözleri sürekli dizlerinin üzerinde karıştırdığı kâğıtlardaydı. Sağ kulağının arkasındaki kıllı derisini sürekli kaşıyıp duruyordu.

Dunker gözlerini kıstı, konuşana yoğunlaşmıştı. David Poupon sözüne devam etti:

"Hem benim başkanlık ettiğim yatırım fonları için hem de burada dostumuzun temsil ettiği ödenek fonları için şu sonuca vardık," diyerek, hâlâ kâğıtlarına gömülmüş duran meslektaşına doğru gülümsedi, "şirketinizin önümüzdeki üç ayda % 15 kâr elde etmesi ve borsa kurunun da yıllık asgari % 18 yükselişe geçmesi gerekiyor."

Gereklilikleri, iğrenç gülümsemesini bozmadan belirtti.

Gözlerini ondan ayırmayan Dunker, muhatabı sözlerini tamamlayana dek sessiz kaldı. Sonra bir yudum konyak içmek için birkaç saniye ayırdı: Konuşmanızı bekleyen kişiye dayatılan sessizliğin gücünü biliyordu.

"Borsa kurunun % 18 artışına söz veremem, çünkü bildiğiniz gibi, bütün parametreleri ben denetlemiyorum. Hem..."

İçkisinden bir yudum daha alarak, karşısındakinin dikkatini uyanık tuttu.

"Hem," diye devam etti, "şu salak gazeteci var. Fisherman. Arkamızdan saçmalıklar tekrarlayarak imajımızı dinamitlemeye devam ediyor. Ne yazık ki, onun analizlerine finans piyasalarında çok önem veriliyor..."

"Sizin bu tür durumları yönetebilecek yetenekte olduğunuza eminiz. Bu nedenle, son genel kurulda sizi şirketin başında tutmaya karar verdik."

Dunker kısmen örtük tehdidi hemen kavradı. Gülümsemeye devam ederek konuşmasını sürdürdü:

"Siz de benim gibi bilirsiniz ki, gazeteciler denetlenemez... İstediğimiz kadar onu iyi haberlerle boğalım, Fisherman bizim ekiplerin yeterince üretken olmadığını uzun makalelerde tekrarlayıp duruyor. Tamamen yanlış. Onlara baskı yapıyorum, sıkı çalışıyorlar," dedi, birliklerini savunan bir komutan gururuyla.

"Ateş olmayan yerden duman çıktığı ender görülür," dedi Rosenblack, bakışlarını kaldırmadan.

Dunker bir yudum konyak içti. Oldukça öfkelenmişti. Yaptığınız işi hiç bilmeyen, alana bir kere bile adım atmamış insanlara hesap vermek ne gereksiz iş!

"Haydi," dedi Poupon, "sizin çözüm bulma yeteneğinize güveniyorum."

Sessiz dakikalar geçti.

"Bir fikrim var, ama önceden onayınız gerekiyor, çünkü önemsiz olduğu söylenemez."

"İşte, görüyorsunuz, istediğiniz zaman..."

Şişko Poupon doğru öngörmüş olmaktan açıkça hoşnuttu. Kimi zaman sinemada, reklamlardan sonra, film başlamadan önce rahat bir pozisyon bulmak için yapıldığı gibi, koltuğunda kıpırdandı.

"Benim fikrim, ciroyu yapay olarak şişirmek..."

Rosenblack nihayet gözlerini kaldırıp Dunker'e donuk donuk baktı. Ateşin dibinde uyuklayan, konuşma sırasında efendisinin ağzından "gezme" kelimesinin kaçıp kaçmadığını pek de inanamadan kendi kendine soran, uyuklayan bir yaşlı köpek gibiydi.

"Şu ana dek," diye açıkladı Dunker, "sözleşme imzalamadan önce müşterilerimizin ödeme gücünü doğrulayacak kesin bir prosedür izledik. Eğer mali güçlük çekiyorlarsa, toplam alacağımızdan bir avans talep ediyorduk, ki bu elbette ender olarak kabul görüyordu. Eğer bu kuralı değiştirir ve yeni müşterilerin mali durumuna gözlerimizi kaparsak, yaklaşık % 20'lik bir ciro artışını hemen elde ederiz."

Dikkatle izleyen Poupon'un bakışlarında bir suç ortaklığı vardı. Bekle-gör politikası yanlısı Rosenblack kuşkulu bir hava sergiliyordu.

"Tahminime göre," diye devam etti Dunker, "bu cironun % 30'unun ödenmeme riski var ki bu da iki nedenle çok rahatsız edici değil. Bir, borsanın gözü cirodadır ve ödenmeyenlerle ilgilenmez. İkincisi, danışmanlarımız komisyonlarını yaptıkları ciro üzerinden değil, kasaya giren ciro üzerinden alıyorlar. Ödeme yoksa, komisyon da yok. Dolayısıyla bu taraftan kazanırız. Toplamda, fazla bir şey kaybedilmez ve hisse senedi tırmanır..."

"Mükemmel," dedi Poupon.

Rosenblack onaylar gibi yaptı, dudakları bükülü, başıyla onay işareti verdi.

"Ya kârların % 15'i?" diye sordu.

Dunker bir yudum konyak daha içti ağır ağır.

"Ben işimi yaparım," dedi, lafı ağzında geveleyerek.

Poupon gülümsedi.

"Mükemmel! O halde size kötü bir haberim var: Ayrılık durumunda sözleşmenizde öngörülen üç milyon avroluk tazminatı bu yıl da alamayacaksınız!"

Güldüler. Rosenblack bir çaba gösterdi. Kadehler tokuştu.

"Haydi," diye sözüne devam etti Poupon, "bizi fazla müşkülpesent buluyorsunuz, ama dünya böyle işliyor: siz meslektaşlarınıza karşı böylesiniz, biz size, müşterilerimiz de bize... Kişinin üstünde her zaman biri bulunur, öyle değil mi?"

30

"Size inanmıyorum. Bir an bile."

Eskimiş, yorgun bir neonun bitkin düşürücü ışığı altında, boğucu bir sessizliğin ardından, bu iddia kesin bir hüküm gibi düşmüştü ortalığa.

"Hakikat bu ama," cevabını verdim, ne diyeceğimi bilemez halde.

Müfettiş Petitjean çalışma masasının ardında ileri geri yürüyordu. Ben, gayet rahatsız küçük bir ilkokul sırasına benzeyen iskemleye sıkışarak oturmuştum. Mekân can sıkıcıydı.... Acıkmıştım. Umutsuzca açtım. Sabrım kalmamıştı. Gerçekten.

"Her şeyi baştan alalım..."

"Dördüncü kez oluyor..."

Mümkün olduğunca niyetimi belli etmemeye çalışarak sorularına cevap vermeye başlamıştım. Üstesinden gelmem gereken bir sınavdan söz ediyor, açıkça yalan söylemeden, bir tür kendini kanıtlama sınavının kurbanı olduğuma onu inandırmaya çalışıyordum. Ama adam çelik gibiydi, olayı çok ciddiye aldığı belliydi. Bütün bunlar, basit bir biletsiz yolculuk için!... Yapacak daha iyi bir işi yok muydu? Sonunda beni bir soru bombardımanıyla ve çapraz ateşle köşeye sıkıştırdı ve ağzımdaki baklayı çıkarmak zorunda kaldım, Dubreuil'le ilişkimi anlattım. Yine de kuşkusunun devam ettiğinin farkındaydım. Bana inanmayı inatla reddediyordu. Bunun üzerine iyi niyetime onu ikna edebilmek için bütün enerjimi ortaya koymaya çabaladım, ama ben ne kadar argüman ileri sürsem, o da benim her sözümü sorguluyordu.

"Tanımadığınız bir adamın talimatlarına uyduğunuzu söylüyorsunuz, sizin iyiliğinizi istiyor ama yine de sizi korkutuyor, sizin belgelerinizi üzerinizden aldı ve sizi Mercedes'le Fransa'nın öteki ucuna becerikliliğinizi geliştirmek bıraktı. Böyle mi?"

"Özet, özet olarak böyle."

"Böyle bir yalanı yutacağımı mı düşünüyorsunuz? Bu mesleği yaptığımdan beri bu kadar gülünç bir hikâye hiç işitmedim!"

Onu asla ikna edemezdim. Akşamı, hatta belki de geceyi orada geçirecektim...

Başka türlü davranmalıydım... İyi niyetime onu ikna etmek için ne yapmalı?

Sen itersen o direnir. Dumanı tersine çevir...

Aklıma bir fikir geldi...

"Başka bir şey var..." dedim, itiraf eder bir tonda.

Baklayı ağzımdan çıkartma noktasında olduğuna emin, gülümsemeye başlamaktan alıkoyamıyor kendini.

"Ne?"

Bir süre bekledim.

"Ah... yo, hayır, size söylemeyeceğim."

Biraz şaşkın, süzdü beni.

"Neden?"

Dosdoğru gözlerine baktım.

"Çünkü güvenmiyorum."

Yüzü belli belirsiz kızardı.

"Nasıl yani... ne demek, güvenmiyorum?"

Bekledim.

"Güvenim yok... sizin dinleme yeteneğinize."

"Ne demek istiyorsunuz?" diye geveledi, yüzü iyice kızardı.

Bakışlarımı çevirdim, üzgün bir hal takınarak yere bakıyordum.

"Bu bir... özel bir hikâye ve beni dinlemek için oturma zahmetine bile katlanmayan birine açılmak istemiyorum."

Yutkundu.

"Neyse, zaten," diye devam ettim, "nasılsa bana inanmayacaksınız, size anlatmam bir işe yaramaz."

Saniyeler geçti. Ona bakmıyordum, ama onun gözlerini benden ayırmadığını hissediyordum, yüzü kıpkırmızı olmuştu. Soluk alıp verişini işitiyordum.

Oturdu.

Sessizlik uzadıkça uzadı. Hiçbir şey kımıldamıyordu. Odanın küflü havası bile donmuş gibiydi.

İçimi boşaltmaya karar verdim.

"Bir intihar teşebbüsünde bulundum. Bir süre önce. Bir adam tesadüfen orada bulunuyordu... Daha doğrusu, öyle olduğunu sanıyordum. Benim hayatımı kurtarması karşılığında, her istediğini yapacağıma dair geri dönüşsüz bir taahhütte bulundum. Benim iyiliğim için."

Sessizce beni dinledi.

"Bir tür anlaşma," diye devam ettim. "Kendi arzumla kabul ettim."

Büronun sıcaklığı boğucuydu. Hava almaya ihtiyacım vardı.

"Ve sizden her isteneni... gerçekten yaptınız mı?"

"Öyle denebilir, evet."

"Sizi yasadışı şeyler yapmaya iterse sorumlusunun siz olacağınızı düşünmediniz mi?"

"Öyle şeyler istemedi. Zaten, biletsiz trene binmemi de açıkça benden istemedi. Sorun bu değil..."

"Yine de, emirlerine neden böyle uyduğunuzu anlamıyorum. Yükümlülüğünüze son vermekte özgürdünüz, sonuçta. Sizin yerinizde kim olsa böyle yapardı..."

"Bu soruyu kendime hep sordum. Bilmiyorum, sanırım verdiğim söze bağlı kalmaya çok önem veriyordum."

"Haydi canım, Üç Silahşörler döneminde değiliz! Sadakat çok iyi bir şey, ama burada yine de sizin çıkarınız tehlikede!"

"Yakın bir geçmişe kadar, benden istedikleri kuşkusuz çok çaba gerektiren şeylerdi, ama aynı zamanda bana çok şey katıyordu... Geliştiğimi hissediyordum..."

"Size sıkıntı dışında nasıl bir şey katmış olabilir, anlamıyorum."

"Bakın, ona rastladığımda çok yalnızdım... Aslında... birinin sizinle ilgilenmesi, sizinle meşgul olması çok hoş bir şey..."

"Bekleyin. Özetlersek, zayıf, umutsuz olduğunuz bir anda sizden bir taahhüt kopardı. Sizi avcuna aldı, harfiyen onu takip ediyorsunuz ve onun niyetlerine gözlerinizi kapıyorsunuz, öyle mi? Tarikatların yaklaşımı bu ama!"

"Hayır, beni korkutan bu değil. Zaten tarikatlar sizin paranızı alır. O benden hiçbir şey istemiyor. Yaşına ve servetine bakılırsa, pek bir şeye de ihtiyacı olmamalı."

"Güzel gözleriniz için yapıyor o halde bunu!"

"Aslında, sorun da burada. Onu neyin motive ettiğini bilmiyorum. Beni takip ettirdiğini yakın zamanda fark ettim, hatta takibe... Eyfel Kulesi'nde karşılaşmamızdan önce başlamış."

"O halde, tesadüf değil. Sizin şey günü..."

"İntihara teşebbüs ettiğim günkü karşılaşmamız... Evet, tesadüf değildi. Ama daha önce onu hiç görmediğime yemin edebilirim. Daha önce beni neden takip ettirmiş olduğunu da bilmiyorum. Açıklaması yok, üstelik... şaşırtıcı."

Eskimiş neonun ışığı cızırdayarak titriyordu. Ruhunu teslim etmesine az kalmıştı. Müfettiş kaygıyla bana bakıyordu. Sorgunun başında beni köşeye sıkıştırmış olan o, şimdi belli bir empati gösteriyordu. Benim kaderimle samimiyetle ilgilendiğini hissediyordum.

"Benim için bir şey yapabilir misiniz?" diye sordum.

"Hiçbir şey. Kesinlikle hiçbir şey. Eğer suç işlemediyse bir soruşturma bile başlatamam."

"Onda bana dair notlarla dolu bir defter var. Notları beni takip ettirdiğini kanıtlıyor."

"Bu defter onun evindeyse, oraya giremem. Bir arama emri gerekir, hiçbir yargıç da bize bunu vermez, çünkü bir suç başlangıcının başı yoktur. Zaten insanları izlemek yasak değildir. Bütün çocuklar bunu yapar."

"Biliyorsunuz, bu hikâyede en karmaşık şey, benim kuşkularım olması. Bütün bunları size anlattığım için kendimi suçlayan bir yanım da var."

"Sizi anlayamıyorum."

"Yüzde yüz kötü niyetli olduğuna emin değilim. İlk buluşmamızdan önce beni takip ettirmiş olduğunu keşfetmek kuşkusuz beni ürküttü. Ama eğer bunu bir yana bırakırsam, bugün itibarıyla ona hiçbir sitemde bulunamam. Tamamen nesnel olursam, bana zarar verecek hiçbir şey yapmadı..."

"Dinleyin, kendini bilmem kim sanan, bir kurtarıcı ve değersiz bir akıl hocası rolünde olmaktan hoşlanan yaşlı bir deli olma ihtimalini de dışlamamak gerekir. En basiti, devam etme arzunuzun olmadığını ona söylemek. Anlaşmayı bozun. Ona, 'Her şey için teşekkürler, hoş çakalın' deyin, bir daha da lafı edilmez."

"İmkânsız."

"Sizi engelleyen ne?"

"Size söylemedim ama... anlaşmamız yaşam üzerine bir taahhüde dayanıyor."

"Nasıl yaşam üzerine?"

"Onun istediğini yapmazsam hayatımı kaybetmeyi kabul ettim."

Bir an bana tamamen şaşkın bir halde baktı.

"Şaka mı bu?"

"Hayır."

"Ve elbette kabul ettiniz, bunu mu söylemeye çalışıyorsunuz?"

"Yerimde olsaydınız..."

"Siz de onun kadar delisiniz! Artık size yardım etmemi istemeyin benden!"

"Bunu bilemezdim..."

"Sonuçta, bunu sözlü beyan etmişsiniz. Hiç kanıt yok. Bir şey yapamam."

"Ama artık durumu öğrendiğinize göre beni tehlikede bırakamazsınız?"

"Ne sanıyorsunuz? Vergi yükümlülerinin size bir ajan tutup, o sizin üstünüze çullanana dek gece gündüz size eşlik etmesini sağlayacağını mı? İşlenen suçlarla bile ilgilenecek imkân yokken.."

Bunu sanki üzülerek söylemiş gibiydi. Bana karşı sergilediği öfkenin ardında duruma dair belli bir kaygı taşıdığını hissediyordum.

Duvarın tepesine asılmış hüzünlü duvar saatine bir göz attım.

"Pekâlâ, evet, gitmem gerekecek, o halde. Saat yedide onda olmalıyım."

Ayağa kalktım.

Bir şey demeden bana baktı. Düşünceye dalmıştı. Sonra, aniden tedirgin olarak yerinden sıçradı.

"Bekleyin... Bütün bunların zırva olmadığını... sakin sakin evinize gidebilmek için bu hikâyeyi baştan sona uydurmadığınızı nasıl kanıtlarsınız?"

Kaşlarını çattı, rengi yeniden pembeleşmişti.

"Bana inanmıyorsanız... onun evine benimle gelin."

Bu cevabı beklemediği belliydi. Bir süre dondu kaldı, sonra bakışları duvar saati ile benim aramda gidip geldi.

"Nerde?"

Ceplerimi karıştırdım ve sonunda Dubreuil'ün kartvizitini bulup çıkardım. Bristol kâğıt, saydamlaşmış, eski bir kumaş gibi yumuşamıştı. Kartı eline aldı ve kaşlarını çatarak okudu.

"16. bölgede mi?"

Bir an tereddüt etti, sonra odadan geçip bir kapıyı hafifçe çaldı.

"İşinize bakın, Petitjean!" diye homurdandı bir ses öte taraftan.

Müfettiş bir an düşündü. Zıt arzular arasında gidip geldiği belliydi. Ve küçük bir metal dolabı açtı. İçinden bir araba anahtarı aldı.

"Beni izleyin!"

*

Bir saat sonra müfettiş Petitjean anahtarı küçük dolaba ihtiyatla bırakıyordu. Hâlâ bürosunda bulunan şefi belli ki bir şey fark etmemişti.

Zaman kaybetmemeliydi. Aylardır beklediği olay, çantada keklikti; tam da umduğu gibi. Çünkü bunu sezmişti, hatta inanıyordu: iyi bir iş geçmişti elinde. Genç adam yalan söylememişti. Dubreuil denen kişinin köşküne girmişti. Ne ev ama! Hiç benzerini görmemişti. Lyon garı civarında bu tür binalara rastlanmaz; gittiği başka semtlerde de yoktu. Böyle bir şeye kim para ödeyebilir? Yine kirli para kuşkusuz, dedi kendi kendine.

Şefinin kuşkusunu uyandırmadan soruşturmalıydı. Yoksa her şeyi durdurur ya da gerçek polislik yeteneğini gün ışığına çıkarmasını nihayet sağlayacak şeyi -ki bundan emindi- elinden alırdı.

Lyon garı bir süre sonra onsuz kalacaktı.

31

Köşk, günbatımının henüz aydınlık gökyüzünde belirgindi. Esrar ve sır dolu karanlık yapı.

Beni kütüphaneye kadar götürdüler. Holden geçerken, piyanonun üzerindeki çıplak genç kadını görmüş olduğum salona şöyle bir bakmaktan kendimi alamadım. Piyano, geniş odanın yarı karanlığına hüzünlü bir şekilde terk edilmişti; ona hayat verecek ne esin perisi ne müzisyen vardı.

Dubreuil'ü, kütüphanedeki derin deri koltuklardan birine rahat rahat kurulmuş, puro içerken buldum. Lacoste'taki köyden beri beni takip ettirmediğine emindim. Bu imkânsız bir görev olurdu. Dolayısıyla polise derdimi açtığımı bilemezdi.

Catherine karşısına oturmuştu; bana selam verdi. Önlerindeki sehpanın üzerinde cüzdanımı ve kişisel eşyalarımın geri kalanını tanıdım.

"Görüyorsun işte, sonuçta para bir işe yaramıyor, ondan kolaylıkla vazgeçilebilir!" dedi, dişlerinin arasında kocaman bir Montecristo.

Gülümseyişinin ardında ne gizliyordu? Sonuçta bu muamma adam benden ne elde etmek istiyordu? Ya müfettiş haklıysa? Belki de bir tarikatın gurusuydu. Hatta emekliye ayrılmış eski bir guru. Müritlerinden çarptığı parayla tıka basa dolmuş, vakit öldürmek için de yolunu şaşırmış son bir koyuna hücum etmişti.

"Aslında," diye devam etti, "başkanınla görüşmenin nasıl geçtiğini anlatmadın bana."

O zamandan beri o kadar çok olay yaşamıştım ki bana çok uzak geliyordu...

"Fena değil."

Bir buçuk gündür karnım zil çalıyordu, ama Dubreuil'ün sofraya oturmak için acele ediyor gibi bir hali yoktu.

"Onun iğnelemelerine karşı kendini doğrulama teşebbüsüne direnip, karşılığında ona rahatsız edici sorular sordun mu?"

"Evet, gayet işe yaradı. Buna karşılık, pek bir şey elde edemedim. Bizim bölüm için ek imkânların pazarlığını yapmak istemiştim. Kendime çekidüzen vermek zorunda kaldım."

"Onu ikna etmeye çalışmadan önce onun düşünce tarzına yakınlaşmak için evrenine girmek yönünde yeterince çaba sarf ettin mi?

"Evet, az çok. Benim fikirlerimin onun etkinlik ve kârlılık ölçütlerine hizmet ettiğini ona kanıtlamaya çalıştım diyebiliriz. Ama sanırım öyle uzak değerlerimiz var ki onun olayları kavrayışını benimsemem, hatta benimsemiş gibi yapmam imkânsız... Biliyorsunuz, düşmanın değerlerini benimsemek güçtür..."

Dubreuil purosundan derin bir nefes çekti.

"Onun değerlerine katılman gerekmiyor. Senin de değerlerin değilse, bu imkânsız. Ama kişi ile değerler arasında kendi zihninde bir ayrım yapman yararlı olur. Değerler iğrenç olsa bile, kişiyi her zaman... ödünleyebilirsin. Dolayısıyla, önemli olan şey, bu değerleri yargılamaktan vazgeçmek, bunlar seni şoke etse bile, bu kişiyi kendi görüşüne göre gelişmeye yöneltme yolundaki tek umudun, onu fikirleriyle birlikte topyekûn reddetmemeye bağlı olduğunu kendine söylemendir. Onun evrenine girmek, kendini onun yerine koymaya çalışmak anlamına gelir. Sanki onun inandığı şeye inanmanın, onun düşündüğü şeyi düşünmenin, onun hissettiğini hissetmenin ne olduğunu içerden deneyimlemek için onun yerine geçmişsin, sonra da kendi konumuna geri dönecekmişsin gibi. Yalnızca bu yaklaşım, bu kişiyi, onu harekete geçiren şeyi ve de belki de onu yanılgıya iten şeyi, eğer durum buysa, gerçekten anlamanı sağlar."

"Evet..."

"Benimsemek ile anlamak arasında bir fark var. Patronunun düşünce tarzını onu yargılamadan anlamak için kendini yeterince onun yerine koyarsan, ona karşı, onun hissettiğine karşı daha hoşgörülü olursun ve böylece, onun değişeceği umudunu besleyebilirsin..."

"Başkalarının kendisi hakkındaki herhangi bir kanaatini hissettiğinden ya da bunu dert ettiğinden emin değilim! Ama, pekâlâ, durumun böyle olduğunu ve onun kendini yargılanıyor ya da reddediliyor hissetmemesi için onun evrenine yeterince girmeyi başardığımı varsayalım, onu şu anki konumundan ne kımıldatır? Tersine bu konumunu güçlendirmiş olmaz mıyım?"

"Hatırlıyorsundur, geçen gün başkasının el kol hareketlerine senkronize olmak üzerine çalıştık. Sana demiştim, bir süre sonra, bu kişinin evrenine katılma yönünde samimi niyetle yeterince uzun süre bunu yapalır, sonra da hafifçe duruş değiştirilirse, diğeri de farkına bile varmadan bizi izlemeye başlar."

"Evet."

"Sanırım bu durum, tek kelime edilmemiş olsa bile, ilişkinin bilinçdışı ve çok derin bir düzeyinde bir tür kaynaşma yaratılmasıyla açıklanır. Bu ilişki kalitesi şu ya da bu şekilde hissedilir ve öylesine enderdir ki herkes bunu korumak, sürdürmek ister."

"Anlıyorum..."

"Dolayısıyla, önceki soruna cevap verirsek, şunu diyeceğim ki, düşmanının evrenine yargılamadan girerek, onun yerine, hislerine ve düşünce tarzına geçerek, belki de daha önce asla yaşamadığı kadar ender bir insan ilişkisi kalitesini yaratmayı başarırsan, bu ilişkiyi koruma arzusunu içinde öylesine hissedecektir ki, onun yanında yavaş yavaş kendine geri dönmen, kendi değerlerini doğal olarak ifade etmen, onun bunlarla ilgilenmesine yetecektir. Onun değişmesini istemek ya da ona bir ahlak dersi vermek zorunda kalmayacaksın. Neden olduğun ilişki sayesinde, kendin olman yeterli olacak. Sana, senin farklılığına açılma, senin değerlerini keşfetme ve sonuçta biraz etkilenmeye, tutumunu değiştirmeye, değişmeye yönelme arzusunu ona bilinçsizce vermiş olursun."

"Demek istediğiniz, onun alanına girince, ona benim alanımı keşfetme arzusu verdiğim mi?"

"Bir anlamda. Ve o an, sen kendin olarak, ona başka bir dünya modeli, olaylara başka bir bakış, başka bir davranış ve hareket tarzı sunarsın, sen ona sitemde bulunmadan ya da bir şey sormadan o bunlarla ilgilenecektir."

"Bu bana Gandhi hakkındaki konuşmamızı hatırlattı..."

"Evet: *Dünyada görmek istediğimiz değişimin ta kendisi olmalıyız...*"

Düşünceye daldım. Bu perspektif bana hem çok güzel, hayranlık verici, hem de kabul edilmesi güç geliyordu. Dubreuil'ün başkasının değişimi için kaçınılmaz bir ön hazırlık olarak sunduğu bu ilişkiyi yaratmak için gereken arzum, cesaretim ve sabrım var mıydı?

"Biliyorsunuz, onun yerine geçmekte gerçekten büyük güçlük çekiyorum. Kendimi çok farklı hissediyorum, onun kaygılarından ışık yılı uzaktayım... Açıkça ifade edersem, onun gibi insanları sabahtan akşama birkaç puanlık piyasa payı ya da şirketin kâr oranında birkaç ondalık kazanmak için dövüşmeye neyin ittiğini anlayamıyorum. Bunun ne önemi var? Altı üstü bir ömürde, biraz mesafeyle bakıldığında, bu sonuçta ne getirir? Onun zekâ düzeyine inip, altı üstü bir şirketin gelişimi için çılgınca bir yarışa ruhuyla ve bedeniyle nasıl atılabilir insan? Biraz anlamsız değil mi? Şirketi için yaşamak. Bana tamamen gülünç geliyor. ABD'deyken Brian diye birini tanımıştım, sürekli şöyle diyordu: 'Tanrı'nın sizinle dalga geçmesini mi istiyorsunuz, o halde ona bütün projelerinizi anlatın!'"

Catherine gülmekten katıldı. Onun varlığını unutmuştum. Dubreuil bir yudum Bourbon içti.

"Belki de senin patron için kendi yaşam dramını unutmanın bir yoludur bu..."

"Yaşam dramı mı?"

"Biliyorsun, şirketlerin yönetici ekiplerinde kadından çok erkek olmasının bir tesadüf olmadığına eminim. Kadınların ayrımcılık kurbanı olduğunu ileri sürenlerin yanıldıkları kanısındayım. Zaten ekonomimizi ellerinde tutan para babaları, sermayelerini yatırdıkları şirketlerin başına geçirdiklerinin cinsiyetiyle ilgilenmezler. Tıpkı onların kişilikleriyle de ilgilenmedikleri gibi. Hayır, yönetici konumda kadınların son derece ender bulunmasının bambaşka bir açıklaması olmalı."

Catherine gözlerini not defterinden kaldırdı ve Dubreuil'e baktı.

"Nedir?" diye sordum.

"Kadınlara bağışlanmış bir şey var. Tanrıların bir lütfu. Bu onları öyle ayrıcalıklı varlıklar yapıyor ki, bu tür gereksiz şeyler için mücadele etme ihtiyacı hissetmiyorlar..."

"Demek istediğiniz..."

"İnsan, bir can, bir yaşam yaratabildiğinde, onu kendi içinde taşıyıp sonra da bütün evrene sunabildiğinde, bir hisse senedinin borsada kuru için aniden heyecanlanabileceğine gerçekten inanıyor musun?"

Bir can yaratmak... Düşünüldüğünde gerçekten olağanüstü... Çocukların dünyaya gelişi çevremizde o kadar yaygın şeylerden ki, kimi zaman bunun büyüklüğünü, muhteşemliğini, bu görülmedik şeyin büyüsünü unutuyoruz. Bir can yaratmak...

Alışkanlığına sadık kalan Dubreuil, Bourbon kadehini parmaklarının arasında yavaşça döndürüyordu.

Gizli not defterini okuduğumdan beri kendimi tehdit altında hisseden benim için onun ağzından böyle laflar işitmekte teskin edici bir şey vardı. Yaşam karşısında böyle hayrete kapılan biri gerçekten de bir başkasının canına kastedebilir miydi?

Catherine, düşünceleri içinde kaybolmuş, boşluğa bakıyordu.

"Biz erkekler," diye sözüne devam etti, "bilinçdışımızın en derinlerinde, yaşamı taşıma ve yaratma yetersizliğimizden örselenmişiz. Eminim ki çoğumuzda pek yaygın görülen mesleki tutku, bu eksikliği ödünleme, bu tür yaşamsal boşluğu doldurma yönündeki çözülmemiş ihtiyaçtan gelir."

"Gerçekten buna inanıyor musunuz?"

"Buna inanmak için bürodaki yönetici kadroların konuşmalarını dikkatle dinlemek yeter. Bilirsin, kullandığımız söz dağarı asla tesadüf ürünü değildir. Az çok ruhumuzun aynasıdır... O yöneticileri iyi dinle, hamileliğe ve doğurmaya bağlı metaforları sıklıkla işitirsin. Şirkette güç bir proje için, *acıyla doğurdu* ya da *gebeliği uzun sürdü* denmez mi? Başarısız kalındığında, *proje düşük yaptı* denmez mi? Proje bitmek bilmiyorsa, yeni finansman ve yardımlar gerekiyorsa, *kerpetenle doğurtuldu* denir. Başlangıçta umut vadeden bir program hayal kırıklığı yarattığında, *dağ fare doğurdu* olur. Bir eylem planı başarılı sonuçlandığında, *nihayetine erdi* denir. Bir fikir somutlaştı mı? *Gün ışığına çıkan projedir* o..."

Şaşkın, sessiz kalmıştım. Böyle bir şeyi hiç hayal etmemiştim, böyle bir bağ hiç kurmamıştım. Bana göre, iktidara yönelik çılgın yarış, sıradan anlamda erkeksi sıfatlar olan saldırganlık ile rekabet enerjisinin karışımının sonucuydu...

Bunu, iktidardan belirgin bir zevk aldığını kesinlikle hissettiğim Dubreuil'ün ağzından işitmek tuhaftı. Kendine dair bu kadar berrak bir bilinci olabilir miydi?

Sonuçta, bazı erkeklerin kadın düşmanlığı belki de paradoksal bir şekilde bir aşağılık kompleksini gizliyordu...

"Benim bürodaki durumuma gelirsek, başkanım karısını kıskanıyor mu, yoksa tavanı delen bir testosteron oranına mı sahip bilmiyorum, ama ondan bir şey elde edemeyeceğim kesin."

Dubreuil oldukça sinirli bir hal takındı. Bütün buyruklarını uygulamaya koymayı başaramadığım için bana mı öfkelenmişti, yoksa arzu ettiği kadar etkin bir şekilde onları bana aktaramadığı için kendine mi öfkeleniyordu?

Purosunu dövme bakırdan büyük bir küllüğün içine fırlattı.

"Başkalarının sana dayatmak istedikleri şeye maruz kalmadan yaşamını eline alman için gereken kaynaklar artık sende var."

Bourbon'unun kalanını bir dikişte bitirdi, kadehi sertçe sehpaya bıraktı ve ayağa kalktı.

Catherine gözlerini notlarından ayırmıyordu.

"Şimdi, şunu yapacaksın," dedi kütüphanelerin önündeki alanı arşınlarken, Makyavelci bir gülümsemeyle. "Yeni bir görevi tamamlayacaksın."

"Nedir?"

Puronun kokusu odayı doldurmuştu.

"Başkanının hatalı olduğunu, kararlarının şirkete zarar verdiğini mi düşünüyorsun?"

"Bana apaçık geliyor bu."

"Şirketin başka türlü yönetilmesi gerektiğini, yalnızca mali ölçütler dışındaki unsurları da işin içine katmak gerektiğini düşünüyorsun..."

"Kesinlikle."

"O halde onun yerine geçeceksin."

"Çok tuhaf."

Gözlerimin içine baktı.

"Şaka yapmıyorum, Alan."

"Şaka kesinlikle!"

Kaşlarını çattı.

"Hayır, seni temin ederim."

Aniden derin bir kuşku duydum. Gerçekten... gerçekten ciddi miydi?

Belirgin şaşkınlığım karşısında, bir süre beni sessizce süzdü.

"Seni engelleyen ne?" diye sordu, yumuşak görünmeye çalışan bir sesle.

Soru öyle yersizdi ki, kendimi dengemi yitirmiş hissettim. Bakan ya da uluslararası star olmanızı neyin engellediğini size nazikçe soran bir yakınınıza ne cevap verebilirsiniz?

"Ama... bence... açık olan bir şey var... Evet, gerçekçi olalım, insanın yapabileceklerinin yine de bir sınırı vardır..."

"Tek sınır bizim kendi koyduklarımızdır."

Ben de öfkelendiğimi hissetmeye başlamıştım. Bu şekilde vazgeçmeyeceğini bilecek kadar tanıyordum onu... Ne yapacağımı bilemiyordum. Bu adam, bilinç berraklığı ve incelikli analiz anlarıyla saçma sapan şekilde ayakların yerden kesildiği anları birbirinin yerine kesinlikle geçirebiliyordu.

"Düşünebiliyor musunuz, benim şefim bile değil. Şefimin şefi! Aramızda üç hiyerarşik basamak var!!!"

Catherine gözlerini kaldırdı. Şimdi Dubreuil'e bakıyordu.

"Dağa tırmanmak isteyen yüksekliğinden etkilenmemelidir."

"Ama bir şirkete adım attınız mı hiç? Basamaklardan böyle sıçranmaz! Kurallar vardır!"

"Kurallara uyum sağlayan kişi düşünmekten kaçınır. Çerçeve içinde kalarak akıl yürütürsen, herkesin daha önce düşünmüş olduklarından başka çözüm asla bulamazsın. Çerçeve dışına çıkmak gerekir..."

"Bütün bunlar güzel laflar, ama somut olarak, benim yerimde olsanız ne yapardınız?"

Koltuğunun koluna oturdu ve gülümseyerek bana baktı.

"Uğraş bakalım, Alan. Kendi kaynaklarından bulup çıkar."

Ayağa kalktım, gitmeye kararlıydım. Bir deliyle yemeğe kalamayacaktım.

"Oraya varma imkânım hiç yok."

Derinden gelen bir sesle ağır ağır konuştu:

"Bu senin son görevin. Başar bunu ve sana... özgürlüğünü iade edeyim."

Özgürlüğüm... özgürlüğüm... Gözlerimi ona diktim. Sakin sakin gülümsüyordu, çok kararlı olduğu belliydi.

"Özgürlüğümü gerçekleştirilemez bir göreve bağlayamazsınız. Kabul edemem."

"Ama... tercih şansın yok, sevgili Alan. Taahhüdünü hatırlatmama gerek var mı?"

Gözlerime buyurgan, doyumsuz, acımasız bir bakış yöneltti.

"Sana Dunker Consulting'in başkanı olmanı emrediyorum."

Pek ciddi sesi büyük odanın sessizliği içinde çınladı.

Zaaf göstermeden bakışına direndim.

"Üç hafta veriyorum sana," dedi.

"İmkânsız bu."

"Bu bir emirdir. Ne olursa olsun 29 Ağustos'ta beni bul. Seni saat 20'de... Jules Verne'de bekleyeceğim."

Yüreğim sıkıştı. Jules Verne... Eyfel Kulesi'ndeki restoran... Sesini alçaltarak söylemişti bunu. Gözlerini benden ayırmadan, restoranın adını çok yavaş telaffuz etmişti. Tehdit açık, korkunçtu. Bacaklarımın titrediğini hissettim. Umutlarım boşa çıkmıştı. Bir delinin elinde olduğum kesindi.

Uzun süre, karşı karşıya, hareketsiz ve sessiz kaldık, sonra arkamı döndüm. Kapıya doğru yürürken Catherine'in bakışlarıyla karşılaştım. O da benim kadar yıkılmış bir haldeydi.

32

"Yves Dubreuil diye biri yok."

"Anlamadım?"

"Müfettiş Petitjean. Duydunuz mu beni? Yves Dubreuil diye biri yok."

"İki saat önce onunla birlikteydim."

"Gerçek adı İgor Dubrovski."

Bu adı işitince, nedendir bilmem, aniden belli belirsiz bir sıkıntı hissettim.

"Bir Beyaz Rus," diye devam etti, "soylu biri. Ailesi devrim sırasında Rusya'yı terk etmiş. Paralarını da yanlarında götürmüşler. Belli ki yüklü bir servetleri var. Sonra, oğulları eğitimini Fransa'da ve Amerika Birleşik Devletleri'nde yapmış. Psikiyatr olmuş."

"Psikiyatr mı?"

"Evet, psikiyatri doktoru. Ama pek az çalışmış."

"Neden?"

"Bilgi eksikliği var. Bu saatte, bir pazar günü, kolay değil... Tabipler birliğinden silinmiş olabilir. Bunun çok ender bir durum olduğu söylendi, demek ki ciddi bir şey yapmış."

"Ciddi bir şey..."

Düşünceye daldım.

"Sizin yerinizde olsam, dikkat ederdim."

O sırda, arkada birinin bangır bangır bağırdığını işittim. Kesik kesik laflar duydum.

"Kiminle konuşuyorsunuz, Petitjean? Kim o?"

Boğuk gürültüler. Müfettiş arada bir eliyle telefonu kapatıyor olmalıydı.

"Santral aradı. Sizin fişleri istediğinizi söylüyor. Bu karışıklık da neyin nesi? Sıkıntı istemiyorum, Petitjean, anlaşıldı mı? Hem..."

Telefon kapandı. Kesilen hattın bip-bip'leri sonsuzca tekrarlandı. Kendimi aniden yalnız hissettim, içimden yükselen kaygıyla yapayalnızdım.

Telefonu kapattım. Evim aniden çok sessiz geldi, çok boş. Pencereye yanaştım. Paris'in sayısız ışıkları yıldızları görmemi engelliyordu.

Şaşkınlık içindeydim. Dubreuil'ün kendi kimliği konusunda bile bana yalan söylemiş olması beni derinden rahatsız etmişti. Kendimi açtığım adam, sandığım kimse değildi.

Ciddi bir şey... İşlenen bu fiilin ciddiyeti nereye kadar uzanıyordu?

Yirmi dört saat önce kaçırılmamdan bu yana hiç aralıksız biriken sinirsel ve fiziksel yorgunluk üzerime bir kütle gibi çöktü ve kendimi aniden içi boşalmış, güçsüz hissettim.

Işıkları söndürdüm ve yatağın içine büzüldüm. Ama bitkinliğime rağmen uykum gelmiyordu.

Dubreuil'e karşı taahhüdümün ifadesi, sağır edici, boğucu bir şekilde sürekli aklıma geliyordu. Yavaş yavaş da korkum artıyordu.

Hayat üzerine...

Bu adam eyleme geçebilecek biriydi. Artık bundan emindim.

*

Gece yarısı ter içinde uyandım. Uykumda aniden aklıma bir cevap gelmişti. Geminin tek kaptanı olan bilinçdışımızın, bilgilerimizin, deneyimlerimizin ve uzun süredir unutulmuş, zihnimizin uçurumunda kaybolmuş milyarlarca haberin dipsiz kuyusunda yolunu şaşırmış bir unsur bulduğu vakitti.

Dubrovski intihar teması üzerine makalenin yazarının adıydı. Görkemli bir intiharın en tercih edilesi yeri olarak sunulan Eyfel Kulesi'ndeki kirişlere erişecek yolun varlığını bana göstermiş olan makale.

33

Ertesi günü tuhaf bir halde geçirdim. Artık sürekli bana eşlik eden sinsi korkunun ötesinde, kendimi yine dehşetli yalnız hissediyordum. Dünyada tek başına. Kuşkusuz ki katlanılması en güç şeydi bu.

Bu düşman evrende, yalnızca Alice benim gözüme girmişti. Elbette yalnızca bir meslektaştı, dost değil, ama onun sahiciliğine, doğallığına değer veriyordum. Onun da bana değer verdiğini hissediyordum, dolambaçsızca, çıkarcı bir art niyeti olmadan. Bu bile çok şeydi.

Gün boyu dört adayla görüştüm. Meçhul kişilerdi elbette. Yaşamlarını bana en iyi yanlarıyla anlattılar. Kendimi onlara imrenirken yakaladım. Onların yerinde olmayı arzuluyordum. Kendilerine yaşamın anlamı üzerine metafizik sorular sormadan, kariyer yapmak için asıldıkları mesleki bir yolculuğun kaygısızlığı içindeydiler. Samimi bakışlarının işe alınabilmek için benim lütfumu kazanmaktan başka amacı olmadığını unutarak, onların dostu olmak istemiştim.

Bürodan erken ayrıldım. Evimin önünde Étienne'le vakit geçirdim. Eski taş merdivenin yıpranmış basamaklarına oturduk ikimiz de. Onun varlığının ve soğukkanlı yüz ifadesinin kaderime dair beni neden bu kadar rahatlattığını bilmiyordum. Karşı fırından aldığım hâlâ sıcak elmalı pastaları tadarken havadan sudan konuştuk. Önümüzden yayalar geçiyordu. Günün sonuna gelmiş olmamıza rağmen, hep huzursuz, yerinde duramaz bir halleri vardı.

Eve girince, içeriyi tepeden tırnağa eşelemeye giriştim. Muhtemel alıcıları bulabilmek için her şeyi ince ince gözden geçirdim. Bir şey bulamadım.

Sonra internetin başına geçtim. Google'a "İgor Dubrovski" yazdım ve midem düğümlenirken aramaya başladım. Yedi yüz üç sonuç. Çoğu meçhul dillerde. Rusça kuşkusuz... Sayfaları çevirdim. Anlaşılır bilgiler arayarak sonuçları gözlerimle taradım. Fransızca bir sonucun birkaç satırını gördüm. Bir isim listesi. Her birinin yanında bir yüzde:

"Benard Vialley %13,4 – Jérôme Cordier %8,9 – İgor Dubrovski %76,2 – Jacques Ma..."

Site editörünün adresine bir göz attım: societe.com. Şirketler üzerine mali bilgi sitesi. Bir adaşı kuşkusuz... İçim rahat etsin diye tıkladım. Web sayfası Luxares SA adlı bir şirketin hissedar listesini veriyordu. Alakası yoktu. Google'a ve sonuçlar listesine geri döndüm... Fransızca yazılmış bir sonuç daha: "François Littrec'i Dubrovski mi öldürdü?" Ürperdim. Haber bir basın sitesi tarafından yayımlanmıştı: lagazettedetulouse.com. Kalbim giderek daha hızlı çarpıyordu. Tıkladım.

Hata mesajı. Sayfa bulunamıyor. Hay aksi, bağlantılarını güncelleyemezler miydi!..

Google'a geri döndüm. Başka yazılar birbirini izliyordu. Muhtemelen aynı olaydan söz eden, çeşitli basın sitelerinde yayımlanmış yazılar. "Dubrovski Olayı. Sanık olayları eline aldığında." Tıkladım. Bir metin bir davanın gidişatını yorumluyordu, ama olayın özünü açığa çıkarmak yerine, Dubrovski denen kişinin duruşmadaki tutumunu tarif ediyordu. Onun avukatını sürekli azarladığı ve sonunda onun yerine konuştuğu söyleniyordu. Makale, jürinin onun müdahalelerinden belirgin biçimde rahatsız olduğunu aktarıyordu.

Jüri... Demek ki bir ağır ceza mahkemesiydi. Ve ağır ceza mahkemelerine ancak cinayet için gidilir.

Bir başka makaleyi inceledim: "Günün birinde hakikati öğrenebilecek miyiz?" Gazeteci davada durumun tersine dönmesini açıklıyor ve polisin kesin suçlu gösterdiği bir adamın herkesin zihnine kuşku saçmayı başarabilmesine şaşırıyordu.

Birçok makale de aşağı yukarı aynı şeyi söylüyordu. Hepsinin tarihi... yetmişli yıllardı. Yaklaşık otuz yıl öncesi... Gazeteler arşivlerini internette yayımlamışlardı.

Le Monde gazetesinden bir makale. "Freud, uyan, delirdiler!" Tıkladım. Jean Calusacq adlı birinin imzasını taşıyordu ve 1976 tarihliydi. Psikiyatr İgor Dubrovski'nin tehlikeli olarak nitelenen yöntemlerinin bir tür teşhirine ayrılmış uzun bir metin. Ürperdim. Oydu... Yazar, Amerika Birleşik Devletleri'nden getirilmiş ve savunucusunun Dubrovski olduğunu söylediği psikoterapi yöntemlerine saldırıyordu. Çalışmasının temellerini şiddetle teşhir ediyordu. Makale, Dubrovski'nin suçluluğu hakkında pek kuşkuya yer bırakmıyordu: Genç François Littrec'i henüz aydınlığa kavuşmamış koşullarda intihara itmiş olduğu kesin gözüküyordu. Calusacq, Dubrovski'nin kellesini istiyordu.

Yıkılmıştım. Tehlikeli bir psikiyatrın ellerindeydim. Henüz mesleğini icra ederken tedavi ettiğini iddia ettiği insanlardan daha deli olduğuna kuşku yoktu... Tanrım!..

Başka makaleler buldum. "Beraat etti" kelimesi aniden gözüme çarptı. "Dubrovski beraat etti" başlığını atmıştı *Le Parisien*. Tıkladım.

"Dubrovski'nin beraati bütün bir mesleği sorunlu kılıyor. Mahkeme, suçluluğu bu kadar aşikâr olan bir adamı nasıl serbest bırakabilir?" diyordu gazeteci.

Bir başka makale ise psikiyatrın, oylarını etkilemek için jüriyi hipnotize edip etmediğini soruyor, tartışmalara katılmış kişilerin şaşırtıcı yorumlarını aktarıyordu.

Diğer iki makale, tabipler odası meclisinin üyelikten silme kararını manşet atmış, verdiği cezanın gerekçelerini basına bildirmeyi reddeden bu mercinin kararının şeffaf olmamasını eleştiriyordu.

Yeterince okumuştum.

Bilgisayarımı kapattım. Midem burkuluyordu. Kendimi korumalı ve bu arı kovanından çıkmalıydım. Ama nasıl? Kesin olan bir şey vardı: Bana verdiği imkânsız görevi gerçekleştirmeye çalışarak değil.

34

İki gündür bütün olasılıkları kafamda evirip çeviriyordum. Hiçbiri yeterince tatminkâr değildi. Gerçeği kabul etmek zorunda kaldım: Polis beni korumayı kabul etmezse hiç çözüm yoktu. Sonunda tek umudumun, Dubreuil'ü isteğinden vazgeçmeye, bu son görevden caymaya ikna etmek oluğunu kabullendim. Yapılacak en akıllıca şey buydu. Onun öğrettiklerinden yararlanacak, fikir değiştirmesi için bunları ona karşı kullanacaktım.

Kesin bir senaryo inşa ettim. Tutumları, soruları ve argümanları birbirine ekledim, olası bütün itirazları önceden düşündüm, bütün örnek durumları, tahmin edilebilecek hep tepkiyi hayal ettim.

Yöntemimi özenle hazırlamam günler aldı. Sonunda artık yeterince hazır olduğumu düşündüm. Ortaya çıkan hazırlık çabalarım, ancak eyleme geçmeyi geciktirme irademle doğrulanıyordu. Dubreuil beni korkutuyordu ve onun inine geri dönme, kendimi bile bile onun pençeleri arasına atma fikri kaygılandırıyordu.

Sonunda eylemimi planladım. Evine habersiz gitmeye karar verdim. Yemekten sonra, bir akşam, enerjisinin kuşkusuz en düşük olacağı bir vakitte, ama uşaklar henüz ayrılmamışken oraya gidecektim.

Caddeye 21.30 civarında vardım. Bir önceki durakta otobüsten indim. Beynime oksijen doldurmak ve korkudan kasılmış midemi gevşetmek için yürümek istiyordum. Ihlamurlar havayı hoş kokularla doldurmuştu. Yine de, sıcak ve boğucu havada fırtına kokusu vardı.

Temmuz tatilcilerinden bazılarının dönmüş, evlerine yeniden yerleşmiş olmasına rağmen, semt hâlâ sakinliğini koruyordu. Olası farklı senaryoları zihnimden geçiriyordum. Şansım oldukça zayıftı, ama umudumu koruyordum. Dubreuil'ün etkisinden kurtulma zorunluluğuyla hareket ediyordum.

Ben yaklaşırken, malikânenin gölgesi de yavaş yavaş önümde belirdi. Tehditkâr uçlarla süslenmiş siyah yüksek parmaklıkların önünde durdum. Ön cephedeki pencereler karanlığa gömülmüştü. Terk edilmişe benzeyen bu yerlerde bir ölüm sessizliği hüküm sürüyordu. Ara sıra çakan yıldırımlar sesiz göğü çizgilere boğuyordu.

Zili çalmadan önce, karanlığı gözleyerek tereddüt içinde bekledim. Aniden şiddetli sesler işittim. Bir kadın sesi. Holün ışığı yandı.

"Bıktım artık! Gına geldi!" diye bağırdı kadın.

Kapı birden açıldı ve kadının silueti ışıkta belirdi. Donup kalmıştım, şaşkınlık içindeydim, anlayamıyordum. Sekinin merdivenlerinden inen genç kadın... evet... Audrey'den başkası değildi. Audrey, aşkım...

Ben daha bir hareket yapmaya imkân bulamadan parmaklıkların küçük kapısı şiddetle açıldı ve benimle burun buruna geldi. Aniden kalakaldı. Yüzündeki şaşkınlığı gördüm, gözleri fal taşı gibi açılmıştı.

"Audrey..."

Cevap vermedi, ama bana çok acı çeken bir bakışla baktı, yüzünden acı okunuyordu.

Kararmış, hâlâ sessiz gökyüzünde şimşekler giderek artıyordu.

"Audrey..."

Gözlerinden yaşlar boşanırken kaçmak için geriliyordu.

"Audrey..."

Ona doğru bir adım attım. Duygularıma gömülmüştüm. Hâlâ süren çekim gücü ile onun reddinin neden olduğu dayanılmaz acı arasında işkence çekiyordum.

Elinin bir hareketiyle beni durdurdu, gözyaşları içindeydi ve hıçkırıklar arasında bana, "Ben... ben, yapamam," dedi.

Sonra, arkasına bakmadan, koşarak uzaklaştı.

*

Acım hızla şiddetli bir öfkeye dönüştü. Korkumu unutarak parmaklıklardaki kapıya atıldım. İnterfonu deli gibi çaldım, düğmeye onlarca kez basıyordum, sonra parmağımı üzerinde tuttum.

Kimse cevap vermiyordu.

Parmaklığı iki elimle kavradım ve var gücümle sarstım, öfkemi serbest bırakmıştım, bütün gücümle bağırıyordum, sesim Stalin'in tufan gibi havlamalarını bastırıyordu.

"Orda olduğunuzu biliyorum!"

Yeniden zile bastım. Boşuna. Sonunda fırtına patladı. Gök boğuk boğuk gürledi. İlk yağmur damlaları görüldü; önce tek tük ve sıcaklardı, sonra çabucak yoğunlaştılar ve sağanak başladı.

Hiç düşünmeden parmaklığa hücum etim. Islak ve kaygan dikey çubuklar hiç geçit vermiyordu, ama öfkeyle davranıyordum ve bu da enerjimi iyice artırıyordu. Kollarımın gücüyle kendimi yukarı çektim ve zar zor tepede doğrulmayı başardım, ayaklarım mızrakların arasına sıkışmıştı, sonra boşluğa atladım.

Çalılar düşüşümü yavaşlattı. Doğruldum ve nefes nefese, ağır kapıya doğru koşturdum. Soğuk hole girdim. Büyük salondan ışıklar geliyordu. Hızlı adımlarla holden geçtim, topuklarım mermeri dövüyordu, gürültü ölçüsüz büyüklükteki alanda çınlıyordu. Salona girdim. Süzülerek gelen ışıklar öfkeli halimle zıtlık oluşturuyordu. Dubreuil'ü hemen gördüm. Bana sırtını dönmüştü, piyanonun önüne oturmuş, hareketsiz, elleri dizlerinde duruyordu. İliklerime kadar ıslanmıştım; yüzümden ve giysilerimden hâlâ sular damlıyor, İran halısının üzerinde akıyordu.

"Öfkelisin," dedi dünyanın en sakin haliyle, arkasını dönmeden. "İyi bu. İnsan ketlenmesini ya da hıncını asla kendine saklamamalı... Haydi. Kendini ifade et. İstersen bağır."

Bu sözler, ayağımın altına karpuz kabuğu koymuştu. Ona bağırıp çağırmayı öngörmüştüm, ama bağırmak şimdi onun buyruğuna boyun eğmek anlamına geliyordu... Kendimi tuzağa düşmüş hissettim, hızım kesilmişti. Görünmez iplerden nazikçe çekilerek duyguları ve eylemleri manipüle edilen bir kukla olduğum iğrenç duygusu içindeydim. Onun etkisini kırmaya karar verdim ve öfkemin patlamasına izin verdim.

"Audrey'ye ne yaptınız?" diye gürledim.

Hiç cevap yoktu.

"Sizin evinizde işi ne?"

Sessizlik.

"Benim aşk hayatıma burnunuzu sokmaktan sizi men ederim! Anlaşmamız benim duygularımla oynama hakkını size vermiyor!"

Hâlâ cevap vermiyordu. Catherine'i fark ettim, salonun bir köşesinde, kanepelerden birine oturmuştu. Devam ettim:

"Aşkı küçümsediğinizi biliyorum. Sizin için önem taşımıyor. Aslında, siz sevebilecek biri değilsiniz. Yarı yaşınızda bile olmayan kadınlarla maceralarınızın sayısını artırıyorsunuz, çünkü içlerinden birini gerçekten sevmekten korkuyorsunuz. Hayatta istediğini elde etmek, irade koymak ve düşlerinin sonuna dek gitmek iyi bir şey.

Bunu size borçluyum ve bunun değerli olduğunu kabul ediyorum. Ama sevme yeteneği yoksa, bir başka insanı sevmeyi, genel olarak başkalarını sevmeyi başaramıyorsak bir işe yaramaz bu... Siz kamusal mekânlarda sigara içiyorsunuz, otobüs yollarında, kaldırımlarda arabayla gidiyorsunuz. Başkalarının rahatını, huzurunu küçümsüyorsunuz. Ama başkalarından kopulacaksa, istediğin şeyi elde etmen ne getirir? İnsan yalnızca kendisi için yaşayamaz, yoksa hayatın anlamı kalmaz. Dünyanın bütün lüksü bile bir ilişkinin güzelliğinin, bir duygunun saflığının yerini tutamaz. Hatta bir komşunun ya da yolan geçen birinin içten gülümseyişinin ya da meçhul birinin dokunaklı bakışının yerini tutamaz. Sizin güzel teorileriniz kusursuz, etkili, dâhice hatta... Yine de, bir şeyi unutuyorsunuz, tek bir şeyi, ama temel bir şey o: Sevmeyi unutuyorsunuz."

Sustum ve öfkemden gücü iyice artmış olan sesim geniş odanın içinde sönerek yerini mutlak bir sessizliğe bıraktı. Dubreuil sırtı dönük duruyordu. Catherine'in bakışları yerdeydi. İkisi de hiç kımıldamıyordu.

Geri döndüm. Kapıya gelince, tekrar dönüp, "Audrey'ye dokunmayın!" dedim.

*

Ayrılışından uzun süre sonra genç adamın sözleri geniş salonda sanki hâlâ çınlıyor gibiydi. Sonra mekâna derin bir sessizlik çöktü.

Catherine gözünün önünde cereyan eden sahneden oldukça etkilenmişti. Duygusal taşkınlıklara pek alışkın olmadığından böyle bir şeye tanık olmaktan hiç hoşlanmamıştı.

Geride durdu, tek laf etmemişti, İgor'un tepkisini bekliyordu.

İgor hiç kımıldamıyordu, ciddi bir hali vardı, bakışları hep yere dönüktü.

Sessizlik sonsuzca sürdü, sonra Catherine onun, ölmüş bir ruhla mırıldandığını işitti:

"Haklı."

35

Ertesi gün öfkem yavaş yavaş silinerek yerini içimi kemiren anlayamama hissine bıraktı.

Ben mesafe kaydettikçe açıklanamaz olaylar artıyor ve Dubreuil'le, daha doğrusu Dubrovski'yle ilişkim o ölçüde muamma halini alıyordu. Yaşamıma bu denli nasıl sızabilmişti? Özellikle de, ne hazırlıyordu? O yalnızca hastalarıyla arası kötü, yaşlı bir psikiyatr değildi. Tehlikeli bir sapkındı, manipülatördü, her şeyi yapabilecek biriydi.

Yine de onun zayıf noktasına, insan ilişkileri üzerine teorilerine parmak bastığımı düşünüyordum. Bir ilişkide gerçekten büyülü bir şeyin olabilmesi için, başkasını sevmek için kendine izin vermek gerekir. *Başkasını sevmek.* Anahtar elbette buydu. İster dostça olsun ister profesyonelce, bütün ilişkilerin anahtarı. Dubrovski'de eksik olan anahtar. Patronumu ikna etmek söz konusu olduğunda bende de eksik olan anahtar. Onu sevmiyordum ve ister istemez bunu hissediyordu... Bütün çabalarım boşunaydı, gereksizdi. Onu biraz, yalnızca birazcık sevmeyi başarabilmek için iğrenç tutumunu yeterince bağışlamanın yolunu bulmam gerekiyordu... Böylece, yalnızca bu koşulla, gerçekten bana, fikirlerime, önerilerime açılabilirdi... Ama insan en berbat düşmanını sevme cesaretini nasıl bulabilir?

Gün bitmişti. Sokağıma vardım. Bu aşina çevrenin yaklaşması biraz gevşememi sağladı. Montmartre köyünün pek sempatik bir yanı vardı... Büyük bir şehirde olduğumu neredeyse unutuyordum.

Hâlâ aşk üzerine düşüncelerime ve akıl yürütmelerime dalmış haldeydim ki, her zaman olduğu gibi tepeden tırnağa siyahlar giymiş yaşlı komşumun bana doğru yürüdüğünü fark etim. Evime son ziyaretinden beri benimle konuşmaktan kaçınıyordu.

Bakışlarımız kesişti, ama en yakın vitrinle ilgileniyor gibi yapmak için gözlerini çevirdi. Şanssızlık eseri, iç gıcıklayıcı iç çamaşırlar satan bir dükkânın vitriniydi. Gayet cüretkâr pozlardaki mankenlere giydirilmiş jartiyerli ve string külotlara bakarken buldu kendini. Vitrinin ortasında, tam karşısında, büyük bir iç çamaşır markasının öğüdünü atlamasına imkân yoktu. Etine dolgun bir yaratığın bütün cazibesini sergileyen dev afişin üzerinde, "Ders 36: Köşeleri Yumuşatmak" yazıyordu. Başını hızla çevirdi ve yere bakarak yoluna devam etti.

"Merhaba, Bayan Blanchard!" diye seslendim, neşeyle.

Gözlerini yavaşça kaldırdı.

"Merhaba, Bay Greenmor," dedi, çok hafif kızararak. Son karşılaştığımız sahneyi hatırladığı kesindi.

"Nasılsınız?"

"İyiyim, teşekkürler."

"Hava ne güzel bugün! Dün geceden beri değişti..."

"Evet, doğru. Hazır sizi görmüşken, söyleyeyim: Dördüncü kattaki komşumuz için şikâyet dilekçesi dolaştıracağım. Kedisi pervazda gezinip dairelerin içine giriyor. Geçen gün onu benim kanepenin üzerinde yatarken buldum. Kabul edilebilir bir şey değil."

"Küçük gri kedisi mi?"

"Evet. Bay Robert'in de mutfak kokusundan gına geldi. Yemek hazırlarken penceresini kapatabilir oysa. Yöneticiye defalarca söyledim, ama tek şikâyet eden benim."

Tamam, konu değiştirmeli... Onu pozitif hale getirmeyi pek arzuluyordum...

"Alışveriş yapmaya mı gidiyorsunuz?"

"Hayır, kiliseye gidiyorum."

"Hafta içi mi?"

"Her gün gidiyorum, Bay Greenmor," dedi, belirgin bir gururla.

"Her gün..."

"Elbette!"

"Şey... Neden her gün gidiyorsunuz?"

"Ama... çok açık! İsa Mesih'e sevgimi belirtmek için."

"Ah, evet, anlıyorum..."

"İsa Mesih..."

"İsa'yı sevdiğinizi belirtmek için her gün kiliseye mi gidiyorsunuz?"

"Evet..."

Bir an tereddüt ettim.

"Biliyorsunuz, Bayan Blanchard, size söylemem gerek..."

"Neyi?"

"Benim... nasıl demeli... bazı kuşkularım var..."

"Kuşkular mı, Bay Greenmor? Neye dair?"

"Şey... Siz iyi bir Hıristiyan mısınız, bilemiyorum..."

Donup kaldı, can evinden vurulmuştu, sonra kıpkırmızı olup titremeye başladı.

"Nasıl cesaret edebilirsiniz!"

"Ee, şey... İsa'nın buyruklarını yerine getirmediğinizi düşünüyorum..."

"Elbette yerine getiriyorum..."

"Ben bir uzman değilim, ama... İsa'nın, 'Beni sevin!' demiş olduğunu hatırlamıyorum. Buna karşılık, 'Birbirinizi sevin!' dediğine eminim..."

Sessizce bana baktı, ağzı yarı açık, tamamen şaşkın bir halde. Deli gibi.

Uzun bir süre donmuş bir halde kalakaldı. İri iri açtığı gözlerini bana dikmişti. Onu dokunaklı buldum. Sonunda ona acımıştım.

"Buna karşılık," dedim. "İsa'nın 'yakınınızı kendinizi sevdiğiniz gibi sevin' emrine uyduğunuzu biliyorum."

Bakışlarından, anlamadığı belli oluyordu. Ne yapacağını bilemez bir halde, sessiz kalakaldı. İyice dokunaklı bir hal almıştı. Sesime fazlasıyla yumuşaklık ve samimiyet katarak sordum:

"Bayan Blanchard, kendinizi neden sevmiyorsunuz?"

36

Sabahın ikisi. Aynı düşünceleri kafamda evirip çevirmekten bir türlü uyuyamıyordum. Bir türlü cevap bulamıyordum. Dubrovski'nin gerçekten ne istediğini bilmiyordum. Bir durumu anlamamın imkânsızlığının stres kaynağı olması deliceydi.

Ya şu Google'da gördüğüm, onun da adının bulunduğu hissedar listesi? Gerçekten bir adaşı mıydı? Ya o ise? Belki biraz daha eşelemeliydim... Bunu hafife almıştım... Hangi şirketti bu? Luxores, Luxares, öyle bir şey...

Tamam, bu yöne gittiğime göre, bunu saptamadan gözüme tekrar uyku girmeyecekti... Ne çile! Zihnimi geceleyin neden devre dışı bırakamıyordum, kaçık gibi ince ince düşünmeye son verip sakince neden uyuyamıyordum?

Kolumu baş ucu lambamın düğmesine uzattım. Işığın gözümü kör etmesini önlemek için gözkapaklarımı kıstım.

Klak! Lamba kısa bir an yanıp söndü. Ampul patlamıştı. Kahretsin... Neyse, böylece daha az uyanır ve daha kolay uyurdum.

Karanlıkta doğruldum ve pencereye kadar ilerledim. Gecenin soluk aydınlığının içeri girmesi için perdeyi araladım. Uyuklayan şehir utangaççа göz kırpmaya devam ediyordu.

Odada yürüdüm ve bilgisayarımın başına oturdum. Yarı karanlıkta, cılız, soğuk ışığını yayarak aydınlandı. Uyanışına her zaman eşlik eden aşina müziğin üç notası gecenin derin sessizliğini bir an parçaladı.

Klavye tıkırdarken, uyuşmuş parmaklarım tuşlara gömülerek Google'a İgor'un adını yazdı.

Rusça sonuçlar ekranda yeniden sergilendi. Sayfaları art arda çevirdim, sonuçlar listesini çaprazlama geçtim. Esnememi, sonra da hafifçe ürpermemi engelleyemedim. Donlaydım, üstüm çıplaktı ve gece serindi.

İsim listesini aniden tanıdım. Her birinin ardından bir yüzde geliyordu. Tıkladım. Bu İgor Dubrovski'nin % 76,2'yle çoğunluk hisselerine sahip olduğu şirketin adı Luxares SA'ydı. Ama sayfayı yayımlayan site şirketin muhasebesinden gelen rakamlardan başka bir şey vermiyordu.

Adını Google'ın arama bölgesine kopya edip *Enter*'a tıkladım. Yalnızca yirmi üç sonuç. Olsun. Basın, mali enformasyon siteleri, sonra bu şirketin resmi sitesi gözüken yeri saptadım:

"luxares.fr, Luxare SA, uzmanlaşmış restorasyon şirketi..."

Tıkladım.

İrkilmekten kendimi alamadım. Gözlerimin önündeki şey beni şaşkınlığa düşürmüştü.

Odamın karanlığını parçalayarak ekranın ortasında beliren fotoğraf geceleyin çekilmişti. Ön planda, iğrenç metalik kirişler alacakaranlıkta, davetsiz misafirlere yolu kapar gibi iç içe geçmişlerdi. Onların ardında, içerinin aydınlanmış geniş camekânlarından Jules Verne'in lüks dekoru görülüyordu.

37

Korkmuştum. Sözleşmemizin başlangıcından beri bana eşlik eden hafif ürkme değildi bu. Beni kıskacına alan ve bırakmayan bir kaygıydı. Yaşamımın denetimini eline almış olan adam, kudretli ve zengin olduğu ölçüde de tehlikeliydi. Kafamda tek bir düşünce vardı: Onun çemberinden kurtulmak.

Müfettiş Petitjean'ı aradım. Keşfimi ona açtım ve polis koruması edinmek için ısrar ettim. Bana daha önce söylediklerini tekrarladı: Bütün bunlar kuşkusuz endişe verici bir tahminler demetiydi, ama bir suç başlangıcı oluşturmuyordu. Benim için hiçbir şey yapamazdı.

Kendimi kurtarmak için akla gelebilecek tüm seçenekleri boş yere araştırıp durdum. Az çok gerçekçi tek fikir İgor'la pazarlık etmeyi denemekti. Audrey'nin varlığı bu projeyi alaşağı etmişti ve kopardığım rezaletten sonra şimdi artık oraya geri dönme cesaretim yoktu. Catherine'in yanında ona hakaret etmiştim ve kolay bağışlayan tiplerden değildi...

Gerçeğe teslim olmak zorunda kaldım: Bu anlaşmayı bozma yönündeki tek umudum, bana dayattığı son sınavı geçekleştirmek olurdu, ki bu da elbette yapılabilir bir şey değildi. Bir fare gibi tuzağa düşmüştüm.

Sonraki iki gün benim için bir işkence oldu. Bu imkânsız denkleme umutsuzca çözüm aradım. Gecelerim altüst, paramparça oldu. İş görüşmelerime yoğunlaşmam dünyanın en zor işi olmuştu. Bir adaya iki kez aynı soruyu sordum; o da nazikçe bana bu durumu belirtti... Alice ölü gibi solgun olduğumu söyledi ve en kısa sürede bir doktora görünmemi öğütledi. Durumum gittikçe kötüleşiyordu...

İkinci günün akşamı, bürodan çıktığımda, almayı unuttuğum çantamı almak için geri dönerken, Opera Meydanı'nda, birkaç metre arkamda tesadüfen Vladi'yi gördüm. Korkum biraz daha arttı.

Ertesi gece tuhaf bir rüya gördüm. Amerika Birleşik Devletleri'nde, Mississippi'deki bir çiftlikte geçiyordu. İçinde krema bulunan bir kaba bir kurbağa düşmüştü. Kabın kenarları çok yüksekti. Kurbağa kendini tuzağa düşmüş bulmuştu. Kendini dışarı atabilmek için, fazla sıvı olan kremadan destek alamıyordu. İçinden çıkma şansı hiç yoktu. Kaderi bağlanmıştı. Kabın dibinde ölmekten başka bir şey yapamazdı. Ama bu gerçekliği anlayamayacak kadar aptaldı ve elinden geldiğince debelenmeye devam ediyordu. Çabasının boşunalığını düşünmüyor, ölümcül hapishanesinden çıkabilmek için enerjisini boş yere harcıyordu. Çırpına çırpına kremayı öyle bir dövdü ki sonunda krema yağa dönüştü. Bunun üzerine kurbağa ondan destek alabildi. Kabın dışına sıçradı ve özgürlüğüne kavuştu.

Sabahleyin kararımı vermiştim. Başkanımın yerini almak için pençelerimi bileyecektim.

38

Bir saniye bile yitirmedim.

Hemen o gün ticaret odasının sitesinden Dunker Consulting'in îçtüzüğünü, son hesaplarını ve yayımlanmış resmî raporları edindim. Örgütün bütün çarklarını bilmeliydim.

Art arda iki gece yakıcı çekicilikteki bu literatüre daldım. Fransız hukukçular kimi zaman basit şeyleri açıklamak için neden bu kadar damıtılmış ifadeler kullanıyorlardı? Gerçeği hemen kabullenmek zorunda kaldım: Benim Anglosakson muhasebe formasyonum bütün bu anlaşılmaz şeyleri kavramama yetmiyordu. Yardıma ihtiyacım vardı.

İstihdamcılık mesleğinin iyi yanlarından biri, kendinize hemen etkileyici bir adres defteri hazırlamanızdır. Birkaç hafta önce orta boy bir işletmeye soktuğum genç bir finans müdürüyle temasa geçtim. Bende iyi izlenim bırakmış, sempatik biriydi. İhtiyacım olan yardımı ima ederek şöyle bir yokladım. Hemen olumlu yanıt verdi. Elimdeki bütün belgeler o akşam acilen ona ulaştı.

Birkaç gün sonra, akşamüzeri, Luxembourg yakınlarındaki bir kafenin terasında buluştuk. Tam vaktinde geldi. İnce uzun biriydi. Çok şık bej bir takım elbise giymişti. İçinde, son düğmesini açtığı beyaz bir gömlek vardı. Kravatını hafifçe çözmüştü.

Hepsini okuma nezaketini göstermişti.

"Dunker Consulting, Paris yeni borsa piyasasının rayicini belirlediği bir AŞ."

"AŞ?"

"Evet, basitleştirilmiş hisseli bir şirket. Özelliği, işleyiş kurallarının çoğunun genel hukuk kurallarıyla değil içtüzükle yönetildiği hukuksal bir biçim."

"Kurucular kendi kurallarını koyuyor, öyle mi?"

"Bir anlamda, evet."

"Peki, temel kuralları ne?"

"Özel bir şey yok, başkan atanması hariç."

"Beni ilgilendiren de bu..."

"Başkan hissedarların genel kurulu tarafından doğrudan doğruya seçiliyor. Çok yaygın bir durum değil bu."

"Yani, başkan seçmek için bütün hissedarlar oy kullanıyor, öyle mi?"

"Hayır, tam böyle değil. Yalnızca kurulda hazır bulunanlar. Herkesin katılma hakkı var elbette, ama uygulamada bu kimseyi ilgilendirmiyor... Büyük hissedarlar hariç, elbette."

"Büyük hissedarlar..."

"Evet. İki esas hissedar var. On binlerce de küçük hamil."

"İzin verin, tahmin edeyim... bahse girerim büyüklerden biri Marc Dunker'dır..."

"Hayır, o hisselerin yalnızca %8'ini elinde bulunduruyor."

O zaman Alice'in bana söylemiş olduğunu hatırladım. Borsaya sokarken şirketin yalnızca küçük bir kısmını elinde tutmuştu. İktidar gerçekte onun elinde değildi... Mükemmel...

"Diğerleri kim?"

"INVENIRA adlı bir yatırım fonu. Yöneticisi David Poupon tarafından temsil ediliyor. Ve bir Amerikan emeklilik fonu. STRAVEX.

Rosenblack denen biri temsil ediyor. Fransa şubesinin müdürü. İkisi birlikte şirketin %34'ünü ellerinde bulunduruyorlar. Dunker dışında başka hiçbir hissedar tek başına hisselerin %1'inden fazlasını temsil etmiyor. Yani iki büyük istediği gibi davranmakta özgürler..."

Önümüzden geçenler giderek artıyordu. Çoğu turist ya da güneş gözlüklü alıklardı. İşten çıkan Parislilerden daha az aceleciydi onlar. Karşı kaldırımda toplananlar Luxembourg bahçesinin parmaklıklarında sergilenen büyük fotoğraflara bakıyorlardı. Yan masadaki genç kız, nefis bir elma ve karamelize şeker kokusu yayan sımsıcak çörekler yiyordu.

Bunun üzerine büyük bir riski göze aldım ve karşımdakine projemin özünü itiraf ettim.

Alaya almama inceliği gösterip yüzünü buruşturmakla yetindi.

"Cesaretinizi kırmak istemem, ama olmaz..."

"Evet, ama sanırım..."

"Hayır, aslında, matematiksel olarak hiç şansınız yok. Dunker başkan olarak kalmışsa, bu demektir ki iki büyük hissedarın oylarını almıştır."

"Neden? Payların %34'ü onların, %50'si değil..."

"Biraz önce belirttiğim nedenden dolayı: Küçük hissedarlar genel kurullara gelmez. Bu onlara hiçbir şey getirmez... Yalnızca canları sıkılan ve toplantıdan sonra bir kokteyl düzenlenir umuduyla gelen bir iki emekli bulunur. Edi ile Büdü gelir. Elbette oylamada hiçbir etkileri olmaz. Küçük hamillerin on binlerce olduğunu size hatırlatayım. Oylarının ağırlık taşımasını ummak için neredeyse hepsinin gelmesi gerekir... Bu da elbette asla olmaz. Tabii belki bir şirket uçurumun kenarındaysa ve onlar da küçük tasarruflarını yitirmekten korkuyorlarsa, o zaman gelip koro halinde ağlarlar..."

Şu anki durumda ağlama isteği duyan bendim.

"Dunker yeniden başkan seçildiyse," diye devam etti, "demek ki iki büyüğün desteği arkasında. Payların %34'ü onlarda. Bu da kurulda hazır bulunan hissedarların en azından %80'inin oy hakkını temsil ediyorlar demektir... Sizin yeteneklerinizi ve ikna gücünüzü tartışacak değilim, ama bu ikisinin şirketin genç bir ücretli danışmanını desteklemek için neden fikir değiştireceklerini anlayamıyorum..."

Düşünceli düşünceli kaldım. Bu kadar mantıklı laf karşısında şevkim kırılmıştı.

Yaz giysileri içindeki turistler, fotoğraflara hayran hayran bakarak bahçenin parmaklıkları önünden sarsak adımlarla geçmeye devam ediyorlardı.

"Sizin için üzgünüm," dedi sonunda, samimi bir ifadeyle.

Her şey kötü giderken başkalarının duygudaşlığını hissetmek her zaman hoştur, ama ben henüz sıkıntıdan patlamaya hazır değildim. Bir çözüm bulmam gerekiyordu, bir saldırı planı. Bir yolu olmalıydı...

"Siz benim yerimde olsaydınız ne yapardınız? Bu koşullarda yapacak en iyi şey nedir?"

Hiç tereddütsüz cevap verdi.

"Vazgeçmek. Yapabileceğiniz hiçbir şey yok. Sizin durumunuzda, her şeyinizi yitirebilirsiniz, ama hiçbir şey kazanamazsınız."

Benim durumum... Durumumu bir bilseydin, dostum...

İki maden suyunun hesabını ödedim ve yardımı için teşekkür ettim. Ayrıldık.

Luxembourg bahçesinden geçtim. Stresimi atmama, kaygımdan kurtulmama ve derdime çare bulmama yürümek hep yardım etmiştir. Yıkılmıştım, ama teslim olmak istemiyordum. Bu muharebe özgürlüğüme kavuşmam için, belki de hayatta kalmam için tek umudumdu. Başarı şansım sıfıra yakın olsa bile elimden geleni ardıma koymayacaktım. Bir saldırı şekli bulmalıydım...

Bahçede gezinenlerin kaygısızlığına imreniyordum. Ufak tefek yaşlılar kuşlara ekmek uzatıyordu. Elleri, gelip yiyeceği alan, sonra da en yakın ağaca havalanıveren serçelerin zarif bacaklarına tünek görevi görüyordu. Öğrenciler, yeşil metalden güzel iskemleler üzerinde fakülte derslerini gözden geçiren, gül ağaçlarının kokusuyla baygın düşmüş genç kadınları baştan çıkartarak şanslarını deniyorlardı. Tek sıra halinde midilliler dolaşıyordu bahçede. Sırtlarında yüzleri neşe içinde çocuklar. Koruyucu birkaç anne baba da yakınlarından takip ediyordu.

Sénat yakınındaki çıkıştan geçtim, sonra dar sokaklara girip Odéon tiyatrosunun aşağısına indim.

Geceyi dolaşarak geçirdim. Evime dönmek için başkenti kat ettim. Durumu kafamın içinde evirip çevirdim, sistemin çatlaklarını aradım, farklı senaryolar kurdum. Bir giriş noktası, kartları yeniden dağıtmamı ve en azından bu işte bir şeylere teşebbüs etmemi sağlayan bir fikir bulacağımı hissediyordum. Ama bu gerçek bir sezgi miydi, yoksa yalnızca bir çözüm bulma yönündeki ateşli arzumun ifadesi miydi?

Eve girerken, dairemin kapı tokmağına asılmış kâğıttan bir poşet gördüm. İçeri girdim ve içindekini mutfak masasının üzerine boşalttım. İçinde, alüminyum kâğıt kaplı hâlâ sıcak bir yemek vardı. Üzerinde, kenarları incecik tırtıklı kapaklı küçük mavi bir zarf duruyordu. Zarfı açtım. Aynı renkte bir kart çıktı. O da tırtıklıydı. Yazı çok düzgündü, günümüzde kimsenin yazamayacağı ince ve kalın çizgi kullanımıyla, dolmakalemle yazılmıştı. "Bayan Blanchard'dan, afiyet olsun."

O akşam, nefis bir çikolatalı pasta yedim.

39

Son sınavımı başarabilmek için her şeyi yapma irademe rağmen, gerçeği görmem ve arkamı sağlama almam gerekiyordu. Başarı şansım öyle düşüktü ki yenilgiyi öngörmem ve sonuçları göğüslemeye hazırlanmam şarttı. Hayat memat meselesiydi.

Bunun üzerine, İgor Dubrovski'nin bulanık geçmişine dair derin bir soruşturmaya başlama kararı aldım. Serbest bırakılmasını jüriyi hipnotize ederek sağlamışsa, ki bunu asla kesin olarak öğrenemezdim elbet, onun karşısında bana belli bir pazarlık gücü sağlayacak unsurları keşfetmem gerekirdi. Cesetleri mezardan çıkarabilseydim, takas edecek bir kozum olurdu... Özgürlüğümün anahtarının geçmişte yattığı içsel inancıyla hareket ediyordum.

İnternete geri döndüm. Adını unuttuğum *Le Monde* yazarının öfkeli yazısını aramaya koyuldum. İntihar olayı hakkında diğerlerinden çok daha ayrıntılıydı onun yazısı. Dubrovski ve yöntemleri hakkında öyle kesin ayrıntılar verdiğini hatırlıyordum ki, onu muhtemelen tanıyordu. Onunla kesin olarak konuşmalıydım.

Makaleyi internette bulmam zor olmadı. Yazarın adı Jean Calusacq'tı. Ardını bırakmayarak telefonuma sarıldım.

"İyi günler, yetmişli yıllarda *Le Monde*'da çalışmış bir gazeteciye ulaşmak istiyorum, hâlâ sizde mi bilmiyorum..."

"Adı nedir?"

"Jean Calusacq."

"Nasıl?"

"Calusacq. Jean Calusacq."

"Hiç işitmedim. Ben sekiz yıldır burdayım... Uzun süre önce emekliye ayrılmış olmalı dostunuz."

"Dostum değil... ama kesinlikle izini bulmam gerek. Çok önemli. Onu tanımış ve yerini yurdunu bilen biri olamaz mı orada?"

"Nasıl bilebilirim? Bütün katlara duyuru gönderemem ya!"

"Tamam, ama bir yerlerde o dönemin başyazarının adı illa ki olmalı. O beni bilgilendirebilir."

Bir iç çekiş işittim.

"Hangi tarih demiştiniz?"

"1976."

"Ayrılmayın..."

Dakikalar boyunca araya saksofonla çalan bir caz ezgisi girdi. Öyle uzun sürdü ki beni unutup unutmadıklarını düşünmeye başlamıştım.

"Adını veriyorum, ama kesin değil. Teması yitireli çok oldu. Raymond Verger, sıfır bir, kırk yedi yirmi..."

"Bekleyin! Not alıyorum... Raymond Verger, sıfır bir, kırk... kaç?"

"Kırk yedi, yirmi sekiz, sıfır üç."

"Tamam! Teşekkürler!"

Başka bir şey sorma ihtimalimi göze almamak için telefonu kapattı.

Numarayı çevirdim. Artık kullanılmıyor olması fikri kaygı veriyordu... Çalmaya başladı. Uff! Üzerimden bir yük kalkmıştı hiç olmazsa... Dört kez çaldı, beş... kimse yok. Sekiz, dokuz... tam vazgeçmeye karar vermiştim ki açıldı. Bir sessizlik, sonra hafif titrek bir kadın sesi duyuldu. Sonuç alabilmek için dua ederek talebimi dile getirdim.

"Kim arıyor, beyefendi?"

"Alan Greenmor."

"Sizi tanıyor mu?"

"Hayır, henüz değil, ama kendisiyle konuşmak istiyorum, eski meslektaşlarından biri hakkında."

"Pekâlâ! Bu onu eğlendirir... Sizi anlamasını istiyorsanız tane tane konuşun."

Ardından uzun bir sessizlik geldi. Sabırla bekledim. Sonunda fısıltılar duyar gibi oldum. Sonra yine sessizlik.

"Alo..." dedi nihayet cansız bir ses.

Kadının öğütlerine uyarak her heceyi tek tek söyledim.

"İyi günler, Bay Verger. Benim adım Alan Greenmor, numaranızı *Le Monde* gazetesinden aldım. Sizi arama cüretini gösterdim, çünkü eski gazetecilerinizden biriyle kesinlikle görüşmem gerekiyor. Benim için çok önemli bu. Gazete onun yerini bilebileceğinizi düşünüyor."

"Eski bir gazeteci mi? Bazılarıyla hâlâ görüşüyorum, evet. Adı nedir? Bazılarını hatırlıyorum. Karım size hiçbir şeyi unutmadığımı söyler."

"Jean Calusacq."

"Nasıl?"

"Jean Calusacq."

Uzun bir sessizlik.

"Bay Verger, orada mısınız?"

"Hiçbir şey ifade etmiyor bu isim bana," diye itiraf etti.

"Otuz yılı aşkın..."

"Hayır, hayır! Sorun bu değil! Hatırlardım... Hayır, kuşkusuz bir mahlas."

"Mahlas mı?"

"Evet, gazeteciler sıklıkla kullanır. Örneğin genellikle yazdıkları çapta olmayan yazıları imzalamak için."

"Şey... gerçek adını bulabilir misiniz?"

"Evet. Gazetecilerimin ve her birinin mahlas listesi var bende. Her şeyi sakladım, biliyor musunuz... Yarım saat sonra beni tekrar arayın, size söylerim."

Yarım saat sonra kadın telefonu yine ona verdi. Verirken de kısa kesmemi, *siesta* saatine tecavüz etmememi öğütledi.

"Benim listemde Calusacq adı yok. Addan emin misiniz?"

"Evet, kesinlikle."

"O halde kesinlikle ünlü biri olmalı. Bu durumda, meçhul kişiyi korumak için hiç not etmiyorduk."

Ünlü biri mi? Meçhul birinin intiharıyla neden ilgilensin?

"Üzgünüm," dedi, hayal kırıklığına uğradığı belliydi, "size yardım edemeyeceğim. Yine de telefon numaranızı bırakın bana, eğer bir şey hatırlarsam..."

40

Cesur olana şans gülümser, derler. Benim durumumda bir türlü gülümsetmiyordu. Şansızlıktan şansızlığa koşturup duruyordum. Dâhi ve güçlü bir deliyle tek başıma mücadele ederek, inanılmaz bir meydan okumaya karşı koymaya çalışıyordum. Ama yıldızların benim tarafımda olmadığı belliydi.

O sabah büroya geç geldim. Günün ilk adayları, jilet gibi pantolon ya da etekleri, koyu renk giysileriyle, girişteki kabul salonunda çoktan toplanmışlardı. Yer yer parfüm ve tıraş losyonu kokularının sızdığı holden hızla geçtim ve servis şefimle aynı asansöre girmek zorunda kalmamak için merdivenlerden çıktım. Böylece ikimiz de kattan kata bize eşlik edecek rahatsız edici sessizlikten kaçınmış olduk.

Büroma henüz girmiştim ki Alice içeri girdi ve ardından kapıyı dikkatle kapattı.

"Şuna bak," dedi, bana iki kâğıt uzatarak.

Belgeleri elime aldım. Biri idari bölümdendi. Bizim büronun servislerine başvurmuş, mali güçlük içindeki şirketlerin kara listesini hemen tanıdım. Her ay servis şefleri için yazılıyor, onlar da genellikle bize iletiyorlardı. Bu ay elimize geçmemişti.

Diğer kâğıtta hafta içi temasa geçilecek ya da ilişki sürdürülecek potansiyel müşterilerin danışman başına dağılımı belirtiliyordu. Her pazartesi bize dağıtılırdı. Şirket adlarının çoğunun iki kâğıtta da yer aldığını anlamak için şöyle bir göz atmak yeterliydi. Kara liste 1 Ağustos tarihliydi. Potansiyel müşterilerinki 5...

"Anladın mı?" dedi, rahatsız olmuştu. "Bu ne demek farkında mısın? İçlerinden büyük bölümünün bize ödeme yapmayacağı belli olan müşterilerle iş yapmamız isteniyor! Olacak şey mi bu? Yönetim giderek daha sağduyusuz kararlar alıyor! Bu şirketi artık anlayamıyorum ben. Sen bunun bizim için ne anlama geldiğini anlayabiliyor musun? Eğer müşteri ödeme yapmazsa komisyonlarımızı alamayız! Anlıyor musun? Boşuna çalışacağız, boşuna..."

Onu dinlemiyordum. Düşüncelerim başka yöne sapmıştı. Ortaya çıkmadan önce fotoğraf makinesinin vizöründe yavaş yavaş şekillenen, ama netleşeceği, kesin, aydınlık bir hal alacağı baştan bilinen flu bir görüntü gibi zihnimde doğan bir fikir takılmıştı kafama.

"Neden gülümsüyorsun?" diye sordu. Onun isyanını paylaşmamama gücenmişti.

"Alice... Bu belgeler bende kalabilir mi? İzin verir misin?"

"Evet, elbette, ama..."

"Teşekkürler. Binlerce kez teşekkürler, Alice. Belki de benim hayatımı kurtardın..."

"Boşa kürek çekmeni önleyebilir, diyelim..."

"Alice, gitmem gerek, izninle..."

Telefonumu açtım, Vanessa'yı aradım ve bütün randevularımı ertelemesini söyledim. Gün bana kalmalıydı. Kıvılcımın çakacağı kesindi; ama ne olursa olsun, ücretli bir çalışan olarak geleceğim tehlikedeydi.

*

Hissedarlar genel kurulu 28 Ağustos'ta toplanacaktı. 28 Ağustos... İgor Dubrovski bana 29'unda randevu vermişti... Demek ki durumdan gayet haberdardı ve tarihi tesadüfen seçmemişti. Ben bu son sınav fikrinin onun aklına görüşmemiz sırasında, eylemin ateşi içinde geldiğini düşünürken, önceden tasarlanmıştı demek ki!

Evime geri döndüğümde bankamı aradım ve bir Dunker Consulting hissesi satın alma emri verdim. Başkanlığı talep etmek için zorunlu koşuldu bu. Tüzük, adaylığın önceden bildirilmesini gerektirmiyordu. Yalnızca genel kurulun başlangıcında belirtilmeliydi. Dolayısıyla son ana dek kendimi belli etmeden kalabilirdim.

Fikrimin başarı şansı binde birdi. Bu durumda, hissedarları ikna edebilmek için karşılarına geçmem gerekiyordu. Tanrı aşkına, bu ihtimal bile beni ürpertiyordu... Toplantıda bile on on beş meslektaş karşısında görüşlerimi ifade etmem gerektiğinde korkan ben!..

Bunu düşündükçe bile boğazım kuruyor, ellerim titriyordu. Bir şeyler yapmak gerekiyordu... Korkuyorum diye şansımı kaçıracak değildim. Herkesin önünde serinkanlılıkla konuşmayı öğrenmemin bir yolu olmalıydı elbet...

İnternetten araştırdım. Ders ya da seminer veren birçok enstitü vardı. Telefonla ancak birine ulaşabildim. Diğerleri ağustos ayında kapalıydılar. Adı umut vadediyordu: SPEECH-MASTERS.[5] Telefonu açan kişi kaydolmadan önce gelip yöneticiyle görüşmemi istedi. Randevu aldım.

Sonra bürodan Alice'i aradım.

"Dunker'ın basında sahte istihdam sunum ilanları yayımladığını söylemiş miydim sana?"

"Evet, Alan. Hâlâ kendime gelebilmiş değilim."

"Dinle, sana ihtiyacım var. Bunların listesini oluşturabilir misin?"

---

5 (İng.) Konuşma Ustaları. (ç.n.)

"Sahte sunu listesi mi?"

"Evet, onu."

Sessizlik.

"Uzun sürebilir. Ne kadar geçmişe uzanmak istiyorsun?"

"Bilmem... Diyelim, son üç ay."

"Her gazetede yayımlanan bütün ilanları tek tek saptamam ve bilgiyi internet listelerimizle karşılaştırmam gerek..."

"Benim için bunu yapabilir misin? Çok... fazlasıyla önemli."

"Bugün biraz esrarengiz bir halin var."

"Lütfen, Alice."

41

Le Monde'un eski yazarının izini bulamadığımdan, haberi kaynağından araştırmaya karar verdim. Duygusal planda güç, nazik bir işti, ama bu şekilde kuşkusuz daha fazlasını öğrenebilirdim.

Evin yerini saptamak çok güç olmadı. Dönemin gazeteleri yeri yeterince tarif etmişti. Mahallede aynı adda başkası yoktu. Adresi internetteki yıllıkta kolayca buldum.

Vitry-sur-Seine, Paris'in birkaç kilometre güneydoğusunda olduğundan arabayla gittim. Takip edildiğimi bildiğimden, gözlerim dikiz aynasında sürdüm arabayı. Özel hiçbir şey fark etmedim, ama hiç risk alamazdım. İgor orada olduğumu asla bilmemeliydi. Orléans Kapısı'nın güneyindeki otobana girdim, sonra birkaç kilometre ötedeki emniyet şeridinde durdum. Sonra geri geri gidip bir bağlantı yoluna saptım. Manevra tehlikeliydi, ama şaşmazdı.

Paris'in banliyösünde yer bulmak her zaman güçtür. Her kırmızı ışıkta, yanımdaki yolcu koltuğuna sermiş olduğum plana gömülüyordum.

Vitry'ye Maxime-Gorki Bulvarı'ndan vardım, Makarenko Lisesi'nin önünden geçtim, sonra Yuri Gagarin Caddesi'ne ve Stalingrad Bulvarı'na vardım. Nereye gelmiştim? SSCB'nin yirmi yıl önce dağıldığını sanıyordum!.. Başımı sağa çevirince belediyeyi gördüm. Şaşkınlıktan önümdeki arabaya bindirecektim neredeyse. Minyatür bir Kremlin'di!

Neyse, bütün bunlar tuhaftı, ama yine de yolumu bulmalıydım... Bakalım, şimdi neredeydim? Robespierre Caddesi, Marat Sokağı... hmmm... Ünlü devrimcilerden başkası yoktu... Pekâlâ, kaybolduğum kesindi. Dörtlüleri yakıp ikinci sıraya park ettim. Planda yerimi saptamaya çalışıyordum. Evet, tamam, İsyan Caddesi'nden geçip, Darağacı Yolu'na bağlanmak, sonra da Kurşuna Dizilenler Köprüsü'nden geçmek gerekiyordu. Ne program ama...

Sonunda çok sakin bir sokağa girdim. Dizi dizi banliyö evleri uzanıyordu. Çok mütevazı, ama sadelikleri içinde dokunaklı küçük evler. Park edip yaya devam ettim. 19 numarada beyaza boyanmış, dar ve yüksek, küçük bir tuğla ev bulunuyordu. Zaman üzerinde izlerini bırakmadan önce sevimli olmalıydı. Boya yer yer dökülmüş, tuğlaları tamamen ortaya çıkarmıştı. Hastalıklı bir ten üzerinde koyu renk lekeler.

Küçük ahşap kapıya yaklaştım. Evi sokaktan ayıran cılız alana bahçe denebilirse, bu bahçe terk edilmişti. Yerde dağılmış küçük çakıllar arasından yaban otları kendine bir yol açmıştı.

19 numara, adsız bir posta kutusunun hemen üzerinde, bükümlü emaye bir saçtan küçük plaket üzerine boyayla yazılmıştı.

Cesaretimi toplayıp zile kısa bir şekilde bastım.

Uzun süre boyunca hiçbir şey olmadı. Ev ölüm sessizliğine gömülü kaldı. Sonra kapı aralandı. Yaşlı bir adamın, zamanın oyduğu çizgilerle dolu, solmuş yüzü belirdi. Asıl yontucunun üzüntü olduğu belliydi. Yanlış adrese gelmediğimi hemen anladım.

"Bay Littrec?"

"Merhaba, bayım."

"Benim adım Alan Greenmor. Sizi görmeye geldim, çünkü size birkaç soru sormam gerek. Kötü anılarınızı uyandıracağım için beni bağışlamanızı rica ederim, ama size oğlunuzdan söz etmeliyim."

Kaşlarının arasındaki dikey kıvrım iyice oyulurken başını olmaz anlamında salladı.

"Hayır, bayım," dedi cılız bir sesle, "bu konudan söz etmek istemiyorum. Üzgünüm."

Israr ettim.

"Oğlunuzun o dönemde içine bulunduğuna benzer bir durumda olduğumu düşündürtecek gerekçelerim var, üstelik..."

"Bırak içeri girsin!" diye bağırdı, evden gelen bir kadın sesi.

Adam gözlerini eğdi, üzgün üzgün iç çekti, sonra kapıyı ardına kadar açmaya razı olarak geri çekildi.

Tahta kapıyı ittim, gıcırdayarak aralandı, sekiye çıktım ve içeri girdim.

Evin süslemesi sade ve eskiydi, ama hafif bir kapalılık kokusuna rağmen, evde kusursuz bir temizlik hemen belli oluyordu.

"Sizi selamlamak için ayağa kalkamıyorum, bacaklarım çok acı veriyor," dedi, koltuğuna iyice gömülmüş, örgülü saçlı yaşlı kadın.

"Rica ederim, beni kabul ettiğiniz için teşekkür ederim," dedim, bana gösterdiği oluklu iskemleye otururken.

Merdivenin tahtasının çıtırdadığını işittiğimde, kocası üst kata çıkıp yok olmuştu.

"Şu ara bir adamın tehdidi altında yaşıyorum, İgor Dubrovski adlı bir psikiyatr. Eğer bilgilerim doğruysa, siz o dönemde... şey sırasında, ondan şikâyetçi olmuştunuz..."

"Oğlumun intiharında, evet."

"Ve o da işin içinden sıyrıldı. Delil yetersizliğinden beraat etti. Bu adam hakkında tüm bildiklerinizi bana anlatabilir misiniz?"

"Otuz yılı geçti..." dedi düşünceli bir halde.

"Hatırladıklarınızı anlatın bana, benim için önemli... Kendimi koruyabilmem için."

"Biliyorsunuz... davadan önce onunla bir kez karşılaşmıştım..."

"Oğlunuzun terapisini yürüten oydu ama, değil mi?"

"Evet, özelikle o. Kocamla birlikte François'yı ona emanet ettiğimiz gün konuşmuştuk. Açıkçası, o gün bize ne dediğini bile hatırlamıyorum..."

"'Özellikle o'dan kastınız ne?"

"François'yla iki kişi ilgileniyordu."

"Oğlunuzun iki psikiyatrı mı vardı?"

"Evet. Doktor Dubrovski ve bir diğeri, hastaneden."

Düşünceli kalakaldım.

"Kocam size bir kahve hazırlasın mı, ister misiniz?" diye teklif etti nazikçe.

"Hayır, çok teşekkürler. Oğlunuz İgor Dubrovski hakkında size ne anlatıyordu?"

"Ah, bana bir şey demiyordu, bayım. Geveze biri değildi, anlarsınız. Her şeyi kendine saklama alışkanlığı vardı."

Bir an iç çekti, sonra ekledi:

"Ona bu kadar ağır gelen de buydu kuşkusuz..."

"Ama... madem ki onunla iki kişi ilgileniyordu, Dubrovski'yi neden şikâyet ettiniz?"

"Bilirsiniz, bayım, bazı şeyler bizi aşar. Bizi pek ilgilendirmiyordu aslında, her koşulda, François'mızı bize bunun geri vermeyeceğini iyi biliyorduk. Biricik oğlumuzdu. Onun ölümüyle ayaklarımızın altındaki dünya kaymıştı. Geri kalanın hiç önemi yoktu. Bizden bu istendiği için şikâyet ettik. Ama asla intikam peşinde değildik. Kaderle boğuşmak bir işe yaramaz."

"Ama neden İgor Dubrovski'den şikâyetçi oldunuz da diğer psikiyatrdan olmadınız? Neden ikisi birden değil? Aslında... tam olarak onu neyle itham ettiniz?"

"İntihara onun teşvik ettiği açıklandı bize. Biz bir şey uydurmadık. Ne söylememiz istendiyse onu söylemekle yetindik. Üstelik, her gün mahkemeye istemeye istemeye gittik. Aslında yalnız kalmak istiyorduk."

"Bir dakika... Bunu kim söyledi size?"

"Bize danışmanlık yapan kişi. Sürekli, 'Kurtaracağınız gençleri düşünün,' diyordu."

"Avukat mı demek istiyorsunuz?"

"Hayır, avukat değil. O asla yerinden kımıldamadı..."

"Peki, o kimdi o halde?"

"Artık hatırlamıyorum. Otuz yılı geçti... O dönemde eve gelip giden çok insan vardı... Önce ilkyardımdan, sonra polisler, bir komiser, sigortacılar... Kocamın da benim de tanımadığımız bir yığın insan."

"Ya o adam, onun sıfatı neydi, resmî görevi neydi, bilmiyor musunuz?"

Tereddüt etti, belleğini boş yere eşeledi.

"Hayır... ama yüksek mevkide bir beydi."

"Bana onu tarif edebilir misiniz?"

"Ah... hayır, üzgünüm... Yüzünü bile hatırlamıyorum. Tek hatırladığım, ayakkabı manyağı biriydi. Hatırladığıma göre, bizi epey meşgul etmişti!"

Bu tür bir bilgiyle daha öteye gidemezdim...

"Gerçekten manyaktı," diye devam etti, hüzünlü bir gülümsemeyle sahneyi hatırlamıştı. "Köpeğimizin mokasenlerine yaklaşmamasını bizden ısrarla talep etmişti. Biraz salyasının aktığını hatırlıyorum... Görüşmemiz sırasında cebinden defalarca mendil çıkarıp ayakkabılarının tozunu almıştı. Evden çıkarken paspasın üzerinde ayakkabılarını uzun uzun silmişti. Söylemem gerekir ki, beni biraz incitmişti bu..."

42

Düşmanınızın düşmanları ille de dostlarınız değildir. O sabah borsanın arkasında randevulaştığım adam dostum değildi ve kuşkusuz asla olmayacaktı.

Yine de Dunker'ın geceleyin uyumasını engelleyebilecek dünyadaki tek kişiydi. Fisherman. *Les Echos*'da bizim şirket üzerine düzenli olarak olumsuz görüşler yayımlayan gazeteci Fisherman. Bürolarımıza asla adım atmamış olan Fisherman, günün birinde, Dunker Consulting ekibinin üretkenliğinin yetersiz olduğunu yazmaya cesaret edebilmiş, kesinlik planlarının en kötüsüne layık bir önlem dalgasının ortaya çıkmasına yol açarak, üzerimizdeki baskıyı bir derece daha artırmıştı.

Telefonda konuşmuştuk. İştahını kabartıp aç bırakacak yeterlilikte bir gizemle konuşarak onu benimle buluşmaya ikna etmiştim.

Erken gelip, metal oturtulmuş, mermerden yuvarlak küçük masanın arkasına geçtim. Sabahın bu son saatlerinde çok müşteri yoktu, ama yine de yaklaşan yemek vaktinin habercisi olan belli bir hareketlilik fark ediliyordu. Bir garson acele acele sofra kuruyordu. Barmen, tezgâhın önünde dikilen birkaç müdavime bira veriyor, erkeksi görünmeye çalışan bir sesle bir iki laf atıyordu ortalığa. Arkasındaki kahve makinesinden espressolar püskürüyor, ortalığa aromalı kahve kokuları saçılıyordu. Yer karolarını silen biri, süpürgesini akışkan bir hareketle kullanıyor, süngerinin bir an önce yere bıraktığı su çizgilerini büyülü gibi siliyordu. Kaldırımda, takım elbise, kravat ve koyu renk tayyörlerin bitmek bilmeyen valsi.

Fisherman'ın beni bulunduğum yerden tanıyabilmesi için kendimi tarif etmiştim. Ama içeriye tvit ceketli, yakası açık gömlekli, çok ciddi yüzlü ve kalın kaşlarını ancak örten kahverengi kemik çerçeveli gözlükleri olan bir adamın içeri girdiğini gördüğümde, o beni görmeden onu tanıdığımı hissettim.

Dudak ucuyla, gülümsemeden beni selamladı. Teklif ettiğim kahveyi reddetti.

"Telefonda sözünü ettiğim gibi," dedim, "bazı günler size Dunker Colsulting'in hisse kurunun ertesi gün için öngörülebilir eğilimini iletebileceğim."

"Size bu yeteneği veren nedir?"

"Bazı olayları herkes tarafından bilinmeden öğrendiğim oluyor."

Kuşkulu kuşkulu bana baktı.

"Bu bilgiye nasıl ulaşıyorsunuz?"

"Şirketin ücretli çalışanıyım."

Belirgin bir küçümsemeyle beni süzdü.

"Karşılığında ne istiyorsunuz?" diye sordu, insan doğası hakkında hiç yanılmayan biri havasında.

"Hiç."

"Çıkarınız olmasa bunu yapmazsınız."

"Aynı fikirdeyim."

"O halde, size katkısı ne?" diye sordu, merakla.

Bakışını yakaladım.

"Marc Dunker'dan nefret ediyorum. Ona zarar verebilecek her şey beni sevindirir."

Cevabımı kabul etmiş göründü. Onun dünya görüşüne uyuyordu.

Garsona bir kahve getirmesi için işaret etti. Sözüme devam ettim:

"Onun şirketine dair olumsuz bir görüş belirttiğiniz her seferinde, onu zor duruma düşürüyorsunuz."

Yüzü hiç kıpırdamadı, hiçbir özel tepki göstermedi.

"Yani, bana önceden... bilginiz dahilindeki olayları ileteceksiniz, öyle mi?"

"Hayır, olayları size bildirecek değilim. Bir bilginin yakında duyulacağına emin olduğumda sizi uyaracağım."

"Bu durumda ne değişecek?"

"Eğer bunu dikkate alır ve hisseler üzerine olumsuz bir görüş yayımlarsanız, önemli bir bilgi herkese açık edilmeden önce bile, bu, Dunker Consulting'de bir şeylerin yolunda gitmediği genel duygusunu güçlendirecektir. Böylece durum *sertleşir.* Benim arzuladığım da bu."

Bir süre sessizce bana baktı.

"Beni ilgilendiren şey," dedi, "bilgi, habercisi değil."

"Onu size vermeyeceğim. Fazla obur olmamak gerek... Zaten sizin mesleğiniz borsadaki şirketlerin durumu üzerine öngörüde bulunmak değil mi? Ben size Dunker Consulting'in hissesinin ne zaman düşeceğini herkesten önce duyurma imkânı veriyorum. Bu bile çok önemli..."

Cevap vermedi, ama kuşkulu gözlerini bana dikmeye devam etti.

"Sizin tekelinizde olacak," diye ekledim.

"Öngörülerinizin doğru çıkacağını nasıl kanıtlayabilirsiniz..."

"Bu haftadan itibaren siz kendiniz değerlendirebilirsiniz."

Kaşını kaldırdı.

Hafifçe ona doğru eğildim ve açıkladığım şeyin önemini vurgulamak için sesimi alçalttım.

"Öbür gün," dedim, "Dunker Consulting'in hissesi gün içinde en az %3 düşecek."

Bir süre bana baktı kaldı. Bakışları kaygılıydı. Sonra, sessizce kahvesini içti. Çok kuşkulu bir hali vardı.

"Sonuçta," diye açtı sonunda ağzını, "tanımadığım birinin dedikodusuna dayanarak bir görüş bildiremem."

"Nasıl isterseniz. Size... üç tane... tüyo vereceğim. Eğer onlardan yararlanmazsanız, sonrakileri rakip gazetedeki meslektaşlarınızdan birine vereceğim."

Ayağa kalktım, cebimden para çıkarıp kendi kahvemin ücretini masaya bıraktım. Onunkini değil. Sonra, onu kuşkuculuğuyla baş başa bırakarak oradan ayrıldım.

43

Telefonun sesi beni düşüncelerimden aldı. Ahizeyi kaldırdım.

"Ayrılmayın. Size kocamı veriyorum..."

Uzun bir sessizlik.

"Alo? Bay Greenmor?"

Cansız sesi hemen tanıdım.

"Buyrun."

"Raymond Verger telefonda. Biliyorsunuz, *Le Monde*'un eski başyazarı..."

"Evet, elbette, nasılsınız?"

"Çok teşekkürler, iyiyim, efendim. Sizi aradım, çünkü sanırım Jean Calusacq mahlasının ardında saklanan kişinin ismini buldum..."

Şans yüzüme gülüyordu. Nihayet, İgor Dubrovski üzerine kuşkusuz öldürücü ama gayet kesin bir makalenin yazarıyla diyaloğa geçebilecektim. O adamın Dubrovski'yi kişisel olarak tanımıyor olması imkânsızdı.

Kalbimin hızlı hızlı attığını hissettim.

"Hepsini söyleyin. Adı nedir?"

"Anlayamadım?"

Sağır olduğunu unutmuştum. Tane tane söyleyerek tekrarladım:

"Adı nedir?"

"Evet, öncelikle, geleneklere sadık kaldığımı kaydetmenizi rica ediyorum. Size kimliğini açıklıyorum, çünkü çok uzun zaman önce öldü, yoksa gizliliğe sadık kalırdım. Ama artık zamanaşımına uğradı..."

Kanım dondu. Gücüm kalmamıştı.

"Bazılarının kendi adlarının anagramından oluşan bir mahlas bularak eğlendiklerini hatırlayınca gerçek adını buldum. Jean Calusacq'ın ardında gizleneni bulmam bir saatimi aldı... Jacques Lacan."

"Lacan, şu ünlü psikiyatr mı?"

"Ta kendisi."

Şaşkınlık içindeydim. Lacan, Dubrovski aleyhinde zehir zemberek bir yazı yazacak kadar neden öfkelenmiş olabilirdi ki?

Soruyu muhatabıma sordum.

"Bunu bilmiyorum, azizim. Belki yalnızca bir uzman bunun yanıtını size verebilir... Mesela Christine Vespalles'a sorabilirsiniz?"

"O kim?"

"Christine Vespalles, *Sciences Humaines* dergisinin eski muhabiri. Psikanaliz ve ilgili her şey onun tutkusudur. Sorularınıza cevap vermekten büyük zevk alacaktır. Onu kolaylıkla bulabilirsiniz. Emekli olduğundan beri öğleden sonralarını Deux Magots'da geçiriyor."

"Saint-Germain-des-Prés'deki kafe mi?"

"Anlamadım?"

Her heceyi vurgulayarak tekrarladım.

"Evet, o. Onu görmeye gidebilirsiniz. Hemen tanırsınız. Hep çılgınca şapkalar takar. Bizim zamanımızda pek yoktu böyle şeyler... Göreceksiniz, kolay ilişkiye geçilebilir biri. Onu arayıp sözden söz edeceğim."

*

République'e doğru giderken Bastille Meydanı'nın arkasında, eskinin halk sokaklarının artık geçersizleşmiş cazibesini koruyan, yenilenmemiş bir semtte kaybolmuş sokağı bulmakta güçlük çektim. Binaların çoğunun giriş katında bir satıcı ya da esnaf dükkânı bulunuyordu. Dükkân kapıları sokağa açılıyordu ve bütün bu küçük dünya, kaldırımlarda neşeyle buluşuyor, hem mahalle sohbetleriyle hem de iş güçle meşgul oluyorlardı. Teslimatçılar mallarını yolun ortasına indiriyor, tanıdık yüzlere sesleniyor ve başkalarından daha yüksek sesle konuşarak tartışmalara dalıyorlardı. Taşıyıcılarını gürültüyle kullanıyorlar, bir koliyi rastgele deviriyorlar, bu da seyircilerin alaycı kahkahalarına yol açıyordu.

Bir kunduracı, makinesinin başında çalışıyordu. Etrafa ısıtılmış deri kokusu yayılıyordu. Komşusu şiirsel tabelalı bir tuhafiyeciydi: "Renk Taciri." Tezgâhına şöyle bir göz atmak, sözünde durduğunu anlamaya yetiyordu: Kapsamı ve çeşitliliği hayal bile edilemeyecek, gündelik yaşamın akla hayale gelmeyen sayısız nesnesi karmakarışık bir halde bir aradaydı. Askılar, rengârenk mandallar, süngerler, pamuklu mutfak bezleri, yeşil, sarı ya da mavi önlükler, kırmızı, sarı ya da bej plastikten leğen ve kovalar... Bütün bunlar neşeyle kaldırıma taşıyordu. Bir pazarcı, güçlü sesiyle sebze ve meyve fiyatlarını bağırarak müşteri enseliyordu. Daha ötede, gazetelerin iri başlıklarla skandalları duyurduğu bir eski gazete ve dergi satıcısının metal tezgâhı kaldırımın ortasında yoldan geçenleri rahatsız ediyordu. Kendine özgü kokusunu sokağa yayan yandaki kuru temizleyiciden dışarı taşan buharlar hissediliyordu. Karşıda, şarküterinin vitrini, kocaman Monteau sosisleriyle, hâlâ dumanı tüten peynirli turtalarla, demir çengellere iple asılmış Korsika sucuklarıyla ve birbirinden iştah açıcı binlerce başka yemekle muhteşemdi.

Amerikan ticaret merkezlerinin kişisellikten uzak ve soğuk halini fazlasıyla bilen ben, Fransızların, küçük ticaretin canlandırdığı bir mahalle yaşamına yer yer hâlâ sahip olmakla ne ölçüde şanslı olduklarını düşünüyordum. Bunun farkında mıydılar, yoksa şehirde hâlâ bulunan insan sıcağından kalanı da kendileriyle birlikte götürerek bunların ölmesine izin mi vereceklerdi? Şehrin canı olan bu küçük dükkânlar yok olup, yatakhane-siteler halini almış yerlere gelip kapanacaksak, hipermarketlerden daha ucuz fiyata tüketiyor olmamız neye yarayacaktı?

51 numaradaki binanın cephesini zaman aşındırmıştı. Sundurmanın yanında, elle yapıldığı belli, güzel bir tabela gururla belirtiyordu:

"SPEECH-MASTERS Derneği, avluya açılan merdiven"

Sundurmanın altından geçtim ve bir iç avluya vardım. Karşıda, kapısı kapalı ikinci bir bina vardı. Giriş dijital kodluydu. Hiçbir levha, derneğin hiçbir işareti yoktu. Tuhaf... Avludan diğer istikamete geçiyordum ki, bakışlarım iki binayı birleştiren yan duvar boyunca inen bir merdivene takıldı. Korkuluğa zincirle tutturulmuş küçük bir pankartı uzaktan fark ettim. Emin olamasam da gidip baktım: Böyle bir merdiven mahzenden başka bir yere götüremezdi. Yaklaşınca, derneğin adının elle yazılmış olduğunu gördüm. Yanında da aşağıya işaret eden bir ok vardı. Eğilip baktım. Yalnızca ilk basamaklar gün ışığıyla az çok aydınlanmıştı, sonrası karanlıktı. Alt taraf görünmüyordu. Çok cazip değil...

Yine de indim. Kendimi sanki mahallenin karnına giriyormuşum gibi hissediyordum. En altta demir bir kapı ve bir zil vardı. Zile basıp bekledim. Soğuk ve nemliydi. Kapı açıldı ve kıvırcık saçlı, otuz yaşlarında bir adam beni selamladı.

"Merhaba, adım Éric."

"Alan. Memnun oldum."

Gülümseyişi, çok ciddi yüz ifadesini bozmadı. İçeri girdim.

Mekân hemen hoşuma gitti. Şaşırtıcı biçimde geniş bir alan, taştan kubbeli muhteşem bir tavan. Her bir köşeye konmuş cam bloklar doğal ışık kuyuları oluşturuyordu. Ucuz halojenler aydınlatmayı tamamlıyordu. Yerde tamamen yıpranmış, yer yer harap eski bir döşeme vardı. Tarih yüklü olduğu kolayca anlaşılıyordu. Odanın diğer ucunda, ahşap bir seki bulunuyordu; eskiden okullarda olanlardan. Çılgın bir cazibe. Yerde, odanın bütün yüzeyini nerdeyse kaplayacak şekilde, onlarca, belki de yüz kadar tabure vardı. Girişin yakınında, bizim yanımızda, bir mutfak masası, üzerinde bir kahve makinesi ve çok etkileyici miktarda yığılmış plastik maşrapa. Altında, sakin sakin mırıldanan küçük bir buzdolabı.

"Mahzen miydi burası... önceden?"

"Bir marangoz ailesinin eski deposundasınız. Burada kuşaklar boyunca babadan oğla çalışmışlar. Ta 1975'e dek. Sonuncusu, yerine geçecek kimseyi bulamadan emekliye ayrılmış."

Bıçakları, keskileri ve tokmaklarıyla ahşap işçiliği yapan, sonra da çam, meşe, ceviz, pelesenk ya da sedir özü kokuyor olması gereken bu yere eserlerini koyan zanaatkârları hayal ettim.

"Bana her şeyi anlatın: Sizi buraya kaydolmaya yönelten ne?" diye sordu; çok ciddiydi.

Kendini üstün görmeyen kesin bir ifadeyle, hoş bir şekilde çınlayan ağırbaşlı bir sesle konuşuyordu. Ama bana, sanki beni ölçüp biçiyormuş gibi, neredeyse büyük bir ciddiyetle bakıyordu. Onun bana enstitüsünün niteliklerini övmesini beklerken, kendimi kanıtlamam gerektiği izlenimi edindim...

"Beni motive eden mi? Şey, kalabalık önünde konuşamıyorum, elimi kolumu bağlayan delice bir korku hissediyorum ve muhtemelen yakında oldukça önemli bir grup karşısında söz alacağım. Felaketi önlemek için önceden eğitim görmek istiyorum..."

"Anlıyorum."

"Dersler nasıl işleniyor."

"Ders değil."

"Ya..."

"Her üye kendi tercih ettiği bir konu hakkında on dakikalık bir söylevle kendini suya atıp kendi kendini eğitiyor. Sonra, diğerleri bir kâğıt parçasına geri-bildirimler yazıp ona iletiyorlar."

"Geri-bildirim mi?"

"Evet, onun yükümlülüğü hakkında bir geri dönüş. Esasen onun ilerleme eksenleri üzerinde temellenen yorumlar: önemsiz kusurları, dil tikleri, yetersizlikleri. Kısacası, ister sesle ilgili olsun, ister duruş ya da söylevin yapısı, düzeltilebilecek olan her şey."

"Anlıyorum."

"Otuz kişi olursak, otuz tane kâğıt parçası verilecek size. Sonra siz yorumlarda en fazla tekrarlananların üzerinde duracak ve bir sonrasında kendinizi düzeltmek ve daha iyisini yapmak için bunları dikkate alacaksınız."

"Düzeltmek" ve "daha iyisi" kelimelerini vurgularken, bir öğretmen gibi hafifçe kaşlarını da çatmıştı. Sonuçta yöntem bana ilginç geldi.

"Ne zaman başlayabilirim?"

"22 Ağustos'ta seanslara tekrar başlıyoruz. Sonrasında her hafta olacak."

"Yalnızca 22 Ağustos mu? Önce yok mu?"

"Hayır, herkes tatilde."

Yanmıştım. Genel kurul, eğer ben katılırsam, 28'inde toplanıyordu. Burada yalnızca tek bir seans görebilecektim, bu da bana yetersiz geliyordu... Sorunumu ona açtım.

"İdeal olmadığı kesin. Bizim pedagojimiz uzun vadeli çabalar gerektirir. Ama yükümlülüğünüzde size az da olsa yardım edebilecek saptamalar yine de alabilirsiniz... Erken davranmalıydınız."

Bu son cümleyi sitemkâr bir tonda söylemişti.

44

"Sevgili Alan Greenmor! Nasılsınız?"

Ömrümde ilk kez gördüğüm bir kadının, sanki yirmi yıldır dostmuşuz gibi bana böyle abartılı seslenmesi karşısında afallamıştım. Müşterilerin yarısı bize döndü. Teatral bir hareketle, gözleri yarı kapalı, avuç içi yere bakan gevşek bir eli bana doğru uzattı. Ne istiyordu? Elini öpmemi mi?

İyi kötü elini sıktım.

"Merhaba, Bayan Vespalles."

"Benim sevgili Raymond Verger'm sizin hakkınızda öyle iyi şeyler söyledi ki..."

Le Monde'un eski başyazarının benim kişiliğime dair komplimanlarda bulunduğunu hayal etmekte güçlük çekiyordum.

"Oturun," diye devam etti, yanındaki iskemleyi bana göstererek. "Bu benim masam, hoş geldiniz. Georges?"

"Hanımefendi?"

Bana döndü.

"Ne içersiniz, Alan? Size Alan dememe izin verirsiniz, değil mi? Çok güzel bir ad... İngilizsiniz, sanırım."

"Amerikalı."

"Aynı şey. İştahınızı ne kabarttı?"

"Ee, şey... bir kahve."

"Bir şampanya da alırsınız, değil mi? Georges, iki kadeh, dostum!"

Ağustos ayının bu öğleden sonrasında Deux Magots'nun terası turistler kadar müdavimlerle de doluydu. Müdavimlerin bir masadan diğerine konuşmaya hevesli oldukları belliydi. Christine Vespalles, öngörüldüğü gibi, uçuk pembe, devasa bir şapka takmıştı başına. Üzerinde kalkık bir tül, kenarına da fuşya rengi bir kuş dikiliydi. Baştan ayağa pespembe giyinmişti. Egzantrikliğine rağmen çok zarifti. Yirmilik bir genç kadına yakışır ruh ve yaşam enerjisi hissedilse de, yetmişinde vardı.

"Benim tatlı Raymond, Jacquot'yla ilgilendiğinizi söyledi?"

"Jacquot?"

"Evet. Bana, 'Lacan hakkında bütün bildiklerini anlat,' dedi. Ben de ona, 'Sevgilim, bu konudaki kültürümü tamamen küçümsüyor gibisin! Bütün bir gece bile yetmez, bilemem ki Alan müsait midir...' dedim."

"Aslında... beni ilgilendiren, özellikle bir başka psikiyatrla olan ilişkisi. İgor Dubrovski denen biri."

Okumuş olduğum makaleden söz ettim ona.

"Ah, Lacan ve Dubrovski! Bu ikisi ve aralarındaki ezeli rekabet hakkında bir roman yazılabilir!"

"Rekabet mi?"

"Elbette! Kediye kedi demeli, bu ilişkiye de rekabet! Lacan, Dubrovski'yi kıskanıyordu, aşikâr bu..."

"Kıskanıyor muydu... ama hangi dönemde?"

"Yetmişli yıllarda, Dubrovski kendinden biraz söz ettirmeye başladığında."

"Ama sanırım Jacques Lacan zaten ünlü ve tanınmış biriydi. Yaşamının son yılları değil mi bu? Meçhul bir genci nasıl kıskanabilir?"

"Bunu dönemin koşulları içinde değerlendirmek gerekir. Lacan, Fransa'da psikanalizin istisnai şahsiyetiydi. Psikanalizin mevcut halinde, bir hastanın koltukta on beş yıl boyunca kendi güçlüklerinden söz etmesini herkes normal karşılıyordu. Günün birinde genç bir Rus gelir ve hastalarının sorunlarını birkaç seansta çözüverir... Ortalığı biraz karıştırır bu, değil mi?"

"Belki aslında tedavi olmuyorlardı?"

"Bunu bilme imkânım hiç yok. Ne var ki, fobisi olan bir hasta.., diyelim, örümcek fobisi, Lacan'ın yanında on beş yıl koltuğa oturmak ile Dubrovski'yle yarım saat geçirmek arasında tercih yapabiliyordu. Siz hangisini seçersiniz?"

"O halde Lacan, Dubrovski'nin elde ettiği sonuçları kıskanıyordu."

"Evet, yalnızca bu da değil... Aslında her şey onları karşı karşıya getiriyordu."

"Yani?"

"Her şey. Biri yaşlıydı, diğeri genç. Lacan kendi yaklaşımını kavramsallaştıran ve kitaplar yayımlayan bir entelektüeldi. Dubrovski eylemi savunan ve sonuçlar peşinde koşan bir pragmatik. Hem, onların modellerinin kökeni de vardı."

"Kullandıkları yöntemler mi demek istiyorsunuz?"

"Evet. Psikanaliz bir Avrupa ürünüdür. Dubrovski Amerika Birleşik Devletleri'nden gelen bilişsel terapileri kullanmanın Fransa'daki öncüsüydü."

"Bu nasıl bir sorun oluyordu?"

"Entelektüel çevrelerde anti-Amerikancılığın geçer akçe olduğu bir dönemden söz ediyoruz. Hepsi bu değil, ama biliyorsunuz... para da onları ayırıyordu."

"Para mı?"

"Evet, Dubrovski zengindi, çok zengin. Bir aile serveti. Lacan'ın durumu böyle değildi. Üstelik parayla sorunlu bir ilişkisi vardı."

Bir yudum şampanya içti.

"Aslında," diye devam etti, "sanırım Lacan, Dubrovski'ye tamamen kafayı takmıştı. İşlerindeki sürati kıskanarak kendi seanslarının süresini giderek kısalttı. Sonunda, muayenehanesine bir hasta geldiğinde, hasta beş dakikanın sonunda ağzını açmaya başladığında Lacan onun sözünü kesiyor ve, 'Seansınız bitti!' diyordu."

"Delilik..."

"Hepsi bu değil. Dubrovski'nin servetini öyle kıskanıyordu ki, tarifelerini korkunç bir şekilde artırmaya başladı. O dönemde birkaç dakikalık bir söyleşi için beş yüz frank istediği oluyordu. Korkunç bir meblağdı bu. Hastalarından biri itiraz etti. Cüzdanından parayı almak için el çantasını kaptı. Benim Jacquot gerçekten deliye dönmüştü."

Nefis aromasının tadını çıkararak bir yudum şampanya içtim. Meydanın öte tarafında, akşamüzerinin sıcak ışığıyla aydınlanan Saint-Germain-des-Prés Kilisesi hiç olmadığı kadar güzel gözüküyordu.

"En kötüsü," diye devam etti, "Lacan, Dubrovski'yi yalnızca göz ardı etmişti, ama herkes onu çok çabuk unutuverdi."

"Dubrovski'yi mi? Neden? En iyi sonuçlar onunsa..."

"Ah, dostum, bu soruyu sormak için gerçekten Amerikalı olmanız gerekirdi. Sizler sonuçlara değer verirsiniz. Bizler, Fransa'da, zekâya hayranız. Sonuçlar bize neredeyse aksesuar gibi gelir..."

El çantasını karıştırdı. Pembe timsah derisinden bir çanta. İçinden bir cep kitabı çıkardı.

"Bakın! Size getirdim bunu. Rastgele açın ve bir bölümü okuyun..."

Jacques Lacan imzalı kitabı aldım. Tam ortasından açtım.

"Oğullarla ilgili yorumcuların tema yapısını, öznenin olağan gayrimeşruluğunda mevcut duygusal yoksunluk erkiyle ve sekiz-on üç yaş arasında normal belirimli büyüklükte roman tipinin zihinsel oluşumuyla niteleyen yazarlar, çocukluğun ikâme edildiği bu yaştaki olgunlaşmış masalla, köyün falanca yaşlı kızının daha bahtlı herhangi bir yedek oyuncuyla özdeşleştiği masalla, birkaç sahte veliahtın, denk doğrulamalı gözüken hak iddialarını birleştireceklerdir. Ama o, haklarını hayvani görünümlü bir makinenin titiz tanımıyla desteklediğini düşünür; başlangıçtaki adam kaçırmayı gerçekleştirmek için onu karnında saklaması gerekmiştir..."

"Anlaşılır gibi değil, ama ben psikiyatr değilim."

"Sizi temin ederim, psikiyatrlar da hiçbir şey anlamaz. Ama Fransa'dayız: Anlattığınız şey ne kadar anlaşılmazsa, o kadar dâhi kabul edilirsiniz."

"Evet..."

"Bu durumda, çok somut, pragmatik ve gerçekleştirilecek görevleri olan Dubrovski'yi hayal edin. Lacan'ın yanında neredeyse bir budala gibi kalıyordu..."

O anda beceriksiz bir hareket yaptım ve şampanya kadehimi devirdim. Şampanya masanın üzerine yayıldı, sonra ayakkabılarıma aktı. Neyse ki benimkilerin üzerine...

"İşte Jacques Lacan buna katlanamazdı!"

"Ayaklarına şampanya dökülmesine mi?"

"Hem de nasıl! Ayakkabı manyağıydı."

Ürperdim.

"Bir ayakkabı manyağı..."

"Onun tutkusuydu! Hastalarını bekleme salonunda kazık gibi dikilirken bırakıp muayenehanesindeki gizli bir kapıdan süzülür ve iki seans arasında bir ayakkabı satın alırdı. Böyle biriydi. Muhteşem, değil mi?"

45

Varsayalım ki genç François Littrec intihar etmişti. İki psikiyatrı vardı. Biri İgor Dubrovski. Onu becerisizce kıskanan Jacques Lacan, bu duruma düşmesi için elinden geleni yaptı. Onun yöntemlerini teşhir etmek için, mahlas kullanarak *Le Monde*'a gaddar bir makale yazdı. Genç adamın ailesini ziyaret ederek onları manipüle etmeye ve Dubrovski'yi suçlamaya teşvik etmeye çalıştı. Ayakkabı takıntısıyla kendini ele verdi... Bir psikiyatr için işin doruğu! Meslektaşını mahkemede mahkûm ettirmeyi başaramadı, yine de tabipler odası meclisini etkileyerek onun meslekten men edilmesini sağladı. Böylece, rahatsız edici olmuş bir kariyere son verdi. Bütün bunlar olabilirdi. Neden olmasındı?.. Ama eğer İgor Dubrovski bu olayda gerçekten masumsa, sürüp giden bütün bu karanlık işleri nasıl açıklamalıydı? İntihar hakkı üzerine yazısıyla, çöküntü halindeki insanları kendi yurtluğu olan Eyfel Kulesi'ne neden çekiyor, sonra da onlar işi eyleme dökmeden onları engelliyordu ki? Daha iyi manipüle edebilmek için mi? Onlardan vaat koparabilmek için mi? Ne amaçla? Ne elde etmek için? Ya benim intihar teşebbüsümden *önce* hakkımda tuttuğu notları nasıl açıklamalı? Audrey'yle ilişkisine ne demeli?

Düşüncelerimin uçurumu içinde kaybolmuş haldeydim. Bu pazartesi sabahki ticari toplantımızın akışını kesinlikle takip edemiyordum. Luc Fausteri ve Grégoire Larcher video-projetktörde rakam sütunlarını belirgin bir hınçla yorumluyorlardı. Rakamlar, yine rakamlar... Her yönde rakamlar... Sonra eğriler, çubuk diyagramlar, kamamber peyniri gibi dairesel diyagramlar. Kendimi onların düşüncelerinden ışık yılı uzakta hissediyordum. Hiç anlamı olmayan bütün bu sonuçlara yabancıydım... Sesleri bana boğuk, uzak, anlaşılmaz geliyordu. Loto hanelerinde yanlış numaraları işaretlediler diye, bir araya toplanmış delileri şiddetle eleştiren iki tımarhane bekçisi! Bizler kötüydük, yeteneksizdik, çekilişi tahmin edemiyorduk. Neyle cezalandırılacağımızın resimlerini bize yansıtıyorlardı: Bir kırbaç, sopalar, sonra da kamamberden yoksunluk. Sonra da gelecekte kırbacın uzayacağını ve saldırıya geçen bir yılan gibi doğrulacağını gösterdiler. Çubuklar daha kalın olacaktı ve biz kamamberin daha büyük bir bölümünden yoksun kalacaktık. Deliler alkışladılar. Mazoşist olmalıydılar!

Toplantı geç bitti. Ardından herkes yemeğe gitti. Ben hariç herkes. Ben büroma gittim ve katın boş olduğundan emin olmak için bekledim. Sonra, rafın en üstündeki dosyayı açtım. Başarısız CV'ler dizisinin altındakini. İçinde bulunan iki kâğıdı aldım ve bir gömlek dosyanın içine yerleştirdim.

Koridora çıktım, sağa sola göz attım ve kulak kabarttım. Her taraf kusursuz bir sessizlik içindeydi. Merdivenin yukarısına geldiğimde, tekrar durdum. Yine kimse yoktu. Sessiz adımlarla alt kata indim ve bir süre bekledikten sonra merdiven boşluğuna çıktım. Sessizlik. Burnumu uzattım: Kimse yok. İçimde bir tür korku yükselmeye başlıyordu. Faksın bulunduğu yere kadar gittim ve kalbim çarparak içeri girdim. Kâğıtlarımı makineye yerleştirdim. Düzgün koymaya, sıkışmamalarına özen gösterdim. Koridora son bir kez daha göz attım. Hâlâ tık yoktu. Not defterimi açtım, ardından numarayı çevirdim. Parmaklarım titriyordu. Bastığım her tuşun çıkardığı bip sesi bana sağır edici geliyordu. Sonunda *Start*'a bastım ve makine ilk sayfayı yutmaya başladı.

Dunker Colsulting'in sahte iş sunumları listesini Fransa'nın bütün yazı işlerine göndermem yaklaşık yirmi dakikamı aldı. Hepsine; *Les Echos* hariç.

46

İgor Dubrovski bu akşam yalnızdı. Yumuşak ve kapsayıcı bir ortam yaratması için incelikle hesaplanmış aydınlatmalı geniş salonda yalnız. Piyanosunun önünde yalnız. Bir Rahmaninov sonatının notalarına tane tane basıyor, kaslı parmakları klavyenin bir ucundan ötekine gidiyordu. Klavyeye tamamen hâkimdi. Mutlak saflıktaki Steinway'in sesi geniş alanda tüm gücüyle çınlıyordu.

Arkasındaki kapı hızla açıldı. Çalmaya ara vermeden omzunun üzerinden bir göz attı. İlginç, gelen Catherine'di. Böyle ani girmek âdeti değildi.

"Vladi!" dedi. Telaşa kapılmış olduğu belliydi.

İgor ellerini klavyeden çekti. Şimdi, sağ pedal son akorun titreşimini sürdürmek için basılı duruyordu.

"Vladi," diye tekrarladı, "Alan'ın genel kurulda şirket başkanlığına adaylığını sunmaya hazırlandığını söylüyor!"

İgor yutkundu. Bu hariç, her şeyi bekliyordu.

Pedaldan ayağını çekti ve müziğin son titreşimleri anında kesilerek boğucu bir sessizlik yarattılar. Genellikle gayet sakin olan Catherine, konuşarak salonun bir ucundan diğerine yürüyordu. Allak bullak olduğu belliydi.

"İnsanların önünde konuşma yapmakta uzmanlaşmış bir kuruma yazılmış. Bir seanslığına. Yalnızca bir. Üç hafta içinde bilmem kaç kişinin karşısına çıkıp kendisine oy vermeleri için onları ikna edecek... Mahvolacak, yüzyılın başarısızlığına uğrayacak. Felaket bu!"

İgor başını çevirdi, son derece etkilenmişti.

"Doğru," diye mırıldandı.

"Bu onu yıkar! Düşünebiliyor musun? Herkesin önünde aşağılanmak; olabilecek en kötü şey bu. Çok acınacak durumda olacak. Baştan beri yapılan her şey un ufak olacak. Bütün gelişimi bir çırpıda silinecek. Öncekinden daha zayıf ve dayanıksız bir noktada olacak..."

İgor cevap vermedi, hafifçe başını sallamakla yetindi. Elbette haklıydı.

"Hangi şeytana uyup bu sınamayı ona emrettin ki?"

İgor iç çekti. Sonra, tekdüze bir sesle, bakışları boşlukta, cevap verdi:

"Çünkü reddedeceğine emindim..."

"İyi de... bu durumda, neden verdin ki?"

"Tam da reddetsin diye..."

Uzun bir sessizlik.

"Söylediklerini anlamıyorum, İgor."

İgor başını ona doğru çevirdi.

"Onu isyan etmeye yöneltmek istemiştim. Bana karşı. Onu öyle kabul edilemez bir duruma sokmak istedim ki, anlaşmamızı bozmak için bana karşı koymaya cesaret etmekten başka çıkışı olmayacaktı. Çırağın ustadan özgürleşme vakti geldi. Birine göz kulak olup kılavuzluk ederek, özgürlük beklentisi içinde ona rehberlik etmekte bir paradoks olduğunu rahatlıkla anlayabilirdi, Catherine. Bu sıkı kontrol gerekliydi, çünkü böylelikle onu hiç yapmadığı şeyleri yapmaya mecbur etti, ama şimdi gerçekten özgür olması için benim etkimden kurtulması gerek... Onu ben özgürleştirecek değilim. Ondan gelmeli bu, yoksa... özgürlüğünü asla gerçekten kazanmış olmayacak."

İgor piyanonun üzerinde duran bourbon kadehini eline aldı. Buzlar erimişti. Bir yudum içmekle yetindi. Catherine gözlerini ondan ayırmıyordu

"Anlıyorum."

"Ona başkanının yerine geçmeyi emrederken, bu imkânsız olsa bile, otoriteyi tartışma izni veriyordum ona. Kendi ilişkimizle ilgili metaforik bir mesaj gönderiyordum..."

Kadehi yerine koydu. Catherine'in sitem dolu bakışının ağırlığını hissediyordu.

"Ne var ki, işe yaramadı," dedi, "isyan etmedi. Tersine, devam ediyor..."

İgor başını salladı.

"Evet."

"Ona yardım etmeliyiz. Bir şeyler yapmak gerek. Buraya kadar getirdikten sonra, bu durum karşısında onu yalnız bırakamayız."

Uzun bir sessizlik yerleşti, sonra İgor üzüntüyle iç çekti.

"Ne yapılabileceğini ilk kez gerçekten bilmiyorum, ne yazık ki..."

"Ona vazgeçmesini söylesen, ondan çok güç bir şey istediğini anladığını ve..."

"Kesinlikle olmaz! En kötüsü bu olur. Bu benim, onun akıl hocasının, onun yeteneklerine güvenmediğim anlamına gelir. Kendine olan saygısı ciddi bir darbe yer. Bağımlılığını kalıcı biçimde güçlendirir, oysaki tersine bunu çözmek istiyorum!"

"Tamam, ama bir şey bulmak gerekiyor! Hiçbir şey yapmadan savaşa gitmesine izin veremeyiz! Olayların akışını değiştiremesek bile, en azından, yenilgisini çok şiddetli yaşamamasını sağlayabiliriz. Herkesin önünde tam anlamıyla aşağılanmasını ne pahasına olursa olsun önlemek gerekiyor. Durumu kurtarsın, kendini bir hiç gibi, her şeyin altında hissetmesin yeter, böylece..."

"Hiç fikrim yok. Çıkış yolu göremiyorum. Beni yalnız bırak, lütfen."

Catherine tepkisini engelleyerek dondu kaldı, sonra da odayı terk etti. Adımlarının holde çınladığı işitildi. İgor adımların uzaklaşmasını, sonra da gecenin içinde yok olmasını dinledi.

Boş ve boğucu sessizlik geri geldi. İgor kendini hatasıyla yalnız bulmuştu. Kocaman, bağışlanamaz bir hata. Ağır sonuçlarla dolu bir hata.

Ellerini ağır ağır klavyenin üzerine koydu. Sonra çalkantılı düşleri içinde, Rahmaninov'a kavuştu.

47

Bu sabah evimden çıkarken, merdivenin dibinde Bayan Blanchard'ın kara siluetini fark ettim. Étienne'e bir şey uzatıyordu. Şeklinden, bana ikram etmiş olduğu pastaya benzediğini anladım. Étienne son derece şaşırmış bir haldeydi...

Midemde kaygılı bir yumruyla, büfeye gitmek için sokaktan geçtim. Fırından taze baget ve sıcak çikolatalı küçük ekmek kokuları yayılıyordu.

Satışta bulunan bütün günlük gazeteleri aldım, sonra yandaki lokantanın terasına gidip bir masaya oturdum. *Le Figaro*'yu açtım. Hışırdayan kâğıt gürültüleri arasında sayfaları aceleyle çevirip ekonomi sayfasına geldim. Kalbimin çarptığını hissederken, gözlerimle yazıları tarıyor, bir başlıktan diğerine atlıyordum. Şansım adım adım azalarak, metinlerin siyaha boyadığı sayfaları boş yere kat ettikçe stres düzeyim artıyordu ki aniden soluğum kesildi.

"Dunker Consulting'de İhtilas Kuşkuları."

Altında, tarafsız bir üslupla, olup biteni açıklayan birkaç satır vardı.

"Size ne sunabilirim?" dedi asık suratlı, bıyıklı garson, pek sevimsiz bir ses tonuyla.

"Çikolatalı ekmeğiniz var mı?"

"Hayır, kruvasan ya da yağlı çörek," cevabını verdi, bana bakmadan.

"O halde iki kruvasan ve bir hafif kahve, lütfen!"

Cevap vermeden uzaklaştı.

Heyecan içinde *Le Monde*'u elime aldım ve orada da konuya dair kısa bir haber buldum. Altında da istihdam büroları, yöntemleri ve sıklıkla yapılan şikâyetlere dair bir makale vardı. *Libération* nispeten kısa ama çok görünür bir makale yayımlamıştı. Yanında da bizim şirket merkezinin bir fotoğrafı ve ilgi çekici bir başlık vardı: "Kelle Avcıları Bizimkiyle Yetindiklerinde". *Le Parisien* bütün yalan sunulara cevap veren bir adayın harcadığı zamanı, izlenimlerinin ve CV göndermelerinin tahmini maliyetini hesaplıyordu. *France Soir,* istihdam sektöründe mevcut çok güçlü rekabeti, bir ofisin duyurularıyla görünür olma zorunluluğunu açıklıyor ve bunun da Dunker'ı sarı hattı aşmaya yönelttiğini belirtiyordu. *L'Humanité* olaya yarım sayfa ayırmıştı. Büyük bir fotoğrafta, bir gazetedeki duyuruları siyah keçeli kalemle daire içine alan sözde bir adayı gösterirken, iri bir başlıkta şöyle deniyordu: "Dunker Consulting'in sahte istihdam sunum skandalı." Makale, vahşi liberalizmin sapkın etkilerini ve bahtsız adaylar için sonuçlarını teşhir ediyordu. Mektuplarına asla cevap alamadıklarını anlatan işsizlerin çok sayıda tanıklığı vardı. Gazeteci, haklı olarak, kimsenin yerleştirileceği istihdam yok, diyordu. *Canard Enchaîné* ise, "İstihdam Ofisi Sana Yalan Söylüyor!" başlığını atmıştı.

Gazete bayii taşra basınını satmıyordu, ama içim rahattı; Dunker'ın bölgede birçok bürosu bulunuyordu. Benim için en önemlisi finans gazetelerinin söyledikleriydi. *La Tribune*'den *La Cote Desfossés*'ye, *Le Journal des Finances*'a dek hepsi haberi yayımlamıştı. İnsani düzlemde yorum ya da duygusal ifadeler yoktu, ama bunlar önemsizdi. Haber, karar vericilere ulaşmıştı. Hedefime erişmiştim.

Büroya gittim. Saat dokuzdan önce orada olmak istiyordum. Böylece, Paris borsasındaki piyasaların açılışına doğrudan tanık olabilecek ve hisselerin eğilimini izleyebilecektim.

Saat 08.50'de bilgisayarımın önündeydim. *Echos*'nun web sitesindeydim. Böyle bir haberin yayımlanmasının şirketin değerleri üzerinde etkili olup olmadığını bilmem imkânsızdı. Belki de hayallere kapılmamak gerekiyordu... Kendimi sinirli, gergin hissediyordum.

Tam saat dokuzda, Dunker Consulting'in hisselerinin açılış kuru ekranımda kırmızıyla belirdi. %1,2 gerilemişti. İnanmakta güçlük çekerek, büyük ilgiyle kalakalmıştım. Kendimi aniden aşırı bir heyecan, sevinç ve coşku içinde hissettim. Ben, Alan Greenmor, Dunker Consulting'in Paris borsasındaki hisse hareketini etkilemiştim! İnanılır gibi değildi! Görülmemiş bir şey! %1,2! Çok büyüktü! Devasa!

Fisherman'a yaptığım tahmini hatırladım. Ona gün içinde %3'lük bir düşüş söylemiştim. Rakamı uydurmuştum elbette. Ama bu rakama azami ölçüde yaklaşmak gerekiyordu. Güvenilirlik sorunu. Yaşamsal. Bütün planımın merkezî noktası... Şimdi eğilimin doğrulanması ve yaygınlaşması gerekiyordu.

Günün önemli bir bölümünü ekrandan akışı takip ederek geçirdim. Yüz kez, iki yüz, belki de üç yüz kez ekrana geri döndüm. Görüşmelerim sırasında bile ara sıra bir göz atmaktan kendimi alıkoyamadım.

Gün ortasında hafif bir iyileşmeye rağmen, düşüş bütün gün arttı. Saat 16.00'da, kapanışta, son kur %2,8 düşüş saptamıştı. Şans benden yanaydı.

Keyifle bürodan ayrılarak mola salonuna gittim. Makinelerde şampanya bulmayı ummamalıydı. İlk zaferimin tadını çıkararak bir maden suyu içtim.

Büroma geri dönerken, borsanın kârlılık buyruklarının aciliyeti altında olan ve heyecan verici bir şirket projesinin gelişimiyle motive olamayan, giderek daha talepkâr ve insanlık dışı bir hal alan yönetim tarzı yüzünden stres içindeki meslektaşlarımın bulunduğu camlı mekânlardan geçtim. Bütün bu insanları, her biri kendini gerçekleştirebilecekken, çalışması içinde serpilip gelişebilecekken, büroda mutsuz görmek ne israftı! Benim o anki coşkumla aradaki çelişki çok barizdi. Aniden, son sınavımda beni meydan okumaya yönelteninin yalnızca Dubrovski korkusu olmadığının bilincine vardım. Henüz ilk işini başardığım sarhoş edici bir oyunun çalkantılarına kapılmış bir halde, içimde bir çağrının, bir misyonun öncüllerinin doğduğunu hissediyordum. Her şeyi kaybetme ve kendimi sokakta bulma riskine rağmen, şimdi tek bir arzum vardı: Sonuna dek gitmek.

*

Yemekten dönen Marc Dunker, internetten hisse kurunu dalgın gözlerle inceledi.

"Bu kargaşa da neyin nesi?" dedi yüksek sesle, kendi kendine konuşarak.

Yan odadan gelen Andrew'nun sesi işitildi.

"Sayın Başkan'ın bir ihtiyacı mı var?"

Dunker onu duymazdan geldi. Web sitesi açıklayıcı yorum yayımlamıyordu. Yine de, elbette bir şeyler olmalıydı...

"Neler olup bitiyor, lanet olsun!.."

Andrew'nun ince, uzun silueti kapının eşiğinde belirdi.

"Bu sabah büronuzun üzerine koyduğum gazeteleri okudunuz mu, Sayın Başkan?"

"Hayır, neden? Ne var?" diye sordu, kaygıyla.

"Şey... Belli ki kaçak var, efendim..."

Marc Dunker'ın kanı dondu. Aniden ayağa kalktı ve gazete yığınına sarıldı.

"Ne! Ne anlatıyorsunuz?"

La Tribune'ü eline aldı ve hızla sayfalarını çevirmeye başladı, sayfaları buruşturuyor, neredeyse yırtıyordu.

"Sayfa 12, Sayın Başkan."

Dunker, Andrew'nun sarıyla üzerlerinden geçtiği makaleyi hemen gördü. Okudu, sonra gazeteyi kapattı, yavaşça yerine oturdu.

"Aramızda bir köstebek var," dedi düşünceli düşünceli.

Sakindi, ama yüzü kızarmıştı.

"Önemli değil," dedi, sanki kendini ikna etmek ister gibi, "on beş güne kalmaz herkes unutur."

48

Uzun Mercedes virajı güçlükle aldı, sonra dükkânların bulunduğu dar sokağa girerek balık ve nektarin kasalarını boşaltan bir teslimatçının ardında sıkışıp kaldı.

Arabayı Vladi'ye bırakan İgor indi ve sabah hayhuyu arasından kendine yol açarak, son metreleri yürüyerek kat etti. Paris gerçekten de arabalar için düşünülmüş bir şehir değil, diye düşündü. Özellikle de yerle bir edilip kurallara uygun olarak yeniden yapılsa çok şey kazanacak olan, yarı harap haldeki eski mahalleleri.

Sundurmanın altından geçti. Gerçek bir batakhaneydi burası. Avluya çıktı ve Vladi'nin söz ettiği merdiveni gördü. Merdivene yaklaştı, toprağın derinliklerine gömülüyor gibi gözüken karanlık merdivenlerin başında eğilip aşağıya baktı. Şoförünün tarifinden daha berbattı. Alan neden böyle bir fare deliği seçmişti ki! Merdivenden indi ve kendini zindan kapısı benzeri bir şeyin karşısında buldu. Israrla zili çaldı. Bu saatte bu zindanda canlı biri olacağı kesin değildi. Hortlaklar ve yarasalar ancak geceleyin uyanırdı.

Kapı aralandı ve kızıl saçlı biri belirdi. İgor içeri girdi.

Yaz kuraklığına rağmen mahzende güçlü bir nem kokusu vardı. Kışın burası bir kâbus olmalıydı.

"Sizin için ne yapabilirim?" diye sordu kızıl saçlı adam.

İgor bakışlarını etrafta gezdirdi; yıkık dökük döşemeyi, yarısı çürümüş eski kereveti, formika kaplı mutfak masasını inceledi. Masanın altındaki eski buzdolabı cehennemi bir gürültü çıkarıyordu.

Kızıl saçlı adam kollarını kavuşturdu. İgor bekledi.

"Şirketinizin müşterilerinden biri hakkında sizinle konuşmaya geldim."

"Derneğimizin bir üyesi demek istiyor olmayasınız?"

"Bir fark var mı?"

"Biz kâr amacı gütmeyen bir örgütüz."

İgor gülümsedi.

"Size ait olmayan bir hedefi belirterek kendini olumsuzluk üzerinden tanımlamak eğlenceli."

Karşısındaki bir an durdu, sonra yavaş yavaş konuşarak, düşüncesini en doğru şekilde ifade eden kelimeleri seçmeye özen göstererek cevap verdi.

"Üyelerin hedefi, kamusal alanda söz alarak kendilerini ifade etme tarzlarında gelişim göstermek."

"Gelişim göstermek... Çok, çok iyi. Ya siz... siz de üye misiniz?"

"Elbette."

İgor, olumlar anlamda başını salladı.

"Tebrik ederim. Samimiyetle. Zamanımızda gelişim göstermek isteyen insan çok az... Küçük bir yumurcakken öğrenmek ve gelişim göstermek kabul ediliyor, sonra hiç! Yetişkin olduktan sonra, ne iletişim tarzında, ne davranış tarzında hiçbir şey değiştirmek istenmiyor. İnsanlar diyor ki, 'Hayır, ben olduğum gibi kalmak istiyorum.' Sanki ilişkilerde gelişim göstermek onların oldukları hali değiştirecekmiş gibi. Tıpkı bir çocuğun, olduğu gibi kalmak isteyerek anadilini öğrenmeyi reddetmesi gibi!"

Kızıl saçlı adam onayladı.

İgor salonda birkaç adım attı.

"Size sözünü etmek istediğim üyenin adı Alan Greenmor. Birkaç gün önce gelip kaydoldu."

"Doğru."

"Ay sonunda önemli bir grubun karşısında söz almaya hazırlandığını söylemiştir belki size."

"Doğru."

"Size söylemeyi kesinlikle ihmal etmiş olduğu şey, bu vesileyle kişisel geleceğinin tehlikede olduğu. Demek istediğim, bütün psikolojik dengesi."

Kızıl saçlı adam kaşlarını çattı.

"Açıkçası, özel bir seçimde oylarını vermeleri için hazır bulunan insanları ikna teşebbüsüyle söz alacak. Bunu başarıp başaramamasının önemi yok. Buna karşılık, onun durumunda önem taşıyan şey, hatta yaşamsal olan da diyebilirim, herkesin önünde gülünç duruma düşmemesi. Eğer çuvallarsa, bu durumdan kalıcı bir şekilde etkilenir, istikrarını yitirir. Henüz kırılgan biri. Sonuçlar dramatik olur."

İgor, sahneyi hayal ederek başını önüne eğdi. Karşısındaki sessiz duruyordu.

"Belki henüz bilmediğiniz şey, kamusal ortamda söz alma konusunda, sıfırdan... ya da yaklaşık olarak sıfırdan yola çıkıyor. Onun işi değil bu, bu tür durumlarda çok rahatsızdır. Kısacası, önünde kat etmesi gereken korkunç bir yol var."

"Söylediklerinizi anlıyorum, ama bu konuda bize fazla güvenmeyin. Uzun vadeli bir çalışma bu, biliyorsunuz. Bu tür şeyler üç seansta öğrenilmez... hem yalnızca tek bir seansa katılabilecek."

"Bana yöntemlerinizden söz edin."

"Çok basit. Üye, seyirci olarak toplanmış diğer üyelerin önünde on dakikalık bir konuşma yapıyor. Sonra herkes, yapılan sunumda düzeltilmesi gerektiğini düşündüğü şeyi bir kâğıdın üzerine isimsiz olarak not ediyor. Bütün kâğıtlar konuşmacıya veriliyor, bu da onun gelecekte kendini düzeltmesini sağlıyor. Bu şekilde bir seanstan diğerine gelişme gösteriyor. Bir yılın sonunda, herkes oldukça iyi bir düzeye erişiyor."

"Bir yılın sonunda," diye tekrarladı İgor, düşünceli düşünceli.

"Sizden gizlemedim. Uzun soluklu bir çalışma bu."

"Ne var ki onun yalnızca bir seansa hakkı olacak..."

"Daha erken davranmalıydı."

"Size bir şey önereceğim," dedi İgor, çelik mavisi bakışlarını dosdoğru gözlerinin içine dikmişti.

Planını ayrıntılı olarak ortaya koydu. Karşısındaki tek kelime etmeden sonuna kadar dinledi, ama düşmanlık duyduğu rahatlıkla hissediliyordu. Sonunda başını salladı.

"Hayır, mümkün değil bu."

"Elbette mümkün. Hatta uygulaması çok kolay."

"Demek istediğim bu değil. Bunlar bizim yöntemlerimiz değil. Böyle çalışmıyoruz, üzgünüm."

"Eh, demek ki yeni bir şeyler denemenin tam zamanı!"

"Hayır, derneğin kendi işleyiş kuralları vardır. Bizim tekniklerimiz sınandı. Tatmin edici sonuçlar aldık. Belki yavaş, ama zaman vermek gerekir. Her şeyi gerektiği gibi yapmak önemli. Dört yılı aşkın süredir uyguladığımız yöntemi değiştirmeyi reddediyorum."

İgor onu ikna etmeye boşuna çabaladı; kızıl saçlı adam kendi tutumundan destek alıyor, mermere kazınmış bir hakikati elinde tuttuğuna açıkça inanıyordu.

İgor sonunda çıkışa doğru yöneldi. Korkunç hapishane kapısının önüne geldiğinde, geri döndü.

"Şaşırtıcı," dedi, "başkalarının gelişim göstermesine yardım etmeye zamanını adamış bir insanın gelişim göstermeyi reddetmesi... Sizin esnek olacağınıza, değişime yatkın, yeniliğe açık, alışılmadık şeyler denemeye hazır olduğunuza inanmıştım... Belki de yanılmışım."

49

Borsanın hafızası kısadır. Dunker Consulting'in hisseleri düşmüş olduğu düzeyde on gün boyunca kaldı, sonra yavaş yavaş yükselmeye başladı. Yatırımcılar, yalan sunumlara cevap veren bahtsız adayların kaderiyle hiç ilgilenmiyorlardı. Finans piyasalarının yeniden güven duyması için başkanımızın gülünç denecek kadar iyimser tahminler yayımlaması yetmişti. Yatırımcılar kendilerine asla fazla soru sormaz, gözlerini kapatmayı tercih eder ve bir şirketin gerçek kapasiteleri hakkında kendilerini seve seve aldatırlar. Tamahkârlık saflıkla uyaklıdır. Ve her koşulda, gerçeklik pek az önem taşır; yeter ki sistem süratle işlesin. Neyse ki, heybemde onları biraz yatıştıracak küçük bir sürprizim vardı.

Kapanış saatinden önce, *Echos*'dan Fisherman'ı aradım. Beni yazı işlerine bağladılar ve telefonu açan kişiye kendimi tanıttım. Gazeteci konuşmayı kabul etti. Kesinleşmiş tahminim onun kuşkuculuğuna son mu vermişti? Şimdi bu güvenilir başlangıcı güçlendirmem gerekiyordu.

"Size ileteceğim bir başka bilgim var," dedim sır verir bir tonda.

Sıfır tepki. Ama telefonu kapatmadı.

"Dunker Colsunting'in hisseleri yarından sonra %4'ten daha fazla düşecek."

Rakamı yine uydurmuştum. Serçe parmağım bana skandal haberlerin birikmesinin borsanın tepkisini genişleteceğini söylüyordu.

"Yarından sonra mı?"

Mucize! Konuşmuştu. Dilinin ucuyla oltayı yalıyordu...

"Evet, yarından sonra."

Böylece, ertesi gün çıkacak gazetenin sayısında öngörülerini yayımlaması için ona vakit bırakıyordum.

Cevap yoktu.

Sonunda telefonu kapattım. Onu seçtiğim için pişman olmaya başlamıştım. Sütunlarında şirketim üzerine bitmek bilmez eleştirileri nedeniyle ona oynamıştım. Benim hatam, patronuma kişisel olarak öfkelendiğine ve şirketi karalayan her şeyin üzerine atlayacağına inanmamdı. Belki de kendi duygularımı ona atfetmiştim... İyi düşündüğümde, aslında bana duygudan tamamen yoksun geliyordu. Dunker'ı stratejisine inanmadığı için eleştiriyordu.

Bu farkındalık günümün geri kalanını mahvetti. Akşamleyin bir türlü uyku tutmadı. Bütün planım ona dayanıyordu. Çoktan yenilmiş miydim?

Ertesi gün, şafak vaktinde, gazete bayiine gidip *Les Echos* satın aldım. Dunker Consulting üzerine tek satır yok. Bıkmıştım.

Başka bir gazeteciye yönelmem için çok geçti. Muhtemelen son kurşunumu boşuna yakacaktım, ama Fisherman'a oynamaya devam etmeliydim. Bir kumarhane oyuncusu bütün bir gece boyunca boş yere kırmızıya oynamışsa, elinde kalan son parayı siyaha koymaya ender olarak cesaret eder, çünkü olur da şanssızlıkla kırmızı gelirse, kendini asla affetmeyecektir.

Yemek vaktinde, önceki operasyonumu yineledim. Yemek molası sırasında büroda yalnız kalarak, Dunker Consulting'in ödeme gücü olmayan şirketlere müşteri bulmaya bile bile karar verdiğinin çürütülemez kanıtlarını bütün yazı işlerine gönderdim.

*

Konuşma konumu seçmem bile yaklaşık üç günümü almıştı. İnsan yalnızca hâkim olduğu konulardan konuşur elbet. Dolayısıyla, ya eğitimini gördüğüm muhasebeye dayanan konulardan bahsetmeliydim ya da şu anki mesleğim olan istihdamcılıktan. Bu sonuncusunu mayınlı alan kabul ettim. Seyirciler sinir bozucu kişisel deneyimlerini hatırlayabilirler ve bilinçdışı bir şekilde hınçlarını bana yöneltebilirlerdi. Berbat bir an geçirebilirdim...

Dolayısıyla muhasebenin etrafında dönen bir konuya sığındım. Zaten muhasebe yeryüzünün bütün utangaçlarının sığınağı değil miydi? Konuşmam çok heyecan verici olmayabilirdi kuşkusuz, ama en azından, seyircilerle ilişkimdeki tehlikeleri asgariye indirmiştim. Eğer uyuklarlarsa, kendimi daha da güvende hissederdim.

Metnimi uzun uzun hazırlamıştım. Korkunun boğuculuğuna maruz kalındığında, ağzın kuru ve kafan boş, kelimelerini umutsuzca arayarak, elin kolun düğümlenmiş kalmamak için önceden yazılmış bir metnin elinde olması çok yararlıdır.

Oraya önceden gittim. Onlara kitle halinde göğüs germektense, tek tek geldiklerini görmek benim için daha sakinleştirici olurdu. Böylece, alışmama, korkuma hâkim olmama zaman kalırdı ve korkumun boğazımı sıkıp bütün imkânlarımı ele geçirmesine izin vermezdim.

Kaydımı almış olan kızıl saçlı sorumlu Éric beni kibarca karşıladı ve hemen rahatlattı. İdam sehpasına bakan bir mahkûm gibi, kürsüye bir göz attım. Bir mikrofon ve bir ses sistemi görmek beni şaşırttı. Önceki ziyaretim sırasında salonda böyle bir donanım olduğunu fark etmemiştim.

İnsanlar yavaş yavaş geldiler. Herkes Éric'i dostça selamladı, sonra sanki birbirlerini yıllardır tanıyorlarmış gibi, kendi aralarında şakalaştılar. Eğer bunlar müdavimse, benim çok üstümde bir düzeye erişmiş olmalıydılar kuşkusuz diye düşünmekten kendimi alıkoyamasam da çok sempatik ve güven verici bir halleri vardı...

Sorumlu kapıyı tam belirtilen saatte kapattı. Yarım saat gecikmeyi herkesin normal saydığı bir şehir olan Paris'te bu bir mucizeydi. Hazır bulunan üyelerin yirmi beşten fazla olmadığını saptamak beni yatıştırdı. Bu durumda kendimi sayının iki misli olmasından daha rahat hissedecektim...

Éric kürsüye çıktı, mikrofonu eline aldı ve ses bağlantısını kontrol etmek için üzerine vurdu. Kusursuzca ayarlanmış, çok hoş bir şekilde çınlayan, ciddi ve kesin bir ses tonuyla söz aldı. İşinin ehliydi. Derneğin yeni döneminin açılışını duyurdu; çok ilginç olmayı vadeden yeni bir sezondu. Bu vesileyle bazı temel kuralları hatırlattı; örneğin aidatları düzenli ödemek, her toplantıya vaktinde gelmek, devamsızlık yapmamaya dikkat etmek...

"Ve bugün," diye bitirdi sözünü, "yeni bir üyeyi kabul etmekten memnuniyet duyuyorum..."

Kalbim sıkışıyordu.

Soluklan, derin derin soluk al, gevşe.

"İlk konuşmasını hemen yapacak biri: Alan Greenmor."

Herkes sempatik bir şekilde alkışladı. Ben kürsüye çıkarken, sorumlu da, diğer üyelerin arasında, taburesine oturdu. Nabzım yüz elli atıyordu. Salonda sessizlik oldu. Herkesin bakışları bana dikilmişti. Lanet olsun, şu boktan korkudan neden kurtulamıyordum! Ne felaketti şu iş... Mikrofonu sağ elime aldım, ihtiyaç olduğunda göz atabilmek için kâğıdı da sol elimde tutuyordum,.

Herkesin sizin söz almanızı beklemesi korkunç bir şeydi...

"Herkese merhaba."

Sesim boğuktu, sanki gırtlağımda sıkışmış gibiydi. Dudaklarım titriyordu ve kendimi dehşetli donmuş hissediyordum, vücudum kaskatıydı...

Üstelik bu insanlar, kendinden gayet emin olan, sesine ve bedenine kusursuzca hâkim olan Éric'i dinlemişlerdi.

"Size sözünü edeceğim konunun yakıcı bir çekicilikte olmadığının bilincindeyim: Anglosakson muhasebesi."

Genel bir kahkaha dalgası. Hemen ardından da bir alkış gürültüsü.

Vay be... Neler oluyor?

Darmadağın olmuştum...

Konuşmama başlamak için Amerika Birleşik Devletleri âdetlerine uygun bir espri bulmakla yaklaşık bir saat geçirmiştim, ama bu kadar başarılı olacağını beklemiyordum. Bu kalbimi hemen ısıttı. Korkum yarı yarıya azaldı.

Devam edelim... Ama kelimeleri daha iyi telaffuz etmeliyim, sesimi daha iyi ayarlamalıyım.

"Bu konuda Amerika Birleşik Devletleri'nde yaklaşık dört yıl öğrenim gördüm ve... şey..."

Kahretsin... sonra ne demem gerek? Boşluk. Tam bir boşluk... Ama bu konuşmayı ezbere biliyordum ben! Hay aksi, olamaz... Çabuk... kâğıdım.

Okuyarak devam ettim:

"Anne tarafımdan kökenim olan Fransa'ya iş bulmak için geldiğimde..."

Beni beş para etmez biri görecekler. Herkesin önünde notunu okumak, sıfır...

"... herkesin bildiği büyük bir istihdam bürosunun danışmanı bana Fransız muhasebe kurallarının son derece farklı olduğunu öyle rahat bir gülümsemeyle öğretti ki, Amerika'dan aldığım diplomayı çöpe atmam gerektiği anladım."

Yine gülümsemeler. Hepsi bana gülümseyerek bakıyor, gayet hoş karşılayan bir havada... Onlara tapıyorum.

"Bana bunu söylerken kendisi çok güldü. Bense hiç gülmedim."

Yeniden genel bir kahkaha dalgası ve yoğun alkışlar. Kendime gelemiyordum. Bir salonu güldürmenin hoş olması delice bir şeydi. İnsanı alıp götürüyor, teşvik ediyordu... İnanılır gibi değildi. Bazılarının bunu neden meslek edindiklerini aniden anlamıştım.

"Bunun üzerine Anglosakson muhasebesi ile Fransız muhasebesi arasındaki farklılıkları inceleme ihtiyacı hissettim."

Korku yok artık... korkmuyorum... Kendimi iyi hissediyorum, hafifledim... Muhteşem bir şey bu...

"Fransa'da muhasebe kurallarını koyanlar devlet memurları, oysaki Amerika Birleşik Devletleri'nde bağımsız örgütler bu kuralları koyuyor. Bu örgütlerin hedefi, rasyonel kararlar alabilmeleri için yatırımcıların ihtiyaç duydukları bilgiyi sağlayarak muhasebenin yatırımcıların çıkarlarına hizmet etmesi. Görev alanlarının sınıflandırılması Fransa'da uygulananın tersi..."

On dakika kadar devam ettim; notlarımdan neredeyse tamamen kurtulmuştum. Dinleyicilerim konudan gerçekten etkilenmiş gözüküyorlardı. En azından başta olmayanın bu olduğu söylenebilirdi. Görünüşe bakılırsa, onların dikkatini cezbetmeyi, ilgilerini uyandırmayı başarmıştım. Kendimi şaşırtıcı biçimde iyi hissediyordum, giderek rahatlamıştım. Konuşurken kürsüde yer değiştirme lüksünü sundum kendime. Dinleyicilere bakıyordum, hareketlerimde serbesttim. Sonuçta başkalarının önünde konuşmak çok coşku vericiydi.

Yoğun alkışlar altında, araya serpilmiş haykırışlarla sözlerimi bitirdim. Birkaç üye ayağa kalktı, ardından başkaları da onları izledi, sonunda bütün salon ayaktaydı. *Standing ovation...*[6] Kendime gelemiyordum! Benim adımı tekrarlıyorlardı... Küçük bir bulutun üzerindeydim, anormal bir haldeydim, heyecandan kendimden geçmiştim, mutluydum...

---

6 (İng.) Ayakta alkış. (ç.n.)

Éric, alkışlamaya devam ederek sahnede yanıma geldi. Sonra, bireysel yorumlar not etmeleri için herkesten birkaç dakika istedi. Salona sessizlik hâkim oldu.

Bir süre sonra, Éric bana kocaman bir zarf verdi. İçi, dörde katlanmış kâğıt parçalarıyla doluydu. Gidip salonun bir köşesine oturdum ve her mesajı sabırsızlıkla açtım, dinleyicilerin saptadığı ünlü küçük kusurların ve düzeltilmesi gereken noktaların neler olduğunu öğrenmeyi merak ediyordum. Tasnif ilerledikçe şaşkınlığım büyüyordu. Yorumların yüzde yüzü olumluydu! Yüzde yüz!!! İnanılır gibi değildi, görülmüş şey değildi!.. Kendime gelemiyordum, o zamana dek felç eden korkuların ardında gizli bir yeteneğin, ifade edilmeyi bekleyen bir tür doğal yeteneğin saklı olduğu duygusu içindeydim.

Éric yanıma gelip, ilk seanstan sonra diğer konuşmalarda hazır bulunmaktansa hemen evime gitmenin daha iyi olacağını söyledi. Böylece, yorumları evde sakin sakin okuyarak kendi sunumumu hafızamda daha iyi taşıyabilecektim.

Toplanmış üyeleri son bir kez selamlayarak çıktım. Akşamın serin havası beni karşıladı. Kendi başarımdan kanatlanarak, karanlık merdivenden sanki bir sarayın basamaklarından çıkıyormuşum gibi çıktım. Derlediğim yeni güçlerle birleşmiş bir halde şehrin yüzeyine erişmiştim. Eğer o gün gelirse, kaderimle karşılaşmaya hazırdım.

50

"Aramızda bir kara koyun var!"

"Pardon, efendim?" dedi Andrew, kapının eşiğinde belirerek.

Dunker, masasının üzerinde çarşaf gibi açılmış duran iki gazeteyi ona doğru uzattı. Sonra, koltuğunda arkaya kaykıldı. Suratından, kötü günlerin getirdiği sıkıntı okunuyordu.

Andrew yaklaştı.

La Tribune'ün manşeti şöyleydi: "Dunker Consulting: Sahte duyurulardan sonra sahte müşteriler mi?"

Le Figaro: "İstihdamsız istihdam sunularından sonra parasız müşteriler."

"Şirketimiz için iyi değil bu!", diye belirtti Andrew, kalın sesiyle.

Dunker ona yiyecek gibi baktı.

"Böyle başka vurucu analizleriniz var mı, Andrew?"

İngiliz cevap vermedi, ama hafifçe kızardı. Baştan itibaren sessiz kalmalıydı. Patronlar bu haldeyken, ne derseniz deyin, söylediğiniz en ufak kelimeyi size karşı kullanarak öfkesini sizden çıkartır...

"Ekipte bir kara koyun olduğu kesin!" diye tekrarladı Dunker. "Hisseler yine düşecek..."

Sözlerine hareket de ekleyerek, bilgisayarına doğru döndü ve klavyenin bir iki tuşuna sinirli sinirli bastı.

"İşte! Hiç kaçırmamışlar... Beş para etmezler sürüsü... Bu semiz çaylakların paniğe kapılıp satması için salakça bir haberin dolaşması yeter! Hepsi kancık bunların, evet. %2 eksi! Üstelik daha seansın başlangıcı! Hiç fark etmez..."

*

"Evet... kesinlikle!.. Şiddetli davranmamışsınız!"

"'Gülümsesin' demiştiniz bana, ben de öyle yaptım..."

"Ama sadece gülümsemiyor, bayağı güler yüzlü olmuş! Tamam... bana uyar: Çok güzel."

Önceden kararlaştırdığımız parayı ödedim ve resmi görmek için eğilen işsiz güçsüz takımının arasından güçlükle sıyrılarak uzaklaştım.

Bu güneşli akşamüzerinde, Tertre Meydanı'nda, nefis yaz kokularını yayan ağaçların altında büyük bir kalabalık vardı. Meydanın etrafına yerleşmiş, ahşap şövalelerini önlerine koymuş, bir ellerinde boya paletleri, diğerinde uzun bir fırçayla duran sayısız ressamdan birine portrelerini yaptırmak için turistler geliyordu. En etkileyicisi bu sanatçıların gözleriydi: Keskin bakışlarıyla yüzleri inceliyor, kişiyi en iyi şekilde karakterize edecek ifadeyi bulmak için yüzdeki gülümsemeleri soyuyorlardı. Âşıklar çift olarak poz veriyordu. Anne babalar her üç saniyede bir çocuklarına, "Kımıldama, yoksa beyefendi yapamayacak!" deyip duruyordu. Ufak tefek yaşlı bir kadın, kendisini ölümsüzleştirecek olan ressamın önünde donmuş gülümseyişiyle, hareket etmesine izin vermesi için yalvarıyor, o da, ağırdan alarak, "Neredeyse bitti..." diyordu.

Aylaklar ressamların yanına gelip çizimlerle modelleri karşılaştırıyorlar, yorumlarını hiç eksik etmiyorlardı. Poz verenlerden bazıları, meçhul kişilerin bakışlarını cezbetmekten belirgin bir gurur duyuyordu. Bundan rahatsız olanlar da vardı; onların yüzleri hafifçe kızarıyordu. Kimileri de belirgin bir öfke sergiliyordu.

Resmi paketlemek için eve giderken yolumu değiştirdim. Borsanın kapanışından beri bulutların üzerindeydim: Dunker hisseleri yaklaşık %5 düşmüştü. Kesinlikle büyük düşüş. Aniden kendimi cömert hissettim...

On dakika sonra, Bayan Blanchard'ın kapısını çaldım.

"Kim o?"

"Bay Greenmor, komşunuz..."

Kapıyı açtı.

"Buyurun, sizin için," dedim paketi ona uzatırken.

"Benim için mi?" dedi, şaşkınlığını gizlemeyerek. "Ne vesileyle?"

"Öylesine. Geçen gün bana bir pasta ikram etmenizden çok duygulanmıştım. Bunun üzerine, ben de size küçük bir hediye vermek istedim."

Paketi açtı, sonra birkaç saniye resme hayran hayran baktı.

"Çok güzel. Çok iyi çizilmiş. Çok teşekkürler, Bay Greenmor."

Bana soruyu sormaya cesaret edemediğini hissettim.

"Hoşunuza gitti mi?" diye sordum.

"Evet, çok. Hem... kimi... temsil ediyor?"

"Haydi, Bayan Blanchard! İsa Mesih bu!"

Fal taşı gibi açılmış gözlerle resme bakıyordu. Onu rahatlatmak istedim.

"Elbette, böyle görmeye pek alışkın değiliz..."

Sesini çıkarmadan durdu.

"Onu çarmıhta, yüzü acıdan şekilsizleşmiş bir halde temsil etmenin insanların ona yaptıkları pis bir oyun olduğunu itiraf edersiniz," dedim. "Ölüm döşeğinde can çekişirken fotoğrafınızın çekilmesinden, hem de bu görüntünün ardınızdan bütün dünyaya dağıtılmasından hoşlanır mıydınız?"

51

Gün biterken Fisherman'ı arayacaktım. Böylece ona gazetenin tamamlanmasından önce nispeten az zaman bırakmış olacaktım. Önceki tutumunu gözden geçirme fırsatı bulamadan anında hareket etmesini istiyordum.

Ama son randevumun bitmek bilmeyeceğini öngörmemiştim. Aday taşradan gelmişti, onu tekrar görmek için görüşmeyi kısa kesemezdim. O gittiğinde saat 19.35'ti. Gazete saat 20.00'de matbaaya gidiyordu. Çok geç olmasından kaygılanarak hemen telefona sarıldım.

"*Les Echos,* iyi günler!"

"Bay Fisherman, yazı işlerinden, lütfen. Acil!"

"Ayrılmayın!"

Dört Mevsim bitmek bilmiyordu. Vivaldi'yi mezarında döndürecek bir versiyon.

Haydi, aç...

19.41.

"Alo..."

"Bay Fisherman?"

"Kim arıyor?"

Cevap verdim ve kulaklarım yeniden dönüp duran "Yaz"a katlanmak zorunda kaldı. Buz gibi bir yaz.

19.43. *Aç, aç...* Saat 20.00'de kapanmadan önce bir şey yazacak vakti asla olmayacak.

"İyi akşamlar."

Nihayet, boğuk sesi duyuldu.

"İyi akşamlar. Size yine bir özel haberim var."

Sessizlik. Sonunda bozdu.

"Sizi dinliyorum."

"İlk aradığımda, Dunker Colsulting hisselerinin yaklaşık %3'lük düşüşünü öngörmüştüm ve gerçekleşti."

"Aşağı yukarı," diye düzeltti.

"İkinci kez, %4'ten fazla öngörmüştüm. %4,8 oldu."

"Evet."

Konsantre oldum. Sesim hem kesin hem de sakin olmalıydı. Blöf yapma alışkanlığım yoktu ve bu blöf... büyüktü: Arkasında hiçbir şey yoktu, kesinlikle yoktu... Basına açık edebileceğim hiçbir skandal yoktu.

Soluk aldım.

"Yarın hisseler tarihinin en baş döndürücü düşüşünü yaşayacak. Tek bir seansta en az %20 düşecek."

"%20 mi? Tek seansta? İmkânsız bu..."

Karar değiştirmemeli, yoksa işim biter...

"Aslında düşüşün daha da öteye gideceğine eminim. Çok ötesine. Hatta belki, değerin sıfıra düşmesini engellemek için borsa işlemleri ertelenebilir."

Sessizlik.

"Görürüz," dedi sonunda.

Bu muğlak cevap hoşuma gitmedi. Ne demek istiyordu? Görüş yayımlayacak, sonra da hisselerin ne kadar düşeceğine mi bakacaktı? Yoksa öncekilerde olduğu gibi dışında kalıp gelişime pasif tanık mı olacaktı? Yine seyirci rolü oynayacaksa mahvolmuştum.

Telefonu kapattık.

Zarlar atılmıştı.

Uzun bir bekleyiş başladı... Olayların gidişatını öngörmeye çalışarak kendime işkence ediyordum. Yazacak mıydı? Doğru çıkmış olan önceki iki öngörüm güvenilirliğimi inşa etmeme yetmiş miydi? Bütün gece bu sorular kafamın içinde dönüp durdu. Kâh kaygılanıyor, kâh güveniyor, sonra yine kuşkuya kapılıyordum. İnanmak istiyordum, ama yanılmaktan öylesine korkuyordum ki!..

Fisherman'ın borsa öğütleri bu çevrede gayet yakından dinleniyor, takip ediliyordu, dolayısıyla hisselerin göçmesi için kaleminden çıkacak tek bir kelime yeterliydi. Ciddi olarak.

Uyumakta büyük güçlük çektim. Gecem hareketli geçti. Defalarca uyanıp saate baktım. Likit kristallerin aydınlattığı rakamlar umutsuzca yapışmış, ağır ilerliyordu. Saat altıda kalktım ve başka bir şey düşünmemek için radyoyu dinlemeye kendimi zorlayarak hazırlandım. 06.55'te sokağa çıktım. Hâlâ serindi. Birkaç kişi işe gitmeden önce köpeklerini gezdiriyordu. Neşesiz bir yüzle işlerinin yolunu çoktan tutmuş olanlar da vardı.

Lokanta kapılarını benim önümde açtı. Bir kahve sipariş ettim ve *Les Echos*'yu istedim.

"Birazdan getirirler. Bekleyin biraz," dedi garson, pek sevimli olmayan bir tonda.

Beklemek, beklemek. Daha fazla bekleyemiyordum.

Kahvem çok sertti. İlk yudumum ağzımda acı bir tat bıraktı. Biraz yumuşatmalarını istedim ve ağzımdaki acılığın geçmesi için bir kruvasan aldım. Farkına varmadan yiyordum. Düşüncelere dalmıştım.

Gazeteyi tezgâha fırlatan garson, beni sıçratarak düşüncelerimden kopardı.

Gazeteyi kaptığım gibi iştahla sayfalarını çevirdim. Midem düğümlenmişti. Aniden başlık gözüme çarptı ve hemen durdum.

O an hiçbir şey hissetmiyordum, kesinlikle hiçbir şey; sanki şok, bir anda beni duygu ve düşüncelerimden koparmıştı.

"Dunker Consulting: Çok geç olmadan satın!"

Sevinç çığlıkları atmak istiyordum. Gözlerime inanamıyordum. Deliceydi, olağanüstüydü, inanılır gibi değildi!

Bir kahve daha ve ikinci bir kruvasan söyledim ve başlığın altındaki kısa yazıyı okumaya daldım. Fisherman, güçlü ve saygın Fisherman, satmayı öneriyordu! Yakın dönemdeki ihtilas kanıtlarına hoş olmayan dedikoduların da eklendiğini; bu son aylardaki belirgin strateji hatalarıyla birlikte bütün bunlardan hiç de olumlu bir sonuç çıkmadığını açıklıyordu. Bu, çok riskli bir hisseydi ve en kısa sürede elden çıkarmak en iyisiydi.

Vay be! Fazlaydı! Ekstra!

Yanımda olsaydı, bir boğa sürüsünün bile kanını donduracak soğukluğuna rağmen onu kucaklamak için üzerine atılırdım!

Bir saat sonra bürodaydım. Paris borsasında seansın açılmasından önce ekranımın önünde sabırsızlıktan yerimde duramıyordum. Bunca beklediğim rakam nihayet 09.01'de kendini gösterdi: Açılışta %7,2'lik bir düşüş! Ne düşüneceğimi bilemiyordum. Bu yeterli olur mu?

Günümü gözlerim ekrana dikili geçirdim.

Bütün sabah boyunca kur zikzak çizdi, ama eğilim düşme yönündeydi. Yemek saatinde hisseler %9,8 düşüşteydi. Hemen koşup makineden bir sandviç aldım. Geri geldiğimde, %14,1'e düşmüştü. Kalbim sıkıştı: Böyle bir hareketin olası tek açıklaması, büyük bir hisse paketinin birkaç dakika içinde kitlesel satışıydı. Büyük hissedarlardan biri teslim bayrağını çekmişti. *Yes!* Eteklerim zil çalıyordu, neşe içindeydim. %10 düşüşlük psikolojik eşik tetikleyici olmuştu. Bu yatırımcı fonları, önceden belirlenmiş kriterler temelinde satış kararları alırlardı.

Bir daha! Bir daha! İkinci hissedar satarsa, önüm açık!

Eşik olarak ne belirlenmişti acaba? %15 mi? Bunu umut edebilirdim. Çok yakınındaydık...

Sonraki saatte önemli bir şey olmadı. Sabırsızlıktan yerimde duramıyordum. Sandviçimin ancak yarısını yiyebilmiştim. Aç değildim. Deli danalar gibi koşturup mola salonundan bir kahve aldım ve yarısını yere dökerek geri döndüm. Bu kez hiç hareket yoktu.

Echos'un web sitesi, INVENIRA'nın Dunker Consulting'in hisselerini sattığını yorumsuz söylemek için iki satır yayımladı.

Saat 15.30'da %15 düşüş sınırı aşıldı. Soluğumu tutarak bekledim.

Haydi, haydi, ikinci de satsın!

Dakikalar dakikalara ekleniyor, hiçbir şey olmuyordu. Bu kötüye işaretti. Frenlerimi kemirerek bekledim. %15,3. Düşüş yavaş devam ediyordu, umduğum kurtarıcı darbe yoktu. %15,7.

Lanet olsun, sat!

Düşüş devam etti; dikkatli, ihtiyatlı.

Seans, %16,8'lik tarihi bir düşüşle kapanacaktı. Kuşkusuz büyük, hatta görülmemiş bir düşüştü bu, ama büyük bir hissedar yerinde duruyordu. Bu da olayları oldukça karmaşıklaştırıyordu. Marc Dunker'la birlikte, genel kurul günü hazır bulunanların oy çoğunluğunu ellerinde tutabilirlerdi... Parti güç geçecekti.

Bütün günümü yoğun bir heyecanla geçirmiştim, sevinç verici olmanın da ötesindeki skorlardan sarhoş olmuştum, ama bütün bunlar aniden bir tamamlanmamışlık duygusuyla kapanıyordu. Makine hızla çalışıp durmuştu. O ana dek çok yüce gönüllü davranan gökyüzü, aniden kapanmıştı. Rüzgârın aniden ters döndüğünü hisseden bir dalkavuk gibi adrenalinim geri çekilmişti ve kendimi aniden yorgun, bıkkın, içi boşalmış hissettim.

Genel kurulda hazır bulunan hissedarlar önünde ikna edici olmam neye yarayacaktı? İçlerinden en büyüğünün seçim gücü karşısında, diğerlerinin bana getirebileceği onlarca, hatta yüzlerce oy neyi temsil ederdi?

52

Andrew, karşılayan kızın kendisine geri verdiği bez çantasını masasının üzerine attı. Beyaz zarflar kırmızı derinin üzerine yığılarak önceki günler kadar yüksek bir dağ oluşturdular. İçlerinden üçü yere düştü; Andrew aceleyle onları topladı. Sonra, kâğıt sepetini masasının sağına yerleştirdi, mektup piramidini sola itti, ardından, özenli bir şekilde, sağ eline bir zarf açacağı alarak, sol eliyle ilk zarfı tuttu, belirgin ve hızlı bir hareketle yırttı, içindeki belgeyi çıkardı ve önüne koydu, sonra sepete atarak, işine kusursuzca hâkim bir şekilde, aynı hareketleri tekrarlayıp durdu.

Yarım saat sonra, patronunun bağırdığını işitti. Telefonda mıydı? Ekranına bir göz atınca, telefonda olmadığını anladı. En iyisi, yanına gidip olup biteni anlamaktı.

Her zamanki gibi iki kez vurup kapıyı açtı. Dunker, muhtemel ihtiyaçları üzerine soru sormasına fırsat bırakmadı.

"Koyun sürüleri!"

"Beyefendi..."

"Hepsi koyun sürüsü! Kendini ilgilendirmeyen işe karışan değersiz bir gazeteci var ortada. Kendi kafalarıyla düşünmeyi beceremeyen bütün sersemler de onun salakça tavsiyelerine uyup satıyorlar, hisseler anında düşüyor, diğerleri de düşünmeden peşlerinden gidiyorlar! Düşüncesizce!"

Andrew, patronunun patlamaları karşısında takınılacak en iyi tutumun hiçbir şey dememek ve onun heybesini boşaltmasına izin vermek olduğunu biliyordu. Tamamen boşaltmalıydı. Sonra, ancak bundan sonra, muhtemelen başka konuya geçebilir, bazı durumlarda takınmayı becerdiği saygın centilmen tavrına tekrar bürünebilirdi.

"Poupon da diğerleri gibi koyun. INVENIRA bizi bırakalı üç gün oldu. Kurun düştüğü şu anda, yeniden yatırım yapmak için bu dangalağı ikna etsin diye Poupon'u arayarak üç gündür boğanın boynuzlarından yakalamaya çalışıyorum. Erişilemiyor! Sözde! Poposu yemiyor demek daha doğru! Evet! İnsanın adı böyle olunca, şaşırtıcı değil... Oysa ona bir bedeli olmayacak. Bizim hayali sorunlarımız hakkında atıp tutan bütün o basınla birlikte, hisseler üç gündür tepetaklak gidiyor. Tepetaklak, un ufak, çöküyor! Yakında hiç değeri kalmayacak!"

Andrew, dillerin en saf ve özenlisini becerebilen patronunun, olaylara hâkimiyetini her kaybettiğinde kaba saba biri olmasından hiç hoşlanmasa da, soğukkanlı kaldı.

Sabırla bekledi ve öfkesini boşalttığını düşünerek konu değiştirmeye çalıştı.

"Bir sonraki genel kurulumuzu size hatırlatmıştım, Sayın Başkan, ve..."

"Bana şu genel kuruldan söz etmeyi kesin, tek düşüncem o sanki! En büyük hissedarımı kaybettim ve kur yükselecek gibi gözükmüyor. Oraya gelecek üç miskine bunu anlatacak değilim. Durumu değiştirecek halleri yok, başka işleri olmadığından gelecekler! Zaten, saçma sapan bir yasal gereklilik olmasa, genel kurulu iptal ederim!"

"Beyefendi haklı: Hissedarları yılda bir kez toplantıya çağırmanın yasal bir zorunluluk olduğu konusunda size katılıyorum."

"Hissedarlar, hissedarlar! Emekli Sandığı'ndan üç kuruş daha fazla getirir umuduyla borsaya koydukları beş paraları olan bizim moruklara tam da uygun ad bu! Neyse, genel kurula zaten hiç gelmezler. Kendilerini önemli sanan birkaç salak hariç. Hepi topu da bir avuç hisseleri var diye!"

"Şey... sizin sandığınızdan daha kalabalık olmalarından korkuyorum, Sayın Başkan. Birkaç gündür, kurul davetimize her gün daha çok geri dönüş alıyoruz. Dünden beri sizinle boşuna bunu konuşmaya çalışıyorum: Salon değiştirmek gerekecek, çünkü Lutetia Oteli'nde kiralanan toplantı salonu çok küçük kalacak."

"Çok mu küçük? Nasıl, çok küçük? Bu karmaşa da neyin nesi?"

"Hisse kurundaki düşüşten korktuklarını sanıyorum. Paylarını ellerinde tuttukları şirketle daha yakından ilgilenmeye kararlılar..."

"Ama benim hisselerimin yanında onlarınki bir hiç sayılır. Taş çatlasa, her birinde beş ya da altı tane vardır. Otursunlar oturdukları yerde. Ne idüğü belirsiz adamlarla, kadınlarla gelişme stratejilerini konuşacak değilim. Onlara söyleyecek bir şeyim yok benim!"

"Hisse kurunu yakından takip etmeyen ve %30 kaybedince uyanan insanlar satmak için çok geç olduğunu düşünüyorlar. Çok kaybedecekler. Aynı zamanda, tek umutları, durumun düzelmesi, bu nedenle şirketin nasıl yönetildiğiyle ilgileniyorlar, oysa iki gün öncesine kadar akıllarına bile gelmiyordu bu. Eurotunnel'in hisseleri düştüğünde de aynı olay görüldü. Küçük hissedarlar çıkarlarını savunmak için kitlesel olarak kurullara gelmeye karar vermişlerdi."

"Rastgele kıyaslamalarınıza son verin artık, rica ediyorum, tamam mı?"

"Yine de, onları kabul edebilmek için salon değiştirmek gerçekten gerekecek."

"Salon değiştirmek, salon değiştirmek... Bu halimizle onlara Zénith'i tutacak değilim ya!"

"Şey... hayır, beyefendi, Zénith çok küçük kalır. Olayların gidişatına bakılırsa, Paris-Bercy'deki çoklu spor sarayını düşünmek gerekecek."

53

Artık benim de bir parçası olduğum bütün hissedarlar gibi, genel kurul davetiyesini on beş gün kadar önce iadeli taahhütlü mektupla almıştım.

Bir haftadır konuşmamı yazıyordum. Bir heykeltıraşın eseri üzerinde çalışması gibi onu özenle hazırlayıp süslüyor, arzulanmayan en ufak bir pürüz kalmaması için mermeri parlatıyordum. Kendimi ikna edilecek küçük hissedarlar grubu karşısında hayal ederek, banyodaki aynanın önünde tekrarlaya tekrarlaya neredeyse ezberlemiştim. İster sokakta yürüyor olayım, ister metroda oturuyor ya da bir kuyrukta araya sıkışmış, neredeyse sürekli bunu düşünüyordum. Duşun altında yüksek sesle okuduğum bile oluyordu. Sıcak su kafamdan aşağı akarken, tenimin üzerinden akar ve vücudumu ve kalbimi ısıtırken, hayali dinleyici kitlemle tam uyum içindeki sesimle birlikte onları da titreterek, konuşmamdan çok etkilenmiş bir kitle canlandırıyordum gözümün önünde. Speech-Masters'taki zaferimi sürekli hatırlamak, bana kendi yeteneklerim konusunda inanç veriyordu.

İkna edici bulduğum konuşmamdan gurur duyuyordum. Küçük hissedarların yerinde olsaydım, kuşkusuz ki kendime oy verirdim.

Toplantı yeri hafta başı değiştirilmişti. Resmî bir kurye yeni adresi bana iletmişti: POPB, 8 Bercy Bulvarı, 12. Bölge. Benim gibi taze Parisli birine hiçbir şey söylemiyordu bu.

Önceki gün, günümü gevşeyerek, rahatlayarak, zihinsel olarak hazırlanarak geçirdim. Yine de, güneş ufukta battığında, çatıların ve bacaların melankolik dizisinin ardında kaybolup beni terk ettiğinde, kendime olan güvenim yavaş yavaş erimeye başlarken, sert bir gerçeklik de yavaş yavaş içimi kaplıyor, düşlerimi silerek gözlerimin önünde tamamen boy gösteriyordu: Kaçınılmazcasına yaklaşan olayın önemli kozu.

Dunker'ın, kendisi karşısındaki adaylığımı asla bağışlamayacağı açıktı. Yarın bu saatte ya Dunker Consulting'in başkanı olacaktım ya da peşinde yarı deli bir psikiyatrın dolaştığı işsiz bir eski danışman.

Kafam kalbime üstün geldi, korkum en derinlerime kadar yerleşti.

Ertesi sabah çok hızlı geçti. Konuşmamı bilmem kaçıncı kez okudum, sonra aşağı inip nöronlarımı oksijenlemek ve stres düzeyimi azaltmak için bir tur attım. Tuhaf bir haldeydim, içime tebelleş olmuş bir korku vardı. Dışarı çıkarken, merdivenin altında Étienne'e rastladım ve içimi açma ihtiyacı hissettim. Belki de benden daha zayıf birinin yanında bir kez daha güven kazanmak istiyordum. Tabii eğer yakında benim de halim olabilecek bir duruma alışmak değilse bu...

"Korkuyorum," diye itiraf ettim.

"Korku mu?" dedi pürüzlü sesiyle.

"Evet, bugün insanların önünde konuşma yapacağım. Bazı konular hakkındaki bakış açımı onlara anlatacağım ve bu beni korkutuyor."

İnanmaz bir havada, bakışlarını yoldan geçenlerin arasında dolaştırdı.

"Sorun nerde anlamıyorum. Ben düşündüğümü düşündüğüm zaman söylerim ve her şey yolunda gider."

"O kadar basit değil... Yalnız olmayacağım. Beni görecekler, dinleyecekler, yargılayacaklar..."

"Peh, memnun kalmazlarsa, onların sorunu! İnsan düşündüğünü söylemeli. Kalbini dinlemelisin, korkunu değil. O zaman korkun olmayabilir."

Kendime oldukça hafif bir yemek hazırladım, sonra radyoyu açıp bir haber kanalı buldum. Başkalarının konuşmalarını dinleyerek yemeği tercih ediyordum; fazla kafa yormamı engelliyordu bu.

Yemeğe henüz başlamıştım ki aniden donup kaldım. Muhabir 14.30 flaş haberini duyurmuştu. 14.30... Kalbim sıkışırken kolumu kaldırdım. Kol saatim 13.07'yi gösteriyordu. Odaya koştum. Çalar saat de 14.30'u gösteriyordu! *Olamaz!!!* Kurul saat 15.00'te başlıyordu... Paris'in öteki ucunda!

Gömleğimi ve kotumu çıkarıp attım, gri takım elbisemin üzerine atıldım, üzerime beyaz bir gömlek geçirdim ve bir İtalyan kravat kaptım. Kravatın düğümünü uygun boyda atmayı başarabilmek için üç kez uğraştım. Ayakkabılarımı göz açıp kapayana kadar bağladım. Davetiyemi ve konuşmamı kaptım, karton bir dosyanın içine yerleştirdim, sonra evimin kapısını çarpıp merdivenlerden hızla indim.

14.38. Saat 15.00'te yetişmek için çok geçti. Umut yoktu. Toplantının zamanında başlamaması için dua etmekten başka çarem kalmamıştı. Oturumun başında başkanlığa adaylığı bildirmek gerekiyordu. Fırsatı kaçırırsam yanmıştım...

Hiç koşmadığım kadar koştum ve metro peronuna tam kapılar kapanacakken nefes nefese vardım. Kendimi vagonun içine attım ve bir sıranın üzerine yığılıp kaldım. Bir öküz gibi soluyordum. Karşımda piyango bilyesi gözleriyle bana bakan bir nine vardı.

Sövüp sayıyordum. Tam da hataya hakkımın olmadığı gün kol saatimin beni yarı yolda bırakması ne aptallıktı!

"Olacak şey değil bu!" diye bağırdım yüksek sesle.

Sanki başıma bir yumruk yemiştim.

"İnanamıyorum, inanamıyorum!" dedim; yıkılmıştım, yüzüm ellerimin arasındaydı.

Nine yer değiştirdi.

Bütün yolculuğu tepinerek geçirdim, kendimde değildim.

Metrodan indiğimde cep telefonum 15.05'i gösteriyordu. Doğru muydu acaba? Kendimi dışarı attım, Bercy Bulvarı 8 numarayı arıyordum. Sokak tuhaftı, çimen kaplı bir tür dolma toprakla çevriliydi. Yer yer görülen açık ağız benzeri yarıklar, yerin altının bir hangar ya da park yeri gibi düzenlendiğini düşündürüyordu. Görünüşte sokak numarası yoktu. Lanetlenmiştim. Yoldan geçen birinin yanına koştum, başını çevirdi ve ben konuşurken çekip gitti. Bir başkasını buldum.

"Özür dilerim, Bercy Bulvarı 8 numara, lütfen?"

Şaşkın şaşkın bana baktı.

"Ee, bilmiyorum, ne var orada?"

Davetiyemi çıkardım.

"POPB. Şey olmalı..."

"Tam şurası," dedi, dev bir Madonna afişinin yanındaki açık ağızlardan birini bana göstererek. "Böyle panik yapmayın, konser yarın!"

Var gücümle koştum, bir bekçiye davetiyemi sallayarak kapıdan geçtim. "Paris Bercy Çoklu Spor Sarayı" yazıyordu bir levhada. Statların şirketlere salon kiraladığını bilmiyordum. Tuhaf bir fikirdi.

"Kabule başvurun," dedi bekçi, yan yana duran birkaç masayı göstererek. Arkalarında hepsi de mavi giyinmiş hostesler sıkıntıdan patlıyordu.

Elimde dosyamla oraya koşturdum.

"Geciktim," dedim sabırsızlıkla, davetiyemi göstererek.

Hostes ağırdan aldı, bir yandan arkadaşlarıyla konuşuyor bir yandan bir kütükte adımı arıyordu. Kırmızı ojeli parmaklarının aşırı uzunluğunun dayattığı yavaşlıkla bana bir yaka kartı hazırlamaya başladı, sonra cep telefonundan bir çağrı almak için ara verdi.

"Evet, uzun süredir yoktum," dedi gülerek. "Bekleyeceksin, çünkü sonra, kuaföre gideceğim, o..."

"Lütfen," diye sözünü kestim. "Geciktim, kesinlikle girmem gerek. Çok önemli."

"Ben seni ararım," dedi kapatmadan önce, öfkeyle bana bakıyordu.

Asık suratlı bir halde, sonunda karta adımı yazmayı bitirip, bana uzattı, hangi istikamete gideceğimi boş gözlerle belirtti.

"Şuradan, soldan ikinci giriş," dedi sitemli bir sesle.

"Teşekkür ederim. Şey… herkesle aynı yere mi gitmek gerekiyor, bilmiyorum. Çünkü... ben... başkanlığa adaylığımı bildireceğim de."

Biraz hayret dolu bir ifadeyle bana baktı, sonra önündeki telefondan bir numara çevirdi.

"Evet, kabulden Linda. Başkanlığa adaylığını bildirmek istediğini söyleyen bir ziyaretçim var. Ne yapayım? Hıı?.. Evet, tamam."

Bakışlarını bana doğru kaldırdı.

"Gelip sizi alacaklar."

15.20. Vakit geçiyor ve kimse gelmiyordu.

Lanet olsun, olacak iş değil! Çuvallayacağım...

Bu fikirle kendime öyle işkence ediyordum ki, korkumu tamamen unutmuştum. Kaybolmuştu. Buhar olup uçmuştu. Panzehiri iradem dışında bulmuştum.

Onu uzaktan gelirken gördüm ve yutkundum. Bizim finans müdürü. Hostese yaklaştı ve o da parmağıyla beni gösterdi. Beni tanıyınca şaşkınlıktan gözleri fal taşı gibi açıldı, sonra kendini topladı ve yaklaştı.

"Bay Greenmor?"

Başka kim olmamı istiyordu ki?

"Ta kendisi."

Şaşkınlıkla beni selamlamayı unuttu.

"Bana şey dediler..."

"Doğru, şirket başkanlığına adaylığımı koyuyorum."

Bir an sessiz kaldı, şaşırmıştı. Arkasında hosteslerin çene çaldıkları işitiliyordu.

"Ama... siz... siz Bay Dunker'a haber verdiniz mi?"

"Tüzükte böyle bir koşul öngörülmüş değil."

Beni süzdü. Rahatsız olduğu belliydi.

"Gidiyor muyuz?" dedim.

Yavaşça başını salladı. Düşünceliydi.

"Beni takip edin."

Onun peşinden yürüdüm. Soğuk ve metalik bir atmosfer içinde, çok yüksek tavanlı bir tür geniş yolda ilerledik. Bir fabrikanın boşluğunda olmalıydık. Dunker'ın sergilemeyi sevdiği şık tarzdan ışık yılı uzaktaydı.

Bir süre yürüdük, sonra önünde bir bekçi duran bir geçide girdik. Bekçi eşlikçime başıyla işaret etti. Kendimizi uzun, dar, karanlık ve alçak tavanlı bir koridorda bulduk. Öyle uzun bir koridordu ki sonu görünmüyordu. Bir mahzen kokusu vardı. İnsan kendini yerin altında sanıyordu. Sonunda gri metal bir kapıya vardık. Kapının üzerinde kırmızı bir ışık yanıyordu. Onu takip ettim, kapıdan geçtim ve... hayatımın şokunu yaşadım.

Geniş, ölçüsüz, devasa boyutlarda ve... hınca hınç dolu bir salonun sahnesinde ayakta bulunuyordum. Her yerde insanlar vardı, her yanda. Basamaklara yığılmışlardı, önümde, solda, sağda. On beş bindiler, yirmi bin, belki daha fazla... Etkileyici varlıkları her yandan bana hâkim oluyordu. Açık ağzı sahneyi bir lokmada yutacak olan dev bir canavarın binlerce dişiydiler. Şaşkınlık vericiydi, baş döndürücüydü.

Sevinmeliydim. Kalan güçlü hissedar karşısında denge oluşturacak kadar kalabalıktılar. Kaderim artık onların ellerindeydi... Ama midemde bir kaygı topu anbean büyüyordu. Bu geniş kalabalık önünde söz almam gerekecekti ve bunun düşüncesi bile bana kusma arzusu veriyordu...

Finans müdürünün yoluna devam ettiğini, aramızdaki mesafenin açıldığını hemen fark ettim. Onu yakalamaya çalıştım. Yirmi bin kişinin size baktığını bilirken yürümek çok allak bullak ediciydi. Doğal bir davranış sergilemek imkânsızdı. Geniş sahnenin sağına doğru yöneldik. Orada, üzeri mavi örtülü uzun bir masa bulunuyordu. Salonun dip tarafındaki dev ekrana yansıtılan logomuzun mavisi. Bu masaya, kitlenin karşısına on iki kişi kadar oturmuştu. Dunker ortadaydı, onun etrafında müdürler ve tanımadığım birkaç kişi vardı. Arkalarında, bir tür davetli yeri, birçok sıraya paylaştırılmış elli kadar koltuk bulunuyordu. Yalnızca birkaç kişiyi tanıyabildim. Titizlikle seçilmiş meslektaşlar.

Masanın on metre kadar yakınına varınca, finans müdürü bana doğru döndü ve elinin bir hareketiyle, sabretmem için işaret etti. Beni yalnız bırakarak, masada oturan müdürlerin yanına gitti. Dekorun ortasında, belirgin bir nedeni olmadan dikilip duruyordum. İnsanın kendini aptal gibi hissetmemesi güçtü. Bir elimi cebime sokarak, sakin bir hal takındım, oysaki kendimi takım elbisemin içine gömülmüş, böyle bir kenarda durduğum için gülünç, aşağılanmış hissediyordum.

Finans müdürü şimdi başkanın yanında ayakta duruyordu, hafifçe ona doğru eğilmişti. Konuşmalarını hiç işitemiyordum, ama benim adaylığımın olayların akışını bozduğu açıktı.

Dunker, eliyle koluyla defalarca büyük hareketler yaptı. Arkasındaki koltuklarda oturan insanlara doğru dönerek, parmağıyla bir şeyler gösteriyordu. Ne o ne diğerleri bir an bile bana baktılar. Bense, sahnenin ortasında sıkışmış, rahatsız edici bir konumda, ayaktaydım; seyircilere bakmaya cesaret edemiyordum.

Finans müdürü sonunda bana doğru döndü ve kendisini takip etmem için işaret etti.

"Siz şuraya oturacaksınız," dedi; iri yarı birinin arka plandaki davetliler yerinden getirdiği bir koltuğu işaret ederek.

Belirttiği yöne doğru gittim, nihayet yürüyebiliyor olmaktan memnundum, özellikle de seyircilere sırtımı dönmüş olmaktan. Beni büyük bir şaşkınlığa boğarak, adam benim koltuğumu diğerlerinin uzağına, grubun geri kalanından en az beş, altı metre öteye, ayrı bir yere koydu. Herhangi biri gibi... Ayrı tutulmuştum, bir vebalı gibi. Gidip oturdum. İçimden belirgin bir öfkenin yükseldiğini hissediyordum. Bana bir tür cesaret veren bir öfke. Bir rövanş arzusu.

Bir süre sonra, büyük masada oturan tanımadıklarımdan biri ayağa kalktı ve bana doğru geldi. Kendini şirketin hesap uzmanı olarak tanıtarak, benden kimliğimi istedi ve çaprazlama okuduğum bir belgeyi imzalamamı söyledi. Bir adaylık bildirgesi. Sonra gidip oturdu ve beni sahnenin gerisinde tek başıma bıraktı. Bulunduğum yerden müdürlerin sırtını görebiliyordum: Yan yana dizilmiş koyu renk takım elbiseler. Aralarındaki tek kadının da erkeklerinki kadar kısa, kır saçları vardı; sanki aralarına karışabilmek için kadınlığını silmek istemiş gibiydi.

"Hanımlar, beyler, merhaba."

Ses güçlü hoparlörlerden yükseldi. Sonradan öksüremeyeceklerini hayal edenlerin vazgeçilmez öksürük dalgasının ardından, salona adım adım sessizlik yayıldı.

"Benim adım Jacky Kériel, Dunker Consulting'in finans müdürüyüm. Size bazı yasal verileri ileterek yıllık genel kurulumuzu açmakla görevliyim. Başlarken, mevcutların hesap özeti..."

Tekdüze bir sesle uzun bir rakam listesini okumaya girişti. Oranlar, kotalar, sonuçlar, borç oranları, öz finansman kapasitesi, nakit para akışları, öz sermayeler ... yeni katılan biri "öz" sıfatının neden kullanıldığını kendi kendine sorabilirdi.

Konuşmanın ipinin ucunu hızla kaçırdım. Bakışlarım ve düşüncelerim salonda gezinmeye başlamıştı. Hisselerin şiddetli düşüşünün bu kadar insanı yerinden kaldırıp buraya getireceğini hiç hayal edemezdim. Kavrayış gücümü aşıyordu... Üzgün, kaygılı, hoşnutsuz olmalıydılar. Toplantı fırtınalı geçeceğe benziyordu. Buna elbette sevinmem gerektiğini, geriye kalan bir büyük hissedarın varlığına rağmen, yalnızca onların sayısının oylamayı benden yana çevirme şansı sunduğunun farkındaydım, ama benim için sorun bu bile değildi. İnsanın kendini kuşatılmış hissettiği, her taraftan görülen bu sahnenin üzerinde, bu kadar insanın önünde söz alma fikrinden ürküyordum. Bir kâbus... Bu, benim gücümün, kapasitemin ötesindeydi. Olayların kesin olarak beni aştığını hissediyordum. Kendi yerimde değildim. Benim yerim... Ama tam olarak neresiydi benim yerim? Ben büyük sorumlulukları olmayan bir yerde bulunmak için mi yaratılmıştım? Belki... Bu bana kesinlikle daha güven verici geliyordu. Ama neden? Bunun bir eğitim düzeyi sorunu olmadığı kesindi. Her iki yönde fazlasıyla istisna vardı. Kişilik mi, peki? Şirket yöneticileri bana birbirlerinden çok farklı geliyorlardı ve tipik bir profilin ortaya çıktığını göremiyordum. Hayır, bu kuşkusuz başka bir şeydi. Belki de geldiğimiz ortam, ailemizin düzeyinden çok üstün bir meslek icra etme irademizi farkında olmadan engelliyor olamaz mıydı? Belki de biz buna tamamen izin vermiyorduk... Belki de, anne babamızın bize hissettirdiği düzeyin ötesine geçemiyor, kendi içimizde yasak bir bölge hissediyorduk... Bu çok mümkündü, ama toplumsal merdiveni tırmanmanın daha büyük bir kişisel gelişim sağladığı da kesindi...

"Şimdi sizden sorularınızı sormanızı istiyorum. Elimizden geldiğince cevaplandıracağız. Sıraların arasında mikrofonlu hostesler dolaşıyor. Eğer görüş belirtmek istiyorsanız onlara işaret edebilirsiniz."

Bunun üzerine bir soru-cevap seansı başladı ve tam bir saat boyunca sürdü. İlgili her müdür masadan cevap veriyordu, kimileri çok kısa ve özlü biçimde, kimileriyse daha gevezeydi ve kimi zaman can sıkıcı ayrıntılar içinde kayboluyorlardı.

"Şimdi de sözü başkanımız Marc Dunker'a veriyorum. Kendi yerine adaydır. Size mevcut durum analizini açıklayacak ve gelecek için stratejisini sunacaktır."

Dunker ayağa kalktı ve üzerinde bir mikrofon bulunan, eğik düzlemli bir kürsünün hazırlandığı sahnenin ortasına doğru kendinden emin adımlarla yöneldi. Kériel'in tersine, aynı donanıma sahip masadan konuşmayı tercih etmemişti. Diğerlerinden ayrılması, lider olarak kendini göstermesi gerekiyordu.

Salonda sessizlik oluştu. Herkesin onun konuşmasını beklediği belliydi.

"Sevgili dostlarım," diye başladı söze, kimi zaman benimsemeyi bildiği ikiyüzlü ses tonuyla. "Sevgili dostlarım, öncelikle bu kadar kalabalık geldiğiniz için sizlere teşekkür etmeyi bir borç bilirim. Bunu şirketimize bağlılığınızın ve geleceğine verdiğiniz önemin işareti olarak görüyorum..."

Herif iyi konuşuyordu...

"Paradoksal bir durumdayız: Finans müdürümüzün belirttiği gibi, şirketimiz hiç bu kadar iyi durumda olmamıştı. Ama yine de, hisse senedi kuru da hiç bu kadar düşmemişti..."

Rahatlığı ve karizması, bana acıklı bir şekilde kendi zaaflarımı hatırlatıyordu. Bu kadar iyi bir hatipten sonra nasıl görünecektim?

"Basının ve özellikle bir gazetecinin bize yönelik tavrında olağanüstü hiçbir şey yok. Bunlar bizim mesleğimizin gerekleri ve genellikle kimse bundan rahatsız olmaz. Ama ben sonuçta bu eleştirilerle, bu saldırılarla övünmeliyim: Bunlar büyüklere layık görülen muamelelerdir, zayıfların kıskançlığı onların üzerinde odaklanır..."

Dunker açısından pek ustaca değildi. Hazır bulunanlar kendilerini hangi tarafta görüyorlardı? Üç tane hisseleri var diye büyüklerin tarafında mı? Yoksa... Dunker'ın "zayıflar" diye nitelediği küçüklerin tarafında mı?

"Ne yazık ki, gerçeği kabullenmem gerekiyor. Bu kargaşanın kökeninde, muhtemelen şirketimizden bir casus bu iftira içeren haberleri gazetecilere aktaran bir köstebek var; onlar da bundan yarar sağlıyorlar. Benim gibi bir yöneticinin bunu kabullenmesi güç. Ama elmanın içine bir kurdun girdiği kesin, saflarımızda bir hain var. Onun fesat faaliyetleri şirketimizin kurunu karıştırdı, sizlerin tasarruflarına zarar verdi, ama onun maskesini düşüreceğime ve hak ettiği gibi kovacağıma sizin önünüzde söz veriyorum."

Yok olmak istiyordum. Kendimi başka yere ışınlamayı, buhar olup gitmeyi arzuluyordum. Sakin bir yüz sergilemeye çabaladım; oysa içimde korkunç bir utanç ve suçluluk duygusu karışımı kaynıyordu.

Dinleyici sıralarından bir alkış dalgası yayıldı. Dunker küçük hamilerin öfkesini esrarengiz bir günah keçisine yöneltmeyi başarmıştı. Kendisi de onlara adaleti geri verecek koruyucu bir şef gibi geçiniyordu.

"Yakında bütün bunlar kötü bir anı olarak kalacak," diye devam etti, "fırtınalar bile otların bitmesini engelleyemez. Hakikat şudur ki şirketimiz tam anlamıyla gelişmektedir ve stratejimiz kazanmaktadır..."

Konuşmasına, kendinden hoşnut bir tonda böyle devam etti. Ayrıntılarıyla hatırlattığı stratejik tercihlerinin her birinin geçerliliğini ileri sürüyor, gelecekte de bunları sürdürme iradesini ifade ediyordu.

Müdürlerin ve arkada oturan davetliler grubunun alkışları altında konuşmasını bitirdi. Salondakilerin bir bölümü de derhal bu alkışlara katıldılar. Yeniden sessizliğin hâkim olması için sessizce bekledi, sonra çok sakin bir tonda yeniden söz aldı.

"Sanırım bir son dakika adayımız var... Bu adaylık biraz... biraz uydurma diyebiliriz..."

Koltuğuma gömüldüm.

"... çünkü şirketimizde ücretli olarak bulunan genç bir adam. Yeni işe alınmış biri, diyebilirim, çünkü ancak birkaç aydır bizimle birlikte... Okul sıralarından ayrılır ayrılmaz dosdoğru şirketimize girdi."

Dinleyiciler arasında gülüşmeler. Koltuğuma biraz daha gömüldüm. Başka yerde olmak için her şeyimi verirdim.

"Size zaman kaybettirmemesi için onu ikna edebilirdim, ama sonra kendi kendime dedim ki, borsada bu güç anlara hep birlikte göğüs gerdikten sonra, birlikte biraz gülümseyebilmek hepimize iyi gelecektir. Onda güldürme duygusu olmasa da, bizde mizah var."

Salondan kıkırdamalar işitildi ve Dunker, dudaklarında hoşnut bir gülümsemeyle, sakince yerine oturdu.

Aşağılayıcı konuşmalarıyla yerin dibine geçmiştim. Bunu yapması çok zalimceydi. Pis herif.

Yürürken başını hafifçe bana doğru çevirip küçümseyici ve alaycı bir bakış fırlattı.

Daha henüz koltuğuna oturmamıştı ki finans müdürü masadan mikrofonu aldı.

"Sözü şirket başkanlığına ikinci aday Bay Alan Greenmor'a veriyorum."

Midem hiç olmadığı kadar kasılırken yutkundum. Kendimi koltuğuma çivilenmiş, beton bir blok gibi dökülmüş hissediyordum.

Haydi. Gerekiyor bu. Seçme şansın yok. Kalk ayağa!

Doğrulmak için devlere yaraşır bir çaba gösterdim. Bütün müdürler bana doğru dönmüştü; kimilerinin yüzünde alaycı bir gülümseme vardı. Sağ tarafımdaki bütün davetliler de gözlerini bana dikmişti. Kendimi yalnız hissediyordum, korkunç biçimde yalnız. Öylesine baskı altındaydım ki, soluk almakta bile güçlük çekiyordum.

Konuşma kâğıtlarımı elime aldım. Kürsüye doğru attığım ilk adımlar en gücüydü. Sahneden geçtim, bu sayısız insandan oluşan kitleye doğru ilerliyordum. Keşke salonu aydınlatan ışıklar söndürülseydi, yalnızca göz kamaştıran sahne ışıkları açık bırakılsaydı, sirk hayvanıymışım gibi bana bakan bu binlerce meçhul ve sinsi yüzü görmezdim o zaman.

Yürüyüş bana sonsuz geldi. Attığım her adım, bakışların ağırlığı altında başlı başına bir sınav gibi geliyordu. Alaycı ve kana susamış Romalıların önünde aslanlara fırlatılmış, arenaya bırakılmış bir gladyatör gibiydim. Ben yaklaştıkça, kıkırdamaları daha fazla hissettiğim duygusu içindeydim. Gerçek miydi bu, yoksa yalnızca benim eziyet çeken ruhumun eseri miydi?

Nihayet, dikkatlerin odak noktası olan, sahnenin tam ortasındaki, kükremeye hazır, uyanmış canavarın kalbindeki kürsüye vardım. Korku içindeydim, kendimin gölgesi gibiydim.

Kâğıtları eğik düzlemin üzerine koydum, sonra mikrofonun boyunu ayarladım. Elim titriyordu, kalbim yerinden çıkacak gibi çarpıyordu: Kanımın atış ritmiyle şakaklarıma hücum ettiğini hissediyordum. Başlamadan önce az da olsa kendimi kesinlikle toplamalıydım... Soluk almalı. Soluk almalı. Konuşmamın ilk cümlelerini aklımdan geçirdim. Aniden bu lafları kötü, uygunsuz, dengesiz buldum...

Seyirci sıralarının uzağından, en yukardan bir ses bağırdı: "Haydi ufaklık, yumurtla!" Hemen ardından sağdan soldan yüzlerce kıkırdama geldi.

İki, üç kişi sizinle alay ettiğinde acı verir. On beş kişinin tanıklığı önünde üç yüz, dört yüz kişi alay ettiğinde, dayanılmaz olur. Buna hemen son vermek gerekti. Hayatta kalmak için bir çabayla, gücümü topladım ve kendimi suya attım.

"Hanımlar, beyler."

Dev hoparlörlerin güçlü bir şekilde büyüttüğü sesim bana yine de boğuk, gırtlağıma sıkışmış gibi geldi.

"Benim adım Alan Greenmor..."

Dalgacı birinin, "Greenmor, morardın sen!" diye bağırması, öncekinden daha güçlü bir kahkaha salvosuna yol açtı. Kötülük kazanıyordu.

"Ben istihdam danışmanıyım, Dunker Consulting'in yaptığı işin kalbi. Bugün sizin önünüze adaylığımı sunmak için geldim..."

Olmuyor... Falsolu bu konuşma...

"... başkanlık makamına. Görevin ağır sorumluluğunun bilincindeyim..."

Sol tarafımdan alaycı bir ses yükseldi: "Şimdiden ağırlığı altında çöktün!" Yeniden kahkahalar boşandı. Makine gemi azıya almıştı. Dunker'ın alaycı sözleriyle buna Makyavelce hazırlanmış olan, zımni izniyle kışkırtılan, onun kutsamasının himayesi altındaki küçük hissedarlar çığırından çıkıyordu. Onların önüne yem olarak atılmıştım; beni delik deşik edeceklerdi. Yanmıştım.

İzleyicilerin alay konusu olmak başıma gelebilecek şeylerin en berbatıydı. En kötüsü. Güvenilirliğimi yok ediyordu, bütün umudumu hiçe indiriyordu. Alaydansa düşmanlığı tercih edebilirdim. Düşmanlık tepki göstermeye yöneltir, alaysa kaçmaya. Sonsuza dek yok olmak istiyordum. Başka yerde olmak... neresi olursa olsun, yeter ki başka yer... Buna kesinlikle bir son vermeliydi. Acilen! Her şeye, yeter ki alay etmeyi kessinlerdi...

Anbean kötüye giden durumun aciliyetinin teşvikiyle, birazdan bütün salon tarafından yuhalanma ihtimalinin korkusuyla, beni istila eden utancın etkisi altında, konuşmamı, notlarımı, hatta derin çıkarlarımı unutarak, gözlerimi benim sessizliğime cevap olarak gülüşmelerin çoğaldığı sıralara yöneltmim. Duygudaşlıktan tamamen yoksun bu kitleye, alaycı bakışları göğüsleyerek, karşıdan baktım; sonra dudaklarımı mikrofonun soğuk metaline değecek kadar yaklaştırdım.

"Dunker'ın ihtilaslarını basına bildiren benim!"

Sesim bu alay tapınağında etkili biçimde çınladı ve anında bir sessizlik oldu. On beş bin kişilik bir salonda görülmedik sessizlik. Alay yerini şaşkınlığa bıraktı. Sahnedeki soytarı aniden soytarı olmaktan çıkmıştı. Bir düşmandı o. Tasarruflarını ezmiş olan tehlikeli bir düşman.

İnsan dolu bir salonun kendi içinde, kendine özgü bir enerji taşıması inanılır gibi değil. Şaşkınlık verici. Onu oluşturan bireysel duygu ve düşünceler toplamından daha fazlası. Kolektif bir enerji bu, farklı bir varlıkmış gibi, bütün gruptan yayılıyor. Toplanmış bu on beş bin kişinin ortasında, sahnede tek başımayken bu enerjiyi derinden hissediyordum. Titreşimlerini algılıyordum. Bir an ölü bir noktada kararsızlık geçirmiş, sonra düşmanlıkta karar kılmıştı. Bu kez seyirciler tek bir kelime etmeden, bu düşmanlığa dokunabiliyordum, onu koklayabiliyor, tadabiliyordum. Buradaydı, mevcuttu, kötücül dalgalar gibi havada dolaşıyordu, sessiz ama boğucu. Ve işin tuhafı, beni korkutmuyordu. Daha güçlü bir şey olmaktaydı, şaşırtıcı, aşkın bir şey.

Etrafımda bulunan ve etkileyici sayılarıyla bana hâkim olan bu insanlar, hınçla, öfkeyle, kinle birleşmişlerdi, ama gerekçe ne olursa olsun, birleşmişlerdi ve o an yalnızca bu önemliydi. Onlardan yayılan bu görünmez enerjiyi, bir bütün oluşturuyorlarmış gibi hissedebiliyordum. Şaşkınlık vericiydi. Varlığımın en derininde bunu hissediyordum. Onların sessizce birleşmeleri kafa karıştırıcıydı, büyüleyiciydi, neredeyse... güzeldi. Bu insanların karşısında ben yalnızdım, yapayalnız. Onlara imrenmeye başladım, onların yerinde olmak, onlara katılmayı arzulamak istedim. Onlarla kaynaşmak isterdim. Bizi karşı karşıya getiren fark bana aniden tali, önemsiz gelmişti. Onlar da benim gibi insanlardı. Tasarruflarını, emekliliklerini korumak istemişlerdi; tıpkı benim hayatta kalmamı garanti etmek istemem gibi. Kaygılarımız az çok aynı değil miydi?

İgor Dubrovski'nin sözleri aklıma geldi. Kendini bana dayatan bir gerçeklik gibiydiler. Ama uygulanacak bir teknik değildi bu. Benimsenecek bir felsefeydi yalnızca.

Komşunun evrenini kucakla, sana kendini açacaktır.

Komşunun evrenini kucaklamak... Bizler çatışan bireyler değildik, aynı özlemlerle, aynı iradeyle, aynı yaşama arzusuyla ve mümkün olduğunca iyi yaşama arzusuyla birbirine bağlı insan varlıklardık. Bizi karşı karşıya getiren şey, bir araya getiren şeyle, insan olarak bizi birbirimize bağlayan şeyle karşılaştırıldığında bir ayrıntıydı, küçük bir ayrıntı. Ama bu duygu onlarla nasıl paylaşılırdı, bu onlara nasıl açıklanırdı? Üstelik... kendimi ifade edecek gücü içimde nasıl bulabilirdim?

Speech-Masters'ın görüntüsü gözlerimin önünden geçti. O vesileyle hissettiğim muhteşem duyguya girdim yeniden. İçimde bir yerlerde gerekli güce sahiptim. Eğer cesaret edebilirsem, bu insanlara doğru gitmeyi, onlarla konuşmayı, onlara derindeki duygumu açmayı başarırdım...

Önümdeki kürsü bana bir bariyer gibi, bir engel gibi geldi. Karşıtlığımızı somutlaştıran bir korumaydı sanki. Elimi uzattım ve mikrofonu kavradım, onu ayaklığından çıkardım, sonra kâğıtlarımı da bırakarak, kürsünün etrafından dolandım ve kalabalığa doğru ilerledim, tek başıma ve silahsız, kendi kırılganlığımı onlara sunuyordum. Ağır ağır yürüyordum, samimi bir barış dileğiyle ilerliyordum. Korkuyordum, ama korkum yavaş yavaş silinerek yerini doğmakta olan bir duyguya, tuhaf bir güven duygusuna bıraktı.

Bütün kırılganlığımla kendimi onlara sunma paradoksal ihtiyacını hissediyordum. Bunu, yaklaşımımın samimiyetine ve şeffaflığına onları tanık etmenin bir aracı olarak hissediyordum. Kendimi içgüdülerime bırakarak, kravatımı çözdüm ve yere attım, sonra ceketimi de çıkardım. Buruşan kumaşın hafif hışırtısıyla yere düştü.

Sahnenin önüne geldim. En yakındaki kişilerin ciddi yüz ifadelerini fark edebiliyordum. Daha ötede, yüzler siliniyor, izlenimci bir tabloyu belli belirsiz renklendiren boya dokunuşlarına dönüşüyordu. Ama ağır ve yoğun bir sessizlik içinde, bütün bakışların üzerimde olduğunu hissedebiliyordum.

Metnimi ezbere okuyamayacağımın kesin olarak farkındaydım. Bir haftadır yazdığım metin şu anla bağını koparmıştı, anın duygularıyla alakası yoktu. Aklıma gelen kelimeleri kabul etmekle yetinmeliydim. "İnsan kalbiyle konuşur," demişti Étienne.

Mikrofonu dudaklarıma yaklaştırdım. Metal kokuyordu.

"Şu an ne hissettiğinizi biliyorum..."

Sesim, sessizliği hiçe sayıyordu. Dev alanda çınlıyor, kuşku duyulmaz, etkileyici bir kapsam ediniyordu...

"Kaygınızı, kızgınlığınızı hissedebilirim. Siz paranızı şirketimizin hisselerine yatırdınız. Basına açıkladığım bilgiler kurları düşürdü ve siz bana öfkelisiniz, kızgınlık içindesiniz. Beni... beni iğrenç biri gibi görüyorsunuz; bir hain, bir pislik gibi."

Dinleyenlerden çıt çıkmıyor.

Güçlü projektörler yüzümü ısıtıyordu.

"Sizin yerinizde olsaydım ben de böyle hissederdim."

Bütün salon mutlak bir sessizliğe gömülmüştü. Gergin, elektrikli bir sessizlik.

"Mali kazanç umutlarınız suya düştü. Belki bu paraya ihtiyacınız vardı, geçim koşullarınızı iyileştirmek için, alım gücünüzü yükseltmek için, daha rahat bir emeklilik yaşamak için, belki de çocuklarınıza bırakacağınız sermayeyi işletebilmek için. Kaygılarınız ne olursa olsun bunları anlıyorum ve saygı duyuyorum.

"Bu bilgileri basına belki de Marc Dunker'a duyduğum nefretten, kişisel intikam duygusundan aktardığımı düşünüyorsunuz. Beni maruz bıraktığı durum dikkate alınırsa bu da olabilirdi. Yine de hayır, neden bu değil. Kesin olarak hisselerin kurunu düşürmek hedefiyle bunları yayımladım..."

Birkaç küfür yükseldi. Konuşmama devam ettim:

"... hisselerin kurunu düşürmek ve böylece sizi buraya getirebilmek, gözünüzün içine bakarak konuşabilmek için."

Gerilim doruktaydı. Onların ağzımdan çıkan laflara son derece konsantre olduklarını, tutumumu keşfetmek, davranışıma bir anlam verebilmek için yerlerinde duramadıklarını hissediyordum.

"Bu hissenin aylar ve yıllar içinde yükseldiğini görme yönündeki gayet anlaşılır arzunuzun ne doğurduğunu bilmek gerçekten de hakkınız. Kuruluşunda, borsanın işlevi, şirketlerin halktan para toplayıp gelişimlerini finanse edebilmelerini sağlamaktı. Yatırım yapmayı seçenler, yatırımları ister küçük olsun ister büyük, bir şirkete güveniyorlardı ve onun zaman içinde gelişme yeteneğine bel bağlıyorlardı. Şirketin projesine katılıyorlardı. Sonra, kâr hırsı kimilerini giderek daha kısa periyotlarda yatırım yapmaya yöneltti. Anlık yükselişler yakalamaya çalışmak için sermayelerini bir şirketten diğerine aktarıyorlar, böylece yıllık gelirlerini azamileştiriyorlardı. Bu spekülasyon genelleşti ve bankalar, kurların düşüşüne bile oynamak dâhil olmak üzere, kur hareketlerine her türlü bahiste bulunmayı mümkün kılan mali aygıtlar olarak adlandırdıkları şeyleri icat ettiler. Bir hissenin düşüşüne dair spekülasyonda bulunan kişi, eğer şirket kötüye gitmeye başlarsa para kazanacaktır. Komşunuzun sağlığının kötüleşmesi üzerine spekülasyonda bulunmanız gibi bir şey bu. Düşünün bir: Komşunuz kanserdir. Siz de onun sağlığının altı ay içinde iyice kötüleşeceğine dair bin avro bahse giriyorsunuz. Üç ay sonra metastaz mı oldu? Muhteşem! %20 kazandınız... Elbette bunun hiç alakası olmadığını, söz konusu olanın şirket değil, insan olduğunu düşüneceksiniz. İşte, bu. Borsa bir kumarhane halini aldığından beri, başlangıçtaki işlevi unutuldu ve özellikle rulete para koyar gibi para yatırılan şirket adlarının ardında insanlar olduğu, orada çalışan ve yaşamlarının bir kısmını oraya adayan etten kemikten kişiler olduğu unutuldu.

"Görüyorsunuz, sizin hisselerinizin kuru, kısa vadeli kazanç perspektiflerine doğrudan doğruya bağlı. Bu kurun yükselmesi için, şirketin her üç ayda bir göz kamaştırıcı sonuçlar yayımlaması gerekiyor. Oysa bir şirket, biraz da insan gibidir. Sağlığı iyiye de gidebilir, kötüye de. Bu tamamen normaldir. Hatta kimi zaman, bir insan için olduğu gibi, bir hastalık biraz gerilemesine, olayları farklı görmesine, yörüngesini yeniden belirlemesine, sonra da yeni bir dengeyle, öncekinden daha güçlü yeniden yola çıkmasına neden olabilir. Bunu da kabul etmek ve sabırlı olmak gerekir. Eğer, hissedar olarak, siz bu gerçekliği inkâr ederseniz, bu durumda şirket de kendi güçlüklerini inkâr edecektir, size yalan söyleyecektir ya da kısa vadeli hoşa giden sonuçları ne pahasına olursa olsun doğuracak kararlar alacaktır. Marc Dunker sahte istihdam sunumları yayımlayarak ya da ödeme güçlüğü içindeki müşterilere kasıtlı olarak başvurarak, kuralları savunulamaz bir oyunun gereklerine cevap vermekten başka bir şey yapmadı.

"Kurun büyümesine yönelik bu gereklilik, başkanından işe en yeni girmiş ücretliye dek herkes üzerinde büyük bir baskıya yol açıyor. Gerektiği gibi ve serinkanlılıkla çalışmayı engelliyor. Ne şirket için, ne ücretliler için, ne de işverenler için iyi olan kısa vadeli bir yönetime teşvik ediyor; özünde baskı altında olan işverenler de bu baskıyı kendi ücretlilerine ve kendi işverenlerine yansıtacaklardır... Böylece, sağlıklı şirketlerin kârlılık oranlarını yalnızca korumak ya da artırmak için insanları işten çıkardıkları görülür. Bu tehdit bundan böyle her birimizin tepesinde dolanır, bizi meslektaşlar arasındaki ortamı etkileyen bir bireyciliğe iter.

"Aslında, hepimiz stres altında yaşıyoruz. Çalışmak bir zevk değil; oysa zevk olması gerektiğine inanıyorum."

Salonda ölüm sessizliği hüküm sürüyordu. Speech-Masters'ta tanık olduğum teşvik edici kahkahalar yoktu. Ama kendi samimiyetimin beni sürüklediğini hissediyordum. İçimin en derinlerinde inandığım şeyi ifade etmekten başka bir şey yapmıyordum. Bir hakikati elimde tuttuğumu iddia etmiyordum, ama söylediğim şeyi düşünüyordum ve bu da devam etmek için gereken gücü bana vermeye yetiyordu.

"Bugün dünyayı yeniden yaratıyor değiliz, dostlarım. Olsun. Gandhi'nin söylediği şu lafı yakın zamanda öğrendim: 'Dünyada görmek istediğimiz değişimin ta kendisi olmalıyız.' Sonuçta, dünyanın her birimizin toplamından başka bir şey olmadığı doğrudur.

"Bugün size bir tercih sunuluyor. Bu tercih, kuşkusuz, gezegen ölçeğinde büyük bir olay olmayacaktır. Ama Dunker Consulting için çalışan birkaç yüz kişi üzerinde, kabul ettiğimiz binlerce aday üzerinde ve belki de dolaylı da olsa, işverenlerimizin ücretlileri üzerinde bir etkisi olacaktır. Kuşkusuz çok mütevazı, ama önemsiz değil. Bu tercih şöyle özetleniyor:

"Eğer hisselerinizin birkaç hafta önceki kuruna hızla kavuşmasını ve çok yükselen bir eğim üzerinde öteye gitmesini istiyorsanız, o zaman size öğüdüm şirketimizi bugüne dek yöneten kişiyi tekrar seçmeniz.

"Eğer beni şirketin başına geçirmeyi seçerseniz, bu noktada size vaatte bulunmayacağım. Hatta hisselerin bir süre oldukça düşük düzeyde kalması bile mümkündür. Buna karşılık, benim söz vereceğim şey, Dunker Consulting'i daha insani bir şirket yapmaktır. Görevi ve rütbesi ne olursa olsun, herkesin sabah kalkarken, kendi yeteneğini ifade etmeye gelecek olduğu için mutlu olmasını istiyorum. İşletmecilerimizin ekiplerindeki her üyenin gelişim ve başarı koşullarını yaratmayı görev edinmelerini, yeteneklerini sürekli olarak geliştirmeye çalışmalarını istiyorum.

"Bu koşullarda, dışsal gerekliliklerin dayattığı bir hedefe erişmek amacıyla değil, yalnızca kendini yeterli hissetmenin, sanatına hâkim olmanın, kendini aşmanın hazzı için, herkesin elinden gelenin en iyisini vereceğine inanıyorum.

"Görüyorsunuz, gelişme ihtiyacının her insanın genlerinde kayıtlı olduğunu ve yalnızca ifade edilmeyi talep ettiğini düşünüyorum; yeter ki kendimizi özgür hissetmek için bizi direnmek zorunda bırakan bir işletme gerekliliği tarafından sabote edilmesin. Ben, sonuçların kişinin çalışmasına katacağı tutkunun ürünü olacağı, her bir kişinin hazzını ve dengesini bozan bir baskının sonucu olmayan bir şirket inşa etmek istiyorum.

"Ayrıca, işverenlerimize, müşterilerimize, adaylarımıza da kendimize gösterdiğimiz kadar saygı göstermeyi istiyorum. Bunun şirketin gelişimiyle nasıl uyumsuz olduğunu anlamıyorum. Tersine. Kendi üstümüzü örter, karşımızdakine diz çöktürmeyi amaçlayan pazarlıklar yürütürsek, ilk fırsatta bize de böyle davranılmasına yol açarız. Sonuçta, hepimiz kendimizi rekabetçi bir dünyada buluruz; herkesin başkasına kaybettirmek istediği bir dünyada. Böylesi koşullarda, herkes ister istemez kaybeder. Bir çatışmanın ya da güç ilişkisinin içinde hiçbir şey inşa edilemez. Oysaki saygı, saygıyı davet eder. Güven, kime gösterilirse, onu bu güvene layık olmaya davet eder.

"Şirketin yönetimi ve sonuçları hakkında da tam bir şeffaflığa söz veriyorum. Yalan haberler bitti. Eğer geçici olarak kötü sonuçlar alıyorsak, bunları sizlerden neden gizlemeli? Hisselerinizi satmanızı engellemek için mi? Zaman içine yayılmış bir projeye katılmışsanız neden satasınız ki? Sizi bir hafta boyunca yatağa yapıştıran bir nezle ya da gribe hepiniz yakalanmışsınızdır. Eşinizin sizi terk edeceğinden çekinerek bunu ondan gizler misiniz? Ben gelişimimizi uzun vadeli bir vizyona yerleştirmek istiyorum. Çünkü gördüğünüz gibi, bu proje bir ütopyacının tatlı hayali değildir. Şuna eminim ki, işleyişi sağlıklı değerlere dayalı bir şirket gayet iyi gelişebilir, hatta kâr edebilir. Ama bu kâr, bir uyuşturucu müptelasının uyuşturucu araması gibi, takıntılı bir halde aranmamalıdır. Kâr sağlıklı ve uyumlu bir idarenin doğal meyvesidir."

İgor'un sözleri geldi aklıma.

İnsanları değiştiremezsin, biliyorsun. Onlara ancak bir yol gösterebilir, sonra da bu yola girme arzusu verebilirsin.

"Tercih sizin. Sonuçta, hem bir başkan seçeceksiniz hem de işin ucunda hissetmek istediğiniz tatmin türünü. Bir durumda, gelirlerinizi azamileştirmekten tatmin bulacaksınız, belki de yıl sonu tatilinde biraz daha uzağa gideceksiniz, biraz daha büyük bir araba satın alacaksınız ya da çocuklarınıza miras olarak biraz daha fazla para bırakacaksınız. Diğer durumda, masalsı bir maceraya katılmaktan tatmin bulacaksınız: İş hayatında belli bir hümanizmanın yeniden elde edilmesi. Ve belki de her gün içinizde küçük bir gurur ışığı hissedeceksiniz, daha iyi bir dünyanın, çocuklarınıza bırakabileceğiniz bir dünyanın inşasına katkıda bulunmanın gururu."

Gözlerimi insanlara doğru kaldırdım. Çok kalabalık olsalar da, bana yakın geliyorlardı. Kalbimde olanı söylemiştim onlara, herhangi bir şey eklemeye gerek yoktu. Konuşmanın sonunu belirtmek ve alkışlara yol açmak için hesaplanmış bir sözle bitirme ihtiyacı hissetmiyordum. Zaten bu bir konuşma değildi, yalnızca derindeki inançlarımın, farklı bir gelecek olasılığına olan inancımın ifadesiydi. Artık beni korkutmayan bir sessizlik içinde, bir süre onlara bakarak öylece kaldım. Sonra, tek başına bırakılmış, diğerlerinden ayrı duran koltuğuma gittim. Masada oturan müdürler ayaklarına bakıyorlardı.

Oylama ve sayım sanki sonsuza dek sürdü. Dunker Consulting'in başkanı olduğumda çoktan gece olmuştu.

54

Champ-de-Mars'ın bahçelerinin hoş kokulu, ağaçlıklı yolları arasından yaklaştıkça Eyfel Kulesi giderek daha devasa görünüyor, tüm yüksekliğiyle bana hâkim oluyordu. Ufukta batan güneşin lâl rengiyle aydınlattığı kule hem görkemli hem de kaygı vericiydi. Yine de kaygı duymam için nesnel bir neden yoktu. Son sınavımın ve öncekinin başarısı beni İgor'un çemberinde kurtarıyordu. Zaferimi huzur içinde kutlayacaktık. Ama kule benim gözümde yaşlı aslanın sıçan kapanı olarak kalmıştı. Sanki kurtulduktan sonra kafese geri dönüyor gibiydim.

Demir Kız'ın eteğine geldiğimde, başımı zirvesine doğru kaldırdım. Başım dönünce, sanki kule sallanıyor gibi geldi. Kendimi minnacık ve dayanıksız hissediyordum. Tanrısını temsil eden bir devin ayaklarında diz çökmüş, lütufta bulunması için yalvaran bir tövbekâr gibiydim.

Güney ayağına yönelip turistlerin arasına karıştım ve Jules Verne'in özel asansörüne girişi denetleyen adama kendimi tanıttım.

"Hangi adla rezervasyon yaptınız?" diye sordu, elinde tuttuğu listeyi gözden geçirmeye hazırlanarak.

"Bay İgor Dubrovski'nin yanına gidiyorum."

"Pekâlâ, lütfen beni takip edin, beyefendi," diyerek kâğıdına bile bakmadan hemen cevap verdi.

Ayağın içinde düzenlenmiş alanda onu takip ettim. Müşterilerin yanında bekleyen meslektaşına gizlice bir işaret yaptı. Onların önünden geçip demir ve cam çeperli dar, eski asansörün içine girdik. Kapı, ikimizin üzerine bir hücre kapısı gibi gürültüyle kapandı ve ayağı oluşturan metal karmaşasının kalbine yükseldik.

"Bay Dubrovski henüz gelmedi. Siz önce geldiniz."

Asansör, sanki görünmez yıldızlar tarafından çekilerek göğe doğru çıkıyor, ayaklarımızın altında tüm kapsamıyla ortaya çıkan şehri geride bırakıyordu.

İkinci kata vardığında, kabloyu taşıyan büyük tekerleği tanıyınca kalbim sıkıştı. Ellerimin terlediğini hissettim. Adam beni, büyük bir saygıyla karşılayan bir metrdotelin yanına götürdü. Restoranın içinde onun peşinden, cam kenarındaki masamıza kadar gittim. İgor'u beklerken sabretmem için bana bir içki önerdi. Bir maden suyu istedim.

Atmosfer yumuşak ve hoştu. Siyah beyaz, oldukça sade bir dekor. Güneşin yatay ışığı mekânın en ücra köşesine dek giriyor, ortamın gayet havadar atmosferini belirginleştiriyordu. Birkaç masa şimdiden dolmuştu. Yabancı dillerde tek tük laflar işittim.

Dışarıya bakarken ürpermekten kendimi alıkoyamadım. Bu kirişler çok tanıdık geliyordu. Beni küstahça küçümsüyorlar, geçmişte kalmış yıkımımı ve ıstırabımı hatırlatıyorlardı. Aşağıda, boşluk öylesine etkileyiciydi ki, bulutlara asılıymış gibi, baş döndürücü bir duygu veriyordu.

Sonuçta, travma yerime geri dönmem sağlıklıydı. Bunu, geçmişi silmem için değil, ama en azından üzerine başka bir hikâyeyi yeniden yazmam için sunulmuş bir olanak olarak yaşıyordum. Eski bir film şeridine yapılan kayıt gibiydi; öncekini tamamen silmeyen, ama onu büyük ölçüde gölgede bırakan...

O günden bu yana ne çok yol kat edilmişti... Bu duygular, gerilimler, kaygılar; aynı zamanda da umutlar, gelişmeler, ilerlemeler... Elbette kişi olarak değişmemiştim. Hep aynıydım ve başka türlü olmak imkânsızdı. Ama tıpkı bir geminin kendisini rıhtıma bağlayan halatlarını çözmesi gibi ben de zincirlerimden kurtulduğum duygusu içindeydim. Korkularımın çoğunun kendi zihnimin ürünü olduğunu keşfetmiştim. Gerçeklik kimi zaman ürkütücü bir ejderha biçimine bürünür ve dosdoğru karşıdan bakmaya cesaret edildiğinde yok olup gider. Ben, İgor'un itkisiyle, yaşamımın ejderhalarını evcilleştirmiştim ve şimdi yaşamım bana iyiliksever meleklerle dolu geliyordu.

İgor... İgor Dubrovski. Yves Dubreuil. Anlaşmamızın sona erdiği şu an, varlığını sürdüren karanlık bölgeleri aydınlatacak mıydı? Onun güdülerini nihayet anlayacak mıydım, yoksa onu yarı deli, yaşlı bir psikiyatr olarak görmeye devam mı edecektim?

Zaman geçiyordu. İgor gelmiyordu. Restoran yavaş yavaş dolmuştu. Garsonların, metrdotellerin ve içki sorumlularının valsi, akışkan ve sessiz koreografisiyle uyumlu bir orkestra oluşturuyordu. Bir kadeh içki söyledim. Bu kez bir Bourbon. Asla Bourbon içmemiş olan ben, aniden arzu duymuştum.

Güneş şehrin üzerinde batarken gökyüzü pembeye döndü. İnanılmaz bir sükûnet duygusu yayarak göğü boyayan yumuşak ve sıcak bir pembe. Yapacak hiçbir işim yoktu, edecek tek lafım yoktu, yalnızca anın tadını çıkararak bekleyecektim. Zaman ertelenmişti, şimdiki zaman yumuşak bir rehavet içinde uzuyordu.

Kadehimi elime aldım ve onu yavaşça, çok yavaşça kendi etrafında döndürmeye başladım. Buzlar yavaşça dans etmeye, sonra, zar zor duyulan kristalimsi bir sesle ince çeperlerde hafifçe çınlamaya başladı.

İgor gelmeyecekti. İçimden bunu biliyordum. Belli belirsiz hissediyordum.

Bakışlarımın gökte kaybolmasına izin verdim. Sanki bütün varlığım göğün güzelliği içinde eriyor gibiydi. Yudumladığım alkol nefis aromasıyla damağımı yaktı, sonra ışıltılı sıcağını bedenime yayarak, onu gevşemeye davet etti.

Paris'in üzerine gece çöktü, göz kırpan ışıklarıyla süslendi, restoranı akşamın büyüleyici atmosferine gömdü.

Gecenin yumuşaklığına kendimi bırakarak, caz vurgulu bir piyanistin baygın akortlarının beşiğinde sallanarak, tek başıma yemek yedim. Gökyüzünde yıldızlar sessizce parıldıyordu.

55

Adam çardağın altına bir güzel kuruldu ve getirdiği dumanlar tüten kahve fincanını yanına koydu. Paketinden bir sigara çıkardı ve dudaklarının arasına yerleştirdi. Bir kibriti küçük kutunun yan yüzüne sürttü, kibrit kırıldı ve kırık ucu yere atarak küfretti. İkinci kibrit hemen alev aldı ve adam sigarasını yakıp sabahın ilk dumanını içine çekti.

Günün en iyi zamanıydı. Evin önündeki küçük doğa köşesi hâlâ uyukluyordu. Pembe, beyaz, sarı çiçekler, uyuşuk taçyaprakları üzerinde minyatür büyüteçler gibi damlaları hâlâ gözüken, incelikli çiy kokuları yayıyorlardı. Güneş, gökyüzünün henüz solgun mavisi içinde yükselmeye yeni başlamıştı. Havanın sıcak olacağı belliydi.

Adam gazetesini açtı. *La Provence.* İlk sayfanın başlıklarını okudu. Bu ağustos sonunda çok haber yoktu. Yine bir orman yangını. Canadair'in müdahalesinden sonra Marsilya itfaiyecileri yangına hemen hâkim olmuşlardı. Kesinlikle bir yangın delisidir, diye düşündü, ya da yasağa rağmen doğada piknik yapan bilinçsiz birkaç turist. Bir makale yaz festivallerinin sürekli arttığını, ama gelirlerinin harcamaları her zaman karşılamadığını saptıyordu. Paris konserlerini yerel vergilerimizle yine biz ödeyeceğiz, dedi kendi kendine.

Bir yudum kahve içti ve gazeteyi açarak iç sayfaları okumaya geçti.

Fotoğraf gözüne çarptı. Altında, iri puntolu başlıkta şöyle yazıyordu: "24 yaşında bir genç, Fransa'nın en büyük istihdam bürosunun genel müdürü ve başkanı seçildi."

Sigarası ağzının kenarından düştü.

"O, işte! Josette! Gel bak şuna!"

*

Sarık sarmayla hoca olunmaz, mevkiyle de adam olunmaz; ama bu, başkalarının sizi algılama tarzını acımasızca değiştirir. Seçildiğim günün ertesinde büroya gelişim oldukça şaşırtıcı oldu. Benim geldiğim anda şirketin holünde bir toplaşma oldu. Sanki benim seçildiğimin duyurulması öyle inanılmazdı ki, meslektaşlarım haberi bizzat doğrulamak ister gibiydiler. Her biri beni kendi tarzında selamladı, ama hepsi de benimle alışılmadık biçimde konuştu. Kişisel çıkarların tehlikede olduğu şimdiden hissediliyordu. Onlara öfkelenemezdim. Kimileri ihtiyatlı davranırken, diğerleri belirgin bir yakınlık yaratma iradesiyle hareket ediyorlardı. İçlerinden en yaltakçısının Thomas olması beni şaşırtmadı. Yalnızca Alice'in tepkisi sahiciydi. Onun memnuniyetinin samimi olduğunu hissettim.

Olayı büyütmeden büroma çıktım. Geleli on beş dakika olmuştu ki, Marc Dunker geldi.

"İşi uzatmaya gerek yok," dedi selam bile vermeden, "madem beni kovacaksınız, hemen yapmalı. İmzalayın şurayı, böylece bir daha konuşmamız gerekmez!"

Bana şirket antetli bir kâğıt uzattı. Elime almadan okudum. Önceden daktilo edilmiş, ona hitap eden ve görevlerinin sona erdiğini belirten bir mektuptu bu. İmza yerinde, "Alan Greenmor, Başkan-Genel Müdür" yazıyordu.

Bu adam her şeyi yönetmeye öylesine alışmıştı ki, kendi işten atılmasını da kendi hazırlamıştı! Mektubu aldım ve ikiye bölüp çöpe attım. Şaşkınlıkla yüzüme baktı.

"Uzun uzun düşündüm," dedim. "Yalnızca şirket başkanlığını elimde tutmaya ve iki görevi de kendime bağlamak yerine ayrı bir genel müdür atamaya karar verdim. Bu görevi size sunuyorum. Etkili olmayı çok seviyorsunuz, sonuçlara tutkuyla bağlısınız. Bu özellikleri soylu bir davanın hizmetine sunacağız. Şu andan itibaren sizin göreviniz, eğer kabul ederseniz, bu şirketi daha insani bir işletme haline getirmek, herkese, müşterilere, ücretlilere, işverenlere saygı göstererek, kaliteli hizmet üreten bir yer haline getirmek. Sizin de bildiğiniz gibi, mutlu çalışanların ellerinden gelenin en iyisini yapacaklarına, ortak muamelesi gören işverenlerin kendilerine gösterilen güvene layık olacaklarına ve müşterilerimizin bizim sunduğumuz şeyin değerini anlayacaklarına bahse girdim."

"Bu yürümez. Hisseleri gördünüz: Genel kurul ertesinde yine %11 kaybetti!"

"Endişelenecek bir şey yok. İkinci büyük hissedar da paylarını sattığından böyle oldu. Bundan böyle, şirket, işletmenin yeni vizyonuna katılan küçük hissedarlardan oluşuyor. Yasa koyan büyük yatırımcıların baskısı sona erdi! Şimdi artık bir aile gibiyiz..."

"Çiğ çiğ yeneceksiniz. Size altı ay veriyorum, sonra bir rakip düşmanca bir devir teklifiyle gelecektir. On beş güne kalmaz çoğunluk hissedarı toplar ve siz de kızağa çekilirsiniz."

"Devir teklifleri sonuca varmaz. Devir teklifi, hissedarların payını borsa kurundan yükseğe satın almak isteyen bir yatırımcıdan başkası değildir. Ama size hatırlatırım ki, hisselerin sizin döneminizden daha az artacağını onlara hatırlattıktan sonra bana oy verdiler. Demek ki, kısa vadeli mali kazanç umutlarından vazgeçerek projeye katıldılar. Sadık kalacaklarına ve sirenlerin şarkısına kulak asmayacaklarına bahse girerim."

"Gözünüzü kör ediyorsunuz. Teslim olacaklardır. İşin içinde para oldu mu, insan zaaflıdır."

"Durumun değiştiğinin farkında değilsiniz. Sizin hissedarlarınız şirketinizle epey dalga geçiyorlardı. Onların tek motivasyonları kazançtı. Bu nedenle siz onların yatırımlarının kârlılığının kölesi oldunuz. Benimle birlikte kalanlar artık bir projenin etrafında birleştiler. Bir felsefeye ve değerlere dayanan gerçek bir işletme projesi bu. Artık değerlerini inkâr etmeleri için hiçbir neden yok. Kalacaklardır."

Dunker şaşkın şaşkın bana baktı. Önümdeki dosyayı açtım ve içinden bir kâğıt çıkartıp ona uzattım.

"Alın, yeni iş sözleşmeniz. Kapsam aynı, yalnızca artık genel müdürsünüz, başkan-genel müdür değil."

Ne olduğunu anlayamadan bir süre bana baktı. Sonra, gözlerinde bir kurnazlık kıvılcımı okuduğumu hissettim. Cebinden bir kalem çıkardı, masama doğru eğildi ve sözleşmeyi imzaladı.

"Anlaştık. Kabul ediyorum."

O sırada telefonum çaldı.

"Evet, Vanessa?"

"Telefonda bir gazeteci var, bağlayayım mı?"

"Tamam, bağlayın."

Dunker başıyla bir işaret yapıp geri çekildi.

"Bay Greenmor?"

"Buyrun."

"BFM TV'den Emanuel Valgado. Sizi salı sabahı yayınımıza davet etmek istiyorum. Dunker Consulting'de iktidar oluşunuzun kulislerini bize anlatmanızı isteriz."

"Ben bunu gerçekten iktidar olmak diye değerlendirmiyorum..."

"Bizi ilgilendiren de bu zaten. Çekim pazartesi saat 14.00'te. Gelebilir misiniz?"

"Şey... Yalnızca bir şey var... Seyirci olacak mı?"

"En fazla yirmi kadar. Neden sordunuz?"

"Bir ya da iki kişiyi çağırabilir miyim? Tutmam gereken eski bir sözüm var."

"Hiç sorun değil."

*

Marc Dunker, Alan Greenmor'un bürosundan dudaklarında hafif bir gülümsemeyle ayrıldı. Genç haytanın iktidar konusunda kafası karışıktı, tek başına üstlenecek cesaret yoktu onda. Bu yüzden onu genel müdür olarak tutuyordu. Şirketi yönetebilecek durumda değildi, bunu da iyi biliyordu...

Eski başkan-genel müdür, bürosunun bulunduğu kata çıkan basamakları iki iki çıkarken, şimdiden ellerini ovuşturuyordu. İhtiyatlı olamayacak kadar saf bu yumurcağı bir lokmada yutardı. Hiçbir iktidar hissi olmadığı kesindi. Sonuçta bir şey değişmeyecekti. O, Marc Dunker, genel müdür olarak her şeyi yönetecekti. Başkanlık uysal uysal onu takip edecekti. Bir yılın sonunda, bilançosunu genel kurula sunacak ve bütün bu işi yapanın o olduğunu öğrendiklerinde, bütün engelleri aşarak seçilecekti...

Bürosunun kapısı önüne geldiğinde aniden yüzü buruştu, sonra aklına gelen bir düşünceyle kızardı. Tazminatı... ayrılma durumunda öngörülmüş üç milyon avroluk tazminatı... Buydu, elbette!!! Greenmor bunun için kalmasını istemişti!!! Ve... o da imzalamıştı...

İçeri girdi ve Andrew'nun önünden onu fark etmeden geçti. Kelimeler ağzından farkına varmadan çıktı.

"Küçük salak beni ikinci kez öptü!"

Sekreteri tek kaşını kaldırdı.

"Anlamadım, efendim?"

56

İgor Dubrovski'nin evine gitmek için bürodan erken ayrıldım. Bana açıklama borçluydu. Önceki gün yaptığı gibi sıvışmak çok kolaydı.

Artık benim hizmetimde olan başkanlık şoförü beni oraya götürdü. Bu bende tuhaf bir etki yarattı. Oradaydım, yumuşak arka koltukta rahat rahat oturuyordum, vücudum en yumuşak derinin içine gömülmüştü. Etrafımda, Rivoli Caddesi üzerinde, sürücüler direksiyonda stres çekiyordu. Sanki önemli biri olmuştum. Kırmızı ışıkta durduğumuzda başkalarının bakışını gözlerken yakaladım kendimi. Saygı görecek miydim? Belki... belli bir hayranlık? Aslında kimse dikkat ediyor gibi değildi. Herkes, yanındaki arabadan daha hızlı hareket ederek bir şeritten diğerine geçebilmekle meşguldü. Bu oyunda, bizimki çapında bir araçla zaten çok elverişsiz koşullardaydık ve herkes bizi geçiyordu... Tam olarak ne umuyordum? Bir şoförü var diye birine hayran olur muydum? Elbette hayır... Kesinlikle olmazdım. Yine bir yanılsama. Zaten bu saygı arayışı boşunaydı. Başkalarının hayranlığı benim özsaygı eksikliğimi nasıl doldurabilirdi ki? Bizim dışımızda olan şey içimizdeki yarayı onaramazdı...

Bunun üzerine, İgor'un bana vermiş olduğu görevi yeniden ele alma ve gün boyu gurur duyduğum üç şeyi not etme arzusu duydum. Onun sahte kimliğini ve enerjimi harekete geçirmiş olan telaşlandırıcı olaylar düğümünü keşfettikten sonra buna ara vermiştim.

Birkaç dakika sonra, Concorde Meydanı'nda korkunç bir tıkanıklık içinde sıkışıp kaldık ve sonunda, beni uygun istasyona yirmi dakikadan kısa sürede götüren metroyu özler hale geldim!

Nihayet varınca, büyük araba köşkün siyah demir parmaklıkları önünde durdu ve indim. Gökyüzünde iri bulutlar toplanıyordu. Hava, caddedeki ve bahçedeki ağaçları nemlendirmişti. Tekdüzelik içinde yükselen şato hayalet bir gemiyi andırıyordu.

Kapıyı bana açan ve tek kelime etmeden beni büyük salona kadar götüren uşağı tanıdım. İç karartıcı hava, içeriyi yumuşak ve melankolik bir alacakaranlığa gömmüştü. Evin alışkanlıklarının tersine pek az ışık yanıyordu.

Catherine'i bir sedirde oturur buldum. Ayakkabılarını halının üzerine bırakmış, bacaklarını yastıkların üzerinde toplamıştı.

"Merhaba."

Gözlerini bana doğru kaldırdı, ama cevap vermedi, hafif bir baş hareketiyle yetindi. Mekânı bakışlarımla taradım. Yalnızdı. Alacakaranlıkta, kapalı büyük piyano siyah mermerden bir döşeme taşına benziyordu. Bahçeye bakan yüksek pencerelerden ilk yağmur damlalarının bitkilerin yapraklarından süzüldüğü görülebiliyordu.

"İgor nerede?"

Hemen cevap vermedi, gözlerini kaçırdı.

"Ah... gerçek adını biliyorsun..."

"Evet."

Uzun süre sessiz kaldı.

"Alan..."

"Evet..."

İç çekti.

"Alan... sana söylemem gerek..."

"Neyi?"

Bir soluk aldı. Gerildiğini hissediyordum.

"İgor öldü."

"İgor..."

"Evet. Dün sabah bir kalp krizi geçirdi. Uşaklar bir şey yapamadılar. İlkyardım çok geç geldi."

İgor öldü... İnanamıyordum. Akla gelecek bir şey değildi. Ona dair duygularım yumuşamış olsa da, bütün bir yaz boyunca hayranlıktan nefrete, korkuya dek her türlü duygudan geçtikten sonra, yine de beni ketlenmelerimin zincirinden kurtarmış olan kişiydi. Beni, yaşamı dolu dolu yaşayabilen bir insan yapmıştı. İgor ölmüştü... Kendimi aniden çok borçlu hissettim ve... nankör. Ona teşekkür edecek fırsat bulamamıştım.

İçimden aniden yükselen üzüntü varlığımın her parçasında yer ediyordu. Kendimi birden ağır, yıkılmış hissettim. Yaşlı aslan dünyayı terk etmişti...

Aklımdan bir fikir geçti: Sorularımın cevapları da onunla birlikte yok mu olmuştu?

"Catherine, size bir şey sorabilir miyim?"

"Alan, ben..."

"Mahkeme. François Littrec davası. İgor suçluydu, değil mi?"

"Hayır, bu olayda suçlanacak bir şey yapmamıştı."

"Peki ama jüriyi neden hipnotize etmişti? Öyle yaptı, değil mi?"

Catherine üzgün üzgün gülümsedi.

"Bunu yapmasına şaşmazdım. Ama eğer yaptıysa, kendini aklamak zorunda kalmaktansa bir etki uygulamayı tercih ettiğindendir... Ya da belki de onun için gayet gerçek olan masumiyetini kanıtlamanın imkânsızlığından. Aslında başkalarının takip ettiği o gençle çok az ilişkisi olmuştu. Hayatına son vermesi için hiçbir şey yapmamıştı."

"Ya ben?.. Eyfel Kulesi'ndeki karşılaşmamız tesadüf değildi, öyle değil mi?"

İyi niyetle baktı bana.

"Hayır, gerçekte..."

"Beni kendi mabedine çekecek şekilde davrandı, öyle mi?"

Başıyla evet işareti yaptı.

Yutkundum. Catherine onun suç ortağıydı, her şeyden haberdardı ve öyle davranmasına izin vermişti.

"Catherine, Audrey'yi nereden tanıdığını biliyor musunuz?"

Başını pencereye doğru çevirdi, sonra düşünceli bir sesle konuştu; bakışları bahçede gürültüyle yağan yağmura takılmıştı.

"İgor ilişkinizin yoğunluğunu biliyordu. Audrey'yi... senin hakkındaki projeden haberdar etti. İntihar üzerine makaleyi senin evine bıraktıktan sonra seni terk etmesi için onu ikna etti."

"Audrey'yin beni terk etmesini isteyen o mu oldu?"

İsyan etmiştim. Bu kadar iğrenç bir şeyi nasıl yapabilmişti?

"Onu ikna etmek kolay olmadı, ama İgor nasıl davranacağını biliyordu. Bunun senin yararına olduğunu ona kanıtladı ve seninle yeniden bağ kurmadan önce ihtiyacı olan süre konusunda onunla pazarlık yaptı."

Audrey'nin onun oyununa gelmiş olduğuna inanamıyordum. Sarsılmaz bir kişiliği vardı.

"Geçen gün onun evinden çıktığını gördüğümde..."

"Ona cehenneme kadar yolu olduğunu, daha fazla dayanamayacağını, bütün bunların saçma olduğunu söylemeye gelmişti. İgor kalan zaman konusunda yeniden pazarlık etmek zorunda kaldı. Alan..."

Bu hikâye beni çileden çıkartıyordu. İçimden belirsiz bir öfkenin yükseldiğini hissediyordum.

"Ama nasıl yapabilir..."

"Alan..."

"İnsanların duygularıyla böyle oynamak gerçekten iğrenç!"

"Alan..."

"Ya bu zaman içinde başka biriyle karşılaşmışsa?"

"Alan..."

"Büyük bir risk bu..."

Catherine sesinin işitilmesi için konuşmamı bastıracak şekilde bağırdı.

"İgor senin babandı, Alan!"

Sesi büyük salonda çınladı. Titreşimleri kafamın içinde sürdü. Etrafımız sessizliğe gömüldü. Sersemlemiştim, şaşkındım. Zihnim karmakarışık duygu ve düşüncelerin istilası altında allak bullak olmuştu.

Catherine kımıldamadan duruyordu. Çok rahatsız haline rağmen gözlerini benden ayırmıyordu.

"Babam..."

Anlaşılır bir laf edemediğimden kekeledim.

"Bilmiyorum," diye çok yavaşça sözüne devam etti, "annen sana söylemiş miydi bilmiyorum: Amerika Birleşik Devletleri'nde seni yetiştirmiş olan adam biyolojik baban değildi..."

"Evet, bunu biliyordum. Biliyordum..."

"Senin doğumundan yıllar sonra, İgor hastalanan bir hizmetçinin küçük kızını eve almayı kabul etti. Hizmetçi bekâr bir anneydi ve hastanede kalacağı on beş gün boyunca çocuğuyla ilgilenecek kimsesi yoktu. Hayranlık verici küçük bir kızdı, senin olman gereken yaşta... Çok yürekli, yaşam dolu, afacan ve sevimli biri. Daha üç karışken müthiş bir kişiliği vardı. İgor ona bayılıyordu. Çocukların dünyasına hiç ilgi duymamış olan o, günlerini onunla ilgilenerek geçiriyordu. İgor için bir ilham kaynağı olmuştu. Muhteşem bir bilinçlenme yaşadı. Anne hastaneden çıktığında İgor onunla düzenli olarak ilgilenmeye devam etmekte ısrar etti. Bir vaftiz babası, bir koruyucu rolü oynadı. Bu rolü sonra da sürdürdü. Yetişkin olduğunda. Hatta anne işten ayrıldıktan sonra bile. Bu küçük kızın İgor'un yaşamına girmesi tetikleyici oldu. İgor aniden kendisinden olan ve babasını asla tanımamış çocuğu hatırladı. Bu fikir gece gündüz aklından çıkmıyordu. Vicdan azabı çekiyordu ve biricik evladının ondan uzakta bir yerlerde yaşıyor olmasına katlanamıyordu. Bunun üzerine araştırmalar başlattı. Geniş ölçekte. Sahip olduğu tüm imkânları kullanarak. Ama bu, samanlıkta iğne aramaktı... Senin izini bulması yaklaşık on beş yılını aldı. Ve tesadüfen, o bilmeden sen onun yakınında yaşamaya geldin..."

"Tesadüf..."

"Sonra, seninle temasa geçmeden önce bekledi. Görüşme anını günden güne, haftadan haftaya erteledi. Bir tür utançla, kuşkusuz. Bütün bu zamanı seni aramaya adadıktan sonra, bu fırsat çok yaklaştığında, senin bakışlarınla karşılaşma cesaretini aniden yitirmişti. Senin onu reddetmenden, sizi, seni ve anneni, daha sen doğmadan terk etmiş olmasını bağışlamayacağından çekiniyordu. Bir an, senin karşına asla çıkamayacağına, kesin olarak vazgeçeceğine bile inandım. Sonra, seni daha yakından takip ettirdi. Bu neredeyse bir takıntı halini almıştı. Her akşam raporları okuyordu. Senin yaşamındaki her şeyi günü gününe biliyordu. Senin korkularına, hayal kırıklıklarına, duygularına varana dek.

"Vladi tek başına takibe yetmiyordu. Er geç onu fark edecektin. Bunun üzerine himayesindeki kızdan da bu işe katılmasını istedi. O da kabul etti. Ama her şeyi denetlemeyi seven İgor olacakları hiç hayal edememişti. Genç kız, seni takip ederken ve seni gözlemlerken, sonunda sana âşık oldu ve o andan itibaren ona rapor vermeyi reddetti..."

"Sakın..."

"Evet..."

"Audrey?"

Catherine bana sessizce baktı, sonra onayladı.

Audrey... Tanrım! Audrey, İgor'un himayesindeki kızdı...

"Bunun üzerine İgor seni... avucunun içine almaya karar verdi. Sanırım seni yetiştirmemiş olmanın suçluluk duygusunu tedavi etmenin bir şekliydi bu. Belki de elinden kaçırdığı bir durumun kontrolünü yeniden ele geçirmenin bir yoluydu... On beş yıldır seni arıyordu ve tam senin yaşamında belirebileceği anda, sen kendini ruhunla bedeninle genç bir kadının kollarına atmıştın. İgor belki de farkında olmadan bir süre seni kendisine saklamak istemişti... Bense, onun seninle ilgilenme fikri karşısında çok kararsızdım. Bunu öğrendiğin gün, bu durumun karşılaşmanızı daha da riske atacağını düşünüyordum, ama o bu fikri dikkate almadı. Her zaman olduğu gibi, kafasının dikine gitti..."

"Ama siz onun için kimdiniz? Bunu hep sordum kendime..."

"Dostu olmuş bir meslektaş diyebiliriz. Ben de psikiyatrım ve o dönemde, halen resmî olarak psikiyatrlık yaparken, onun başarılarından söz edildiğini işitmiştim. Bunun üzerine onunla iletişime geçmiş ve onunla birlikte kendimi geliştirmek için ona eşlik etmeyi talep etmiştim. Hemen kabul etmişti, kendisiyle ve becerisiyle ilgilenilmesine çok memnun olmuştu. Babanın bir dâhi olduğunu kabul etmek gerekir, Alan, yöntemleri biraz... biraz özel olsa da."

"Ama yalnızca sonradan destek verebilmek için kendi oğlunu intihara teşvik etmenin delilik olduğunu kabul edersiniz. Onu reddebilirdim, hatta onun yol açmak istediğinden başka bir yöntemle kendimi ortadan kaldırmam da mümkündü."

"Hayır, sen yakından gözetleniyordun..."

Yine de bir şey, ben tanımlayamadan kafama takılıyor, beni derinden altüst ediyordu. Bu tuhaf halde bir süre öylece kaldım, sonra aniden o anı aklıma geldi.

"Catherine... ona ilk kez rastladığım gün, Eyfel Kulesi'nde, ben... güç durumdaydım."

"Biliyorum."

"Ve İgor beni... teşvik etti... atlamaya. Size yemin ederim. Bana, 'Haydi, atla!' dediğini hâlâ işitir gibiyim."

Catherine'in yüzünde melankolik bir gülümseme belirdi.

"Evet, bu! Tam İgor'a özgü bir sahnede! Sen ve kişiliğin hakkında o kadar çok şey biliyordu ki sana emir vermenin seni engellemenin en iyi yolu olduğuna emindi..."

"Ama... ya yanılsaydı? Büyük bir risk aldı!"

"Görüyorsun işte, onun gibi bir adamla farkımız da bu. Ömrü boyunca risk aldı. Ama biliyorsun, baban insanları kendilerinden daha iyi tanıyordu. Bu bir içgüdüydü. Onlara ne söylenmesi gerektiğini anında hissediyordu. Ve bu düzlemde, asla yanılmamıştı."

Dışarıda yağmur durmuştu. Bahçe, şimdi, bitkilerin ıslak yaprakları üzerinde yansıyan canlı bir ışığa bulanmıştı. Açık pencerelerden bize hafif kokular ulaşıyordu.

Uzun süre babamdan konuştuk. Sonunda Catherine'e sırdaşlığı için teşekkür ettim. Bana cenaze gününü bildirdi ve yanından ayrıldım. Büyük salonun kapısına geldiğimde, tereddüt ettim, sonra döndüm:

"İgor biliyor muydu... seçildiğimi?"

Catherine gözlerini bana kaldırdı ve onayladı.

Bir soru içimi kemiriyordu; sorarken biraz utanmıştım.

"Şey... benimle... benimle gurur duyuyor muydu?"

Başını bahçeye çevirdi, bir süre sessiz kaldı, sonra hafifçe boğuk bir sesle cevap verdi:

"Vladi bana haber verdikten sonra o akşam onu görmeye geldim. Vladi ona ulaşamıyordu. İçeri girdim. İgor piyanonun başındaydı. Sırtı dönük durdu, ama beni dinlemek için çalmayı kesti. Neden geldiğimi biliyordu. Senin zaferini ona bildirdim. Sessizce karşıladı. Tek kelime etmedi. Kımıldamıyordu. Uzun bir süre sonra onun yanına gittim."

Catherine bir an sustu, sonra devam etti:

"Gözleri yaşarmıştı."

57

Yaşamın kimi dönemleri olay doludur, heyecan doludur; nasıl açıklayacağını bilemezsin, özel bir anlam da yükleyemezsin. Audrey'yle buluşmam birkaç gündür zaten yeterince yüklü olan bu türe dâhildi. Onu yeniden bulmak yoğun bir mutluluktu; ayrılığımızın acılı parantezi onunla birlikte kapanıyordu. Beni hâlâ sevdiğini bilmek sevinçten deliye döndürmüştü beni. Kendimi hafif, mutlu hissediyordum. Duygularımın peşindeydim, onu yeniden görebilmekten, ona dokunabilmek, koklamak, sarılmaktan altüst olmuştum. Ne olursa olsun asla ayrılmayacağımıza dair birbirimize söz verdik. İgor'dan da konuştuk elbette. Üzüntüde ortaktık, ikimiz de ağlıyorduk. Onunla geçirdiği çocukluğunu anlattı bana. Ben de kısa ama yoğun ilişkimizi. Ona dair kaygılarıma, bana dayattığı sınavlara, bundan doğan maceralara birlikte güldük.

Cenaze, Saint-Alexandre-Nevsky Katedrali'ndeki bir ortodoks ayininden sonra Sainte-Geneviève-des-Bois'daki Rus mezarlığında oldu.

Hazır bulunan insanların çoğu birbirlerini tanımıyorlardı. Bir araya toplanmış uşaklar hariç. Diğerleri birbiriyle konuşmuyordu ve her biri cenazenin gelmesini beklerken mezarlığın gölgeli yollarında gidip geliyordu. Kadınlar daha kalabalıktı. İçlerinden bazıları çok güzeldi ve canlı renkler giymişlerdi.

Sonra cenaze geldi ve içgüdüsel olarak insanlar toplaştılar. Tabut, siyahlar giymiş dört adam tarafından taşınıyordu. Peşlerinden de, şaşırtıcı biçimde sakin Stalin'i tasmasından tutan Vladi geliyordu.

Işıltılı bir güneşin altında, bu güzel ve şaşkınlık verici, engin ve sakin, yüksek kayın ağaçlarıyla, reçine kokulu ladin ağaçlarıyla ve parlak mavi gökyüzünde boğumlu gövdelerini sergileyen çamlarla kaplı bu yerin engin yeşilliği içinde, uzun sessiz bir alay halinde onları takip ettik.

Ağaçlıklı bir yolu dönünce aniden kalbim sıkıştı. Oraya, önümüze bir piyano konmuştu. Klavyede genç bir adam oturuyordu. Ciddi yüzlü, Slav hatlı, açık mavi gözlü. Çalmaya başladı. Billur gibi ve melankolik notalar doğanın sessizliği içinde birbirine eklendi. Kalabalık hareketsiz kaldı. Herkes o anın duygusu içindeydi. Audrey bana sokuldu. Melodi dokunaklı akortlara doğru uzandı. En güçlü insanın bile zırhını parçalayacak güzellikteydi, dosdoğru kalbe temas ediyor, insanı duyguların, üzüntünün ve huşunun krallığına farkına varmadan çekiyordu.

Bu müziği binlercesi arasından tanıyabilirdim... Rahmaninov son yolculuğunda babama eşlik etmişti. Aramızdaki en duyarsızlar bile gözlerine hücum eden yaşları bastıramadı.

58

Aylar geçti. Bir kış sabahı köşke taşındık. Kar bahçeyi ince tüylü bir mantoyla kaplamış, yağan karlar büyük sedir ağacının görkemli uzun dallarına yığılmıştı. Hava soğuktu. Dağ havası gibi güzel kokuyordu.

Bu kadar geniş ve konforlu bir evde yaşama fikrinden heyecana kapılmıştım. İlk hafta her gece oda değiştirdik. Yemeklerimizi sırasıyla büyük salonda, kütüphanede ve muhteşem yemek salonunda yedik. Oyuncak dolu bir saraydaki iki yumurcak gibiydik. Gündelik angaryalar ortadan kalkmıştı, uşaklar bizim için onlarla uğraşıyordu.

On beş günün sonunda, ilk alışkanlıklarımızı edinmiştik. Hayatımız yavaş yavaş iki odanın etrafında örgütlendi ve doğal olarak diğerlerini bıraktık.

Audrey'nin arkadaşlarını defalarca kabul ettik, ama ortam güzel değildi. Tutumumuz hiç değişmemiş olsa da, beni bile uzun süre etkilemiş olan bu yerde kendilerini rahat hissedemiyorlardı. Bizi farklı görüyorlardı. Sohbetler doğallıktan, sıcaklık ve kendiliğindenlikten yoksun kalıyordu. İlişkilerimiz zayıfladı, soğuk ve mesafeli oldu. Bizi zengin sanıyorlardı. Kimileri hiç sıkılmadan bizden mali destek talep ediyordu, biz de reddedemiyorduk. Bir süre sonra, onların dostundan çok bankacısı olmuştuk... Tersine, bizim dostumuz olmak için çabalayanlar da vardı, fakat onların özellikle bizimle birlikte olarak övünme arzusuyla davrandıklarını hissediyorduk. Servet ikbal avcılarını ve caka satanları cezbeder. Yavaş yavaş kendimizi koruma alışkanlığı edindik, sonra da kendi içimize kapandık.

Uşakların her yerdeki varlığı da kısa süre içinde özel yaşamımıza müdahale gibi gelmeye başladı. Her an ortaya çıkabiliyor olmaları, her türlü gerçek dinlenmeyi engelliyordu, mahremiyetimize tecavüz ediyordu. Kendi evimizde kendimizi yabancı gibi hissediyorduk.

Üç aya varmamıştı ki, yaşama sevincimizin, biraz çocuksu doğallığımızın önemli bir bölümünü yitirmiştik. İpin ucu elimizden kaçıyordu. Tamamen çaresiz kalmıştık.

Bu genelleşmiş bozgun hali, bizi tepki göstermeye yöneltti. Başımıza gelenin anlamını kavramaya çalıştım. Hiçbir şeyin bize tesadüfen gelmediğine ikna olmuştum. Tesadüf... Geri çekildim ve bütün bu lüksün neden aniden benim yaşamıma paldır küldür indiğini, kendini bana sunduğunu kendime sordum. Yaşam belki de benim değerlerime meydan okumak istiyordu... Belki tuzağa düşmüştüm, hepimizin kuşkusuz ihtiyaç duyduğumuz gelişme arzusunu yalnızca toplumsal mevki yükselişiyle karıştırmıştım. Gerçek gelişme içsel değil miydi? İnsan kendini değiştirerek mutlu olur, çevresini değiştirerek değil.

Kurtarıcı bir bilinç sıçrayışıyla, bu sıkıcı yükten ayrılmaya karar verdik. Köşkü sattık ve parasını uşaklar arasında pay ettik. Ömrü boyunca babama sadakatle hizmet ettikten sonra bunu hak etmişlerdi. Bir yıl önce emekliye ayrılmış Audrey'nin annesi de pastadan payını aldı. Vladi, Stalin'i yanına aldı, ayrıca bizim bir işimize yaramayacak Mercedes de onun hakkıydı. Güzel arabalar vasat insanların kıskançlığını, entelektüellerin küçümsemesini ve uyanmış ruhların merhametini çeker. Olumsuzluktan başka bir şey yoktu. Jules Verne'i Restos du Cœur'e bağışladım. Günün birinde, sokakta yaşayanların Eyfel Kulesi'nin tepesinde gastronomik bir şölen çektiklerini görme fikri çok eğlenceliydi.

Sonra Audrey'yle birlikte ellerimizi dua eder gibi kavuşturup Bayan Blanchard'ı aradık. Benim daireyi yeniden kiraya vermediğini, kabul ettiği farklı adayların potansiyel gürültücü komşu olmalarından çekindiğini bize söylediğinde sevinçten uçtuk.

Güzel bir nisan cumartesisi, mutlu olmamız için gereken kadarını yanımıza alarak yeniden oranın sahibi olduk. Koliler henüz konmuştu ki, Audrey pencereleri sonuna kadar açtı ve pervaza ekmek kırıntıları koydu. Işıldayan güneş bütün eve davet edildi ve Paris serçeleri neşeli cıvıltılarıyla taşınmamıza eşlik etmekte gecikmediler.

O akşam, Bayan Blanchard bizim dönüşümüzü kutlamak için binanın avlusunda ayaküstü bir yemek tertipledi. Onda bir şeyler değişmişti, ama ne olduğunu tanımlayamıyordum. Eski bir masanın üzerine büyük beyaz bir örtü serdi ve gün boyu hazırladığı kişleri ve pastaları üzerine yerleştirip, binayı iştah açıcı kokulara boğdu. Bütün komşuları çağırdı. İlkbaharın ilk güzel gecelerinden birinin yumuşaklığının tadını çıkarmaktan herkes çok memnundu. Beni büyük şaşkınlığa boğarak, Bayan Blanchard bizzat gidip Étienne'i getirdi. Étienne karnını iyice doldurdu ve bir Crozes-Hermitage şişesine sahip olmaya kalkışarak bütün gece yanından ayırmadı. Pilli eski bir teypten biraz demode ama çok neşeli Fransız şansonları geliyordu. Bunlarla dalga geçerek tepinip durduk. Kaygısızlık ve hafiflik geri gelmişti.

Gece boyunca defalarca gözlerim Bayan Blanchard'a takıldı. Onda neyin değiştiğini bulmaya çalışıyordum. Vakit gece yarısına yaklaşıyordu ki cevap aniden bir gerçeklik gibi gözümde canlandı: Siyahı terk etmiş ve çiçekli güzel bir elbise giymişti. En önemli şeyler kimi zaman hiç fark edilmeden geçip gidenlerdir.